돈
향

사랑, 그 설렘에 취하고 향기에 물들다.

ㄷ
향

사랑, 그 설렘에 취하고 향기에 물들다.

愛人

그를 사랑하다

愛人

그를 1
사랑하다

DAHYANG ROMANCE STORY

언재호야 장편 소설

contents

1.

"늦어서 죄송합니다……."

"이봐요. 지금이 대체 몇 시예요?"

"아, 저기 오는 길이 막혀서……."

꾸벅 인사를 하면서 고개를 숙였다. 그러면서 얼핏 본 시계의
바늘은 정각 여덟 시 이 분을 가리키고 있었다.

"빨리 옷 갈아입어요."

"네……."

혜원은 재빨리 로커룸으로 향했다. 깨끗하고 향긋한 향기가 떠
도는 것 같은 정갈한 로커룸. 차가운 바깥과는 달리 언 볼이 저절
로 풀리는 것 같은 따뜻한 공기. 일을 하기에는 참으로 좋은 환경
이 아닌가. 이런 맹추위 속에서도 짧은 반팔에 짧은 치마를 입고
일할 수 있다는 게.

추위를 떨치기에는 부족했던 모직 코트를 벗어 옷걸이에 걸고는 어제 빨아서 깨끗하게 다린 유니폼을 꺼냈다. 미미하게 섬유유연제의 향기가 풍기는 기분 좋은 감촉. 그러나 이 옷도 이틀을 버티진 못할 것이다. 제가 하는 일이 빳빳하게 다린 옷이 제 모양을 갖추고 있기엔 버거운 일이니까. 재빨리 두터운 터틀넥과 기모 바지를 벗고서는 얄따란 유니폼을 입었다. 언뜻 마트에서 산 낡은 속옷이 거울에 비춰지긴 했지만 살구색이기에 얇고 하얀 유니폼 밖으로 비치치는 않았다.

머리카락을 하나로 모아 검은색의 망사 핀으로 고정시키고 옆으로 흘러내릴지도 모르는 머리카락을 꼼꼼하게 핀으로 고정한 뒤 찬바람을 뚫고 오느라 날아간 파우더를 다시 바르고 얼굴의 혈색을 돋워 주는 옅은 색의 광택 없는 립글로스를 덧바르고 나온 것은 채 5분이 걸리지 않았다. 늘 빨리빨리를 외치며 살아온 세월 덕에 그녀는 완벽하게 바뀐 모습으로 쾌적하고 깨끗한 복도로 걸어 나왔다.

"정혜원 씨, 각별히 주의하는 거 잊지 마십시오."

차분한 목소리이지만 언제나 아랫사람들에게는 늘 화가 난 것 같은 표정을 지닌 정 팀장이 말했다. 굳은 얼굴로 보아 이번에 맡은 일의 중대한 정도를 알 것만 같았다.

"네, 정 팀장님."

"복장 단정히 하십시오."

"네."

늘 하는 일인데도 제 소임을 충실히 하려는 사람의 버릇처럼 덧붙이는 것을 잊지 않았다.

꾸벅 인사를 하는 그녀의 모습은 막 옆으로 지나가는 차트를 가슴에 안고 청진기를 목에 건 간호사와 비슷했다. 그러나 약간의 색조가 다른 유니폼은 약간이 아닌 아주 다른 의미를 지니고 있었다. 깔끔하게 무릎 위까지 오는 랩스커트 형 반바지인 하의와 아이보리색의 어깨와 칼라에 은은한 스티치가 들어간 셔츠 형의 상의는 아이보리색의 우아하게 보이는 간호사들의 복장과 비슷했지만 간호사는 아니었다. 혜원의 정식 명칭은 간병 도우미였다. 일명 간병인이라고도 하는.

그러나 그녀의 말끔하고 깨끗한 복장과 말갛고 정갈한 외모만 본다면 간호사가 아니라 스튜어디스라고 해도 믿을 만한 모습이었다. 그리고 실제로 스튜어디스만큼의 스펙과 그에 모자라지 않을 만큼의 보수를 받는 만큼 그녀가 걷고 있는 말끔하고 조용한 복도를 가진 병원은 조금 특별한 곳이었다.

서울의 외곽, 신도시 근처에 있는 보기에도 깔끔하기만 할 뿐 그리 튀어 보이지 않는 12층 건물의 외관에는 K&J 클리닉이라고만 쓰여 있었다. 무엇이라 더 설명도 없이 우아한 조명만 들어가 있는 건물의 1층에는 두어 대의 앰뷸런스가 서 있음으로 해서 이곳이 병원이구나 하고 알 수 있었다. 그 외에는 병원임을 알 수 있는 표시나, 전문으로 진료하는 과에 대해 전혀 안내가 되어 있지 않기 때문에 지나가는 사람은 저곳에 들어갈 수나 있을까 싶을 정도였다. 그나마 있는 입구마저 내부가 전혀 보이지 않는 유리문인 데다 드나드는 사람조차 거의 보이지 않았다.

실제의 입구는 지하에 있는 거대한 주차장으로 통하는 깨끗하고 널찍한 문이었다. 간호사들조차도 다들 중형차 이상의 차를 끌고 다닐 정도였으니까.

그럼 이 정체불명의 병원에서 하는 것은 무엇인가. K&J 클리닉은 외국계 거대 자본이 세운 병원이었다. 주로 상류층, 특히 정계나 재계 쪽을 상대로 하는 특수 요양 병원이 외관이었다. 그러나 요양 병원이라고 해서 나이가 들어 치매기가 있는 노회장님이 여생을 보내는 곳 정도가 아니라 밖에서 알려지지 않기를 원하는 거의 모든 진료를 할 수 있는 종합병원에 가까웠다. 원장과 상주하는 의사들은 병원의 규모에 비해 솔직히 그리 많은 편은 아니었다. 다만 클라이언트들이 원한다면 세계 유수의 병원이나 대학병원의 수술 팀을 전부 초청해서 단 한 사람만을 위한 수술이 가능한 그런 곳이었다. 거기에 상응하는 대가가 조금 과하다는 것이 단점이라면 단점일 수 있지만.

로커룸에서 나온 혜원은 12층으로 향했다. 병원답지 않게, 호텔식의 식당이며, 사우나며 휴게실까지 갖춘 저층과 초정밀의 뇌수술까지 가능한 최신식의 수술실이 있는 중간층, 그리고 외부에서 초청된 의료진이 머무는 화려한 객실을 제외한 고층은 전부 다 초호화 병실로 되어 있었다. 특히 그녀가 가는 12층은 특별했다. 단 두 개밖에 없는 VVIP용 병실이었으니까.

각 병실마다 개인 간호사와 그녀와 같은 간병인이 딸려 있지만 12층은 특별했다. 그래서 그녀는 더욱더 긴장할 수밖에 없었다.

이 특별한 병원은, 미국은 물론이거니와 일본, 유럽이나 가끔은 러시아 쪽의 의료진까지 초청되어 오는 것이 다반사인지라 영양사나 간호사, 하다못해 병 수발을 들고 목욕이나 배설물 같은 것을 치우는 일을 담당하는 간병인까지 적어도 삼 개 국어 정도는 능숙하게 할 줄 아는 것이 채용 조건의 기본 중에 기본이었다. 지금 생각하면 쓴 미소만 감도는 그녀의 과거 시절, 미국에서 몇 년 동안이나 학교를 다닌 덕에 그녀의 영어 실력은 네이티브 스피커 수준이었고 따로 열심히 공부한 일어와 불어 또한 간단한 회화 정도는 가능했기에 이런 직업을 얻을 수 있었다. 게다가 단정하고 아름다운 외모도 한몫했다.

하지만, 아무리 근무하는 곳이 화려하고 보수가 남들보다 낫다고 할지라도 간병인이라는 일은 고단한 육체노동이었다. 특히 병실마다 개인 간호사까지 지정된 병원에서의 간병인 역할은 사실상 병실에 딸린 메이드라고 할 수 있었다. 게다가 이런 최상류층이라고 한다면 아무래도 간병인으로서 평소보다 훨씬 멸시를 당하는 것은 어쩔 수 없었다.

땡, 하는 경쾌한 소리와 함께 공기마저 다른 12층의 눈앞에 펼쳐졌다. 몇 번이나 이곳에서 파견되어 일했지만 12층 환자는 처음이었다. 웬만한 대기업 회장님도 오기 힘든 이 12층의 환자는 실로 어마어마한 거물급 인물이라 할 수 있었다. 바로 일선에선 은퇴했으나 국내 재계 1위 기업인 SJ그룹의 실질적 총수 태명현 명예회장이었다.

가벼운 뇌출혈과 뇌경색으로 입원했는데 SJ 산하의 커다란 종합병원이 있었지만 달리 이곳에 입원을 한 것은 소문이 나지 않길 원하기 때문일 것이다. 대부분 이 병원에 오는 사람들이 그러한 목적 때문에 오는 것이니까. 회장님의 명성에 걸맞게 미국의 존스 홉킨스에서 신경외과 팀이 집도를 맡기로 했고 그쪽에서는 내일 병원에 도착한다고 했었다. 그래서 영어에 능숙한 혜원이 나이트를 맡게 된 것이었다. 이 정도의 클라이언트라면 5년차 이상만 맡을 수 있었지만 4년차인 혜원은 팀 중에서도 가장 영어에 능숙했다. 졸업만 했더라면……. 아마 이런 일은 안 했어도 됐겠지.

그녀는 씁쓸한 표정으로 새 환자복과 패드 등을 챙겼다. 그리고 다시 클라이언트의 특징이나 취향 등이 적힌 파일을 들었다. 짠 음식을 싫어하고 돼지고기를 꺼리고, 채소도 향이 강한 것을 멀리하고 왼쪽 시력이 약한 탓에 침대나 조명의 방향을 고려해야 하고, 저녁에는 반드시 불을 다 꺼야 숙면을 들고 하루 세 번 성경책을 읽고…….

화사하게 웃는, 그러나 왠지 지쳐 보이는 증명사진이 있는 신분증을 다시 한 번 매만지고, 혜원은 씩씩한 걸음걸이로 탕비실을 나섰다.

SJ그룹이라…….

그녀는 밑창이 고무로 되어 있어 발소리가 나지 않는 하얀 간호사용 신발 덕에 발소리도 없이 눈부시게 하얀 문을 지나 화려한 호텔 방을 연상시키는 넓은 다이닝 룸을 거쳐 병실로 들어갔다.

옆에 있는 고급스러운 소파에는 화려한 차림의 노부인이 신경질적인 표정으로 앉아 있었고, 그 옆에는 그녀의 비서일 듯해 보이는 중년의 여자가 역시 고급스러운 정장 차림으로 서 있었다. 그리고 그녀와 교대할 다른 간병인이 혜원을 눈으로 맞았다.

"안녕하십니까. 사모님."

그러나 그녀의 인사 따위는 거들떠도 보지 않는 사모님께 그녀 역시 전혀 감정 따위는 없이 기계적인 밝은 표정으로 고개를 숙여 예의를 표한 뒤에 손에 든 것을 뒤쪽의 탁자에 올려놓았다. 그것을 보고 병실의 다른 간병인인 미희가 조용한 목소리로 말했다.

"막 잠드셨으니까 환의는 아침에 갈아입도록 도와드리세요."

"네."

둘의 대화 내용을 듣고 혜원을 그리 탐탁지 않은 눈으로 보던 화려한 호피 무늬 실크 블라우스를 입은 노부인은 인상을 찡그리면서 말했다.

"밤에 여기 있을 간병인이야? 너무 젊은데다 얼굴이……."

한마디로 너무 젊고 누구라도 뒤돌아볼 만큼 뛰어난 외모가 걸린다는 뜻인가. 얼굴에 주름이 가득한 노회장님은 프로필상 나이가 83세였다. 아마 실제 나이는 여든다섯은 되었겠지. 그래도 70대 초반으로도 안 보이는 저 사모님은 그런 혜원이 걸리는 것 같았다.

"영어에 능숙해서요. 내일 오는 수술 팀한테 혹 밤새 있을지도 모르는 회장님의 상세를 자세히 설명하기 위해서 그런가 봅니다."

모든 걸 체크하고 있는 사모님의 비서가 불편한 심기를 어찌해

볼 요량으로 조근하게 설명을 했다. 밤새 무슨 일이 있을까. 한두 번 겪는 일은 아니었다. 이 일의 첫 번째 조건이 단정한 외모이지만, 그 외모 덕에 꺼리는 사람이 많으니까. 나이가 적든 많든 대부분 이곳의 입원 환자들은 돈이면 무엇이든 할 수 있다는 생각을 가진 사람들이 대부분이었다. 그러니 간호를 하거나 간병을 하는 사람들도 조금 외모가 괜찮다면 아무리 손녀딸뻘이라 해도 저런 '사모님'들은 일단 꺼리는 쪽이 대부분이었다.

"그래도."

마치 창부라도 보는 듯한 눈으로 힐끗 쳐다보던 사모님은 여기 앉아 있는 게 지겨웠는지 몸을 일으켰다. 아무렴 병원인데 무슨 일이 있을까, 두어 시간 남짓이지만 갑갑스러운 병실에 앉아 있는데 지친 사모님이 나설 채비를 하자 중년의 여자도 재빨리 뒤에 있는 옷장을 열어 보기에도 화려한 아이보리빛 모피 코트를 꺼내 들었다.

"무슨 일 있으면 바로 연락해. 그리고 절대 한 사람으로는 안 돼."

늙고 병든 환자라 해도 남자는 남자라는 거겠지. 늘 있는 일이기에 혜원은 더욱더 기계적이고 깍듯하게 고개를 숙이며 인사를 할 뿐이었다. 그러나 그녀가 숙인 고개는 재빨리 제자리에 오지 못했다. 고개를 드는 시간을 미미하게나마 살짝 지연시킨 것은 언뜻 스쳐 지나가는 옅은 향기 때문이었다.

라리끄다. 크리스틸 뻬올레 드 라리끄……

14

동그랗고 투명한 디자이너의 크리스털 오팔 병과 그 주변을 둘러싼 검은색의 깃털. 완전히 잊어버렸다고 생각했지만 정확한 이름과 병 모양까지 생각이 나다니. 정말로 오랜만에 맡아 보는 향기지만 저 백단나무 향을 완전히 잊지는 못한 건가. 사모님과 일행은 이미 밖으로 나간 지 오래인데 그녀는 멍하게 서 있을 뿐이었다.

"혜원 씨?"

같은 팀 미희의 목소리에 그녀는 잠시 잠깐 있었던 미망의 세계에서 깼났다. 아주 미미한 라리끄의 향이 묻어 두었던 10여 년 세월의 책장을 펼치게 하다니. 순간적인 '착각'을 한 스스로가 어리석게 느껴진 혜원이 오히려 화사하게 미소 지으면서 말했다.

"들어가세요. 저 혼자 있어도 돼요."

그래야 하겠지만 미희는 사모님의 말이 걸렸다.

"간호사 분들도 쉴 새 없이 드나드는데요 뭐."

사실은 한마디 덧붙이고 싶었다. 아마 전에 그런 일이 없었더라면 누워서 간간이 코까지 고는 저 노회장님의 막내 손주며느리가 됐을지도 모르는데 설마 무슨 일이야 있겠어요……라고.

소리도 없는 가습기에서 나오는 적당한 습기, 세심하게 맞춰지고 있는 실내 온도, 멀리 인공 호수 주변에 삥 둘러서 있는 가로등이 마치 그림같이 보이는 커다란 창밖에 뭔가 흩날리고 있는 것을 깨달은 시간은 새벽 두 시쯤이었다. 첫눈인가. 환자를 돌보는 것

외에는 모든 것이 금지되어 있는지라 이런 늦은 시간엔 가끔 책이라도 보고 싶다고 생각했지만 봐야 할 것은 수십 번도 더 봐서 거의 외우다시피 한 환자에 대한 차트뿐이었다. 얼마 남지 않은 원서 번역을 욕심껏 해서 넘기느라 낮에 잠깐 눈을 붙이지도 못했는지라 그녀답지 않게 눈꺼풀이 무거워진 혜원은 자리에서 일어났다. 밤잠을 잘 설친다던 노회장님은 여전히 가늘게 코까지 골면서 깊은 잠에 빠져 있었다. 다행스러운 고요였다.

고급스러운 블라인드 밑에 펼쳐진 넓디넓은 창은 마치 커다란 화폭 같았다. 바깥으로 보이는 한적한 야경에 점점이 떨어져 내리는, 첫눈치고는 꽤 커다랗게 보이는 눈송이들은 따뜻한 병실의 공기 탓인지 손을 내밀어 만지면 푹신하고 따뜻한 솜 덩어리 같을 듯 보였다. 그냥 창밖의 풍경에 취해서 그녀의 집으로 올라가는 가파른 언덕에 쌓인 눈 위를 신고 온 굽 낮은 부츠로 무사히 올라갈 수 있을까 하는 따위의 생각은 좀 접어 버렸으면 좋겠다 싶었다.

또 보일러를 다 올리고 잠드는 건 아닐까. 규정상 절대 휴대폰 따위를 병실로 가져올 수 없는 혜원은 매일 밤 춥다면서도 버릇처럼 얇은 잠옷 가운만 입은 채 시간으로 돌려 놓은 보일러를 끝까지 올리고 이불 따위는 내던지고 잠들어 버리는 그녀의 엄마에게 문자라도 하나만 보냈으면 싶었다. 그러나 그것은 어림도 없는 일이었다.

"컥······. 컥."

그녀를 상념에서 깨나게 한 것은 짙은 가래가 섞인 기침 소리였다. 혜원은 번개같이 몸을 돌려 침상으로 다가갔다.

"회장님, 불편하신 데라도 있으십니까?"

낮고 고요하지만 또렷한 목소리로 물었다.

"우엑…… 캑……. 캑."

가래 때문인 것 같았다. 그녀는 재빨리 침상의 머리맡에 있는 벨을 눌렀다.

"1호입니다. 가벼운 Aspiration(사레, 기관 내 이물질)인데 와 주세요."

단지 가래가 조금 끓는 일일지도 모르겠지만 이곳에서는 중요한 일이었다.

석션을 하고 이래저래 잠이 깬 노인네의 신경질적인 반응을 받아들이면서 기본적인 바이탈을 재고 당직 의사까지 왔다 간 후로 환자는 잠이 다 깨 버린 듯했다. 깐깐한 목소리로 다리가 아프니 다리를 주물러라, 방 안의 습도가 높다, 불이 밝다, 어깨가 결린다, 이것저것 끊임없이 잔소리를 하더니 긴 겨울밤이 희끗해질 무렵이 돼서야 겨우 다시 잠들었다. 수술이 모레 오후에 있어 금식에다 물도 마시면 안 되는 환자였다. 그러나 갈증이 난다고 해서 거즈에 물을 묻혀 입술을 적시느라 쉴 새 없이 왔다 갔다 해야만 했다. 환자가 잠들고 나니 혜원의 얼굴도 퍼석해지는 것 같은 느낌이었다. 그래도 오전 6시가 되어야 교대 시간이니 그때까지는 잘 버텨야 했다.

한가해지자 혜원은 차트를 들었다. 간호사들도 자세하게 차트를 작성하긴 하지만 간병인도 간병인 나름대로 있었던 모든 일을 다

꼼꼼히 시간에 맞춰 기록을 해야만 했다. 게다가 이번에 수술하는 팀이 미국의 유명한 병원에서 오는 팀이라 그녀는 간병일지도 영어로 작성해야 했다. 나중에 있을지도 모르는 어떠한 사태에든 대비해야 했기에. 손에 든 보이스 레코더에 짧게짧게 분 단위로 기록한 음성 메모를 다시 돌려 가면서 끝이 동그란 아름다운 글씨로 있었던 일을 적고 나서 혜원은 병실을 정리하기 위해서 일어났다. 이래저래 사용한 물건들을 갱의실에 갖다 놓고 새 물건을 가져오기 위해 자리를 뜨면서도 그녀는 병실이 비지 않게 하기 위해서 신참 간호사에게 환자를 부탁하고 방을 나섰다.

다들 처음에는 이런 곳에 전혀 어울리지 않는 혜원의 외모 때문에 주변에서는 그녀를 꺼려했지만 늘 열심히 일을 하고 남들한테 공손하고 예의 바른 그녀의 붙임성 때문인지 차차 마음을 터놓는 분위기였다.

"걱정 말고 다녀와요. 잠시 쉬던지요."

"말씀만으로도 감사합니다. 선생님. 금방 다녀오겠습니다."

쉰다는 것은 어림도 없는 일이었다. 그래도 말은 고마워서 고개를 끄덕이고 문을 나섰다.

병실보다는 약간 서늘한 기운이 도는 복도의 청량함에 금세 내리눌리던 눈꺼풀이 가벼워지는 것 같았다. 복도의 커다란 창밖으로 하얗게 눈이 쌓여, 어제 발을 동동 굴리며 병원으로 오던 저녁과는 완전히 다른 세상이 된 바깥 풍경은 고요하고 아름다웠다. 그러나 그게 마냥 아름답게만 보이지는 않는 자신의 상념이 싫어진 혜원은 고개를 돌렸다. 퇴근할 때는 제발 눈발이 잦아들길 바라면서 발걸음을 옮기던 그녀가 막 모퉁이를 돌려는 순간이었다.

"이렇게 이른 시간에 왜 올라오셨습니까?"

"그냥 습관이니 신경 쓰지 마십시오. 차트 잠깐 봐도 되겠습니까?"

조용한 스테이션에서 낯선 목소리가 들렸다. 이곳에서는 낯선 목소리를 듣는 것은 늘 있는 일이었다. 외국인 의사들도 늘 빈번하게 드나들었고 외부에서 초청되어 오는 전문의들이 단 한 건의 수술을 위해 방문하는 게 늘 있는 일이었기 때문이었다.

"밤새 Aspiration이 있었군요."

"가벼운 증세였습니다. 석션하고 다시 잠드셨습니다. 수술에 지장은 전혀 없을 것 입니다."

갱의실로 들어가려는 혜원의 발걸음이 멎은 것은 너무나 조용한 특별층 간호 스테이션에서 들리는 대화의 주인공이 자신의 담당 환자이기 때문이었다. 그것은 아주 당연한 반응이었다.

"그렇겠죠."

싸한 데스크의 하얀 대리석처럼 싸늘한 남자의 목소리가 들렸다. 본인은 그게 말버릇인지 모르겠지만 듣는 간호사의 얼굴이 새빨갛게 될 만큼 아무런 감정이 없는 목소리는 약간의 비아냥거림을 섞은 듯했다.

본인도 모르게, 그녀의 고개가 갸웃거려졌다. 이번에 오는 의료 팀은 존스홉킨스에서 온다고 해서 당연히 외국인일 줄 알고 있었다. 그런데 저 또렷한 발음의 목소리는 분명히 한국 사람의 목소리였다. 그러다가 뭐 그 팀에 한국인도 있을 수 있겠지 하고 흘끗 고개를 돌린 순간이었다.

아주 잠시 잠깐의 시선이었는지도 몰랐다. 마치 호텔의 로비 같은 하얀색의 대리석으로 된 스테이션에는 새벽에 새로 바꿔 놓은 커다란 하얀 장미가 소담스럽게 꽂힌 커다란 수반이 놓여 있었다. 그리고 그 꽃에 걸맞은 눈부신 하얀 가운을 입은 훤칠한 키의 낯선 의사가 서 있었다. 그리고 그런 대답을 들었음에도 불구하고 얼굴에 잔뜩 호의를 품은 익숙한 조 수간호사의 모습도 보였고.

"다른 차트는?"

"여기 있습니다. 선생님."

차트를 건네받은, 큰 키 덕에 스테이션에 구부정하게 기댄 의사의 뒷모습은 절로 그 반대쪽을 기대하게 하리만큼 훌륭했다. 단지 누구나 입는 의사 가운에 연회색의 정장 바지를 입은 뒷모습뿐인데도 호감을 갖게 하리만큼 자세가 반듯하고 키가 커서일지도 몰랐다. 혜원은 이상스러운 낯설지 않음이라는 감정에 대해 의아해하면서 재빨리 갱의실로 발걸음을 옮겼다. 그 순간이었다.

"어제의 차트도 좀 주시겠습니까?"

딱딱한 목소리였다. 그리고 감정도 한 줌 실리지 않은 것같이 명료하고 명확한 목소리였다. 그리고 또한 왠지 익숙하게 들리는 소리였다. 그럴 리가 있나.

혜원은 정말로 무의식적으로 고개를 돌렸을 뿐이었다. 고개를 돌려서 본, 한 십 미터쯤 떨어진 하얀색 간호 스테이션에 기대 있던 의사가 몸을 세우고 건네받은 파일을 보는 데 열중하고 있는 모습이 눈에 들어왔다. 그 낯선 의사는 단지 무의식적으로 대리석의 스테이션에 기대기 위해서 몸을 돌렸을 뿐이었다. 옆으로 몸을 돌린 하얀 가운을 입은 남자의 단정하고 눈부신 와이셔츠와 짙은 회색빛의 넥타이가 눈에 들어왔다. 무의식적으로 보인 미지의 남자는 한마디로 뒷모습으로 인한 기대를 저버리지 않을 만한 외모였다. 그냥 두면 흘러내릴 듯한 길이 감의 앞머리를 잘 넘겨 올리고 싸늘한 이미지의 금테 안경을 쓴 남자의 얼굴은 하얀 가운만 아니라면 액션 영화의 주인공이라 해도 믿을 만큼 잘났다고 할 만했다. 넘겨 올린 머리카락으로 인해 드러난 반듯한 이마, 차가운 금색 안경테 덕에 날카로움이 훨씬 더하는 듯한 매섭고 또렷한 눈매, 반듯한 이미지를 확고하게 해 주는 날 선 듯 휨 없이 깨끗하게 솟은 콧대, 그리고 꾹 다문 맵시 있는 입술 선까지.

잠시 잠깐 아주 당혹스러움에 빠져 있던 혜원은 아무렇지도 않게 고개를 돌려 갱의실로 향했다. 다만 손에 들고 있던 모포를 지나치게 꽉 쥐고 있어서 손이 저려 온다는 것도 깨닫지 못하고 있다는 걸 스스로도 알지 못했다.

'난…… 모르는 사람이야.'

라고 스스로 외치는 것이 더 이상스러운 것이라는 것 또한 알지 못했다.

"태 회장님 수술 팀은 도착하셨나요?"

자신의 목소리가 떨리고 있음을 정 간호사가 눈치채지 못했으면 싶었다. 그냥 자신의 담당 환자에 대해 묻는 것처럼, 그렇게 말하려고 했다.

"어젯밤에 도착하셔서 숙소에 머무나 봐. 아, 애초에 팀이 오기로 했는데, 그쪽 사정상 집도의 한 분만 오셨대. 그리고 어시스트는 선광대 병원에서 오기로 했나 봐. 뭐 그리 복잡한 수술은 아니니까. 오늘 오후에 컨퍼런스하고 내일 오후에 수술이니 그다지 급할 것은 없지. 저기……."

정 간호사의 목소리가 작아졌다.

"그 오셨다는 Operator(집도의)가 한국계더라고. 존스홉킨스 신경외과 팀에서 유명하시다는 분인데. 소문에, 닥터 주하고 뭐 좀 친밀한 관계가 있다고……. 그래서 이런 대단찮은 수술을 하러 여기까지 왔다는 거지. 아무리 태 회장님이라고 하더라도 우리나라에서 Cerebral Hemorrhage(뇌출혈) 정도 어찌 못할 건 아니지. 소문대로 닥터 주와 그렇고 그런 관계라 이쪽으로 아예 오려는 건지도 모르고. 아까 얼핏 지나가는데 진짜 잘나긴 했더라. 게다가 존스홉킨스 출신이라니. 나이도 엄청 젊다고 들었는데. 어머, 나 좀 봐, 무슨 소릴. 그냥 소문이 그렇다고."

그나마 친하다고 여기는 정 간호사지만 내가 간병인 따위한테 이게 무슨 소리야 하는 듯 혼자 웃고 있었다. 둘 다 교대 시간이 같아서 퇴근을 하면서 같은 직원용 엘리베이터를 탄 탓이었다. 가끔 두 사람이 겹치는 경우가 많은데다 12층 담당이라 혜원이 일이 있으면 자주 보는 사이였다.

닥터 주라고 하면 클리닉의 원장 딸 아닌가. 그게 무슨 상관이지. 그게 무슨…….

"아우, 밤새 눈이 와서 차 끌고 가려나. 그냥 택시 타고 가야겠네. 혜원 씨는 차 어떻게 해요? 아 참, 혜원 씨 차 없지. 면허 따라니까."

"그러게요. 시간이 없어서……."

피곤한 웃음만 지을 뿐이었다. 그녀가 면허를 딴 건 십오 년도 더 지난 일이니까.

"조심해서 가요."

골드미스인, 40대 중반의 정 간호사는 이곳의 떵떵거리는 수입에 걸맞게 가을에 새로 뽑은 신형 에쿠스가 첫눈에 어찌 될까 봐 택시를 타러 종종거리면서 택시 정거장으로 향했다. 새로 산 코트가 눈에 젖을까, 혹은 저번에 장만한 루이비통 티볼리에 물이라도 묻을까 그녀가 조심조심 우산을 펴고 가는 뒷모습이 늘 그렇듯 부럽게만 느껴졌다. 아니, 그런 적은 별로 없었지만 오늘은 머릿속으로 그런 생각을 해야만 했다. 지하에 차가 있다면 이 정도 길쯤이야. 아, 저 코트 예쁘다. 사이즈가 88쯤 되려나. 루이비통은 참 고집스러워, 아직도 저 디자인이 젤 인기라니. 발끝이 차가운 걸 보니 물이 새나…….

누군가 그녀의 머릿속을 들여다보는 것도 아닌데 그녀는 멋쩍게 큰 소리를 치듯 그녀답지 않은 생각들을 골똘하게 하면서 종종걸음 치듯 눈 위로 걸음을 옮겼다. 한참을 걸어야 보이는 버스 정류장까지 뛰어서라도 가고 싶었지만 쌓인 눈이 녹으면서 생긴 진창이 그녀를 그렇게 하지 못하게 하고 있었다.

'그 오셨다는 Operator가 한국계더라고. 존스홉킨스 신경외과 팀에서 유명하시다는 분인데. 소문에, 닥터 주하고 뭐 좀 친밀한 관계가 있다고……. 그래서 이런 대단찮은 수술을 하러 여기까지 왔다는 거지. 아무리 태 회장님이라고 하더라도 우리나라에서 Cerebral Hemorrhage(뇌출혈) 정도 어찌 못할 건 아니지. 소문 대로 닥터 주와 그렇고 그런 관계라 이쪽으로 아예 오려는 건지도 모르고. 아까 얼핏 지나가는데 진짜 잘나긴 했더라. 게다가 존스홉 킨스 출신이라니. 나이도 엄청 젊다고 들었는데…….'

그냥, 비슷하게 생긴 사람일 수도 있다. 암, 그냥 키가 크고 번 듯하게 생겼기 때문에 비슷하게 보이는 것일 뿐이다. 이름이라도 물어볼 걸 그랬나……. 아니 그 사람은 이제 나 같은 건 모를 거 야. 다른 사람이야. 의대에 다녔다고 해서, 키 큰 남자가 모두 그 사람이라고 할 수는 없잖아. 미국으로 갔다고 했지……. 미국에서 학교 다녀 봐서 알잖아. 그 땅이 얼마나 넓은 땅인지. 그리고 그렇 게 떠났다면 넌덜머리가 나서 돌아오고 싶지 않을 거야. 맞아……. 다시는 이 땅에 돌아오고 싶지 않다고 했었잖아…….

차가운 바람 속에서 갑자기 얼굴 한 귀퉁이가 뜨끈해지고 있었 다. 혜원은 재빨리 손을 들어 그 뜨거운 것을 닦아 냈다. 그럴 리 가 없다. 그냥 비슷한 의사일 뿐이었다. 만약 그렇다 해도……. 대 체 뭐가 달라진단 말인가. 버스가 올 시간이 한참이나 지났는데도 오지 않는 건 과한 첫눈 덕에 생긴 진창 때문에 느릿느릿 걷고 있 는, 대로에 가득한 차들 때문일 것이었다. 버스를 타고 40분이나 가야 하는데 오늘은 집에 돌아가는 길이 몇 시간이나 걸릴지 가늠

24

할 수도 없었다. 후비는 듯 파고드는 차가운 공기를 막으려 낡은 코트의 깃을 세우고 시려 오는 발끝을 동동 굴리며 오지 않는 버스를 기다리고 있는 그녀의 눈앞에 샛노란 색의 차가 느릿느릿한 차들의 흐름 속으로 지나쳤다. 제 품속에 있는 휴대폰이 울렸다. 혜원은 얼른 전화를 받았다. 이 이른 시간에 전화가 올 데라고는 한 군데밖에 없었다.

"어, 엄마."

〈올 때, 과일 좀 사 와.〉

"사과 남았을 텐데."

〈나 사과 싫어하잖아.〉

그제 분명히 사과를 드시고 싶다고 해서 종종거리며 사러 나갔던 기억에 혼자 쓴웃음을 지어야 했다. 또 보일러를 올린 채겠지.

"알았어."

말을 마치자마자 뚝 끊긴 휴대폰 저편에서는 뚜뚜뚜 하는 기계음만 울렸다. 막 동이 트고 있는 차가운 거리에 밤샘 근무를 하고 들어가는 딸에게 춥냐는 말 한마디 없는 엄마…… 혜원은 손이 싸늘하게 식어든 걸 느끼고 휴대폰을 얼른 가방에 넣었다.

"아, 시발, 포르쉐 카레라 911이다. 신형이야."

뒤에 있던 유명 상표의 붉은색 파카를 입은 이제 막 고등학교를 졸업한 듯 보이는 학생 티가 물씬 나는 청년이 제 친구에게 신나게 떠들고 있었다.

"어제 탑기어 코리아에 나왔는데. 저거 제로백이 3.4초래."

"제로백이 뭔데?"

완전히 멈춘 상태에서 시속 100킬로미터로 가는 데 걸리는 시간……. 혜원은 자기도 모르게 마음속으로 대답하고 있었다.

"서 있다가 시속 100킬로로 가는 데 걸리는 시간 말이지. 대박이지 않냐."

"뒤태 작살인데! 오늘 길 때문에 똥 됐다."

"그러게 말이야."

"면허만 따면 다 죽었어."

"아씨, 난 엄마가 다음 달에 등록하래. 아, 저런 차 한번 타 봤으면 좋겠다."

"저게 몇 억인데, 에이 시발."

포르쉐 카레라……. 그녀의 눈에도 진창을 뒤집어쓴 샛노란색의 매끈한 스포츠카가 느릿느릿 지나가는 게 보였다. 갑자기 왜 저 차가 지나가는 거지. 뭐 대로니까 그럴 수도 있지. 제 일도 아닌데 신나게 떠들고 있는 이들은 아마 수능을 막 친 십 대 후반이나, 이십 대 초반의 학생들일 것이었다. 딱 저맘때였나. 아니, 저 때보다 한 살은 많았었나.

그녀의 첫차…….

그리고 마지막 차였던 포르쉐 박스터 2.5 2000년식, 성년이 되고 첫 크리스마스 선물로 아버지가 사 주셨던 그녀의 차.

2.

　　"……차도 보여 줘야지. 죽여. 포르쉐야, 포르쉐! 예영이도 온다고 했어? 기집애 애인이랑 온데? 나? 나야 뭐……. 악!"

　　끼이익, 쾅!

　　"으윽…….."

　　요란한 굉음과 함께 누군가의 비명 소리가 들렸다. 손에 들려 있던 은색의 폴더 휴대폰이 날아가 유리창에 부딪친 뒤 차 안 어딘가로 떨어졌다.

　　〈야, 무슨 일이야? 야!〉

　　휴대폰 안에서는 왜 그러냐는 소리가 요란하게 들렸다. 그러나 그녀는 두 손으로 꼭 잡은 운전대에 머리를 박고 고개도 들지 못하고 있었다.

　　어젯밤에 설핏 내린 눈들이 한적한 뒷길에 살짝 덮여 있는 날이었다. 차 안이야 히터가 후끈하게 틀어져 있기에 입고 있던 폭스 재킷이 약간 갑갑스러워져 창문을 살짝 열려고 했을 뿐이었다. 물론 한 손으로 휴대폰을 들고……. 그녀의 차가 세미 오토였기에 기어를 바꾼다는 게 잘못 넣어 차가 요란한 소리를 내면서 옆의 인도를 타고 올라갔을 뿐이었다. 에어백도 터지지 않았고, 차는 그다지 빠른 속도가 아닌데다 오르막이었기에 덜컥거리고 올라섰을 뿐이고, 그녀는 급하게 브레이크를 밟아서 요란한 소리가 났을 뿐이었다. 다만…… 눈앞에 누군가가 있었다. 그런데 그 사람이 보이지 않는다…….

죽은 거 아냐.

한참 동안 고개도 못 들던 그녀가 막 핸들 사이로 고개를 들었을 때였다. 조금 열린 창문 밖으로 찬바람이 새어 들어왔다.

"아……. 이런!"

남자의 목소리와 함께 낮은 차체 앞으로 누군가의 새까만 머리통이 올라오는 게 보였다. 죽지는 않았나 보다. 피가 범벅이 돼 있으면 어떡하지. 그러나 살아 있으니까 우선은 나가 봐야 했다. 그녀는 용기를 내서 고개를 들고 공포에 떨면서 후들거리는 팔로 문을 열고 나섰다. 후들거리는 걸음걸이로 나서자마자 그녀의 반짝거리는 새빨간 광택의 포르쉐 박스터가 눈 덮인 인도에 걸쳐 올라간 게 보였다. 약간 긁힌 건가. 뭐야, 끌고 나온 지 몇 시간이나 됐다고.

"shit! 이걸 어째!"

저도 모르게 소리가 터져 나왔다. 그러나 뒤에 더 이상 말을 잇지 못한 것은 누군가의 목소리 때문이었다.

"적어도. 사람이 쓰려져 있다면 괜찮냐고 물어보는 게 먼저 아닙니까?"

그제야 누군가 있었고 그 때문에 확인하러 나왔음을 떠올린 그녀는 고개를 들었다. 게다가 똑똑히 들리는 목소리로 보아 선뜻 차 앞으로 나가지 못하게 만들었던 끔찍한 광경은 벌어지지 않았나 보다 싶은 그녀는 한 발짝 앞으로 나갔다. 지름길이라고 누군가 가르쳐 준 관악산 뒷길의 언덕배기에는 차가운 바람이 휘익 얼굴을 스치고 지나갔지만 오히려 열이 얼굴로 몰린 듯 화끈거리는 게 느껴졌다.

"저기……. 많이 다치셨어요?"

내키지 않는 목소리가 역력했다.

도서관에서 막 호출기의 번호를 보고 급하게 집으로 가던 길이었다. 날은 추웠고 급한 마음만큼 매끄러운 얼음판 위를 걷는 발걸음은 빨라지지 않았었다. 후배한테 빌린 전공 서적과 복사본의 무게가 가뜩이나 낡은 가방을 위태롭게 만드는 즈음 막 찌익 하는 소리와 함께 무언가가 흘러나오는 것에 당황해서 고개를 돌린 순간이었다. 갑자기 나타난 새빨간 자동차가 굉음을 내면서 달려들었고 놀란 그가 몸을 틀었으나 균형을 잃고 매끄러운 얼음판 위를 나뒹굴게 돼 버렸다. 욱신거리는 엉덩이와 바닥에 디딘 손바닥의 차가운 기운보다 바닥에 나뒹군 게 더 창피하게 느껴지는 것으로 보아 크게 다친 건 아닌 듯했다. 그가 몸을 일으키려 했을 때 차에서 내린 누군가가 제 차 걱정을 먼저 하는 거 보니 갑자기 화가 치밀어 오르는 건 당연한 이치였다.

차가 돌진하는 소리에 놀라 넘어지긴 했지만 차에는 살짝 부딪 쳤을 뿐이었다. 다만 과하게 꽈당 소리가 날 정도로 넘어졌기에 엉치뼈가 욱신거려 잘 일어나기 힘들어져 망연하게 주저앉아 있다 보니 옷이 젖어 버린 게 문제였다.

"저기…… 많이 다치셨어요?"

꿍음과 차가운 바람과 불편스러운 통증에는 전혀 어울리지 않는 맑은 목소리…… 차 뒤쪽에서 누군가 묻고 있었다.

금갈색 같은 낯선 색의 머리카락은 길게 늘어져 곱게 웨이브를 그리고 있었다. 그리고 한눈에 보기에도 따뜻해 보이는 하얀색의 폭신한 여우털 재킷, 늘씬한 다리가 고스란히 드러난 가죽 미니스 커트, 그리고 허벅지까지 올라오는 가죽 롱부츠로 더더욱 돋보이 는 매끈한 각선미, 그러나 그의 눈에 그런 것들이 보인 것은 한참 이나 뒤였다. 약간 상기된 복숭앗빛 볼에 맑은 눈과 오똑한 콧날 과 이 엄동설한의 빙판과 도저히 어울리지 않을 것 같지만 달착지 근하고 사르르 녹아 버릴 것만 같은 부드러운 아이스크림 같은 분 홍빛 입술…… 아주 짧은 시간이었다. 그러나 그는 그 짧은 시간 에도 눈이 부시게 화려하고 아름다운 여자를 눈으로 보고 놀라면 서 동시에 초라하고 옹색한 자신을 흘끗 돌아보고 있었다.

"많이 다친 건 아니죠?"

정신을 차린 건 많이 다치지 않았으니 이제 비켜 달라는 듯한 콧소리 든 여자의 목소리 덕분이었다. 그는 몸을 일으켰다. 엉치뼈가 뻐근했다. 그러나 머릿속에 떠오르는 건— 골반뼈는 Sacrum 선골(仙骨)이라고도 하며, 5개의 천추(薦椎)가 융합해서 된 것으로 척주를 구성하는 척추 중에서 가장 크다. 상부가 넓고 하부가 좁은 설형(楔形)을 이룬다. 넓은 상면을 천골저, 뾰족한 하단을 천골 첨이라고 한다. 전면은 우묵해져 골반강을 향하고 4가닥의 가로선이 있다. 이것은 각 천추의 융합부로서 이 가로선의 양단에 1개씩, 합계 8개의 전천골공(前薦骨孔)이 있다. 후면은 융기되고 역시 8개의 후천골공이 있으며……

이튿째 도서관에서 낑낑거리면서 외운 것이 이것들이었으니. 정신을 차려야 했다. 빈속이 찌르르 울리는 것 같았다.

"병원 가야 되는 건 아니죠?"

이제 여자의 아이스크림같이 달콤한 목소리는 약간 짜증까지 섞여 있었다. 잠시 현기증에 머뭇거린 것 때문인가. 적반하장도 유분수라는 말이 딱 이 상황에 어울릴 듯했다. 여자의 생김새가 눈이 부시게 아름다운 것은 별개였다. 잠시 정신이 나간 거지. 그 덕에 그는 힘을 내 몸을 일으킬 수 있었다. 이 상황에서 뭐라 해야 할까, 막 적당한 단어를 고르고 있는데 타이밍도 기가 막히게 후드득 소리가 요란하더니 기어이 고등학교 올라가면서 샀던 배낭형의 가방이 사단이 나 버렸는지 책이 쏟아지는 소리가 났다.

"어머!"

왜 비싼 책들이 쏟아져 눈구덩이에 젖어 버리는 것보다 여자의 목소리에 더 신경이 쓰이는 걸까. 저것은 조소인가, 아니면 조롱인가.

"책 쏟아졌어요!"

"누가 모른답니까!"

그는 괜히 날이 선 목소리로 대답했다. 솔직히 창피하기 때문이라고 말하는 게 낫겠지만 그는 묵묵히 책을 집어 들었다. 눈 위에 떨어진 해부학 책이 젖을까 봐 그는 복잡한 머릿속을 접어 버리고 재빨리 책들을 줍기 시작했다. 겨우 빌린 것들인데, 게다가 복사본은 젖으면 다 번져 버릴 게 뻔했다. 손놀림을 빨리하는데 갑자기 묘한 향내가 코끝을 스쳤다. 꽃 냄새? 아니 나무 냄새인가? 마치 화사한 봄날의 유리 화원을 연상시키는 달착지근하고 몽롱하기까지 한 향기…….

"뭐가 이렇게 무거워요? Human Anatomy……. 의대생이에요?"

흉측한 안면 근육이 그려진 묵직한 책보다는 책을 든 하얗고 가느다란 손가락 끝 손톱의 윤이 나는 핑크색 매니큐어가 눈에 들어왔다. 그리고 숨결까지 달콤한 여자의 매끄러운 발음까지……. 갑자기 고개를 들기 힘들어졌다.

"여기요, 이거 되게 무겁네."

빨리 받으라는 듯한 채근이 있은 뒤에야 그는 책들을 들고 일어설 수 있었다.

"괜……찮은 거죠? 아, 추워! 병원에 태워다 드려요?"

여자의 목소리에 짜증이 가득 섞여 있다는 것을 느끼지 못한 남자는 회색 파카를 입고 청바지와 운동화를 입은 채 두 손으로 받쳐 들기 벅찰 만큼의 책을 들고 여자를 물끄러미 보다 말했다.

"괜찮습니다."

엉덩이뼈가 쑤셔 왔다. 그리고 젖은 옷으로 찬 기운이 스며들었다.

남자가 멀쩡하니 일어서서 다행이긴 했다. 하지만 또 모르지. 이렇게 사고가 나면 나중에 드러누워서 병원비를 뜯어낸다는데……. 눈 오는데 새 차 끌고 나가지 말라는 아버지의 밥상머리 연설이 찌잉하니 울렸다. 크리스마스 연휴를 한국에서 보내려고 뉴욕에서 온 정연이와 자신의 환영 파티라지만 실은 약혼을 앞둔 예영이의 자랑질을 위한 자리임을 잘 알고 있었다. 그래서 오늘 옷차림에도 신경 썼고 자랑삼아 아빠에게 받은 새 차를 억지로 끌고 나온 건데……. 나오자마자 사고를 쳤다고 알려지면 좋을 게 없었다. 병원이 이 근처에 있을지는 모르지만 갔다 가기엔 빠듯한 시간, 어차피 자신이 주인공이니까 늦게 나타나도 좋다지만 너무 늦는 것도 그렇다. 보기에 많이 다친 것 같지는 않아 보이니까 뭐 대충 병원비 몇 푼 줘서 보내면 되지 않을까……. 여자의 머릿속이 복잡하게 돌아갔다.

"어디까지 가요? 괜찮다고 해도 넘어지신 거 같으니까 데려다 줄게요. 아, 추워!"

엄마랑 어제 명품관에서 산 여우털 재킷 덕에 등짝은 추운 줄 몰랐지만 얼굴에 느껴지는 찬바람은 짜증스러웠다. 이러다 화장 다 날아가겠네.

"괜찮습니다."

그가 다시 고집스럽게 말했다. 그제야 여자는 남자를 다시금 올려다보았다. 굽이 꽤 있는 부츠를 신었음에도 불구하고 올려다봐야 할 만큼 키가 컸다. 파리한 안색의 잔뜩 찌푸린 얼굴은 평생 웃어 본 적이 없어 보일 만큼 굳어 있었다. 나이가 몇이나 됐나, 그리 많은 것 같지는 않은데. 왠지 어두운 기색이 가득 몰려 있는 것 같은 표정이었지만 덥수룩한 머리카락 밑에 시원스럽게 뻗은 콧대와 쫙 뻗은 눈썹은 어딘지 모르게 단정해 보였다. 그리고 꾹 다문 입술이란……. 어머, 어쩜 저렇게 생겼지. 키아누 리브스 같네. 한참 그의 영화에 빠져 허덕였던 게 작년이었다. 그런데 이런 바람 부는 언덕배기에서 저렇게 생긴 남자를 만나다니.

"태워다 줄게요. 그 책 다 들고 어떻게 가요. 가까워요?"

"됐습니다."

여자의 눈빛에 슬쩍 스쳐 간 것 같은 동정의 눈빛—그것은 다분히 그의 혼자만의 생각이었지만—에 그는 기분이 상했다. 오렌지족이라는 말도 한물간 지 오래지만 한눈에 봐도 스무 살을 갓 넘긴 것 같은 여자의, 눈이 휘황스러울 만한 차림새나 혹은 인도를 타고 올라선 저 새빨간 정체불명의 외제차만 봐도 그가 경멸해 마지않는 부모 덕에 호의호식 희희낙락하는 부류가 틀림없었다. 그가 휙 몸을 돌려 잠시 잦아들다 다시 굵어지려는 눈발이 날리는 길 쪽으로 몸을 돌리려 했다.

"아……."

저도 모르게 삐끗한 것 같은 손목에서 힘이 빠졌다. 그나마 플라스틱 덮개가 하나 더 있는 스프링 노트를 맨 위에 올려 젖는 것을 막으려 했던 두꺼운 책 더미들은 든 손이 흔들리자 다시 후드득 소리를 내면서 바닥에 떨어졌다.

"저기요, 그쪽보다 책 때문에 그러는 거예요. 타요. 다 젖겠네. 어머, 이거 젖으면 안 되는데!"

그러면서도 여자는 제 비싼 모피 재킷에 잠시 멈춘 듯했던 눈이 커다란 송이가 되어 떨어지는 것도 모른 척하고는 젖은 눈 위에서 노트와 책들을 집어 들더니 종종걸음으로 조수석 문을 열었다.

정말로 팔이 아파서, 아니면 가야 할 그의 반지하 월세방이 너무 멀어서, 그도 아니라면 떨어져 내리는 눈송이를 감당할 수 없어 그 차에 탔던 것일까? 그는 먼 훗날에도 필름을 되돌리면 늘 첫 장면이 되는 그때 그 차를 타지 말았어야 했다고 생각하며 후회할 뿐이었다.

"의대생이에요?"

차가 출발하고 한동안 미끄러운 바닥을 보며 운전에만 신경을 쓰던 여자가 힐끗거리면서 말을 꺼냈다. 제발 말 따위는 하지 말고 운전에 집중해 줬으면 싶었다. 커다란 눈송이가 나풀거리면서 쏟아지는 통에 쉴 새 없이 좌우로 움직이는 와이퍼가 무색해질 지경인데 여자는 자꾸만 힐끗거리고 있었다.

"앞이나 잘 봐요."

"이봐요, 나 이래 봬도……."

뉴욕 주의 법에는 만 16세만 되면 부모의 동의하에 운전면허를 취득할 수 있었다. 벌써 운전 경력이 4년이나 됐는데……. 하지만 그 뒷말을 이을 수는 없었다. 남자가 옆에 타고 있는 건 자신의 운전 과실 때문이니까.

왜 자꾸 힐끗거리게 되는 걸까. 정말로 키아누 리브스를 닮아서? 저렇게 그림처럼 꾹 다문 선이 예술적인 입술은 처음 봤기 때문에? 게다가 방학 때도 늘 귀국하긴 했지만 한국 땅에서 처음 볼 만큼 키가 커서?

"어디라고 했죠?"

여자가 자신의 말대로 앞만 보는 게 다행스러웠다. 그 시선을 느끼고 있다는 게 괴로워질 정도니까. 그는 앞만 보고 있었다. 두툼한 사파리형의 오리털 파카가 뜨거운 바람이 나오는 히터 덕에 등짝에 열을 내고 있었다. 그리고 매끄러운 가죽 시트에 첨벙 젖은 엉덩이가 미안스러워지고 있었지만 그는 미안하다고 말할 생각은 없었다. 자신이 넘어진 건 여자 탓이니까. 그러나 문제는 잔뜩 들고 있는 책이었다. 어처구니없게 가방 밑이 빠져 버리다니. 좀 과하게 넣어 다니긴 했었다. 그렇다고 보자기에 싸서 다닐 수도 없는 노릇이고……

걸어서는 한참이나 걸릴 거리인데 후끈거리는 차는 금방 익숙한 언덕배기를 눈앞에 보여 주었다.

"저기 보이는 골목 앞에서 세워 주시면 됩니다."

그는 자신의 목소리가 설핏 갈라지는 게 느껴졌다. 차 안에 가득한, 새 차에서 나는 휘발성 냄새와 함께 뭔지 모를 묘한 꽃향기가 흘러들어 머뭇거리고 있는 것은 아마 옆에 있는 여자의 매끄럽게 웨이브 진 금갈색의 머리카락에서 나는 것만 같아서였다. 생전 처음 맡아 보는 향기였다. 나무 냄새도 아니고 장미 향도 아니고, 그가 맡아 본 적이 없지만 왠지 모르게 보라색 같은 색조의 묘하고 작은 꽃이 연상되는 그런 향기…….

"연락처 주세요."

여자의 목소리가 그를 상념에서 깨나게 했다. 보라색 꽃이라니……. 미친놈. 그는 스스로 질책하고 나서 다시 감정 없는 목소리로 대답했다.

"괜찮습니다."

"전 안 괜찮아요. 그쪽에서 저 그냥 이렇게 가고 난 담에 뺑소니니 뭐니 하고 신고해 버리면 어떡하라고요. 그러니까 연락처 줘요. 그리고 저 때문에 넘어진 거고, 지금은 아니어도 뭐 안 좋아질 수도 있는 거니까 보상은 하겠어요."

"그런 사람 아닙니다."

왠지 기분이 나빠졌다. 사고를 빌미로 돈이나 뜯어먹는 인간으로 보이다니…….

차가 섰다. 눈발이 더욱더 굵어지고 있었다. 그는 차창 밖을 흘끗 보고는 손에 든 책들을 챙겼다. 올라가야 할 언덕을 생각해 보고 그동안 책이 젖지 않을까 잠시 고민을 해야 했다.

"여기요!"

딸각하는 소리와 여자의 목소리와 더 짙어진 향기가 아니라면 그는 무시하고 차 문을 열고 내렸을 것이었다.

"……?"

그의 시선에 하얀 종이를 든 여자의 손이 보였다.

"쓸 것 좀 줘 봐요."

"괜찮다고 했습니다."

그의 목소리가 자못 짜증스러웠다.

"연락을 하든 안 하든 그건 그쪽이 알아서 할 일이고, 난 사고를 냈으니까 연락처를 남기는 의무를 하려는 것뿐이라구요!"

여자의 고집스러운 말도 틀린 말은 아니었다. 연락을 안 하면 그만 아닌가. 그는 잠시 미간을 찌푸리더니 파카의 안주머니에서 볼펜을 꺼내 들었다. 말없이 손을 내밀자 핑크색의 매끄러운 매니큐어가 칠해진 하얗고 작은 손은 쏙 하고 볼펜을 빼내 갔다. 아주 잠깐 여자의 따뜻한 손가락이 스친 건가. 그는 더욱더 이맛살을 찌푸리면서 재빨리 손을 거둬들였다.

"017-***-****. 정……. 혜……. 원……."

하얀색의 길쭉하고 넓적한 종이 위에 쓰이는 글씨는 마치 여자의 얼굴처럼 동글동글하고 단정했다. 소리를 따라 흘끗 그쪽을 보는 그의 굳은 얼굴은 더욱더 굳어지고 있었다.

"종이가 이것밖에 없어서요. 약소하지만 이건 치료비로 쓰세요. 제가 좀 바빠서요."

여자가 휴대폰 번호와 이름을 써서 내민 것은 그냥 네모난 종이가 아니라 하얀색의 수표였다. 그의 얼굴이 더욱더 굳어졌다. 동그라미가 하나, 둘, 셋, 넷……. 저도 모르게 새겨진 동그라미를 세고 있는 제 자신에 당황스러웠다.

"그쪽이 돈이 얼마나 많은지는 모르겠지만 됐습니다."

과도한 동그라미가 갑자기 그의 속을 쓰리게 했다. 뭔가 울컥하고 올라오는 것……. 그는 과도한 스트레스를 받으면 위산이 역류하는 역류성 식도염을 고등학교 때부터 앓아 왔었다. 속이 타는 것 같은 느낌에 그가 차 문을 열려고 밀었다. 그러나 문은 잠긴 채 열리지 않았다.

"문 열어 주십시오."

"이건 종이가 없어서구요. 맞아요. 저 돈 많아요. 그러니까 이런 거 아무렇지도 않게 받으셔도 돼요. 제가 사고를 친 가해자니까 그쪽에서 치료비 내놓으라고 드러눕지 않은 걸 다행으로 여기고 드리는 거니까 그냥 받으세요. 그리고 뭔가 이상하면 연락하시구요. 그렇지만 과도하게 한 몫 물어야겠다고 생각하시면 오산이에요. 그런 거 처리할 변호사를 한 트럭 거느리고 있는 아버지가 있으니까요. 겁주는 건 아니에요."

기분이 나빠야 했다. 그런데 이상하게도 여자의 말하는 것의 내용보다는 마치 노랫소리같이 지저귀는 리듬만 들린 것 같은 착각이 들었다. 차 안의 열기 때문인가 창백한 그의 얼굴에 열이 오르는 것만 같았다.

"저기 연락처 주면 안…… 돼요?"

머릿속이 복잡해졌다. 여자가 내미는 저 하얀 수표……. 저것이 있으면 얼마나 많은 것을 해결할 수 있는가. 두 달째 밀린 방세, 사단이 나 버린 가방, 사고 싶었던 전공 서적, 텅 빈 냉장고도 채울 수 있는 거고…….

"됐습니다."

그는 차 안을 살펴서 잠금장치를 찾아내고는 문을 열었다. 타는 것 같은 열기가 가득하던 차 안에 차가운 공기가 밀려 들어오자 정신을 차릴 수 있을 것만 같았다. 질식할 듯한 여자의 꽃향기가 가시자 그는 재빨리 이곳에서 사라져야겠다고 생각했다. 두 손 가득 책을 들고 펄펄 날리는 눈 속으로 나서려는데 사그라지던 여자의 꽃향기가 확 콧속으로 끼쳐 왔다.

"조심해서 가요."

그가 두 발을 내밀고 두 손으로 책을 가득 든 채 차 밖으로 몸을 내미는 순간 여자의 손이 그의 낡은 회색 파카 주머니 안으로 밀려 들어왔다.

"그냥 재수 없었다고 생각해요. 또 생각나면 그리로 연락하구요. 잘 가요!"

경황도 없이 차 밖으로 나섰다. 그는 그저 도망치고 싶을 뿐이었다. 턱까지 숨이 차오르는 언덕 꼭대기에 있는 자신의 반지하방으로 마구 뛰어들고 싶었다. 그가 막 차에서 몸을 빼자 여자는 안전벨트를 풀고는 몸을 내밀어 차 문을 닫았다. 뒤에서 탁 소리가 나자 그는 그답지 않게 돌아보고 싶다는 생각이 들었다. 그러나 그는 곧바로 발을 내디뎌 언덕을 오르기 시작했다. 으르렁거리는 굉음을 내면서 자신이 내린 차가 미련도 없이 가 버리는 소리가 뒤통수에서 울렸다. 여자의 목소리가 머릿속에 울렸다. 그냥 재수가 없었을 뿐이라고…… . 아직 채 가시지 않는 자신의 얼굴에 떠도는 열기, 완전히 사라진 게 분명하지만 뇌 속에 떠돌고 있는 것만 같은 묘한 꽃향기가 그를 그답지 않게 만들고 있었다. 다시 시작된 커다란 눈송이 덕에 늘 잡스러운 소음으로 가득한 좁은 골목길은 쥐죽은 듯 고요함으로 가득 차 있었다. 갑자기 아주 낯선 길을 걷고 있는 것만 같았다. 두 손에 든 책의 무게가 차가운 공기 속을 가르고 가는 길에 열기를 더해 주었다.

정······혜원.

문득 이름이 예쁘다는 생각을 한 그는, 그 생각을 떨치기 위해 더욱더 빠른 속도로 언덕을 오르기 시작했다.

느릿느릿 차들이 움직이는 교차로에서 그녀는 요란하게 울리는 벨소리로 휴대폰이 어디 떨어졌는지 알았다. 아까 어디론가 날아가 떨어졌는데 다행히 차 안에 있었다. 마침 긴 신호에 걸려 얼른 안전벨트를 풀고 조수석 바닥에 떨어진 은색의 폴더 폰을 집어 들던 그녀의 입꼬리가 갑자기 생끗 올라갔다. 축축하게 젖은 채인 조수석의 아래쪽 발 매트 위에 무엇인가가 떨어져 있는 게 보였다. 물기가 젖은 스프링 노트. 그녀는 얼른 그것을 들었다.

서울대학교 의예과 98*** *** 길재현.

"어머? 이상한 성이네. 길재현?"

휴대폰에서는 요란하게 12비트의 음이 울리고 있었지만 그녀는 받을 생각을 하지 않고 있었다. 뒤에서 요란하게 빵빵거리는 다른 차들의 클랙슨 소리를 듣지 않았다면 아마 한참을 더 눈 덮인 대로 가운데 차를 세워 둔 채로 있었을 것이다.

3.

연일 폭설이 계속되어서 차를 끌고 나온다는 건 어림도 없는 일이 되어 버린지라 택시에서 내린 혜원은 한숨이 절로 나왔다. 눈이 그치긴 했지만 길이 엉망진창이었고 그전의 사고 소식을 함구하고 있음에도 불구하고 아버지의 엄한 운전 금지령 덕에 새 차는 달랑 이틀을 타고 차고에 갇힌 신세가 되어 버렸기 때문이었다. 그렇다고 엄마의 차나 아버지 차를 타고 다니고 싶은 생각은 추호도 없었다.

택시에서 내린 혜원은 소스라치게 찬 바람에 깜짝 놀라면서 길을 건너려고 둘러보았다. 그녀는 이번에 새로이 세 가지 사실을 알게 되었다. 첫 번째 서울대 캠퍼스가 그렇게 넓은지 전혀 몰랐다는 것이었다. 서울도 뉴욕 주의 살인적인 땅값과 비교해 만만치 않을 텐데 부지가 황당할 정도로 넓었다. 그리고 두 번째는 그 넓은 대학 부지 안에 의대만 없다는 사실, 그리고 세 번째는 그녀가 귀국하면 친구들과 떠들썩하게 어울려서 맨날 돌아다니던 대학로에 서울대 연건캠퍼스가 있고 의대는 그 안에 있다는 사실이었다.

솔직히 예영이의 전화만 아니었다면, 혜원은 절대 자신의 박스터 운전석에 올려놓고 잊어버린 그 차에 부딪혔던 키아누 리브스의 노트 따위는 떠올리지 않았을 것이었다. 길이 좋아져서 차를 몰고 다닐 수 있을 때쯤에는 아마 무슨 쓰레기람 하고 지하 차고 쓰레기통에 처넣어 버렸을지도 몰랐다.

〈……아우, 우리 정훈 오빠 진짜 대박인 거 같아. 엄마 졸랐잖아. 약혼식이라도 빨리 올리자고……. 울 아버님이 날 얼마나 예뻐하는지……. 최 회장님 말이야. 우리 오빠 대학교 때도 진짜 인기 많았다더라. 이번에 졸업만 하면 정식으로 경영 수업 받느라고 회사에 출근한대. 정말 너무 잘생기지 않았니? 그 얼굴이면 키 180 안 되는 것도 다 커버된다니까! 혜원아, 너는 어때? 너 뉴욕에서는 니그로 애가 쫓아다녔다면서? 아우, 냄새 안 나니? 뭐 하긴, 네 성격에……. 한국 남자는 좀 인내심이 필요할 거야. 그지?〉

학교에서 단짝이던 샘을 굳이 니그로라고까지 표현할 것은 없었다. 하지만 히스패닉과 혼혈인 건 솔직히 더 모양새가 빠지긴 했지만 샘은 결정적으로 게이였다. 그러니 정말로 소울 메이트일 뿐.

〈너만 이번에 혼자 오겠네? 다 커플끼리인데…….〉

그냥 그런 자리 따윈 안 간다고 했어야 했다. 그녀도 익히 알고 있는 CG전자의 최 회장님 막내아들이 완전히 개망나니에다 반반한 얼굴값 하느라 온갖 사고를 다 치고 다닌 건 이 바닥에서 누구나 알고 있었다. 뉴욕에서 방학 때마다 귀국하는 제 귀에도 다 들릴 정도니까. 게다가 결정적으로 숫다리인 걸 잘 알고 있었기 때문에 왕싸가지인 예영이와 커플이 된다고 해서 배 아플 것은 없었다. 또한 예영이의 떨거지들이 끌고 오는 것들이 하나같이 변변한 놈이 없다는 것도 잘 알고 있었다. 어디 그룹 사촌의 둘째 아들입네, 무슨 법률법인 부대표의 조카입네……. 명함을 내밀 만한 건더기도 없는 것들이 어떻게든 지들 등쳐 먹으려고 분위기 맞추면서 쫓아다니는 것도 모르고 한심하게 몰려다니는 게 딱했다. 오징어가 인간으로 환생한 듯한 것들이 자신만 힐끗거리는 것도 참기 힘들었다. 어디 근사하게 생긴 호스트라도 없나……. 생각 중에 떠오른 건 그 재수 없는 날에 차에 부딪쳐 넘어진 대학생이었다.

밤에 벌떡 일어나 그 추운 차고까지 가서 들고 온 노트는 서울대 마크가 떡 찍힌 스프링 노트였고 거기에는 학번과 이름까지 선명하게 쓰여 있었다. 그리고 호기심에 넘겨본 내용은……. 절로 머리가 찌근거릴 만큼 엄청났다. 노트 살 돈도 없는 건지 정말로 깨알같이 쓰여 있는 정체불명의 글자란……. 중학교부터 유나이티드 스테이트 물을 먹은 그녀로서도 이해 못할 온갖 의학용어며, 두개골, 손뼈, 다리뼈. 내장이며……. 온갖 형광펜으로 색색이 칠해진 내용은 보기만 해도 멀미가 날 지경이었다.

혜원의 얼굴에는 씨익 하고 미소가 떠올랐다. 옷차림을 보니 뭐 그다지 넉넉한 사람은 아닌 듯하지만 방학 때에도 그리 열심히 공부를 하는데다 그 키 하며, 정말로 키아누 리브스밖에 떠오르지 않는 외모 하며, 근사한 슈트로 도배를 한 후에 머리만 좀 정리를 하고 한술 더 뜨자면 피부 관리 같은 것만 좀 하면 꼴뚜기에서 멋진 샤크 한 마리로 변신할 수 있을 것만 같았다. 그러나 생각해 보니 며칠이나 지났는데도 전화 따위는 안 오는 거 보면 한몫 잡아보겠다는 그런 생각도 안 하는 정말로 건실한 사람일지도 모른다는 생각까지 들었다. 생각만 해도 신나서 뱃속이 근질근질하는 것만 같았다. 아주 그것들 코가 납작해지겠지. 서울대 의대생인데……. 혹 인연이 잘돼서 정말 사귀게 되어도 근사할 것 같았다. 음, 아버지를 졸라서 의대 졸업하고 나면 뉴욕에서 같이 공부를 해도 괜찮을 거 같고. 아, 목소리도 괜찮았던 거 같은데…….

떡 줄 사람은 생각도 않는데 김칫국부터 퍼마시다 배가 터져 버린 듯했다. 아마 미끄러운 빙판길에서 삐끗할 뻔하지 않았더라면 머릿속에서의 진도는 어디까지 더 나갔을지 모를 만큼이었다. 대한민국 최고의 의대라지만 앞에 있는 커다란, 그러나 그다지 예술적으로 보이지는 않는 병원 건물을 제외하고는 뒤에 있는 건물들은 추위 탓인지 몰라도 앙상한 나무들 덕에 내용물만큼 훌륭해 보이지는 않았다. 또 어제처럼 물어물어 사방을 다녀야 하나 하고 한숨이 나오려고 했지만 그래도 그나마 좁은 구역이라 다행이었다. 편한 신발을 신은 게 탁월한 선택이었다. 이 빙판에 이 추위에 이 수고라니……. 찾기만 해 봐라 하는 심정이었다. 그런데 이제 어디로 가서 찾는다? 그렇게 책을 많이 가지고 어딘가를 헤매지는 못 할 것이고, 어딘가 앉아서 공부를 하지 않을까.

'아! 도서관.'

혜원의 얼굴에 미소가 떠올랐다.

누군가 등 뒤를 쿡쿡 찌르는 게 느껴졌다. 그의 이마가 구겨졌다. 책장 넘기는 소리, 무언가를 조심스럽게 끄적거리는 소리, 한참을 돌아가다 멈추어 적막을 느끼게 해 주는 온풍기 소리 사이로 저쪽 열 구석에서 누군가 쉴 새 없이 코를 훌쩍이고 있는 게 아까부터 신경을 거스르고 있었다. 저도 모르게 한숨을 쉰 그가 뒤를 돌아보자 과 후배가 서 있었다.

'왜?'

입 모양만으로 묻자 후배는 손짓으로 바깥을 가리켰다. 무슨 일이지⋯⋯. 그는 필기하던 노트를 접고는 무거운 마음으로 의자 끄는 소리가 나지 않도록 조심하면서 몸을 일으켰다.

학생증 때문인가? 솔직히 그는 학과 도서관에 들어올 수 있는 신분이 못 되었다. 2학년 1학기만 마치고 휴학을 한 상태였고 복학을 준비는 하고 있으나 할 수 있을지는 의문이기 때문이었다. 학교 도서관에 들어올 수 있었던 건 축복받은 머리를 가지고 그것보다 더 축복 받은 집안 환경을 지닌 과 동기가 정말로 뭐 빠지게 공부해도 모자란 이 판국에 보름 동안이나 알래스카로 불곰을 잡겠다고 해외로 떠나면서 빌려 준 학생증 덕분이었다.

그는 엄밀히 말하자면 아직 예과라 관악캠퍼스에 있어야만 했다. 하지만 그곳 도서관에서는 그가 필요한 책들이 부족했고 이쪽 의대 쪽 서관이 공부하기도, 자료를 찾기도 좋았다. 봐야 할 책들은 어마어마하게 많은데 그는 복학할 학비도 빠듯했기 때문에 미리 공부를 하고 구할 수 있는 책들을 정리라도 해서 날고뛰는 후배들과 동기들 사이에서 어떻게든 살아남으려고 애쓰는 중이었다. 게다가 가진 보름의 시간 중에 벌써 3분의 2가 지나가 버렸기 때문에 그는 조급한 마음에 끼니 때울 시간도 건너뛰고 책에 박혀 있는 중이었다. 학생증에 있는 사진은 누가 봐도 지금 자신의 얼굴과는 달랐다. 그러나 입구에서는 바코드만 필요할 뿐 얼굴은 확인하지 않았는데 혹시 뭐가 문제가 생긴 걸까. 아니면 아직 정산 못한 장례비 때문인가……. 아마 후자일 확률이 높았다. 그런데 굳이 후배 녀석이 자신을 불러낼 것은 뭔가.

과의 특성상 대한민국에서 최상층의 수재들만 모인 이곳에 속한 이들은 대부분 하늘이 내린 지능을 지닌 게 다반사였고 그와 더불어 그에 못지않은 배경을 지닌 이들도 다수였다. 가난한 고학생이라니. 정말로 80년대 신파도 아니고. 입학할 때만 해도 신이 내린 머리와 신이 내리지는 않았지만 아들이 서울대 의대에 붙었다고 떠들썩하게 동네잔치를 벌일 만큼의 집안은 되었었다. 그것이 과거형으로 끝나 버렸지만.

정말로 공부가 하고 싶었다. 물론 나중에 입신양명해서 뛰어난 의사가 돼 안정된 수입을 가지고 그가 꿈꾸는 돈 걱정 없는 생활을 하는 것, 그것이 최종 목표일지는 몰랐지만 우선은 공부할 때가 가장 행복했다. 모르는 것을 알아 가고 그 지식을 차곡차곡 쌓는 것이 마냥 좋았을 뿐이었다. 그리고 꿈에 그리는 이 대학에 와서 그 공부라는 걸 정말로 원 없이 신물이 나도록 한 지난 일년 반이 죽도록 행복했었다. 그 행복이 비록 허망하게 끝나긴 했지만…….

"형 누가 찾아요."

후배 녀석이 두꺼운 안경알 밑으로 눈이 보이지 않게 흉측하게 웃고 있었다. 뭐가 그리 잼나냐 하고 확 무안을 주고 싶은 심정이었지만 그는 꾹 눌러 참았다. 일어났더니 갑작스레 허기가 몰려오는 것 같았다.

"누가."

퉁명스럽게 대답하면서도 그는 걱정이 앞섰다. 누구일까, 여기까지 찾아온 사람이.

며칠 전에는 차에 치이더니, 귀중한 해부학 필기 노트도 잃어버리고, 오늘은 간발의 차이로 늘 앉던 자리까지 뺏겨 버린지라 그는 영 기분이 좋은 상태가 아니었다. 아니, 그전의 사고는 전화위복이라고 해야 맞는 건가. 차에 치였던 건 정말 잘됐던 걸까.

그 어린 나이에 건방지게도 으리으리한 외제차를 몰던 여자가 메모지로 던져 준, 자그마치 백만 원이나 되는 수표 덕에 눈치 보이던 주인 할머니께 방값을 내밀 수 있었고, 싸지만 새 가방을 살 수 있었고, 또한 늘 얻어먹기만 하던 후배와 동기에게 밥 한 끼 살 수 있었던 건 오히려 복이던가. 이제는 머릿속에서 지우고만 싶었다. 그 아무것도 아닌 종이 한 장을 두고 밤새 책도 덮은 채 스스로의 자존심과 벌였던 싸움은 되돌려 생각하기에도 끔찍했다. 정말로 그걸 던진 사람은 아무것도 아니니까 그런 것이다……라고 제 자신에게 몇 번이나 변명했어야 했던가.

"형!"

후배의 다그침에 그가 번쩍 정신을 차렸다.

"엄청 예쁜 여자던데…… 숨겨 놓은 애인이에요?"

"뭐?"

여자라니, 그의 이마가 다시 찌푸려졌다. 엄청 예쁘다는 수식어가 붙을 만한 여자가 그의 주변에 있었던가?

"하긴 뭐, 선남선녀라는 말이 있잖아. 형만 한 외모에 딱 어울리는 여자지. 우리 학부생은 아닌가 봐. 도서관에 들어오지는 못하고 로비에서 기다리던데요. 아우, 진짜 끝내주더만요! 형, 파이팅!"

"무슨 개소리야."

로비로 나가면서도 그는 머릿속이 텅 비어 있을 뿐이었다. 제발 그가 생각하는 사람이 아니기만을 바랄 뿐이었다.

그가 생각하는 사람은 아니었다. 그러나 반가울 리 없는 사람이었다. 입맛에 전혀 맞지 않는 뜨거운 커피는 빈속을 훑어 내리는 것만 같았지만 뜨겁다는 사실 하나로 만족해야만 했다. 그리고 커피 값을 낼 수 있다는 사실이 다행스러운 한편으로 커피 두 잔의 값치고는 너무 과하다는 생각에 사로잡혀 있는 자신이 짜증스러웠다. 게다가 늘 고요하고 적막한 실내에만 있던 그는 나름 잔잔한 음악이 흐르는 커피숍의 내부조차 번잡스러웠다. 게다가 그 커피숍에는 제 또래의 젊은이들이 대낮인데도 불구하고 구석구석 앉아 시간을 죽이느라 웃고 떠들고 있다는 사실도 그의 속을 뒤틀리게 하는 데 한몫했다.

거기에 그의 혼란스러움을 가중시키는 것은 건너편에 앉아서 파이팅을 외치는 후배 녀석을 아무렇지도 않게 쏘아보던 당당한 눈빛을 가진 눈이 부신 여자의 존재였다.

"아프지는 않으셨나 봐요. 전화 없었던 거 보니."

뭐가 그리 대단해서 이 정혜원을 그토록 고생을 시켰는가 싶은 생각에 다들 흘끗거리면서 지나가는 커다란 도서관 로비에 서 있을 때는 정말로 자존심이 있는 대로 상했다고 할 수 있었다. 뭐 이런 도서관이 다 있는지, 그녀의 학교 같으면 도서관이야 필요한 사람들이 자유롭게 드나드는 곳이었는데 여긴 학생증이 있어야만 들어갈 수 있다고 했다. 그 덕에 쫓겨난 고양이마냥 로비에 서성거려야 했다니. 그래도 지나가는 사람 붙들고 이야기 걸어 단번에 그 형 알아요, 하고 말이 나온 건 다행이라고 여겨야 하나. 진짜 서울에서 김 서방 찾기도 아니고 달랑 서울대 마크 찍힌 노트 하나 들고 여기까지 쫓아와서 당사자를 앞에 놓고 있다고 생각하니 그녀는 스스로가 대견스러울 지경이었다.

약간 야위었나? 내가 낸 사고 덕인가? 머릿속에는 늘 키아누 리브스의 이미지로 남아 있었는데 지금 이렇게 밝은 곳에서 정면으로 보니 그건 전혀 아니었다. 아니, 언뜻 입술이 닮은 듯했지만 신경질적으로 생겼다는 말이 절로 튀어나오는 남자는 잘생기긴 했지만 그녀가 상상하던 모습은 아니었다. 하지만 키며 마른 것 같은 몸매는 마음에 들었다. 이래저래 견적은 나오는 외모인 걸 다시 확인하니 입가에 절로 미소가 피어올랐다. 자, 이제 시작해 볼까.

"괜찮았었어요?"

아까부터 대답이 없는 남자의 찌푸린 이마에 다시 질문을 던졌
다.

"네, 괜찮았었습니다. 연락을 하고 안 하고는 제 마음이었지 않
습니까."

거참, 뻣뻣하네. 그러나 혜원은 다시 새침하게 웃었다. 스스로
에게 안 어울리게.

"차에 노트 놓고 가셨더라고요. 본의 아니게 좀 보긴 했는데 필
기한 게 정말 경이로울 정도던데요? 아무래도 잃어버리면 좀 많이
속상해 보일 듯해서요."

여자가 그녀의 하얀색 커다란 백에서 노트를 꺼내 놓았다. 젖었
었는지 약간 얼룩이 진 노트. 그의 찌푸려졌던 얼굴이 약간 펴지
는 것 같았다. 솔직히 그 노트를 찾고 싶은 마음은 간절했었다. 빌
리기 힘든 해부학 서적을 두 권이나 써머리한 그의 노트. 자신이
가장 잘 안 외워지는 걸 요약하고 정리한 저 노트에 들인 시간이
얼마였던가.

그러나 그가 그의 수첩에 옮겨 적은 여자의 휴대폰에 연락을 하
지 못한 건 이제는 없는 여자의 이름과 전화번호가 남겨진 그 하
얀 종이 때문이지 않았던가. 그 처음 타 본 뚜껑도 열리게 되어 있
던 외제차나, 여자의 모피 코트에 비하면, 그가 받은 그 종이의 가
치는 그와는 전혀 다른 의미일 거라고 몇 번이나 스스로에게 이야
기했지만 그의 상식적인 생각으로는 정말로 너무 과한 것, 아니
한마디로 사기에 가까운 것이었다. 그런 걸 아무렇지도 않게 받아

챙기고 노트까지 돌려 달라고 하기엔 그의 양심이 허락지 못했었다. 그런데 이렇게……. 저런 모습으로 눈앞에 앉아서 노트를 내밀다니. 그는 그답지 않게 고개를 떨구고 아직도 온기가 남은 커피 잔만을 잡고 있었다.

"의대생인 거죠? 아, 진짜 그 공부를 어떻게 다 해. 전…… 경영학을 배우고 있어요. 물론 여기서는 아니구요. 한국은 물어보니까 학번으로 따진다고 하던데요. 몇 학년인 거죠? 98이면……. 3학년 올라가는 건가요? 헷갈려. 봄에 학기가 시작되니까 어떻게 세야 하는지 모르겠네."

날름 혀까지 내미는 쇼를 하는 스스로가 웃겼다. 약간 백치미가 흐르는 게 낫지 않을까? 상대는 공부에 찌든 사람이니까. 자신의 외모가 남들에게 섹스어필하기에도 좀 거리가 있고, 쉽게 근접하기 힘들어 보인다는 걸 잘 알고 있었다. 그래서 일부러 밝은 색으로 머리를 염색했고, 좀 더 부드럽게 보이려고 요란스러운 웨이브를 고집했으며 밝은 색의 캐시미어 터틀넥에 풍성한 퍼가 가득한 아이보리빛 양가죽 코트를 입었고 가방도 일부러 밝은 색으로 들었다. 물론 화장까지도 신경을 썼다. 순진하고 멍청하게 보이게. 그런데 참, 앞에 앉은 남자는 타고난 외모 빼고는 정말 성의 없지 않은가. 버석 마른 얼굴은 세수만 한 게 틀림없고 머리카락도 윤기 하나 없이 퍼석거렸다. 그리고 전에 보았던 회색의 멋대가리 없는 점퍼, 똑같은 어정쩡한 길이의 청바지, 똑같은 운동화……. 게다가 이렇게 재잘거리는데 대답도 없다.

"노트 가져다 줬으면 뭐 고맙다는 말 한마디라도 해야 하는 거 아니에요? 제가 챙기지 않았음 우리 기사 아저씨가 차 청소하면서 버렸을지도 모르는데."

"고맙습니다."

정말로 더욱더 성의 없어 보이는 대답. 웃어야 할지 울어야 할지 참 당혹스러운 대답이었다. 한마디로 얼굴에 쉴드 100%인 모습 아닌가. 더 이상 다가오지도 무언가를 캐려고도 하지 말라는 저 꾹 다문 입술이란. 그러나 여기서 멈출 정혜원이 아니었다. 그랬으면 이 엄동설한에 택시까지 타고 여기까지 쫓아오지도 않았지.

"이름이…… 길재현 씨예요?"

"네."

그는 다시 커피를 한 모금 마셨다. 씁쓸하지만 따뜻했다. 속이 아릿한 짙은 색의 액체. 향기는 그럴듯하지만 전혀 그에게 아무런 감명을 주지 못하는 액체.

그는 눈을 들었다. 눈앞에 여자가 있었다. 한 번쯤 만져 보고 싶으리만큼 곱실거리는 긴 금갈색의 머리카락, 곱게 드리워진 머리카락 밑에 단 한 줌의 고생이라는 것은 해 본 적이 없는 것 같은 티 없이 맑은 미소를 지니고, 그가 늘 속이 뒤집어지도록 부럽다 못해 시기하는 그의 학과 동기들처럼 축복받은 가정환경에서 항상 웃으면서 저 밝은 머리카락이나, 혹은 손톱 위의 매끄러운 매니큐어밖에 생각하지 않았을 것 같은 그런 눈으로 자신을 쳐다보고 있었다.

그의 인생에, 이 커피처럼 하등의 쓸모도 없이 그냥 쓴맛으로만 느껴질 것 같은 그런 여자. 누군가에게는 커피가 간절할 수도 있겠지만 그에겐 그렇지 않다.

"노트 돌려주셔서 고맙습니다. 그럼 이만."

그가 하얀색의 탁자와 어울리지 않는 칙칙하고 얼룩진 그의 노트를 집어 들고 일어서려고 했다. 그런데 노트는 그의 생각대로 끌려오지 않았다.

"너무한 거 아니에요? 솔직히 그거 내가 버렸을 수도 있는 거잖아요. 그걸 일부러 이렇게 가지고 와서 찾아 줬는데 그냥 그렇게 가 버리는 건, 사람 성의를 무시하는 거 아닌가요?"

저 여자는 뭐라고 말하는 건가. 그는 그냥 이곳에서 사라지고 싶었다. 커피 냄새가 가득한 아늑한 카페의 낮은 음악 소리도, 눈이 부시게 아름다운 여자의 모습도, 그리고 그를 괴롭게 하는 여자의 꽃향기 같은 저 향수 냄새도 익숙하지 못했다.

"그럼 노트 놓고 가지요."

다시 만들면 되지. 그는 자리에서 일어났다.

"진짜 대단하네. 서울대 의대생은 이렇게 다들 뻣뻣한가?"

나이가 얼마인지는 모르겠지만 적어도 차를 끌고 다닌다면 스무 살은 넘었을 것이다. 그런데 마냥 온실의 화초처럼 곱고 어리게만 보이는 여자는 사뭇 가시 돋친 말을 내뱉었다. 서 있던 그가 찌푸려진 여자의 이마를 내려다보면서 말했다.

"그럼 저더러 어떡하라는 겁니까?"

내려다보는 여자의 금갈색 머리카락이 있는 정수리가 동그랗게 보였다. 그리고 그 밑에 이마도 동그란 곡선을 그리고 있었다. 그게……. 참 예쁘다고 느껴졌다. 바보같이.

그제야 걸려들었다는 표정의 혜원이 금방 치켜떴던 눈꼬리를 올리면서 말했다.

"그야, 그쪽에서 제가 노트를 가지고 여기까지 온 수고만큼만 수고를 해 달라는 거죠. 시간 많이 뺏지 않을 테니까. 게다가 억울하시면 오늘 일당도 드릴게요. 재밌는 아르바이트가 있거든요."

여자가 무슨 말을 하는지 알아들었더라면 그는 그냥 밖으로 나가 버렸을 것이다. 또다시 막 날리기 시작하는 눈발 사이로 횡단보도의 빨간색 불이 파란색으로 바뀌길 신경질적으로 기다리면서 길을 건너 도서관의 텁텁한 공기가 가득한 열람실로 들어갔을 것이었다. 훌쩍거리는 누군가의 콧소리를 원망하면서 또 하루를 세포의 면역력에 대한 필기에 온갖 신경을 다 쏟은 채로 마감했을 것이었다.

4.

머리가 멍해진 기분이었다. 갑갑하게 목에 딱 걸린, 교복 이후
에 딱 한 번 장례식장에서 매었던 넥타이하고는 비교가 안 되도록
각이 잘 잡힌 매끈한 넥타이가 숨통을 조이고 있는 건지, 아니면
누군가 연주하고 있는 피아노 소리와 사기그릇이 부딪치는 소리들
과 뒤섞여 들리는 사람들의 낮고, 무심하고, 교양 있어 보이는 목
소리들이 주는 억압인지 몰라도 그는 손을 움직거리는 것조차 힘
들었다. 게다가 당황스러울 정도로 늘어선 포크와 나이프, 겹쳐진
그릇들마저 저를 비웃는 것 같았다. 그러나 여자는 우아하게 앞에
앉아 그런 저를 보고 아무렇지도 않게 웃으면서 말했다.

"많죠? 나도 왜 이렇게 많이 늘어놓는지 모르겠어요. 그냥 바깥
거부터 쓰는 건데 왜 그런진 몰라요. 그나마 여기 고기는 좋은 거
써서 일부러 왔는데 괜히 왔나 봐."

"……."

배가 고팠을 뿐이었다. 그는 아무런 대답도 없이, 그러나 여자의 손을 보고는 포크와 나이프를 들었다. 하지만, 쓰윽 하고 칼질을 하자마자 드러나는 고깃덩이의 시뻘건 생속살은 그의 이맛살을 찌푸리게 했다.

"여기는 좀 먹을 만해요. 많이 먹어요. 어차피 이따 가면 먹을 만한 거는 하나도 없을 테니까."

여자의 화사한 미소가 그의 식욕을 억누르는 데 일조했다. 그의 포크는 잘려져 육즙이 흘러나오는 스테이크 대신 옆에 놓인 모서리 없이 잘 돌려 깎은 감자와 당근으로 향했다. 그는 여자의 시선을 피하기 위해서 고개를 돌렸다. 한겨울이라 벌써 어둑해지는 바깥을 비추는 커다란 통유리 창에 낯선 남자의 모습이 비춰졌다. 어디선가 본 듯한 얼굴이지만 어딘가 어색하고 안절부절못하는 찌푸린 표정의 남자가 마네킹마냥 어울리지도 않게 앉아 있는 게 보였다. 저 얼빠진 병신 같은 놈은 왜 저 자리에 앉아 있는 걸까.

*   *   *

"일당 드릴게요. 진짜 넉넉하게. 정말이지 딱 세 시간만 할애해주시면 돼요."

"저 가겠습니다. 노트는 고마웠습니다."

그가 자리에서 일어났다. 노트가 아깝긴 하지만 4일 정도 밤을 새면 새로 만들 수 있을 것이었다. 저 여자한테 다시 엮이고 싶은

생각은 없었다. 그가 이제 가진 것이라곤 정말로 자존심 하나뿐이
지 않은가. 우리나라 최고의 학교, 최고의 학과를 다닌다는 그 알
량한 자존심 하나밖에 더 이상 남지 않았고 이제 그것이 또 어떻
게 사라질지는 눈에 보이지 않아도 뻔했다. 다만 이제 그 시간을
좀 늦추고 싶을 뿐이었다. 아니, 이미 저 여자가 던진 수표 조각에
그 알량한 자존심이란 건 사라졌는지도 몰랐다. 냉장고 안에 단무
지를 채워 넣고 라면을 사 들이고 어깨를 펴고 방값을 내밀면서
다 공기 중에 흩어졌는지도 몰랐다. 그런데 또 뭘 하라고…….

돌아서서 재빨리 나가 버릴 생각이었다. 따뜻하고 향기만은 그
럴듯한 카페에서 나가 얼른 침침한 열람실로 돌아가고 싶었다. 그
때였다. 드르륵 소리가 나더니 하얗고 노란 것이 휘익 눈앞으로
달려들었다. 그리고 따뜻한 카페의 온기 덕에 막 등에서 땀이 날
듯했던 커다랗고 두꺼운 그의 사파리 오리털 파카의 겨드랑이 쪽
으로 무엇인가가 파고들었다.

"제발~요."

여자의 코맹맹이 소리 같은 것보다 그의 오른쪽 팔을 파고드는
여자의 야리야리한 팔뚝—퍼가 풍성한 양가죽 코트의 안쪽에는 이
엄동설한에도 불구하고 반팔 캐시미어 터틀넥을 입고 있어서 가느
다란 팔뚝이 고스란히 드러나 있었다—그리고 몽글거릴 것만 같은
여자의 금갈색 머리카락이 그를 당혹스럽게 했던 묘한 꽃향기를
풍기면서 얼굴 바로 밑으로 파고들어 온 건……. 그에게 나름대로
의 충격이었다. 아마…… 그래서 정신이 나간 것이었겠지.

"저…… 이…… 놓으십시오."

주변의 시선이 모아지는 게 느껴졌다.

"안 돼요! 나한텐 절박하단 말이에요. 예스라고 할 때까지 안 놓을 거예요."

"이봐요⋯⋯."

그의 목소리가 갈라졌다. 하지만 매달린 여자는 절대 놓을 생각이 없는 모양이었다. 뭐 이런 여자가 다 있어⋯⋯.

"한 번만요!"

그 일당이 빵빵한 아르바이트의 요지는, 참 한심스럽게도 이 한심스러운 여자의 친구들 앞에서 애인인 척해 달라는 것이었다.

"저는 아무것도 할 줄도 모르고, 저 같은 사람 데려가 봤자 망신만 당할 게 뻔합니다."

여자를 겨우 떼어 놓고 그가 한 말이었다.

"아무 말도 안 하셔도 돼요. 내가 다 할 거니까. 그냥 그쪽의 잘생긴 얼굴과 서울대 의대생이라는 간판이 필요하다고요. 참새같이 와서 물어보거든 적당히 예, 아니오로만 대답하세요. 그냥 적당히 분위기만 맞춰 주시면 된다니까요! 재현 씨가 안 해 준다면 저 심부름센터 같은 데 가서 속에 어떤 심보를 가졌을지도 모를 알바생이라도 구할 판이라고요!"

생긋 웃음 짓는 여자는 정말로 그러고도 남아 보였다.

과연 그게 적당히 될 일일까. 단 한 번도 옷을 사러 어디론가 가 본 적이 없었다. 늘 책상 앞에 앉아 있느라 옷이라곤 어머니가 사다 주는 것, 혹은 사촌형의 헌 옷을 잘 손질해 주는 것으로 만족

했었다. 어느새인가부터 사촌형보다 키가 훌쩍 자라 옷을 받지 못한 뒤에는 교복이라는 좋은 옷이 있어 그다지 그런 것에 신경 안 쓰고 살아왔었다.

"이건 색이 촌스럽네. 이봐, 이거밖에 없어? 지금 이게 어울린다고 생각해?"

자기보다 휠 나이 많아 보이는 점원에게 반말을 하는 게 귀에 거슬릴 지경이었지만 그걸 가지고 빌미 삼아 뭐라 할 처지가 못 되었다.

"어? 아, 진짜 잘 어울려요. 이거 어때요?"

막 피팅룸을 나온 저를 보고서는 마치 두 얼굴을 가진 사람처럼 변하는 여자의 목소리를 들으면서 그는 얼굴에 열이 오르는 것을 느꼈다.

"이게 좋아요? 아니면 이 색이 나아요?"

제가 보기엔 다 똑같이 턱도 없이 요란스러워 보이는 넥타이였다. 그리고 안 보려고 애썼지만 언뜻 보인, 제가 입은 어깨선이 매끄럽게 들러붙는 슈트 상의에 붙은 가격표를 보고는 잔뜩 얼굴이 굳어 버린 터였다.

"……"

대답이 없는 그에게 저도 모르게 터져 나오는 웃음을 참지 못하는 여자의 모습을 보면서 그는 또다시 후회를 했다. 왜 이런 곳에 온 것일까. 그러나 어느새 다가와 제 밑에 바싹 서서—굽 높은 부츠 덕에 여자의 키는 제 입술 근처에 정수리가 닿아 있었다—광택

이 있는 보라색 넥타이를 들이미는 여자에게서 나는 그 묘한 꽃향
기에 정신이 몽롱해졌다.

"셔츠 올려 봐요."

무슨 소리인지 모르고 멍하니 있는 그를 보고 여자는 다시 꺄르
르 웃음을 터뜨리며 손을 내밀어 목 뒤의 셔츠 깃을 들어 올렸다.
얼결에 고개를 숙이자 여자의 핑크빛 복숭아 같은 동그란 볼이 제
시선의 아래 바싹 다가붙었다. 뭐가 우스운 걸까, 여자는 내내 아
기처럼 꺄르르 웃어 댔지만 그는 제 목덜미에 닿아 저를 간질이는
여자의 보라색 숨결 때문에 식은땀을 흘릴 수밖에 없는 시간이었
다.

귀찮은 마음에, 혹은 그녀가 제시하는 금액에 그는 그러마 하고
대답한 뒤에 얼마나 후회를 했는지 모를 지경이었다. 거기에다 듣
도 보도 못한 이상한 곳에서 머리까지 강제로 이발을 당하고 뭔가
를 잔뜩 발라 놓은 뒤에는 거울 속에 웬 낯선 얼뜨기가 서 있을
뿐이었다.

*　　*　　*

"전, 정혜원이라고 중학교 2학년 때 미국으로 건너가서 거기서
학교를 다녔어요. 지금은 뉴욕 메리얼 칼리지에 경영학부 2학년이
고 크리스마스 휴가차 들어온 거예요. 음…… . 우린 언제 만났다
고 할까? 사실대로 저번에 차 사고로 만났다고 하죠 뭐. 내가 걔
들 속여서 뭐해. 뭐 또 저에 대해 알고 싶은 거 있어요?"

여자가 화사하게 웃으면서 분홍빛 립스틱을 바른 조그마한 입으로 작게 썬 새빨간 스테이크를 넣으면서 말했다.

저 여자에 대해 뭘 알고 싶은 걸까. 그는 아무런 대답을 하지 못했다.

"공부 무지 잘하나 보다. 음……. 난 솔직히 지금 하는 게 재미 있어서 하긴 하지만 공부에는 취미 없더라고요. 어차피 뭐 아버지 호텔 물려받을 거니까 경영학이나 열심히 하면 될 듯한 한데."

세상 물정에 관심이 없는 그로서는 여자가 이야기하는 호텔이 얼마나 대단한 건지 잘 모르고 있었다. 혼자 조잘거리던 여자는 다시 머리를 갸웃거리면서 말했다. 여자의 긴 머리는 드라마틱한 컬이 되어 있었고 아무나 하기 힘든 화려한 주얼리로 된 핀이 옆으로 비스듬히 꽂혀 있었다. 그러나 그게 전혀 어색하게 보이지 않았다.

"사고로 만났다고 하니까 무지 드라마틱해 보인다. 그렇죠?"

그러나 남자는 대답 없이 새빨간 육즙이 흘러나와 흥건한 스테이크에 시선을 고정시키려 애쓸 뿐이었다.

"무슨 운명적 만남 같아. 걔들은 아마 무지 부러워할 거예요. 이런 걸 알기나 할까?"

여자가 말하는 '걔들'이 누군지는 모르겠지만, 아마 이 여자와 똑같은 부류일 터였다. 그러니 그들이나 여자나 별반 다를 게 없을 것임에도 불구하고 여자는 저 혼자 특별한 척하고 있을 뿐이었다. 그러나 그것도 한참, 남자가 제 말을 듣고 있지 않다는 걸 알았는지 뾰족하게 입을 내밀며 말했다.

"이것도 다 아르바이트에 속하는 거니까. 잘 들어 줘요!"

"잘 듣고 있습니다."

그는 무덤덤하게 대답할 뿐이었다. 살짝 비꼬는 것일지도 몰랐다. 물론 본인이 일부러 그런 건 아니지만. 그러나 여자의 눈에 어색하게 포크와 나이프를 든 채 잠시 시선을 제게 옮긴 남자의 모습이 뭐라 쏘아붙일 거리조차 잊어버릴 만큼 완벽하게 보이자 혼자 한숨만 내쉴 뿐이었다.

"에휴!"

여자의 한숨의 의미를 모르는 그는 다시 시선을 접시에 옮겼다. 한숨을 내쉬고 있는 여자의 모습조차, 이 완벽하게 고급스러운 레스토랑을 하찮게 만들 만큼 우아했기 때문이다.

"……저기."

단단하게 옥죄는 것 같은 넥타이와 새 구두의 딱딱한 바닥보다 더 참을 수 없는 것은 휘황찬란한 호텔에 들어서자마자 아무렇지도 않게 그의 팔 사이로 파고든 여자의 가느다란 팔이었다.

"이봐요."

그가 당황스러운 목소리로 내뱉었지만 뒤에 뭐라고 해야 할지 난감했다.

"왜요? 재현 씨?"

여자의 입에서 나오는 이름이 낯설었다. 날이 선 새 와이셔츠의 빳빳한 느낌 위로 여자의 팔이 감겨들자 마치 아무것도 걸치지 않은 맨몸에 여자의 손길이 닿은 것만 같이 당혹스러웠다.

"릴렉스. 그런 표정 짓지 말라구요. 우린 애인 사이잖아요. 안 그래요?"

"……."

뒷목이 뻣뻣해질 지경이었다. 애인이라는 여자의 입에서 나온 생경한 단어는 대체 무슨 뜻이란 말인가.

어차피 이번 학기에 복학하기에는 무리가 있었다. 날이 풀리면 뭔가 일을 해야만 했다. 서울대생이라는 타이틀이 가장 잘 어울리는 과외 같은 건 그에게 잘 맞지 않았다. 누군가를 일대일로 대한다는 게 부담스러웠다. 그럼 대체 뭘 해야 할까. 이것저것 알아본 바에 의해도, 지금까지 책상머리에 앉아 공부만 하는 게 다였던 그인지라 뭘 해야 할지도 망설여졌고, 그래서 뚜렷하게 무엇을 해야겠다고 생각하지도 못하고 있었다. 그러니 지금 잘 참아야 한다. 그냥 일을 하는 거라고, 돈 많은 여자의 애인 따위가 아니라 일당을 받고 뻣뻣이 서 있는 역할을 하는 것이라고. 그냥 그렇게 생각해야만 했다.

"내가 있잖아요."

보기에도 위태로울 정도의 굽이 있는 부츠를 신었건만, 그도 나름대로 굽이 있는 신사화를 신었기 때문인지 여자는 그 높은 구두를 신은 발을 깡총하게 들고 그의 어깨를 붙잡은 채 귓가에 뜨거운 입김을 뿜어 대면서 속삭였다. 이 여자 그 때문에 더욱더 굳어 있는 자신을 전혀 이해 못하는 여자였다.

"아, 잊은 게 있다. 잠시만요."

여자가 가방에서 뭔가 꺼내기 위해서 팔을 빼고 물러서자 그는 겨우 숨을 쉴 수 있을 것만 같았다. 여자는 부산스럽게 이상한 모양의 가방을 뒤지더니 뭔가 네모난 작은 벽돌 같은 것을 꺼내 들었다. 그리고 그 네모난 것의 뚜껑인지 튀어나온 갈색의 나무로 된 것 같은 네모난 것을 뽑아 들더니 그에게 내밀면서 뿌려 댔다.

"이게…… 뭡니까."

그가 인상이 찌푸려지면서 뒤로 물러서는데도 여자는 재밌다는 듯이 웃으면서 오히려 다가와 또다시 향수를 뿌렸다.

"메이크업의 완성은 향수라고요. 새 옷 냄새 너무 나는 거 같아서. 아까 머리 만질 때 산 거예요. 앙크르가 다 있다니 진짜 운이 좋은 거지. 이거 면세점에서도 구하기 힘든 거예요. 재현 씨랑 딱 어울리는 향이라니까요. 라리끄 빼흘레하고 앙크르는 완벽한 세트라구요. 마치 우리처럼!"

여자의 말 따위를 이해할 수 없는 그에게는 독하기만 한 듯한데 그 덕에 여자가 팔을 풀고 한 발짝 떨어졌으니 다행이라 여길 뿐이었다.

다들 해외유학파라고 어설프게 호텔의 작은 룸을 빌려 연 스탠딩 파티 비스무레한 자리는 가벼운 음료 대신 꽤 도수 있는 알코올음료와 갖가지 상표의 고급 맥주들, 와인, 위스키가 세팅되어 있었다. 그리고 군데군데 화려한 꽃들 사이에 파묻혀 있는 음식들도 대개 안줏거리였다. 모인 사람은 스무 명 남짓 했으나 다들 화려한 옷차림과 눈에 거슬릴 만큼의 요란스러운 장신구들이 번쩍거렸고 구석에는 현악4중주 대신 고급스럽게 차려입은 이들이 잔잔한 재즈풍의 음악을 연주하고 있었다.

"어머! 이게 누구야? 정혜원이네?"

맨 앞에 있던 조금 뚱뚱하다 싶은, 몸매를 과장되게 드러낸 쫙 붙는 원피스에 커다란 목걸이를 칭칭 감아 질식할 듯 갑갑해 보이는 새빨간 머리의 여자가 소리를 지르다시피 했다. 나이는 분명히 옆에 있는 여자와 비슷할 듯한데 짙은 화장 때문인지 아줌마 티가 확 나는 분위기의 여자는 전혀 그의 마음에 들지 않았다.

"어머? 진짜네."

"애인이야?"

호들갑스런 뚱뚱한 여자의 목소리에 순식간에 홀 안의 모든 사람들의 시선이 입구로 모아지자 그는 당혹스러웠다. 모두의 시선이 자신에게 꽂히는 것이 따가울 정도였다.

"인사해. 우리 재현 씨야. 음, 지금 서울대 의대 다니는 학생이야."

"뭐?"

"어머……."

혜원은 어깨에 절로 힘이 들어갔다. 힐끗 옆을 보았다. 뭐 좀 굳은 표정이긴 하지만 얼굴 자체가 그런 마스크인지 별로 티가 나 보이지는 않았다. 저도 그렇게 남에게 아쉬운 소리 해 본 적이 없는지라 솔직히 이렇게까지 했어야 하나 싶긴 했었지만 백화점으로 끌고 가 외모만 바꿨을 뿐인데도 완전히 100% 달라진 것을 보고 자신의 눈썰미가 틀리지 않았음을 알 수 있었다. 탈의실에서 옷을 갈아입고 나오자마자 절로 오 예스가 외쳐지는 이 외모란. 마치 귀여운 여인이란 영화의 줄리아 로버츠 같지 않았던가. 제가 뭐 그 백만장자 같지는 않았지만 흙 속에 파묻혀 있던 진주를 꺼내 목걸이에 꿰어 보석으로 만든 것 같은 심정이었다.

솔직히 남자에 대해서 아직까지 전혀 생각해 본 적이 없는 혜원은 자기가 그렇게 부탁을 해서—절대 애원이라고 말하고 싶지 않은 것은 그녀 나름대로의 자존심일 것이었다—라지만, 이렇게 잘난 남자를 옆에 끼고 나타나 보니 누군가 옆에 있는 것도 근사한 기분일 듯했다. 언뜻 보기에도 당황한 기색이 역력하긴 했지만 그것은 아주 미세한 움직임에 불과했다. 약간 찌푸린 듯한 싸늘한 표정은 주변에 절대 주눅 들지 않는 듯 도도해 보이기까지 했다.

늘 있는 위스키 파티, 약간은 낯설 수도 있는데……. 칵테일파티의 외양을 뒤집어썼지만 나름 재벌 2, 3세의 모임이기 때문에 어른들이 하듯 우아하게 칵테일을 들고 담소를 나누는 것과는 달리 음악도 재즈로 깔고 약간의 도수 있는 술들을 즐기면서 어른들 눈치 안 보고 맘껏 수다를 떠는 분위기였지만 이건 초장이나 그랬다. 어차피 막판으로 가면 술이 과해지는 인간이 나오고 언성이 높아지고 그걸 즐기는 이도 있었고 조금 과격하다 싶음 주먹질도 오갈 수 있는 자리였다. 우선 예영이의 지들끼리 약혼 축하 파티 겸 자신과 친구의 환영 파티니까 주인공인 저가 초장에 자리를 뜰 수는 없지만 모든 이들의 시선을 받고 있는 저 잘난 남자 덕에 중간에 자리를 뜰 예정이었다. 그런데 주변의 시선들이 점점 그러기 싫어지게 만들고 있지 않은가.

"어머……. 서울대 의대생이시라구요? 오호, 공부 무지 잘하셨나 보다."

"혜원이랑은 어떻게 만나셨대요?"

재잘거리길 좋아하는 축들이 지들의 파트너인 오징어들을 따돌리고 몰려들었다. 이미 머리 하나는 차이 나는 키만 해도 군계일학임에 틀림없어 보이는 게 혜원은 술을 마시지 않아도 취하는 것만 같았다. 이쯤에서 당혹스러워하는 남자를 위해 그녀가 행동을 취해야 할 때였다. 아까 백화점에서 남자의 옷을 사면서 그녀도 새로 사서 입은, 남자의 슈트와 색이 맞는 검은색 실크 미니드레스가 꼭 죄어진 가슴을 짓누르고 있었지만 그녀는 크게 숨을 들이쉬고는 득의양양한 승리자 같은 표정으로 남자의 옆으로 다가가 자연스럽게 팔짱을 끼면서 말했다.

"박스터 덕이야. 우리 아버지가 생일 선물로 사 준 포르쉐 박스터 덕에 만났다니까. 내가 눈길에 미끄러졌는데 길 가던 재현 씨가 부딪쳤지 뭐야."

"뭐? 네가 사고 낸 거야?"

"그렇지 뭐."

우리나라에도 이런 곳이 있었나. 어깨가 훤히 드러난 옷이라니. 백화점에서 나오면서 여자의 옷차림을 보고 놀라 말을 잊은 건 아무것도 아니었다. 이런 옷들은 외국의 영화에나 나오는 거 아니었나. 그러나 그런 요란스런 옷들을 입은 채—단지 격식 없는 자리이기 때문에 다들 치렁치렁한 것과는 거리가 먼 나름대로 단출한 옷이었지만 처음 보는 이의 눈에는 그런 것들이 보일 리가 없었다—화려한 화장과 장신구를 한 여자들이 순식간에 모여들자, 짙은 향수 냄새와 독한 알코올 냄새가 마구 콧속으로 밀려들어 오고 있었다. 게다가 정신없이 재잘대는 것 같은 여자들의 목소리라니⋯⋯. 그때 그가 알고 있는 유일한 사람인 혜원이 다가와 또다시 가느다란 팔을 자신의 팔 옆으로 둘렀을 때, 그는 당혹스럽게도 안도감이 느껴졌다. 왜 이런 느낌이 드는 거지⋯⋯.

"며칠 안 됐잖아. 너 사고 낸 지."

사고 당시에 통화를 하고 있던 희선이 한마디 했다.

"사랑이라는 감정이 뭐 시간이 중요한 거야? 안 그래?"

그리고 고개를 돌려 남자를 올려다보면서 미소 지으며 혜원이 물었다.

"안 그래요? 재현 씨?"

단지 아는 사람이어서가 아니었다. 그는 여자의 얼굴에만 시선을 줄 수밖에 없었다. 낯설고 휘황한 다른 이들을 쳐다보기엔 스스로도 부담스러웠다. 그런 그를 흘끗거리며 보는 이들 모두 한껏 차려입고 한껏 멋을 내고 한껏 자신만만한 표정이었다.

"어머, 그래요?"

그보다 주변에서 먼저 대답했다. 그리고 아무것도 아닌 것에 가식적인 웃음이 넘쳐 났다.

지분덕거리는 것 같은 재즈의 끈적거리는 리듬, 누군가 피워 물고 서 있는 담배의 연기, 흐릿한 조명들⋯⋯. 늘 숨소리조차 죽은 듯한 열람실에서 살던 그였다. 갑갑하고 불안하기까지 했다. 여자들은 그에게 잔을 내밀었고 뭔가 다른 음식들을 권하기도 했고 뭔가를 묻기도 했다. 그러고는 하나같이 저를 보고 꺄르르 가식적인 웃음을 지었다. 당혹스러운 그는 자기가 할 수 있는 데까지 예, 아니오로만 대답을 일관했다. 아니 그 이상은 할 수 없었다. 여자가 옆에 있는 게 다행스러웠다.

그러나 그 다행스러움도 잠시, 누군가 여자를 끌고 저쪽으로 가버리자 그는 혼자 여자들에게 포위되어 있어야 했다. 그러니 어쩔 수 없이 그의 시선은 여자를 쫓을 수밖에 없었다. 그의 눈에는 마치 오만한 여왕같이 참새처럼 몰려와 조잘거리는 이들에게 느릿느릿한 목소리로 대답하는 정혜원이라는 여자밖에 보이지 않는 건 지극히 당연한 일이었다.

"Yeah? Really funny stuff. That's all?"

여자의 매끄러운 외국어 조크와 웃음소리가, 스며드는 것 같은 끈적끈적한 공기 속에 청량하게 울렸다. 그리 큰 키는 아니었지만 다들 위태로울 만큼 높은 신발을 신고 화려한 옷을 입은 여자들 사이에 단출하지만 몸매가 잘 드러나는 블랙의 미니드레스를 입은, 긴 금갈색의 머리카락을 한 싱싱한 꽃같이 화려한 그녀는 화사하게 웃고 있었다. 왠지 기분이 좋아지는 것 같은 착각이 들었다. 여자에게 저는 그저 옆에 서 있는 장식품의 대용임을 알고 있었지만, 묘한 향기와 머릿속을 울리는 것 같은 끈적이는 재즈음이 그에게 환각을 심어 주는 것 같았다. 마치 저 오만하고 아름다운 여왕 같은 여자가 제 것인 것 같은…….

갑갑한 넥타이와 텁텁한 공기가 그를 숨쉬기 힘들게 하고 있지만 저 여자가 있는 곳에, 그 곁에 가면 숨을 쉴 수 있을 것만 같았다. 그가 막 여자에게 다가가려고 저에게 무의식적으로 지정해 준 자리에서 발을 떼려는 순간이었다.

"혜원이 한 성격 하잖아요. 아마 조금만 있으면 질릴 게 분명해요."

검다 못해 푸른색이 도는 새까만 머리가 이마 위에 가지런히 잘려진 긴 생머리의 여자가 새빨간 립스틱을 바른 하얀 얼굴로 은밀하게 그에게 몸을 기울이며 말했다. 왠지 그 여자가 다가오자 옆에 구름 떼같이 몰려 있던 여자들이 모두 다 없어진 것 같은 느낌이었는데, 실제로 잠깐 사이에 그 여자 빼고 다른 여자들은 주변의 어두침침한 곳으로 사라진 듯했다. 어느새 질척거리는 배경음악은 좀 더 끈적거리는 브루스 음으로 바뀌었고 군데군데 민망스러운 모습으로 서로를 부둥켜안고 심취한 커플들이 생겨났다.

"대학생이라는 거……. 뭐 굳이 속일 필요는 없잖아요? 얼마 받았어요?"

"……?"

질문의 요지를 금방 파악한 그의 이맛살이 찌푸려졌다.

"어딘지……. 금방 산 옷에 라벨도 제대로 안 떼 줬네. 옷값도 포함인가요? 비싸기는 하네. 하긴 뭐 정혜원한테 썩어 문드러지는 게 돈일 테니까. 잘 해 봐요. 저렇게 혜벌쭉한 거 첨 보네. 일당 말고도 한 밑천 챙길 수도 있을 거 같으니까."

새빨간 립스틱 사이로 가느다란 담배를 입에 무는 게 보였다.

"말씀 함부로 하지 마십시오."

예스 아니면 노였던 그의 입에서 원칙을 어기고 긴 대답이 흘러

나왔다. 여자의 입에서 뿌연 담배 연기가 피어올랐다. 그는 약간의 재채기를 하면서 고개를 돌리긴 했지만 물러서진 않았다. 무심코 손에 들려 있었기에 한 모금 마셨던 달착지근한 액체가 갑자기 머릿속을 핑 돌게 하는 것만 같았다. 이 새카만 머리카락의 여자가 하는 말은 전부 사실이었다. 그러나 그걸 인정하기 싫은 걸까.

"친구들 모임이라는데 친구가 아니신 모양이군요."

어디서 이런 용기가 났을까. 그가 말을 내뱉고 잠시 후회했다.

"얼마를 받았는지 모르겠지만 내가 두 배를 줄 테니까 나랑 나가요. 뭐 원한다면 더 줄 수도 있고."

여자의 목소리는 변함이 없었다. 나른하고 어딘가 끈적거리는 목소리였다. 그가 막 한마디 더 하려고 했을 때 갑자기 팔꿈치 사이에 익숙한 체온이 미끄러져 들었다. 뿌연 담배 연기 냄새를 확 몰아내는 것 같은 보랏빛의 꽃향기…… 그녀였다.

"니 껀 저쪽에 찌그러져 있잖니. 아무리 남의 떡이 좋아 보인다 해도 그런 식으로 질척거리는 버릇은 아직도 여전하구나."

똑 부러지는 것 같은 여자의 목소리가 갑자기 그의 갑갑한 가슴 한구석에 쩡하는 소리를 내는 것만 같았다. 이 기분은 대체 뭔가.

"왜, 흥정 중인데. 어디 가서 근사한 남창을 하나 끌고 왔나 본데. 내가 배를 준다고 했지."

다시 담배를 물고 있는 새빨간 입술에 갑자기 휙 소리가 났다. 곧이어 쫘악 하는 소리가 질척한 브루스 음 사이로 들렸어야 했다. 그러나 그 소리는 들리지 않았다.

"놔요."

혜원의 가느다란 손목을 잡고 있는 건 재현이었다.

"상대할 필요 없어. 본인이 저질이라고 해서 남도 그렇다고 생각하는 사람한테 손댈 필요 없어. 손만 더러워지지. 담배 연기 몸에 좋을 거 없으니 나가지."

어디서 이런 용기가 난 것일까. 정말로 담배 연기 때문에 구역질이 날 것만 같았다. 그 구역질이 심해져 머리 꼭대기까지 넘쳐 버린 것 같았다.

"그래요. 재현 씨 말이 맞아. 오늘 일 잘 기억할게. 혹 술이 깬다면 재현 씨가 쉘튼 호텔의 사장이 됐을 때 너희 삼오 상사하고 거래를 계속할 것 같은지 그런 거나 생각해 봐. 애들아, 오늘 나 때문에 파티 열어 준 건 고마운데 우린 이만 가야겠다. 우리 재현 씨 별로 기분이 안 좋은 거 같거든. 하여튼 고마웠어."

혜원은 여왕처럼 우아한 표정으로 여전히 몽롱한 표정의 검은 머리 여자를 본 척도 아니하고 밝게 웃으며 돌아섰다.

"그냥 가는 거니?"

별로 아쉬울 것 없다는 날티 나는 키 작은 남자의 팔짱을 낀, 화려한 레이스로 된 꽉 끼는 드레스를 입은 여자가 어디선가 나타나 물었다. 그러나 혜원은 대답 따위는 하지도 않고 남자의 에스코트를 받으면서 그 공간을 벗어났다.

"한 대 갈기도록 놔두지 그랬어요? 그년은 맞아도 싼데. 싸구려 같은 게 부르지 않아도 잘도 찾아온다니까요."

카운터에서 양가죽 퍼 코트를 걸치면서 빨갛게 상기된 얼굴의 혜원 입에서 어울리지 않는 과격한 말이 쏟아져 나왔다. 찌푸린 인상으로 자신의 옷이 담긴 커다란 종이가방을 건네받으면서 그는 아까와는 달리 침묵을 일관했다. 그 텁텁한 공기 속을 빠져나오자마자 마치 몽롱한 꿈에서 깬 듯 말짱해진 정신으로 방금 전에 한 말들과 행동은 자신이 아닌 이 옷이나 신발에 어울리는 그 어떤 누군가가 한 말 같았기 때문이다. 다시 생각해도 주제넘은 말들이었다.

"전 돌아가겠습니다."

"아직 안 끝났어요. 여긴 애들이 있단 말이에요. 같이 나가야죠."

그녀는 손을 까딱거려 그의 손에 들린 종이가방을 옆에 있는 벨보이에게 들라고 한 뒤에 택시를 잡아 달라고 했다.

"저기……."

그의 난처한 목소리가 들리자 다시 혜원은 그에게 팔짱을 꼈다. 하루 사이에 이 꽃향기가 나는 여자의 가느다란 팔에 익숙해지기라도 한 것일까. 그는 목구멍에서 올라오던 말들이 갑자기 증발되듯 사라져 버린 게 느껴졌다.

"우리끼리 한 잔만 더 해요."

쌩끗 웃는 여자의 얼굴에 홍조가 피어올랐다. 그가 아무런 대답을 못하고 있자 그녀는 그를 끌듯이 호텔 로비를 가로질러 회전문을 나섰다. 또다시 눈발이 날리고 있었다. 막 검은색에 노란 등을 켠 택시가 와 섰고 벨보이가 뒷좌석 문을 열고 고개를 숙였다. 처음 보는 광경들인데 자신의 팔에 매달린 이 화려한 여자 덕분인지 그는 왠지 이런 것에 익숙해진 것 같은 느낌이었다. 막 그녀가 택시 뒷좌석에 먼저 타고 그가 옆으로 올라탄 뒤 문이 닫히자 그녀가 말했다.

"바나바나로 가요."

그리고 곧바로 고개를 돌리더니 그에게 바싹 다가왔다. 마치 그녀의 분홍빛 립스틱을 칠한 매끄러운 입술이 귓가에 닿기라도 할 듯이. 과한 화장품 냄새와, 아까 그곳에서 묻어난 담배 냄새, 매캐한 술 냄새 같은 것들이 깨끗한 택시 안에서 또렷이 풍겨 왔다. 여자의 화사한 코트 위 부드러운 퍼 덩어리까지 제 코끝에 밀려왔다. 그는 흠칫 놀라 몸을 뒤로 뺐다. 그러나 여자는 그의 몸짓을 느끼기도 전에 제가 먼저 고개를 돌려 창밖을 보면서 말했다.

"저거 보여요?"

여자의 말에 무의식적으로 그도 고개를 돌려 여자 쪽의 창밖을 보아야만 했다.

"저 호텔이 우리 아빠 거예요."

자랑스러움마저 섞인 여자의 얼굴선 뒤로 화려한 조명에 싸인 커다란 건물이 휘익 스쳐 지나갔다.

"다른 데도 있지만, 저기가 제일 커요. 그리고 제일 예쁘고. 그렇죠?"

그 말에 택시의 등받이로 제 등을 갖다 대어 제 자리를 찾는 남자의 굳은 얼굴 따위가 보일 리 없는 여자는 더욱더 화사하게 웃으면서 말했다.

"우리 진짜 사귈까요?"

여자는 기분이 좋아졌다. 밖으로 쏟아지는 가로등이 만들어 내는 얼룩 사이로 보이는 굳은 남자의 얼굴이 더욱더 드라마틱하게 보였는지도 몰랐다. 혹은 뿌연 그 파티장에서 제 손을 잡는 남자의 모습이 마치 영화 속 한 장면같이 느껴졌는지도 몰랐다.

"세워 주십시오."

굳은 남자의 목소리가 컸는지 택시 기사는 영문도 모르고 마침 들어선 번화가의 길가에 차를 세워 버렸다.

"재현 씨?"

역시 영문도 모르는 여자가 의아하게 제 이름을 부르자 그는 얼굴이 더욱 굳어졌다. 그러고는 제 다리 사이에 있던 옷이 들어 있는 커다란 종이가방을 들면서 말했다.

"오늘 감사했습니다. 옷은……."

잠시 망설였다. 지금 벗어서 줄 수도 없는 노릇이고, 또 만나야 하는 건가. 그러나 여자는 이미 남자의 싸늘한 말투에서 뭔가를 알아챈 듯했다.

"옷은 가져요. 그거 입을 사람도 없고 환불하기도 챙피하니까."

"……."

그녀의 말을 듣고 더욱더 복잡해진 심정의 그는 막 택시에서 내리려고 손잡이를 잡았다. 그러나 여자의 손이 훨씬 빨랐다. 여자의 매끄러운 손이 제 손을 잡은 데다 그로 인해 여자의 퍼 코트는 다시 제 얼굴을 간질였다.

"추워요. 집에까지 타고 가요. 그리고 나 농담 아닌데."

묘한 여자의 목소리가 화한 꽃향기를 풍기며 제 귀에 들렸다.

확 얼굴에 열이 오른 그가 차갑게 대답했다.

"저한테는 농담으로 들립니다. 그럼."

여자의 손을 뿌리치고 그는 차가운 공기 밖으로 나왔다. 모직이라지만 달랑 와이셔츠와 슈트만 입은 제 잔등으로 찬바람이 쓸고 지나갔지만 열이 오른 그의 얼굴은 그것을 느끼지 못하고 있었다.

"아, 졌다. 그럼 가요. 어쩔 수 없지. 담에 봐요!"

여자는 아무렇지도 않은 듯 손까지 흔들면서 차 문을 닫았고 택시는 순식간에 붉은색 후미등이 가득한 도로의 차들 사이로 섞여 들었다. 그제야 찬바람이 얼굴에 느껴지는 남자는 커다란 종이가방을 든 채 어딘지도 모르는 길가에 한참을 서 있을 뿐이었다.

5.

사귀자니…….

그는 머리가 찌근거려서 책을 덮었다. 이런 적은 드문 경우였다. 어떠한 경우에도 책을 펴면, 그 속에 쓰여 있는 것들이 골 아프고 복잡할수록 더욱더 머리가 맑아지는 것을 느꼈던 그였다. 그는 무의식적으로 고개를 돌렸다. 싸늘한 벽에 걸린, 방 안과는 전혀 어울리지 않는 진한 블루블랙의 날렵한 슈트와 하얀 와이셔츠, 그리고 그 여자가 가느다란 손가락으로 자긴 늘 아버지 넥타이를 매 드리며 용돈벌이를 했다고 재잘거리면서 맨 매듭이 맵시 있는 보랏빛 넥타이가 마치 살아 있는 이처럼 자신을 물끄러미 바라보고 있는 것 같았다. 네까짓 것이 이런 걸 입다니 그게 가당키나 해? 하고 책망하면서.

달착지근하고 은근히 싸하던 거품이 나는 액체 때문인지 머리가 다시 찌근거렸다. 혹은 독한 담배 냄새 때문이거나 아니면 지분덕 거리는 것 같았던 음악 소리 때문인지도 몰랐다. 이게 다 꿈이었 으면……. 그가 머리를 싸늘한 책상에 떨어뜨리고는 북북 문질렀 다. 그러나 그게 잘 되지 않았다. 뭔가 뻣뻣한 것이 잔뜩 묻어 고 정되어 있었기 때문이었다. 사고가 나기 전으로 갔어야 했나, 아니 어머니가 돌아가시기 전으로 돌아갔어야 했나…….

그가 청운의 꿈을 안고 의대에 입학해서 과의 수석 차석을 다투 며 하던 공부를 멈추고 휴학을 할 수밖에 없었던 이유는 그의 홀 어머니 때문이었다. 그 어려운 살림에도 하나뿐인 아들이 서울대 의대에 입학했다고 동네 잔치까지 해 주셨던 어머니, 이미 중학교 때 돌아가신 아버지를 대신해 작은 가게를 하면서 홀로 자신의 뒷 바라지를 하던 그 어머니가 병원에 누워 있다는 소식을 듣고 고향 에 내려갔다 온 후였다. 뇌출혈로 쓰러져 한동안 운신을 못하시다 세상을 떠난 아버지를 대신에 억척같이 하나 남은 뒷바라지로 바 쁘셨던 어머니. 남의 집 일을 다니고 새벽에는 쓰러져 가는 집 옆 텃밭에서 가꾼 채소를 내다 팔면서 그저 공부 잘하고 잘나디잘난 아들 하나 바라보고 살아오신 어머니는 두어 달 사이에 완전히 다 른 사람이 되어 있었다. 바싹 여위어 반쪽이 된 누런 얼굴과 복수 가 차올라 부푼 둥그런 배를 하고도 저에게 걱정 말라고 손짓하던 어머니의 모습이라니…….

그가 조금만 더 일찍 공부를 했으면 달라졌을까, 아니 그렇지는 않았을 것이었다. 이미 어떤 의사가 와도 손을 쓸 수 없을 만큼 어머니의 병은 깊었고 그가 휴학을 한 지 3개월 만에 돌아가시게 되었다. 의료 보험도 되고 주변에서 도움이 있기도 했지만 변변한 보험 하나 들 만큼의 여유도 없었다. 결국 그의 조그만 시골집은 병원비로 넘어가고 장례비조차 채 정산을 다 하지 못하게 되고 말았다.

장례를 치르고 돌아온 그는 재학생이 아니니 기숙사를 들어갈 수도 없었고 겨우 학교 근처에 다른 선배가 쓰던 쪽방을 얻긴 했는데 그 선배마저 일이 있어 시골로 내려가 버리고 말았다. 그리하여 그는 두 달째 방세도 밀린 상태로 죽은 듯 숨어 다니며 도서관만 오가고 있는 중이었다. 동기 녀석이 돌아와 학생증을 달라고 할 때까지만 도서관에서 공부를 하고 그다음엔 다음 학기 등록금을 위해서 아르바이트라도 할 생각이었던 것이다.

그런 그에게 그런 딴 세상이 있다는 것을 안 것 자체가 충격이었고, 충격 다음에는 약간의 부러움이 그다음에는 좀 더 센 강도의 분노가 일었다. 그러나 그는 다시 바람 빠진 풍선처럼 늘어져 버리고 말았다. 결국 그, 자기보다도 나이가 어린 여자에게 딴 여자가 말했던 그 남창같이 옷까지 얻어 입고 옆에 서서 접대부 노릇을 한 자신의 꼴이 우스웠다. 그는 벌떡 일어났다. 떡이 진 머리나 찬물에 감아 정신을 차려야겠다고 생각했기 때문이었다.

정신을 차려, 길재현······.

*   *   *

요란한 음악 소리가 가득한 옷가게 안의 피팅룸에서 나온 혜원은 거울 앞에서 이리저리 돌아보았다.

"예뻐요. 언니. 근데……."

"근데 뭐요?"

화려한 양털 재킷과 한눈에 봐도 고가의 외국제 프리미엄 진을 맵시 있게 입고 들어온 여자가 겨우 보세 후드티와 체크 남방에 싸구려 청바지를 입고 나오자 뭐라 할 말이 없어진 점원은 어울리는 단어를 찾으려고 애써야 했다.

"착한 학생 같아 보이죠? 좀 더 모범생같이 보이는 거 없나."

"저기, 신발만 맞춰 신으면 괜찮겠는데……. 우리는 신발은 안 팔아요."

굽이 9센티가 넘는 마놀로 블라닉 앵클부츠를 보고 하는 말이 분명했다.

"저기 쟤가 신은 거. 저거 줘 봐요."

신발까지 사러 가기 귀찮은 그녀의 말에 점원은 한달음에 가서 코디용으로 마네킹에 신겨 놓은 캔버스 화를 벗겨 와야 했다. 가져온 신발을 대충 신어 본 혜원은 거울을 보는데 뭔가가 허전했다. 힐끗 뒤를 보니 옆 의자에 놓인 제 가방이 보였다. 아무 생각 없이 들고 나온 지방시 판도라 백이 널브러져 있었다. 아무리 봐도 검은색의 클링클 가죽 백이 후드티에 어울릴 리 없었다.

"언니, 마네킹이 든 가방도 줘요."

"그거 신발이랑 전부 코디용이라 파는 거 아닌데."

난처한 얼굴의 아르바이트생은 쭈뼛거리면서 대답할 수밖에 없었다.

"사러 갈 시간이 없어서 그래요. 두 배로 계산할 테니 줘요."

실은 아침에 다른 걸 사러 가느라 옷에 신경 쓸 시간이 없었다.

"네? 아, 그래도. 저기 주인 언니한테 물어보고 올게요. 기다려
요."

"빨리 와요."

혜원은 겨우 그런 거 때문에 기다려야 하나 하면서도 마네킹의
가방을 벗겨 와서는 이리 메고 저리 둘러 보았다. 별로 예쁘게는
보이지 않지만 그래도 저 시커먼 가죽 가방보다는 나아 보였다.
막 어디서 왔는지 나이가 더 많아 보이는 여자가 급하게 들어왔
다.

"어머, 언니. 이건 파는 거 아닌데."

"두 배로 계산한다니까요."

그녀의 말은 둘째 치고 의자에 널브러져 있는 혜원의 가방과 구
두, 양털 재킷을 보고 눈이 휘둥그레진 여자는 고개를 끄덕이며
웃을 수밖에 없었다. 막 계산을 하려는데 계산대 옆에 흩어진 노
트와 필통이 흘끗 보였다. 대학가 근처에 있는 옷가게라 점원은
학교에 다니는 아르바이트생이었고 마침 한산한 방학기의 오전 시
간이라 잠깐 책을 펴 놓은 거였다.

"그거 언니 거예요?"

"네?"

혜원의 말을 잘 못 알아들은 예쁘장한 아르바이트생이 되물었
다.

"그 노트랑 필통 나한테 팔면 안 돼요?"

"네?"

"얼마면 돼요?"

혜원이 사이드 브레이크를 당기는 손에 힘이 가득 들어갔다. 옆에는 오면서 급조한 책들이 두어 권 쌓여 있었다. 제 전공 서적 따위는 여기서 구할 수는 없었지만 대충 서점에서 비슷하게 경영학이 들어간 원서 두어 권을 사 들고 왔다. 그리고 아침 댓바람부터 근처 옷가게에서 쓸어 온 가방과 점원의 노트, 필통까지 완벽하게 공부하는 학생의 물건들이 옆 좌석에 놓여 있었다. 그것들을 내려다보자니 자꾸만 웃음이 났다. 이 정혜원이 여기까지 와서 공부란걸 다 하게 될 줄이야.

솔직히 공부 따위 관심도 없는 그녀로서는 학기 중에 과제하는 것조차 겨우 학점을 받기 위해 마지못해 해 갔었고, 그런 그녀가 한국에 책 따위를 싸 들고 올 리는 만무했다. 그저 그동안 쌓인 스트레스를 풀러 오는 것이니 부모님도 그녀가 크리스마스 휴가를 맞이해서 집에 오면 으레 신나게 노는 것으로 알고 있을 정도였다. 그런 그녀가 책을 다 사 가지고 온 것은 나름 깊은 속마음이 있기 때문이었다.

차에서 내린 그녀는 기사 아저씨가 광이 나도록 닦아 놓은 빨간색의 포르쉐 박스터에 비치는 제 모습을 보았다. 제 옷장에는 하나도 없는 학생다운 체크 셔츠, 빨간색의 후드 티, 그리고 단정한 부츠컷 청바지, 조금은 크지만 걷는 데는 지장 없는 운동화와 캔

버스 천으로 된 가방까지. 샛노란 머리카락은 느슨하게 땋아서 드리웠다. 물론, 아까 그 친절한 점원 언니의 작품이었다. 그리고 보송보송한 양털 재킷. 추위를 많이 타는 그녀로서는 그것까지는 양보할 수 없어서 제일 수수한 것으로 입고 나왔다. 완벽하게 주변을 걷고 있는 학생들과 같은 제 모습에 만족한 혜원은 절로 입꼬리가 올라갔다. 다만 그녀가 책을 집어 든 빨간색의 스포츠카와는 약간 괴리감이 있었지만.

"어디, 한번 해 볼까?"

찬바람에 손이 시리긴 했지만 그녀는 두꺼운 책 두 권과 캔버스로 된 가방을 꺼내 어깨에 메고 차 문을 잠그고 종종걸음으로 의대 도서관으로 향했다.

"······형!"

아까부터 코가 맹맹한 게 머리가 찌근거리고 몸이 떨리는 게 영 기분이 좋지 않았다. 찬물에 머리를 감고 그냥 잤던 게 문제인 것 같았다. 그런데 뒤에서 쿡쿡 찌르는 손길이 느껴지자 뭔가가 울컥 치밀어 오르는 것이 느껴졌다. 그가 사나운 눈매로 돌아보자 움찔하면서도 뭔지 모를 요상한 표정으로 있는 놈은 어제 자신의 등줄기를 찌른 그 녀석이었다. 두꺼운 안경 밑으로 더욱더 헤벌쭉한 표정을 지으며 바깥을 가리키는 손끝을 보고 그는 다시 머리가 찌근거렸다. 혹시 또? 그의 찌푸린 인상에도 뭐가 좋은지 후배 녀석은 히죽거리면서 바깥으로 자꾸만 손짓을 했다.

"그녀가 왔어요. 그녀가 왔다구요!"

열람실을 나서자마자 노래라도 할 듯한 녀석의 멱살을 잡고 싶은 걸 겨우 참은 그가 되물었다.

"뭔 개소리야."

"와, 진짜 예쁘다니까. 형 생각 없음 나 좀 소개시켜 줘요."

대답도 없이 왠지 모르게 화가 치밀어 오르는데 왜 자신의 다리는 바깥으로 향하고 있는지 알다가도 모를 노릇이었다. 휑한 도서관 입구 로비로 가자마자 한눈에 알아 볼 듯한, 카드로 여는 금속바 옆에 서서 화사한 얼굴로 책을 들고 손짓을 하는 여자는 어제와는 완전히 다른 모습이었다. 딱 캠퍼스에서 마주칠 것 같은 발랄하고 유난히 얼굴이 예쁜 후배 같은 그런 복장이었다.

"저기……."

왜 이러냐고 물을 생각이었다. 당신같이 잘난 여자가 배알도 없냐고, 아니면 나 같은 놈 놀려 먹는 게 재밌냐고……. 그러나 차마 입에서 그 말이 나오지 못했다. 여자의 한 옥타브쯤 올라간 맑은 목소리가 먼저 울렸기 때문이었다.

"나도 공부하러 왔다구요. 그런데 아직 밥 안 먹었죠? 내가 밥 사려고 왔어요!"

"왜 이러시는 겁니까?"

평소에는 비싸서 한 번도 들어와 본 적이 없는 카페테리아 식당에 앉은 그가 이것저것 반찬이 든 쟁반과 밥까지 들고 앞에 앉은 여자를 보고 말했다. 카페테리아라는 식당은 밥과 반찬을 가짓수로 골라 사는 곳임을 처음 알게 되었다. 쟁반에 양껏 반찬을 담아 위태롭게 들고 오는 여자를 그는 물끄러미 보고만 있었다. 물론 그도 매너라는 것은 알았다. 적어도 여자가 이런 걸 들고 오게는 하지 말았어야 했다. 그런데 그렇게까지 하지 말아야겠다고 꾹 참고 있을 뿐이었다.

"배고파서요. 음, 재현 씨가 보고 싶어서 왔고, 얼굴을 봤으니 같이 밥이 먹고 싶었을 뿐이고. 그래서 밥을 사 들고 왔으니 같이 먹어만 주면 되네."

"이봐요. 장난해요?"

"장난이라뇨. 나 재현 씨가 좋아요. 뭐 믿기지는 않겠지만 나도 나름 인기 있는 여자라구요. 그런데 그쪽이 좋으니까, 뭐 좋아하는 쪽이 손해 보는 거 아니겠어요?"

별로 맛있게 보이지는 않지만 뭘 입을까, 어떤 머리를 할까, 무슨 책을 사야 할까로 저답지 않게 일찍 일어나 수선을 피우고 돌아다녔더니 뜨끈한 것들이 식욕을 당겼다. 혜원은 여전히 변함없이 회색 사파리 점퍼에 검은색 터틀넥, 똑같은 청바지를 입은 채 인상을 찌푸리고 있는 남자를 보면서 천연덕스럽게 대꾸했다.

"이봐요……."

"저 이름 있어요. 정혜원이라고 했잖아요. 뭐 알리사 정이라는 이름도 있지만. 여긴 한국이니까. 혜원이라고 해요. 그런데……. 어디 아파요? 얼굴이 빨갛네."

그가 기겁을 하고 뒤로 물러나느라 끼익하는 의자 소리가 요란하게 났다. 여자의 손이 불쑥 튀어나와 이마에 닿을 뻔했기 때문이다.

"이봐요!"

"정혜원이라고요. 밥 먹고 병원에 가 봐요. 아님 약이라도 사 먹던지. 감기 걸렸나 봐요. 국물 식기 전에 먹어요. 그런데, 진짜 아파 보인다!"

간단한 분식도 팔고 매점도 있는 식당 이층 휴게실에 찌푸린 얼굴로 앉아 있는 그는 자신이 왜 그래야 하는지 알 수가 없었다. 그러나 여기 앉아 있는 건 왜일까. 여자는 별로 관심도 없어 보이지만 그래도 나름 열심히 책을 보는 척하고 있었다. 솔직히 말하면, 그도 책을 보는 척하는 여자를 계속 보고 있었다. 아까부터 그가 오늘 암기해야 할 노트는 장을 넘어가지 못하고 있었다. The principles of Business Administration(경영학 원론)이라고 쓰여 있는 거대한 하드커버의 책은 한눈에 봐도 책장도 잘 넘어가지 않는 빳빳한 새 책임을 알 수 있었다. 그리고 옆에 놓인 노트나 심지어 볼펜까지도.

왜 이러는 걸까.

"어? 나 보고 있었어요? 공부 안 했었네. 쉬는 거면 커피 한 잔 하러 갈래요?"

그는 한숨을 내쉬고는 여자의 말갛고 정말이지 조막만 한 계란 형의 얼굴을 보고 말했다.

"그만 하십시오. 내일부터는 이러지 마세요. 저 시간 없습니다."

"저도 시간이 남아도는 사람은 아니거든요. 방학이잖아요. 좀 쉬면 어때서 그래요? 뭐 하긴 의대니까 공부해야 하는 건 알지만.

잠깐 나랑 커피 마셔 줄 시간도 없어요?"

"없어요."

그는 자리에서 일어나면서 들고 나왔던 노트를 챙겼다. 솔직히 모든 것이 써머리 된 노트 하나면 그의 암기는 끝이니 이것만 들고 다니면 되는 거였다.

"길 미끄러운데 조심해서 가십시오."

딱딱하게 굳은 목소리로 말하고 막 돌아서려는데 그녀가 또다시 손을 내밀었다. 두툼한 오리털 파카 위라지만 여자의 가느다란 손길이 주는 악력은 아무래도 그를 멈칫하게 만들고 말았다.

"이렇게 남자 팔 덥석덥석 잡는 게 취밉니까?"

"그래요. 원래는 아메리칸 식으로 덥석 뛰어올라 안기기도 해요. 그쪽 옷은 푹신하겠네요. 아, 사실 오늘 줄 게 있어서 왔어요."

"전 받을 거 없습니다."

여전히 놓을 생각이 없는 저 빨간 후드 티 밑의 하얗고 가느다란 손을 어찌 뿌리쳐야 할까 생각에 잠긴 채 그는 대답했다.

"전화기 없죠?"

그녀는 여전히 그의 한쪽 팔을 잡은 채로 캔버스 가방을 뒤지더니 그녀의 작은 손바닥보다 더 작은 초콜릿 바만 한 은색 휴대폰을 꺼내 들었다.

"이거 새로 나온 건데 너무 작아 귀엽더라고요. 뭐 선전하는 안재욱은 내 취향이 아니지만. 받으세요."

"제가 이런 걸 왜 받습니까?"

그의 목소리가 커지자 옆에서 힐끗거리는 시선이 모아졌다. 아니 이미 그가 서 있으므로 해서, 어쩌면 그 전에 잘난 남자의 외모와 칙칙한 휴게실하고 어울리지 않는 화사한 여자의 외모는 알게 모르게 그곳에 있는 이들의 시선을 모으고 있는 중일지도 몰랐다.

"뇌물이에요. 받아요. 쓰든 안 쓰든 상관은 없어요. 단축 번호 1번이 내 번호니까 연락하고 싶으면 그쪽이 먼저 하세요. 알죠? 그냥 1번 꾹 누르면 되는 거. 영원히 안 해도 뭐라 안 할 거니까. 그건 재현 씨 자유예요. 그리고 물론 휴대폰 값 정도는 내가 내요."

"돈 많아서 좋으시겠습니다."

그의 비아냥거림에도 혜원은 이미 눈이 멀었는지 헤살프게 웃기만 했다.

"좋죠, 돈 많으면. 하지만 재현 씨가 더 좋은걸요."

그녀의 말은 지나치게 또렷했다. 주변에서 알게 모르게 우 하는 함성이 들릴 만큼.

"조심해서 가요. 그리고 아까 산 약 꼭 챙겨 먹어요. 감기 걸리면 아픈 사람만 손해니까요."

"……."

그의 붉어진 얼굴은 더욱더 굳어져만 갔다.

연애는 밀당이라고 했던가.

그녀가 그녀의 추종자들—대부분 게이이거나, 혹은 레즈비언이거나, 혹은 바람둥이들이었지만. 그녀의 소울메이트들의 개인적인 성적 취향에 대해서 이의를 제기하고 싶은 생각은 없었다—에게 그녀가 카운슬링을 하면서 늘 주장했던 것이었다. 사랑이라는 것은 밀고 당기는 것이다. 한번 거세게 밀어붙였으면 당기는 맛이 있어야 한다고.

주변 사람이 어떤 눈으로 쳐다보건, 서울에서 제일 잘난 대학의 끔찍스럽던 그 음식들을 꾸역꾸역 먹어 가면서도 그녀는 웃음을 잃지 않았었다. 그리고 그녀가 새로 장만한 커플 휴대폰까지 넘기는 데 성공했다. 그러나 휴대폰은 전혀 울리지 않았다. 한 손바닥에 쏙 들어갈 만큼 앙증맞고 귀여운 휴대폰은 벌써 사흘째 충전하는 보람도 없이 울리기는커녕 문자 하나 들어오지 않았다. 그 옆에 있는 그것의 두 배나 돼 보이는 폴더 폰은 쉴 새 없이 요란하게 울려 대는 게 일이었지만.

"나? 못 나가. 컨디션이 꽝이야……. 아, 우리 재현 씨? 완전 퍼펙트하지 않아? 그렇지? 너도 그렇게 보이지? ……. 예영이가? 하하, 지도 눈이 있음 그 꼴뚜기가 보이겠어?"

휴대폰을 들고 자지러지는 그녀는 침대에 벌렁 드러누워 짧은 반바지 사이로 드러난 미끈한 다리를 공중에 흔들면서 웃어 댔다. 그녀가 웃는 일이라곤 그 파티 이후에 슬쩍슬쩍 그녀에게 물어오는 그의 자랑을 해 댈 때뿐이었다.

"너 보는 눈이 정확하다. 맞아, 내가 홀딱 반했어. 그렇지만 그건 순리 아니야? 어떻게 그런 남자한테 반하지 않을 수 있냐고!"

휴대폰 저편에서 한심하다는 듯 비웃는 게 확실했지만 그래도 혜원은 그 남자의 이야기를 입에 담을 수 있다는 것만으로도 신이 난 듯했다.

　　　　　*　　*　　*

　"형, 안진욱 교수님네 조교가 형 연락처 좀 알려 달라는데?"

　그가 막 도서관의 열람실이 문 닫는 것과 맞춰서 가방을 메고
나왔을 때였다. 감기를 호되게 앓고 나서인지 그의 얼굴은 한층
더 핼쑥했지만 과 후배의 목소리에 그는 정신이 번쩍 뜨이는 것
같았다.

　"왜?"

　"글쎄. 잘은 모르겠는데 교수님이 직접 말씀하셨다는데. 형 휴
대폰 없잖아. 아, 형 호출기 있었지? 그거라도 좀 번호 줘 봐. 조
교 형이 꼭 알려 달라고 했는데 내가 잊어버리고 있었네."

　"아, 그래. 015-885-……."

　그의 목소리가 희끗해졌다. 이제는 거의 사용하는 사람도 없는
호출기를 아직도 들고 다닌 그였지만 그나마 두 달째 요금을 내지
않아서 그저께 정지가 돼 버렸던 걸 문득 떠올렸기 때문이었다.

　"왜?"

　후배의 목소리에는 짜증이 가득 섞인 듯했다. 내키지 않는 심부
름에 하루 종일 책과 씨름하며 쌓인 피로가 귀찮음으로 몰려오는
게 눈에 보이는 듯했다. 그는 무슨 일인지는 모르겠지만 작년 1학
기에 세포대사에 대해 배우면서 그가 제출했던 리포트의 독특한
이론에 대해 직접 A4 반 장에 가까운 설명을 곁들여 가며 관심을
보이던 안 교수를 생각해 내고는 허겁지겁 연락이 되는 것을 찾으
려다가 문득 여자가 내밀었던 장난감 같은 휴대폰이 생각났다. 여

자에게 반강제적으로 받은 뒤에 한 번도 꺼내 본 적이 없는 휴대폰이 어디 있더라.

"형, 나 가 볼게."

체념한 듯한 후배가 돌아서려고 할 때 그는 재빨리 손을 내밀어 붙잡았다.

"아, 잠깐만."

그러고는 등에 메고 있던 커다란 배낭의 앞에 불룩하게 달린 주머니의 지퍼를 열었다. 그러자 반갑게도 은색의 조그마한 휴대폰과 충전기가 나왔다. 하지만 휴대폰은 이미 삼 일이나 지나서인지 화면이 꺼진 채였다.

"어? 형 휴대폰 있었네. 어, 새로 나온 어필이잖아? 와, 진짜 작긴 작다."

그제야 관심을 보이는 후배 녀석의 너스레에 그는 얼굴이 화끈거리는 것 같았지만 연락처가 있다는 사실에 안도했다. 그러나 문제는 그다음이었다.

"몇 번이야?"

"어…… 그게."

생각해 보니 휴대폰 번호를 알지 못했다. 여자는 휴대폰을 던져 주기만 했지 번호 따위는 이야기하지 않았고 그도 묻지 않았었다.

"설마 모르는 거야?"

"그게……. 내일 아침에 알려 줄게. 내일 아침에 보자."

"참내. 알았소. 어차피 지금 안다고 해도 내일이나 조교 형을 볼 거니까. 형 진짜 대단하다."

후배가 혀를 차며 돌아서는 것을 보고 그도 당황스러웠다. 여자한테 연락을 할 것이라고 생각이나 했나. 막 불이 꺼져 가는 어둑한 열람실 복도에서 그는 처음으로 만져 보는 작고 반짝거리는 조그마한 휴대폰을 물끄러미 내려다보았다.

오늘 최저 기온이라더니 정말로 춥긴 추웠다. 언덕을 올라오는 길에 정말로 코가 떨어져 나가는 것 같은 느낌이었다. 그나마 방에 들어와 들이치는 바람은 사라졌지만 싸늘한 냉기가 가득한 방에 서둘러 전기장판의 코드를 꽂고 두꺼운 오리털 파카를 벗어 옷걸이에 걸었다. 버릇처럼 옆에 어울리지 않게 걸린 슈트를 흘끗 쳐다본 그는 두 개의 이불이 깔린 전기장판 위로 올라가 젖은 양말을 벗어 옆에 던져 놓고는 이제 막 켜서 온기 따위는 없지만 왠지 따뜻하게 느껴지는 이불 밑으로 몸을 들이밀고는 책가방을 잡아당겼다. 자존심 따위……, 필요치 않지 않은가. 그는 잠시 고민해야 했다. 안 교수의 연락은 정말 중요한 것일지도 몰랐다. 세계적인 세포 변이와 대사의 대가인 안 교수의 강의를 들을 수 있다는 것으로도 황공할 지경인데 그분에게 연락이 올지도 모른다니.

그는 눈을 질끈 감고 휴대폰의 충전기를 꺼내 코드를 꽂았다. 그리고 네모난 휴대폰을 거치대 위에 올리자 붉은색의 불이 들어왔다. 충전이 되어서 통화를 하자면 좀 시간이 걸릴 것이었다.

근 사흘이나 꾹 눌러 놨던 여자가 다시 스물스물 올라오는 것 같았다. 몽글거리는 것 같은 금갈색의 긴 머리카락, 계란형의 하얀 얼굴, 매끈한 분홍빛이 칠해진 손톱……. 그는 주섬주섬 책을 꺼냈다. 전기장판의 온기가 싸늘하게 굳어 있던 발가락 끝을 간질거리고 있었다. 책을 펴자, 오늘 외워야 할 림프절의 이름에 대해서 생각해 보자…… 그는 주문처럼 혼자 중얼거렸다. 그러나 그의 눈은 자꾸만 휴대폰을 흘끗거리고 있었다.

"어? 어? 어머! 으악!"

한창 가장 좋아하는 거품 목욕을 하다가 그녀는 하마터면 거품 속으로 빠져 들어갈 뻔했다. 혜원은 자기도 모르게 욕실에서 소리를 지르니 그 소리가 더욱 커져서 귓가에 울려 댔다. 근 삼 일이나 찍 소리도 없던 휴대폰이었다. 혹시나 하는 마음에 밥을 먹을 때도 화장실에 갈 때도 심지어 지금처럼 목욕을 할 때조차 들고 다닌 걸 저 사람은 알까? 아, 이러려고 내가 저걸 그렇게 들고 다녔구나 싶은 혜원은 젖은 손을 급한 대로 머리에 둘둘 감고 있던 수건에 닦고는 경쾌하게 울리는 8비트의 세일러문 주제곡이 꺼지기 전에 얼른 휴대폰의 플립을 열었다.

"여보세요?"

자신의 목소리가 지나치게 하이 톤이라는 것도 잊었다. 전화가 오면 그럼 그렇지, 나도 도도하게 맞받아 쳐야지. 하고 벼르고 있었지만 삼 일이나 지난 후에는 전혀 그렇지 못했다. 잘못 왔나? 휴대폰 저편에서는 아무런 답이 없었다. 뭐야…….

"여보세요? 재현 씨? 재현 씨죠?"

전화가 온 사실만 중요했다. 그래, 전화가 온 거야. 저 남자도 내 생각이 난 거라고. 난 이긴 거야. 저 사람도 내가 좋은 거야.

그럼, 세상에 날 안 좋아할 사람이 어디 있어! 그녀가 속으로 외쳐대고 있을 때 저쪽에서 쭈뼛거리는 목소리가 났다.

〈네. 길재현입니다……만.〉

대답하는 그의 목소리는 머뭇거리고 있었다. 여자에게 전화를 한 것은 이 휴대폰의 번호를 모르기 때문이었다. 단지 그걸 알려고, 이 휴대폰 저편의 여자가 휴대폰을 샀고, 통화요금을 낼 것이고—그의 호출기 기본요금하고는 몇 배나 차이가 나는—하는 것들을 파렴치하게도 잊고서.

여자가 그런 무시무시한 차를 끌고 다니니까, 한 학기 등록금의 절반이나 되는 돈을 메모지로 쓰는 여자니까 이따위 휴대폰 하나쯤 얻어 쓴다고 해서 크게 잘못될 것은 없다고 생각하는 자신의 치사하고 못된 생각에는 아랑곳없이 여자의 휴대폰 저편의 목소리는 정말로 그가 몇 달에 한번 집에 가면 그의 어머니가 맨발로 뛰쳐나오면서 외치는 것 같은…… 이제는 들을 일 없는 그런 반가움이 가득 차다 못해 철철 넘치고 있었다. 그리고 어딘지 모르게 울리는 여자의 목소리는 마치 구슬이 굴러가는 것처럼 곱게만 들렸다.

〈그동안 잘 있었어요? 감기는요? 맨날 도서관 간 거예요? 저녁은 먹었어요? 오늘 엄청 추웠다는데 집이에요?〉

무미건조하게 용건만 이야기하려는 그의 입을 막는 건 여자의 세세한 안부를 묻는 총알같이 빠른 말들이었다. 장판의 열기에 얼었던 발끝이 녹으면서 더욱더 간질거리고 있었다. 그러나 정말로 간지러운 것은 여자의 목소리에 반응하는 저 명치끝 어딘가일 듯했다.

〈아, 너무 좋다. 나 전화기 주면서도 정말 전화 안 하면 어쩌지 하고 고민했단 말이에요. 삼 일 내내 전화기를 손에서 내려놓질 못했다니까. 그러니까 이렇게 목욕하는데도 들고 왔지. 아, 참. 목욕탕 안이라 목소리 이상하게 들리는 거 아니죠?〉

추웠다. 덜컥거리는 바람 소리가 열면 바로 밖으로 통하는 알루미늄 문을 미친 듯이 흔들고 있었다. 발끝과 엉덩이는 뜨거웠지만 어깨는 시렸다. 그런데 그의 얼굴이 순식간에 새빨갛게 물들었다. 그의 혓바닥은 얼어 버린 것인지 아니면 갑자기 피가 몰려 뻣뻣해진 다른 어떤 곳처럼 뻣뻣해진 것인지 해야 할 말을 하지 못하고 있었다.

6.

"잘 썼다. 고마워."

"글쎄다. 나도 이제는 뭐 슬슬 준비 좀 해야지. 넌 어쩌려고? 복학한다고 하면 임시로 증명서 발급해 줄 텐데."

"알아. 과사에 가 볼 거야."

라고 말은 했지만 그는 자신이 없었다. 복학은 못하더라도 임시 증명서라도 받을 수 있을까. 곰 따위는 구경도 못했다고 투덜거리는 녀석은 얼굴이 검게 그을린 채로 건장한 팔뚝을 흔들면서 사라졌다. 그는 한숨을 내쉬고는 돌아섰다. 너무 다른 세상에 사니까 이제는 부러움 따위도 없었다.

아침부터 당혹스럽게 알게 된 휴대폰 번호를 가르쳐 주긴 했지만 휴대폰은 아무런 기척이 없었다. 너무 작아서 그가 주머니에 넣고 다니던 모토로라의 흉측한 호출기만 한 휴대폰은 쉴 새 없이 편지 봉투 모양의 그림이 떠 있었다. 신경을 끊어야지 하면서도 어느새 누르고 보면 별 중요하지도 않은 여자의 수다가 적혀 있었다.

〈와, 오늘 엄청 춥네. 오늘도 공부하러 가요?〉

〈나랑 점심 먹을래요?〉

〈진짜 너무하다. 답장도 하나 없고.〉

〈나 삐짐.〉

〈졌다! 졌으니까 밥 살게요. 어디로 갈까요?〉

몇 번이나 휴대폰을 꺼냈다가는 도로 넣어야만 했다.

전에도 대시해 오는 여자가 없었던 건 아니었다. 그는 또래보다도 키가 컸고 당연히 성적은 최고였으며 스스로 거울을 봐도 그리 빠지는 얼굴은 아니라고 생각했다. 중학교 때부터 곱게 접힌 딱지 모양 메모지 밑에 초콜릿 같은 것이 신발장에 들어 있기도 했고, 한창 유행하던 반끼리 하는 마니또에도 실장이 편지를 안 쓰면 안 된다고 으름장을 놓아서 마지못해 몇 줄 적어 내면 그의 것을 용케 찾아내어 서로 싸우면서 차지한 여학생이 그를 만나러 학교 앞까지 왔던 적도 있었다.

고등학교 때도 대놓고 만나자는 선배 누나들도 있었고 또래 여학생들도 있었거니와 대학교 때는 그게 더 심했다. 그러나 그는 단 한 번도 그런 여학생들에게 대꾸조차 한 적이 없었다. 여학생들의 편지는 무정하게 바로 열어 보지도 않고 쓰레기통에 직행했고, 초콜릿이니 혹은 정성스런 선물들은 옆에서 환호성을 지르던 친구 놈들의 차지가 돼 버리기 일쑤였다. 그런데 왜 지금 그가 이런 메시지를 받아야 하는 건가.

문제는……

돈인가? 스스로도 어이없어 그는 주머니 속에 그 작은 휴대폰을
도로 집어넣었다.

그러나 엎질러진 물을 다시 담을 수 없는 것이고, 흐르는 감정
은 어쩔 수 없는 것이었다. 혜원은 어김없이 그의 도서관 앞에 나
타났고 그녀의 손에는 제대로 펼쳐 보지도 않는 경영학의 하드커
버 책들과 함께 그녀의 성화와 채근에 온갖 멋을 내 가며 도우미
아줌마가 만든 도시락이 들려 있었다.

"나 진짜 고백하는데, 태어나서 스테이크용 칼 말구요. 요리하
는 칼. 그거 첨 들어 봤다니까요. 정말 믿기지 않겠지만 나 사과도
깎아 본 적이 없거든요. 그 샌드위치 내가 자른 거예요. 가운데 대
각선으로 자른 거 말이죠. 아, 물론 속은 우리 아줌마가 만들어 주
셨지만. 맛있죠? 내가 정말 최고의 재료로만 싸라고 무지 부탁했
거든요. 포장은 내가 했다니까요. 아, 알루미늄 호일이 그렇게 질
길 줄이야!"

그의 인생에, 칼질도 한 번 안 해 본 여자가 가당키나 한 걸까.
그러나 그는 아직 어렸다. 키가 크고, 아무리 세상을 다 산 것 같
은 얼굴을 하고 있다고 해도 그는 아직 20대 초반의 혈기 왕성한
어린 대학생일 뿐이었다.

과 사무실에서 겨우겨우 발급받은 임시 학생증으로 연건이 아닌

관악캠퍼스의 도서관으로 자리를 옮긴 채 공부를 하려고 했던 그
는 매일 제 학교인 양 드나드는 혜원 때문에 심각한 방해를 받고
있었다. 그러나 여자의 밝은 색의 몽글거리는 머리카락에서 나는
꽃향기에 중독되고 있었는지도 몰랐다. 여자의 입에서 나오는 마
치 딴 세상 같은 이야기도 그 이야기의 내용보다는 그냥 마냥 듣
기 좋은 노랫소리만 같았다.

게다가 다른 여자를 만나면 생각해야 했던 데이트 비용 같은 것
도 절대 걱정할 리 없는 이 부잣집 외동딸은 그에게 한 번쯤은 여
자를 위해 뭔가를 해야 하겠다는 죄책감 따위를 없앨 만큼 돈이란
게 차고 넘치는 여자라 오히려 부담감 따위가 없어져서 마음이 편
했다. 여자가 보여 주는 넘치도록 가진 자들의 세계는 그동안 가
진 것 없고, 사람 관계가 전무했으며 오로지 공부에만 치여 있던
그를 조금씩 좀먹어 가고 있었지만 그것을 알 만큼 아직 그는 현
명하지 못했다.

"재현 씨!"

"……?"

그가 고개를 들었다. 며칠 전부터인지 그는 점심시간 이후에는
휴게실에서 책을 보고 있게 되었다. 물론 그 앞에는 할 것이 없어
눈치만 보는 금갈색 머리의 여자가 생글거리며 앉아 있었다. 여자
가 싸 오거나 혹은 여자의 새빨간 스포츠카로 어디론가 가 먹는
과한 점심 때문이라도 그는 잠시 그녀의 앞에 앉아 있어 주는 게
예의라고 생각했을지도 몰랐다. 아니, 그렇게 '예의'라고 생각하

고 싶었다. 그 외에 다른 마음 따위는…… 절대 없다고.

어디론가 슬쩍 갔다 온 여자의 손에는 따뜻하다 못해 뜨거운 캔 커피가 들려 있었다. 블랙커피 따위를 즐기지 않는 남자를 위해 달착지근한 맛이 나는 커피를 들고 온 여자는 힐끗하는 그의 시선을 받으면서 화사하게 웃었다. 힐끗 저쪽 벽에 걸린 시계를 보던 그가 말했다.

"이제 가. 나 올라갈 테니까."

하얗고 창백한 얼굴의 남자는 무표정한 얼굴로 말했다.

"와, 진짜 재현 씨는 나쁜 남자 맞다."

나쁜 남자? 영문은 모르겠지만 여러 번 들어 본 말이었다. 다른 사람의 성의를 무시한 것 때문이었을지도 몰랐다. 그래도 이 여자한테는 나름 많은 걸 양보하고 있는 거 같은데. 하지만 그걸 따지고 싶은 생각은 없었다.

"올라간다."

그가 보고 있던 노트를 덮었다.

"아우, 잠깐만요."

여자가 또 내미는 손길, 그의 팔뚝을 잡고 있었다. 히터 앞쪽에 자리를 잡아서 등짝이 후끈거릴 지경이라 벗어 놓았던 사파리 점퍼 덕에 그의 반 터틀넥의 검은색 스웨터 위에 여자의 손길이 느껴졌다. 매번 곤혹스럽게도 여자는 제 손이나 팔을 덥썩덥썩 잡아대는 통에 정신이 사나웠다. 그가 슬그머니 팔을 뒤로 빼면서 말했다.

"왜?"

"나 소원 하나 들어줘요!"

딱딱하게 굳어지는 남자의 얼굴을 보고 혜원은 저도 모르게 손사래를 쳐야 했다.

"어려운 거 아니라니까요! 사람 말을 끝까지 들어 봐야죠!"

남자의 돌덩이 같은 얼굴에 대고 자신이 계획한 걸 이야기하려고 하니 목구멍이 들러붙는 기분이었다. 참, 이 키아누 리브스 공략하기 어렵다.

"적어도 얘기는 꺼내도 되는 거죠?"

꺼내지도 말라는 표정의 남자에게 혜원은 다시 살살 웃음을 뿌려 댔다.

"뭔데?"

두 살 차이밖에 나지 않는데도 남자는 마치 어린 학생에게 꾸중을 하는 선생님 같은 모습이었다. 그러나 그것마저 마냥 좋은 여자는 제 말을 들어 주는 것만으로도 기뻤다.

"우리 여행 가요!"

택도 없는 소리라고는 생각하지 않았었다.

"무슨 그런……."

여자와의 여행이라는 단어가 찰나에 보여 주는 의미 때문에 순식간에 붉어지는 얼굴이라니……. 나름대로 혜원이 얼마나 머리를 굴렸던가.

* * *

"아, 김해는 안 돼. 거긴 엄마 호텔이야. 동네가 좁아서. 거기 직원들 내 얼굴 다 알아. 시설이야 뭐 아늑하고 좋지만 말이야. 은정아, 그런 데 말고, 어디 좋은 데 없니? 제주도가 좋지만 너무 멀잖아."

"진짜 가려고? 둘이? 남자랑 단둘이?"

"안 그러면 우리 재현 씨 놓쳐."

"와, 진짜 단단히 씌었구나. 뭐 잘생기고 키 큰 건 인정하지만 뭐가 그렇게 좋은데?"

둘 다 상반신을 드러낸 채 머리에는 부드러운 타월을 감고, 제 또래의 유니폼을 잘 차려입은 젊은 여자 둘이 열심히 등에 오일을 발라 마사지를 하고 있는 테라피 숍에는 향초에서 피어나는 은은한 향이 풍기고 있었다.

"글쎄, 뭐가 그렇게 좋지? 영문도 모르겠는데 다 좋아. 하루라도 안 보면 미칠 거 같아. 나 뉴욕 어떻게 가야 할지 생각만 해도 앞이 깜깜해. 엄마한테 다 털어놓고 같이 보내 달라고 하고 싶어."

"정말 미쳤구나. 아주 단단히 빠졌어."

부드러운 움직임으로 어깨와 목에 오일을 발라 쓸어내리고 있는 손길은 한낮을 춥고 답답한 대학교 휴게실에 있느라 굳어 있던 어깨를 풀어 주고 있었다. 옆에 있는 그녀의 친구는 놀랍다는 표정이었다.

"그때 자세히 볼 걸 그랬다. 한 번 더 데리고 오지 그래? 이번엔 좀 자세히 보게."

"아우야, 안 돼. 절대."

"왜? 그때는 왜 왔는데?"

"그때야……."

잠시 할 말이 사그라들었다. 그때는, 잘 모르고 그리고 또 일당을 받으려고 했으니까 온 건가? 지금은? 지금은 사귀는 사이인데 친구들 한번 같이 만날 수 있는 거 아닌가? 라고 생각은 들었지만 절대 그가 오지 않을 거라는 것은 분명했다. 오라고 말을 꺼내지도 못할 만큼 그는 싸늘하고 자존심 강한 남자라는 걸 알게 된 것이 가까워졌다는 증거니까.

"그러지 말고, 은정아, 우리 일박 이 일로 어디 갈 데 없나 생각 좀 해 봐."

"여행 가서? 가서 뭐 어쩌려고? 남자라도 덮치려고?"

갓 스무 살밖에 안 된 두 여자였지만, 이미 중학교 시절부터 자유분방한 외국 생활에 익숙해진 지 오래였다. 그러니 남자와 가는 여행의 이유 따위는 친구인 은정도 잘 알고 있었다. 그러나 여전히 등줄기를 쓸어내리는 손길에 기분 좋아진 고양이 같은 눈길을 하고 있는 혜원은 은정의 말만 들어도 뱃속이 간질거리는 것 같았다.

"설마, 키스도 안 해 본 거 아니야?"

다분히 농담이라고 하는 은정의 말에 속이 뜨끔해진 혜원이 급하게 말했다.

"앤 무슨 그런 소릴……."

이라고 이야기했지만 사실을 인정하긴 싫었다. 그 멋진 남자를 쫓아다닌 지 열흘이 더 됐는데 아직 키스도 못 했다는 건 자존심이 상하는 노릇이니까. 갑자기 그저께 밤이 생각났다. 조르고 졸라서 그나마 분위기 좋은 칵테일 바에 갔던 기억을. 독하디독한 블랙러시안을 두 잔이나 마시더니 그 창백한 얼굴에 홍조가 돌긴 했지만 적막한 차 안에서 30분이나 멍하니 있어도 고개도 안 돌리던 그 남자를.

"나 어디 좀 고칠까? 입술에 지방 넣으면 괜찮대?"

"어이구, 너 키스도 못 해 봤구나? 진짜 그 남자 강적이다. 천하의 정혜원을 그렇게 몸 달게 만드는 거 보니."

이미 뼈 속까지 잘 알고 있는 친구였다. 그런 은정에게 뭘 속이겠는가. 피식하고 한숨이 삐져나오는 걸 어쩔 수 없는 혜원은 말했다.

"그러니까, 어디 좋은 데 없냐구!"

"그런데, 너 그 남자 진짜 좋아하는 거야? 너야말로 남자는 길가에 채이는 돌보다 흔하잖아."

호텔 재벌이라고 할 수 있는 집안의 외동딸인 그녀는 친구인 은정이 봐도 그들의 세계에서조차 독보적인 존재였다. 그런 혜원이 뭐가 부족해 가난한 고학생에게 저리 목을 매는 건지 이해할 수가 없었다.

"그거야, 정신 나간 병신들이고. 우리 재현 씨는 달라."

"너 그 사람이 널 자꾸 거부하니까 억하심정에 그러는 거 아니야? 안 넘어가는 나무 찍어나 본다고. 그래서 그 남자가 너 좋다고 하면 버리는 거 아냐?"

"뭐? 그럴 리가 없어!"

라고 소리를 꽥 지르자 등 뒤에서 마사지를 하고 있던 종업원까지 제가 뭐 실수한 게 없나 하고 깜짝 놀라 손을 뗐다.

"아무것도 아니에요. 그냥 해요."

등 뒤에 말을 하고 나서 다시 제자리를 잡아 누우면서 혜원은 생각해 보았다. 정말 그런가? 정말 그 남자가 저를 좋다고 하면 이런 기분이 사라질까? 제가 싸 들고 다니는 도시락 맛있다는 말 한 번도 없는 그 남자를?

"휴……."

한숨만 나올 뿐이었다.

"잘 생각해. 그게 진짜인지."

"몰라. 아냐, 진짜일 거야. 난 평생 이런 마음 처음이야. 무슨 일이 있어도 그 남자 내 거로 만들 거야. 재현 씨는 누가 뭐래도 내 애인이야!"

"애인? 아이런? 남편? 중국어에서는 애인이 배우자란 뜻이라고."

중국에 유학 중인 은정이 웃음을 참지 못하고 말했다.

"아니, 남편도 사랑하지 않을 수 있어. 흔하잖아. 재산 때문에 결혼하는 거. 하지만 난 그런 거 아니야. 난 정말 그 남자 사랑해."

라고 말은 했지만 우울해지는 건 매한가지였다.

"그러니까, 좋은 데 가야 해. 그래서 마음을 돌릴 거야!"

부족한 거 하나 없는 저 여왕 같은 친구가 두 주먹 불끈 쥐고 있는 걸 이해할 수 없는 은정이었다.

*   *   *

"아…… 진짜 길 험악하다."

제발 그녀가 더 이상 아무 말을 하지 않았으면 좋겠다고 생각할 뿐이었다. 꼬불거리고 급경사에 금속으로 된 가드레일도 아닌 노랗고 검은색이 칠해진 시멘트 덩어리만 군데군데 있는 길가는 낭떠러지였다. 게다가 올라가면 올라갈수록 오 미터 앞도 안 보이는 안개 속이라니……. 악전고투라는 건 바로 이런 걸 두고 하는 말인가. 끼익거리는 타이어가 꺾이는 소리가 요란하게 울리자 그는 또다시 손잡이를 잡은 손에 힘을 주었다.

자신이 다다음 주면 뉴욕으로 떠나야 하고, 다음 주에는 가족끼리 여행을 가야 하기 때문에 이번 주말에는 필히 자기하고 근사하게 시간을 보내 줘야 한다는 어처구니없는 그녀의 요구를 순순히 들어준 건 이제 이 여자가 떠나면 제 생활이 제자리를 찾을 수 있을 것이라는 단순한 생각에서였다. 남녀 둘이 가는 여행 따위에 의미를 두지 않은 것은 뭔가 일어난다면 남자의 음흉한 마음에서 일어나는 것이고 자신이 그렇지 않다면 아무 일도 없을 것이라는 것을 자신하기 때문이었다. 그리고 찾은 곳은 동해안.

한 번도 혼자 가 본 적이 없는 속초를 행선지로 잡은 것은 그녀가 은정과 머리를 맞대고 고민고민 끝에 내린 결정이었다. 가족끼리야 속초 여행은 몇 번 왔다. 그러니 혼자서도 갈 수 있다고 생각했다. 그녀의 아버지 호텔인 쉘튼은 서울, 제주도, 경주, 수안보,

그리고 김해에 있었다. 그중에 김해는 아주 작은 규모였는데 그곳의 호텔은 순전히 그녀의 엄마, 즉 사랑하는 아내의 고향이기 때문에 지은 것이었다. 지금은 홍천에 대규모 테마 파크와 함께 콘도 사업이 확장 중이었다. 그래서 일부러 가깝고 그녀의 아버지 호텔이 없는 속초로 향하게 된 것이었다. 게다가 겨울 바다와 눈 덮인 설악산 속의 호텔이라면 충분히 분위기가 잡힐 거라고 귀띔해 준 은정의 말이 그럴듯하게 들렸기 때문이었다.

집에다는 아이들과 함께 고성에 있는 스키장에 간다고 이야기해 놓은 상태였다. 물론 은정이 알리바이를 마련해 주었다. 그런데 생각 못한 건, 한계령이라는 어마어마한 고개였다. 제가 운전을 직접 해서 가 본 적은 한 번도 없는 거의 수직인 듯 보이는 좁고 가파른 고개는 둘째 치고 한 치 앞이 보이지 않는 안개 덕분에 차는 거의 기어가다시피 하고 있었다. 게다가 긴 굽이굽이는 끝이 없었다.

"아, 진짜 안 보인다."

"조심해!"

"아이고…… 허리야. 이럴 줄 알았으면 돌아서 미시령으로 가는 건데……!"

미시령이 더 급하고 험한 고개라는 것을 전혀 모르는 혜원은 지도에서 본 고개 이름만 되뇔 뿐이었다. 운전이라곤 해 본 적이 없기에, 그는 옆에서 땀을 뻘뻘 흘리는 것을 창문 위쪽의 손잡이를 온 힘을 다해 잡은 채 보고만 있어야 했다.

고개 꼭대기의 환상적인 풍경에 놀라기도 전에 또다시 처박히다시피 하는 길고 지리한 내리막길에서는 온통 타이어의 타는 냄새가 진동하는 것을 맡아야 했고, 다시금 식은땀을 흘려야 했다. 그리고 겨우 내리막길을 내려서서야 주변이 보이기 시작했다. 산이고 길이고 눈이 가득 쌓여 온통 하얀 세상이 되어 있는 산속의 길이라니! 수학여행 때 빼고는 한 번도 서울을 벗어나 본 적이 없는 그였다.

서해 바다는 봤어도 눈이 시리도록 푸른 동해 바다도 처음이었다. 양양을 지나 낙산의 언덕을 넘자마자 차창 밖으로 살짝살짝 보이기만 하던 바다는 금방 눈앞을 콱 메워 대고 있었다.

"아, 공기 너무 좋다. 진짜 오길 잘했죠?"

잠시 차를 세우고 설악산 해수욕장의 귀가 떨어져 나갈 듯한 바닷바람을 맞고 서 있는 그의 팔에 익숙한 듯 감아 돌면서 내미는 그녀의 손에는 뜨거웠지만 금방 식어 드는 자판기 커피가 들려 있었다.

"너무 좋다. 속초는 몇 번 와 봤지만, 오늘이 제일 좋다. 재현 씨랑 왔으니까."

분명히 이건 다른 세상이었다. 제 얼굴을 얼얼하도록 때리는 짠기가 가득한 회색 파도가 일렁거리는 시커먼 바다와 발자국조차 드문 하얀 눈이 펼쳐진 넓디넓은 백사장. 동경은 했으나 볼 수 없었던 동해의 무시무시한 파도 소리조차 마치 장엄한 음악같이 그르렁거리고 있는 이 광경에 그는 넋을 잃고 말았다.

그러나 그 파도 소리보다, 이제는 얼굴의 감각도 없어질 만큼 차가운 바닷바람보다 더 어이없는 사실은 무엇인가. 제 두꺼운 점퍼 밑으로 파고드는 여자의 머리카락에서 풍기는 달착지근한 향기는 거세게 밀려오는 바다의 짠 기운보다 더 강렬했다. 이 꽃향기가 감겨 도는 여자가 자신을 좋아한다는 게 명치끝이 시릴 정도로 당혹스럽기까지 했다.

여자의 감겨드는 팔이 주는 감미로움이, 지도상에만 보이던 지명이 눈앞에 펼쳐져 시린 파도 소리가 귀를 먹먹하게 한다는 사실이, 짭짤한 바다의 향기 속에 여자의 향이 섞여 이리 가까이 있다는 사실이 정말로 꿈만 같았다.

"건배! 우리의 첫 여행을 위해!"

여자의 손에 들린 붉은빛의 와인이 담긴 잔에서 땡 하는 경쾌한 소리가 여운을 남기면서 자신의 손끝을 울리고 있었다. 사람이란 참 간사했다. 여자를 만난 이 며칠 만에 손에 들린 와인 잔 따위가 익숙해졌고, 칼 사이로 쓸린 스테이크의 핏빛 육즙에도 입맛이 들렸다. 하얀 눈을 뒤집어쓴 어마어마한 봉우리들이 가득한 설악산 밑의 호텔 스카이라운지에는 주말이라 그런지 빈자리가 별로 없어 보였다.

"별이 다섯 개짜리라는데 진짜 별로다. 우리 아빠 호텔은 이것보다 훨씬 나은데 말이죠. 속초는 눈이 엄청나게 오더라고요. 저번에 왔을 때는 눈이 일 미터도 넘게 왔더라니까요. 그래서 굴을 파고 다니기도 한대요."

뭐라고 답을 해야 할까. 그는 거의 늘 침묵이었다. 조잘조잘 떠드는 혜원의 목소리를 마치 음악을 감상하듯 듣고 있는 게 나쁘지 않았다. 오늘따라 예쁘게 굽이치는 금갈색 머리카락의 보송거림이 손바닥 끝을 간질이고 있었다.

"그런데 와인은 마음에 든다. 우리 한 잔 더 할까요?"

"그러지 뭐."

그는 늘 입던 사파리 오리털 점퍼와 체크무늬의 두툼한 남방 차림이었다. 난방이 잘 되고 있는 덕에 그의 점퍼는 옆의 의자에 얌전하게 놓여 있었다. 유난스러운 혜원의 성격상 그에게 어울리는 옷 따위를 못 살 건 아니지만 그가 선을 그었다. 그녀를 만나는 것은 괜찮다고, 다만 손에 무엇인가 들고 오거나 자신을 바꾸려고 하지는 말아 달라고. 혜원은 그의 말을 잘 들었다. 만나서 함께하는 일들에는 돈을 지불하는 그녀였지만 그의 까다로운 성격을 고려한 것인지 아니면 그의 자존심에 대한 존중인지는 몰라도 새 옷을 사 입히려거나 하는 시도는 하지 않았다. 그만큼 그를 좋아하는 게 사실이니까.

맛있다고 몇 잔이나 권하는 통에 얼큰할 때까지 와인을 마시고 자리를 옮겨서 칵테일도 한 잔 한 게 문제였다. 전혀 취기가 보이지 않는 혜원과는 달리 술이라고는 별로 해 본 적 없는 그에게 은근히 도수가 있는 칵테일과 와인은 정신을 흐릿하게 하고 있었다.

"스위트 룸으로 했어요. 방을 두 개 잡기는 그렇잖아요. 침실이 두 개니까 괜찮죠?"

키를 들고 묻는 그녀의 말을 제대로 이해 못한 그는 침실이 두 개라는 말에 고개를 끄덕였다. 둘이 여행을 가기로 하기 전에 그는 절대 같은 방은 안 된다고 못 박았고 혜원도 따로 방 두 개면 가는 거죠? 하고 되물었었다. 벨보이의 안내를 받아 들어간 스위트 룸은 그를 어리둥절하게 만들 만했다. 클래식한 가구들이 가득 찬 커다란 거실, 창밖으로 보이는 눈 덮인 설악산의 야경, 실제로 한 번도 본 적이 없을 만큼 화려한 풍광이 눈앞에 펼쳐져 있었다. 그러나 등 뒤에서 나오는 말은 정반대였다.

"와, 진짜 후졌다. 김해에 있는 엄마 호텔보다도 못하네. 아, 정말 이 정도일 줄을 몰랐네. 미안해요, 재현 씨."

뭐가 미안한지 알 수가 없는 그는 핑 도는 머릿속을 들키기 싫어서 천천히 움직였다. 어디론가 뒤에서 나는 소리를 피해 가야만 한다는 압박감이 가슴 한구석을 누르고 있는 것 같았다.

"방이 어디지? 나 피곤한데."

"음……. 그래요? 그럼 먼저 씻고 자요."

아직까지 저 핑크빛 입술도 한번 훔쳐 본 적이 없는 그였다. 올라오기 전까지만 해도 방이 두 개라니까, 뭐 이상한 일은 없겠지라고 안일하게 생각하고 있었던 게 실수였다. 벨보이가 그녀가 주는 팁을 받고 정중하게 인사를 하며 즐거운 시간 되십시오, 라는 의미 있는 말을 하고 문을 닫자마자 이 넓고 조용한 룸에 뭔가 은밀한 듯한 향이 피어오르는 것 같았다. 그리고 적막한 실내에 단 둘만 있다고 생각하니 그는 갑자기 얼굴에 열이 오르는 것만 같았다.

"아, 나 먼저 자야겠어."

그가 말끝을 흐리면서 욕실을 찾아 가려는데 또다시 버릇마냥 이제는 약간 희미해진 꽃향기보다는 오히려 톡 쏘는 칵테일의 향이 풍기는 여자가 다시 또르르 그의 팔로 말려들었다.

"음, 잠시만요. 뭐가 그렇게 급해요."

"아…… 그게."

급했다. 어디론가 이 여자의 꽃향기가 나지 않는 곳으로 사라져야만 했다. 그러나 늦었다. 여자의 말려든 팔이 이번에는 그의 허리를 감싸 앉았다. 그의 손이 어정쩡하게 허공에 들려 있었다. 손을 내릴 수 없는 그의 속을 알 리 없는 혜원은 그녀가 몇 날 며칠 밤을 꿈꾸며 상상하던 약간 메마른 것 같은 남자의 날씬한 허리와 마른 풀 같은 버석한 체취가 풍기는 그의 가슴팍에 얼굴을 묻었다.

"저기……."

당혹해하는 게 틀림없었다. 지금 귓가에 쿵쾅거리는 숨소리만 들어도 이 남자의 심장이 놀라 과도하게 피를 뿜어내고 있는 게 느껴지니까.

"사랑해요. 재현 씨."

그녀는 두 팔에 더욱더 힘을 주었다. 이런 남자는 처음이었다. 돈 많은 건 둘째 치고 거울 속의 스스로의 얼굴도 자신이 있었기에 대놓고 대시하는 남자들, 은근히 달려드는 남자들이 부지기수였다. 그러나 결국 남는 건 돈이 많아 성질이 더럽다는 뒷말뿐. 그건 진짜 정혜원의 마음에 들어오지 못한 인간 같지도 않은 것들에 대한 합당한 대우였다.

이 바싹 마른 낙엽 조각 같은 남자의 마음속에 정말로 들어가고 싶었다. 정말이지 이 주밖에 남지 않았는데 이대로는 절대 미국으로 갈 수가 없었다. 잠이 들 때도, 잠에서 깨어나도, 밥을 먹어도 온통 혜원의 머릿속에는 길재현이라는 남자뿐이었다. 만난 지 이주나 됐는데 키스도 한번 못해 보다니 말이 되는 건가. 항상 건너편에 앉아서 밥을 먹는 그를 볼 때도, 아니면 열람실 옆에 앉아 책에 모든 것을 집중하고 앉아 있는 그를 훔쳐볼 때도 저 그린 것같이 완벽한 입술을 한번 훔쳐보고 싶다는 생각뿐이지 않았는가.

그러나 아무리 무드를 잡고 차 안에 앉아 시간을 죽여도, 으슥한 곳에서 팔에 딱 붙어 길을 걸어도, 아무리 예쁜 옷을 입고 화장을 곱게 해도 남자는 전혀 자신의 여성적인 매력 따위에 눈길을 주는 것 같지 않았다. 그래서 이런 극약 처방을 내린 거 아닌가. 남자랑 단둘이 여행이라니……. 그리고 일부러 방 두 개짜리 스위트 룸 잡은 것도 다 그녀의 철저한 계산에서 나온 것이었다. 그런데 어디를 도망가려고…….

"저기……. 이러면 안 돼. 이러지 않기로 했잖아."

가까스로 그가 입을 열었다. 이러면 안 되는 게 맞는 거니까.

"재현 씨는 내가 싫어요? 내가 불쌍해서 만나 준 거예요? 좋지도 않은데? 그런 거죠. 돈은 많은데 싸가지가 없으니까. 아무도 놀아 주는 사람 없으니까 그래서 그런 거죠?"

"그…… 그런 말이 어디 있어."

그의 목소리가 더듬거렸다.

"그게 아니라면, 왜 그러는데요? 좋아한다면 스킨십 정도는 자연스러운 거 아니에요?"

그녀가 그의 가슴에서 얼굴을 떼고는 고개를 들어 그를 올려다 보았다.

품 안의 작고 말간 얼굴을 한 여자는 약간의 홍조를 띤 채 자신을 올려다보고 있었다. 약간의 알코올기가 그의 망막에 뿌연 가리개를 한 것은 물론이거니와 그의 철통같은 자제심이라는 곳에도 한 겹의 뿌연 커튼을 친 듯했다.

"정말 내가 불쌍하기만 해요?"

숨결이 달착지근하니 엉겨 붙었다. 어찌 이 아름다운 여왕 같은 여자를 불쌍하게 여길 남자가 있단 말인가. 그는 자신도 모르게 고개를 저었다.

"아니. 그럴 리가."

"그렇다면 키스해 줘요."

두 눈을 똑바로 뜬 혜원이 천천히 말했다.

그는 심장이 철렁 내려앉는 것만 같았다. 키스라니……. 어떻게 저런 단어를 입에 담을 수가 있는 거지. 어떻게 저런 눈으로 당당하게 키스를 해 달라고 이 적막한 방에 단둘만 있는데 그럴 수 있는 거지.

그의 당혹스러운 눈을 본 것인지 혜원은 그의 허리를 감고 있던 두 팔에 힘을 뺐다.

"그래요. 이해해요. 다들 날 그런 눈으로 봐요. 날 진심으로 좋아하는 사람 따위 하나도 없었어. 재현 씨한테 그걸 강요할 수는 없지. 그냥 여기까지 와 준 것만으로도 고마워요."

여자는 술에 취하지 않았다. 남자는 그걸 모르고 있었다.

"그게 아니라."

그는 자신도 모르게 돌아서려는 혜원을 붙잡았다. 그리고 두 손을 내밀어 그녀의 허리를 감았다. 그의 가슴속으로 파고드는 여자는 품 안에 쏙 들어왔다. 마치 어지럽게 흩어진 퍼즐이 딱 맞아떨어지는 것같이……. 여자가 저 혼자 제 허리를 감고 있는 것과 자신이 안고 있는 느낌은 전혀 달랐다. 언제나 언저리에 머물러 있기만 했던 여자의 꽃과 같은 향기가 품 안에 있었다. 곧 여자의 가느다란 두 팔이 아까처럼 자신의 허리를 감는 게 느껴지자 뭐라 말할 수 없는 쾌감이 그에게 밀려오고 있었다.

"불쌍해서 그러는 거죠. 괜찮아요. 그래도 난……."

"널 불쌍하게 여긴 적 없어."

그녀의 말을 막았다. 여자를 불쌍하게 여긴 적은 절대 없었다. 그냥 너무 높은 절벽 위에 핀 꽃일 뿐이었다. 갖고 싶어도 가질 수 없는, 아니 갖고 싶다는 마음도 가져서는 안 되는……. 그런 화려한 꽃이었다. 그 꽃이 자신을 갖고 싶다 해도 그건 안 되는 일이었다. 절대로……. 그가 몽롱한 가운데도 그것을 떠올리고 안고 있는 여자를 밀어내려는데, 그녀가 말했다.

"사랑해요. 재현 씨."

사랑이 어떤 건지 그는 몰랐다. 아니 영원히 자신에게 그런 단어란 건 사치일 뿐이라고 생각했다. 지금 이것도 사랑이란 건 아닐 것이었다. 여자에게서 나는 좋은 꽃향기가 자신을 미치게 하는 것이라고, 차가운 한겨울의 강물 같던 자신의 정신을 흐릿하게 만드는 그런 것이라고 그렇게 여기고 싶었다. 그러면서도 그는 두 손을 내밀어 여자의 두 볼을 감쌌다. 매끄럽고 작은 얼굴이, 늘 볼 펜을 쥐고 있어 굳은살이 박이고 차가운 공기에 터 버린 까칠한 손바닥에 느껴졌다. 따뜻한 열기가 그의 심장을 더욱더 뛰게 만들 었다.

안 된다고 외치는 뇌하고는 달리 그의 말라붙은 입술은 처음 그 빨간 외제차에서 내리는 여자를 보았을 때부터 매끌거리며 그의 마음을 뒤흔들었던 입술을 찾아 물었다. 매끄럽고 달착지근하고 그의 혼이 빨려 들어가 버리는 것 같은 맛이 났다. 여자의 두 손이 자신의 목을 휘감는 게 느껴졌다. 어찌할 줄 모르고 입술만 물고 도 황홀에 빠져 있는 그와는 달리 그녀는 과감하게 그의 입술을 벌렸다. 뭣도 모르고 취해 있던 그의 입속으로 여자의 달큰하고 말랑하고 향긋한 혀가 파고들었다. 그가 숨을 삼켰다. 처음 맛보는 여자의 입술에 숨이 막히는 것 같았다. 매달리는 여자의 무게가 느껴졌지만 그의 머릿속은 멎어 버렸다.

얼마나 오랜 시간이 지났을까. 그녀의 핸드백 속에서 요란한 휴 대폰 소리가 울렸고, 부모님에게 온 전화를 받느라 그녀가 고개를 돌린 사이에 그는 겨우 한쪽의 침실 옆에 있는 욕실에 들어가 숨 을 쉴 수가 있었다. 거울 속의 비썩 마른 남자는 얼굴이 흉측하도 록 붉게 물들어 있었다. 그리고 약간 부풀어 오른 것 같은 입술에 는 여자의 핑크색 립스틱에서 묻어 나온 반짝이가 반짝거리고 있 었다.

'뭘…… 한 거야.'

그는 손으로 자신의 입술을 문질렀다. 손끝에 펄이 묻어나는 게 보였다. 키스란 것이 이런 것이구나. 그는 자신도 모르게 흉측하게 부푼 바지 앞섶을 보고는 당혹스러웠다. 지금, 이 넓지만 밀폐된 공간에 여자와 단둘이 있을 수 있을까 하는 생각에 아득해졌다. 마른세수를 하는 그가 자신의 이런 행동에 당황스러워하며 머리카락을 잡아 뜯고 있는 사이 통화가 끝난 여자가 욕실의 문을 두드렸다.

"재현 씨? 여기 있는 거죠?"

자신이 나가기라도 했을까 봐 걱정하는 목소리가 역력했다.

"응……. 안에 있어."

그의 목소리가 갈라져 쉿소리가 났다.

"씻고 나오세요. 옷 안 가져왔죠? 아마 거기 안에 가운 있을 텐데……. 피곤하면 얼른 씻고 자요. 난 다른 쪽 욕실에 가서 씻을게요."

그녀가 가는 소리가 났다. 그게 다행이었다. 씻는다는 소리에 겨우 가라앉은 몸이 또 반응을 일으켰다. 과연 오늘 여기서 잘 수 있을까. 그는 당혹스러워졌다. 한참이나 기척을 살피다가 조용해진 것을 알고 혹시나 몰라 문까지 잠그고 옷을 벗고 들어선 욕실은 당혹스러울 만큼 호화로웠다. 둥글고 커다란 욕조, 샤워 부스……. 자신의 반지하 방보다 더 넓은 욕실은 따뜻하고 호화로웠다. 거울로 보이는 자신의 비쩍 마른 몸이 어울리지 않을 만큼. 그는 감히 욕조 쪽으로는 다가가지 못하고 뜨거운 물이 펑펑 쏟아지는 샤워기 밑에서 오랜만에 기분이 좋아질 만큼 몸을 씻었다.

입었던 청바지와 두꺼운 폴라폴리스 남방을 입기에는 실내의 온도가 너무 높았다. 파우더 룸에 있는 스킨과 로션까지 바르고 곁에 걸려 있는 감촉이 부드러운 샤워 가운을 걸치고 마치 도둑마냥 조심스럽게 파우더 룸을 나오자 실내는 취침 등만 켜진 채 고요한 적막에 싸여 있었다. 아까 들어온 거실의 좌우로 통로가 있었던 것 같은데 아마 그렇게 방이 두 개 있는 듯했다. 그는 아무런 소리도 없는 방 안에 서 있었다. 혜원이 씻고 저쪽의 침실에서 자는 건가? 아까 자신의 배나 되는 술을 마신데다 어두우니 그녀가 어디로 가진 않았을 것이다. 가서 자는 걸 확인해 봐야 하나.

그러나 여자를 생각하기만 해도 피가 몰리는 것 같아 그는 포기했다. 자신에게 잘 자라고 했으니까 그녀도 잘 잘 것이다 생각하고는 방의 한가운데 거대하게 포진하고 있는 침대에 다가갔다. 매끈하게 주름 하나 없이 쫙 펴진 향기 좋은 침대. 눕기가 미안해질 정도였다. 그는 갈증이 밀려오긴 했지만 꾹 참고는 취침 등마저 꺼 버리고 샤워 가운을 벗어 옆에 있는 의자 위에 걸쳐 놓고는 속옷만 입은 채 침대 속으로 들어갔다. 적당한 온기가 있는 푹신하고 좋은 향기가 풍기는 매끄러운 시트가 몸에 감기는 듯했다. 베개가 약간 높은 것 같았지만 생전 처음 느껴 보는 안락하고 푹신한 침대는 아까 전에 있었던 그 황홀한 감각들을 잠시 묻어 두기에 충분했다.

갑자기 피로가 몰려왔다. 여자의 서툰 운전에 과하게 걱정을 하며 한계령을 넘느라 신경이 곤두서 있기도 했었고, 과한 와인의 기운도 한몫했다. 눕자마자 그의 정신이 막 레테의 강을 넘으려고 하는 순간이었다. 침실에는 문이 없었다. 그러니 문이 열리는 소리

따위는 들리지 않았다. 다만 꿈인지 생시인지 눈앞에 보라색의 꽃밭이 펼쳐지는 것 같은 느낌이었다.

"……?"

꽃향기였다. 그녀 하면 떠오르는 꽃향기가 진하게 피어올랐다.

"응……? 혜원……?"

그가 당혹스러움에 떠지지 않는 눈을 떴지만 칠흑 같은 어둠 속에서 아무것도 보이지 않았다. 다만 어떤 따뜻한 것이 자신의 옆으로 스며들었다.

"아…… 저기."

그가 고함을 지르려고 했다. 그러나 그렇게 하지 못했다. 그의 맨몸 위에 여자의 따뜻한 살갗과 매끄러운 속옷이 닿았다. 그리고 그의 입을 아까의 따뜻하고, 진득거리는 화학 약품이 없는, 온전하게 따뜻하고 매끄러운 입술이 막아섰다. 한 번쯤 만져 보고 싶었던 여자의 몽글거리는 긴 머리카락이 얼굴을 간질였다. 몸을 떼려고, 뒤로 물러나려고 했다. 머릿속에서는 이게 무슨 일이야 하고 비명을 지르고 있었지만, 제 입속을 배회하는 뜨거운 것을 허겁지겁 찾아다니는 제 자신은 이미 이성 따위를 잃어버린 것 같았다. 침대에 누워 있으니 물러날 곳이 없는 것은 당연했다. 그리고 그의 머릿속이 점점 물러나지 말 것을 종용하고 있었다.

"재현 씨!"

숨이 넘어가는 듯 달싹거리는 여자의 뜨거운 입술이 귓가를 스치자 그의 입에서는 으윽 하는 소리가 절로 터져 나오고 몸은 움찔거렸다. 이미 여자의 입술을 느낀 순간 터질 듯 부풀어 버린 그의 일부가 저한테도 느껴지고 있었다. 목줄기에 입을 맞추는 여자의 매끄러운 슬립 밑의 동그란 가슴이 그의 맨가슴을 스쳤다. 혜원의 짧은 속옷 밑으로 드러난 한쪽의 맨다리도 역시 과감하게 그의 다리 사이를 파고들었다.

"아, 제발……."

그만두라는 것인지 아니면 계속 하라는 것인지 남자의 입에서 목 쉰 신음이 터져 나왔다. 여자가 남자의 마른 가슴에 입술을 묻고 납작한 젖꼭지를 혀로 핥아 내려가자 숨을 헐떡이는 소리는 더욱더 커졌다. 이성이라는 게 있을 수 있을까.

마른 남자의 따뜻한 가슴보다는 길재현이라는 남자의 맨살이기 때문에 혜원은 기뻤다. 얼른 이 남자가 제 몸 구석구석에 뜨거운 입맞춤을 해 주길 원하면서 딱딱해진 그의 사타구니 사이로 허벅지를 살그머니 밀어 넣었다. 그러자 금방 그녀가 원하는 반응이 일어났다. 마치 짐승 같은 신음 소리를 내던 남자가 벌떡 몸을 일으켰다. 커다란 악력이 위에 있던 여자를 끌어 내리고 침대 위에 올려놓았다.

곧 제 몸 위로 올라간 남자가 거친 숨소리를 내며 저를 내려다보았다. 뿌연 어둠 사이로 남자의 욕망에 일렁거리는 눈빛이 순식간에 눈앞으로 쏟아져 내리자 혜원은 기쁨에 두 손을 내밀었다. 남자의 입술이, 그토록 꿈만 꾸던 거칠고 마른 입술이 그녀의 입 안을 사정없이, 그리고 전혀 요령도 없이 훑어 내려갔다. 제가 할 수 있는 한 힘껏, 혜원은 남자의 입술을 따라가려 애썼다. 그러나 경험도, 여자에 대한 배려도 모르는 혈기 왕성한 남자는 한 마리

짐승에 불과했다. 제 몸속에 날뛰는 불덩어리만 중요했지, 저를 올려다보는 여자의 마음 따위를 돌아볼 여유조차 없었다.

어차피 안에는 아무것도 입지 않은 채 가느다란 끈만 있는—레이스가 가득한 것으로 할까, 아니면 감촉이 좋은 민무늬로 할까 고민하며 첫날밤을 위해 고르고 골라 어제 백화점 명품관에서 마련한 고가의 슬립이었다—속옷은 거칠게 벗겨져 내동댕이쳐졌다. 남자의 타는 것 같은 뜨거운 입술이 그녀의 매끄럽고 동그란 젖가슴을 사정없이 빨아들였고 여자는 고통과 함께 기쁨의 탄성을 지르기 바빴다. 숨이 차오르고 머릿속이 뒤집어지는 것 같은 남자는 부풀어 터져 버릴 것 같은 제 몸을 주체 못하고 뿌연 어둠 속에 실오라기 하나 걸치지 않은 채 누운 여자의 안으로 들어가려고 애썼다.

여자의 매끄럽고 곱슬거리는 머리카락이 제 눈앞에 흩어져 있었다. 아주 잠깐의 열락은 서툴게 끝나 버리고 갑자기 머릿속이 싸해지는 것 같은 느낌에 눈을 뜨니 제 마른 몸 밑에는 가슴이 들썩거리는 것이 보일 정도로 숨을 내쉬고 있는 여자의 맨몸이 희미하게 어둠 속에 드러나 있었다.

"아……."

그는 뭐라 말을 할 수가 없었다. 그래도 찰나의 순간에 무엇을 생각해 냈는지 아직까지도 겹쳐져 있는 여자의 아래와 제 아랫도리 사이에는 찐뜩하고 뜨거운 것이 잔뜩 발라져 있었다. 이게 지금 어찌 된 일이지……. 모두 다 생각이 나는데, 왜 그랬는지 알 수가 없었다. 일으킨 제 몸을 지탱하고 있는 한쪽 팔이 부들부들 떨리고 있었다. 그러나 제 밑에 있던 여자는 한숨을 돌렸는지 수줍게 물든 볼을 한 채 손을 들에 동그랗고 아름다운 젖가슴을 가리더니 말했다.

"사랑해요. 재현 씨!"

"아, 난……."

그러나 더 이상 아무 말도 할 수가 없었다. 움찔거리면서 몸을 일으키는 여자를 위해 그는 창피하게도 드러나 있는 제 몸을 이불로 가리면서 미끌거리는 것들을 느끼고는 얼굴을 붉힐 뿐이었다.

"아, 이불에 다 묻었네. 씻고 잠은 저쪽 방에서 자요. 우리 같이 씻을래요?"

생긋 웃는 혜원의 흐트러진 머리카락을 보면서도 그는 지금 무슨 일이 있었는지를 채 인식하지 못할 지경이었다.

파정을 하고서야 이성을 차렸는지, 그는 제가 한 일에 대해서 얼굴을 들지 못할 지경이 되었다. 자꾸만 제 방에서 자라는 걸 그는 도망치듯 나와 이불이 바닥에 떨어진 채 고역스러운 냄새가 밴 것 같은 넓디넓은 침대가 있는 방에서 양말까지 다 신고 두꺼운 남방을 목까지 단추를 채운 뒤에 질펀한 등줄기에 흐르는 땀줄기를 외면하고 찌끈거리는 관자놀이를 누른 채 날이 새기를 기다려야만 했다.

'내가 처음은 아닐 거야……'

'혹 임신이 되지는 않겠지.'

'미친 새끼, 정말 제정신이야.'

'정말 돌은 거 아니야?'

혼자서 수많은 폭언과 욕설을 스스로에게 퍼부으면서 자책하고 있는 사이 저쪽 반대편의 침실에서는 제가 해야 할 일을 해내 뿌듯한 마음인 한 여자가 내내 운전하느라 곤두섰던 신경을 확 풀어헤친 채 달디단 잠에 빠져 있었다.

7.

"……아이디어가 진짜 뛰어나서. 내가 전에 생각은 하고 있던 주제인데 방향을 이런 쪽으로 잡아야 할 것이라고는 생각도 못했던 일이라. 2학년 휴학 중이라고?"

"네."

"성적을 보아하니 휴학한 이유는 다른 데 있는 거 같은데…….
군대에 갔다 오려는 건가?"

"아닙니다. 어머니가 아프셔서…….''

"아, 그래? 지금은?"

"돌아가셨습니다."

"이런……. 그럼 복학하겠구먼?"

뿔테 안경 밑의 눈부신 하얀 백발을 가진 옅은 분홍빛의 장난스러운 눈매를 지닌 중년의 교수가 안경테를 밀어 올리며 구부정하

愛
人 125

게 서 있는 학생에게 물었다.

"그게……."

"이 정도면 학비는 장학금으로 할 수 있을 거 같은데?"

"글쎄요."

난처한 빛을 띠는 학생에게 교수는 다시 말했다.

"아, 용건은 이게 아니고. 자네가 리포트 주제로 발표했던 세포의 대사이상성에 대한 논리에 대해서 좀 이야기하고 싶어서 말일세."

그의 얼굴이 굳어졌다. 제가 생각하기엔 완벽해 보였지만, 안 교수의 그 긴 논리에 대한 오류 지적은 얼굴이 화끈거릴 정도였다.

"그 이론은 논리의 비약이 심했네. 하지만 거기서 내가 연구하고 있던 주제에 대해 완전히 다른 아이디어를 얻을 수 있었거든. 그래서 이번에 그것을 기초로 해서 프로젝트를 하나 발주했는데 원래는 전문의 과정을 밟고 있는 친구들과 생명공학부 대학원생들이 주축이 되어서 하고 있어. 그런데 도의상, 자네의 아이디어 때문에 이런 연구를 시작하게 된 거라. 휴학생이지만 자네가 이 프로젝트에 참여를 했으면 해서 말일세. 늙어서 아이디어 도둑이라는 말은 듣고 싶지 않아."

"네?"

그의 눈이 커졌다.

"대신 자넨 자격이 없어서, 그냥 내 개인 연구원으로 쓸 생각이네. 하지만, 배울 것도 많을 거고. 뭐 약소하지만 연구 수당도 나오니까 내가 공짜로 부려 먹는 건 아니네. 어떤가?"

"아……. 정말로, 정말로 감사합니다!"

커다란 키의 비쩍 마른 그는 거의 책상에 코가 닿도록 고개를 숙였다. 교수는 장난꾸러기 같은 미소를 지을 뿐이었다.

"글쎄 좋은 일일까? 난 연구생들 혹독하게 부려 먹는 걸로 유명해. 게다가 자넨 들어오면 제일 막내라 아마 연구실에서 눈알이 빠지게 현미경만 들여다봐야 할 거야."

그러나 그는 감사합니다만 연발하고 있었다.

"와, 형 진짜 대단하다. 안 교수님이 보통 분인가? 조교수들도 후들겨 까는 분이라고. 어떻게 그 교수님 눈에 들었데?"

좀처럼 웃는 모습을 보이지 않는 그였지만 입이 귀에 걸렸다는 말이 어울릴 만큼 그는 환하게 웃고 있었다.

"이참에 의대 공부보다 세포 공학 쪽으로 넘어가던지."

아마 부러워서 그럴 것이었다. 그는 후배 녀석의 삐죽거림에 대답도 하지 않았다. 다만 그냥 터져 나오는 웃음을 감출 수가 없을 뿐이었다. 아마 의대를 합격한 뒤에도 이런 기분은 아니었을 것이다. 워낙에 자신의 실력을 믿고 있었던 터라 대학 합격은 당연한 거라고 여겼을 뿐이었다. 그러나 학교에 와 보니 자신보다 더 날고뛰는 놈들이 사방에 있음을 알고 기가 찼던 건 사실이었다. 그런데 이번에 병리학의 대가인 안 교수의 프로젝트에 학부생도 아닌 휴학생 신분으로 참여할 수 있다는 것은 정말이지 복권에 당첨된 것보다 더 기가 막힌 행운이라 여길 수 있었다. 열람실로 가는 길에도 혼자 웃음이 터져 나올 것만 같은 기분이었다. 그리고 막 열람실로 들어가면서 버릇처럼 휴대폰을 끄려는데 또다시 편지 봉투 모양이 깜빡거리고 있었다.

〈재현 씨, 사랑하는 우리 재현 씨! 나 지금 일어났어요. 꿈에도 보고 싶었어요!〉

〈아침은 먹고 도서관 갔나? 지금 어디예요?〉

〈재현 씨, 보고 싶어요! 뭐 해요? 또 열람실?〉

〈나 안 보고 싶나 봐!〉

그는 갑자기 얼굴로 열기가 확 몰리는 게 느껴졌다. 단지 초록색의 액정화면에 뜬 아무런 생명도 없는 글자들뿐인데도, 이 글자들을 만들기 위해 꼭꼭 눌렀을 여자의 하얀 손가락 끝에 칠해진 매끄러운 핑크빛 매니큐어와, 매끄러운 금갈색의 머리카락, 보랏빛 꽃향기, 그리고 매끄러운 그녀의 감촉……. 같은 것들이 갑자기 그를 마구 짓누르는 것 같았다.

*　　*　　*

그날 아침 분명히 자신은 잠을 자지 않았던 거 같은데 새벽의 여명 속에서 침대의 귀퉁이에 엎드려 있었다. 아무렇지도 않은 듯 어제와 똑같이 화장까지 완벽하게 마친 여자는 아마 근사하게 호텔의 조식이라도 먹으려고 했었는지도 몰랐다. 그러나 아침 댓바람부터 온 전화를 받고는 사색이 되어 급하게 서울까지 올라온 뒤에 그를 터미널에 내려 주고는 제 지갑에서 차비를 꺼내 괜찮다는 제 주머니에 쑤셔 놓고 미안하다는 말을 반복한 뒤에 허겁지겁 돌아가 버렸다. 여자가 마치 죽을 듯이 미안하다는 말을 덧붙이지 않았더라면 그는 심히 기분이 상했을지도 몰랐다. 그러나 그러기엔 여자의 미안해하는 정도가 너무나 컸다. 그러고는 집에 중대한 일이 있어서 연락을 못한다고 메시지를 보내더니 연락두절이 되었었다.

차갑고 바람이 들이치는 방에서 그는 멍하니 그 전날에 있었던 환상 같은 시간들을 지우려 애썼다. 왜 그랬을까, 왜 그렇게 참지 못했을까를 되뇌었다. 제 몸조차 가누지 못하는 제 자신의 나약한 의지를 피투성이가 되도록 자학하면서…….

아침은 아무런 변화 없이 똑같이 시작되었다. 새벽 다섯 시에 일어나 빈속에 라면을 끓여 먹고 코가 떨어져 나갈 듯한 새벽의 컴컴한 공기를 헤치고 도서관이 문을 열기 기다려 재빠른 걸음으로 안으로 들어섰다. 그러고는 늘 앉던 자리를 다시 찾아 앉은 뒤에 얻은 그 평온한 안온감에서 그는 그것이 꿈이지 않나 싶었다. 그러나 주머니에 든 조그마한 휴대폰이 그것은 그의 바람이지 현실이 아니라는 것을 알려 주고 있었다. 안 교수님 연구실에서 전화가 오기까지, 그는 어떤 기분이었나……. 도서관의 열람실에 앉아 있기는 했었다. 그의 해부학 노트와 이제 새로 시작한 세포대사에 대한 책을 펴고서 그는 머릿속에 그것들을 넣을 수 있었나.

그라고 해서 여자에 대한 환상이나 성욕에 대해 무관하다고 할 수는 없었다. 학창 시절 누구나 돌려 보는 성인 잡지나 빨간 딱지의 비디오테이프에 대해서 흘끗거리지 않을 수 있는 정상적인 학생이 몇이나 있을까. 그것들에 대해 기웃거리지 않더라도 언뜻 스쳐 지나간 살색 사진 한 장으로도 밤새 잠도 못 자고 괴로워할 수도 있는 게 정상적인 혈기 왕성한 남자였다.

여자는 누가 봐도 돌아볼 만큼 아름다웠고 자신의 미모에 대해 많은 시간과 돈을 쏟아 부어 가며 가꾼 티도 역력했다. 그런 여자가 남자의 품에 찾아들었다. 그냥 꿈이겠거니, 그냥 단순한 '사건'이라고 치부한다 해도 몸은 그 잔영을 자꾸만 리와인드하고 있었다. 여자의 매끄러운 입술과, 뜨거운 혀의 감촉, 생각만 해도 얼굴로 열이 오르는 여자의 나신이 그를 끊임없이 괴롭혔다. 그리고 여자의 차를 타고 서울에 와서 여자가 미안하다면서 어디로가 사라졌을 때, 그녀에게 버튼 하나만 누르면 지금 어디 있는지, 지금 무얼 하는지 물을 수 있었지만 그는 그러지 못했다. 아니 그럴 자격이 없다고 생각했다. 그래서…… 그게 더 괴로웠다.

지금 여자가 보고 싶다는 사실이, 그녀와 입 맞추고 싶다는 사념이, 그녀를 안고 싶다는 욕망이……. 그를 괴롭게 했다.

*   *   *

새벽부터 아무것도 못하고 안절부절못하던 그는 애써 모든 것을 외면했다. 아무것도 가진 것이 없는 자신이 할 수 있는 것은 아무것도 없다는 것을 너무나 잘 알고 있기 때문이었다. 그는 휴대폰의 배터리를 빼 분리하고는 주머니에 넣었다. 받아야 할 연락을 받았으니 나머지는 이제 필요가 없는 것이었다. 안 교수의 연구실에서 돌아온 그는 자신의 자리에서 가방과 책을 들고 일어섰다. 그리고 늘 앉던 2층을 떠나 계단을 오르기 시작했다. 그러고는 6층의 고문헌 자료실이 있는 곳으로 갔다. 그나마 도서관에 있는 자료실 중 사람이 적은 곳이었다. 그리고 이공계 사람들이 잘 드나들지 않는 곳이기도 했다. 도서관 안이라 조용하긴 했지만 자료실은 책을 찾기 위해 돌아다니는 사람들이 있기 마련이었다. 자료를 찾는 사람들, 서로 소곤소곤 의견을 교환하는 사람들…….. 사람이 많아서 열람실의 정숙하고는 거리가 멀었다. 그는 용케 자료실의 구석에 있는 빈자리를 찾았다. 아마 저를 찾는 후배 녀석도 여기까지 올라오지는 않을 것이었다. 힐끗 창밖을 보았다. 또다시 날이 흐린 것이 무엇인가가 쏟아져 내릴 듯한 날씨였다.

아마…….

찾던 것이 없다면 집으로 가고 싶어 할 만한, 그런 날씨였다.

＊　　＊　　＊

숨이 막힐 것만 같았다. 휴대폰은 대체 어디 있는 거지? 급하게 오느라 차에 두고 왔나? 은정이가 '나도 거기 참석해야 한다고 엄마한테 끌려왔어, 그러니 너도 와야 해!'라고 연락하지 않았더라면 그렇게 부랴부랴 오느라 그에게 제대로 말도 못하고 올 것은 아니었다.

"커피 하시겠어요?"

"아니!"

저보다 나이 많아 보이는 유니폼을 입은 여자의 부드러운 물음에 쌀쌀하게 대답한 혜원은 어디 화풀이할 때가 필요했는지도 몰랐다.

"이거 원래 이렇게 냄새가 지독한 거야?"

"아, 그게……."

염색약의 냄새 가지고 일개 스텝이 뭐라 할 수는 없는 거였다.

"얘! 얼굴도 엉망이다. 아우, 시간도 없는데, 그러게 이 날씨에 웬 스키장이야!"

엄마가 들어오지 않았더라면 어정쩡히 서 있던 젊은 여자는 더 큰 봉변을 당했을지도 몰랐다.

"겨울에 스키를 타지 그럼 여름에 타요?"

제 얼굴이 망가진 건 찬 산바람 때문이 아닌 게 찔린 혜원은 톡 쏘아붙이면서 혹시나 하는 생각에 고개를 돌렸다. 혹 조심성 없는 그 때문에 생긴 목의 키스 마크 따위를 들킬까 봐 갑갑한 캐시미어 터틀넥으로 갈아입을 만큼의 시간이라도 있어서 다행이었다.

"다니엘 조 선생님 오셨지?"

"네. 사모님."

"우리 애 머리도 빨리 하고 마사지도 좀 속성으로 해요. 오늘 7시야. 시간이 빡빡하네. 아니지, 내가 직접 가서 이야기해야지."

"엄마! 어딜 가는데?"

영문도 모르고 집에도 들어가지도 않고 바로 강남의 헤어숍으로 끌려온 혜원이 물었다.

"조용히 있어. 오늘 네 운명이 바뀔지도 몰라!"

의미심장한 경숙의 목소리에 혜원은 할 말을 잃고 말았다.

운명이 바뀐다는 건, 평소에 실없는 1920년대 풍 흑백 멜로 영화를 즐겨 보는 엄마의 시답잖은 대사였는지도 몰랐다. 그냥 평범하고 지리한 어느 회사 회장님의 칠순 파티였을 뿐이었다. 내가 왜 이런 데 와야 하는데!

'어땠어?'

은정이가 없었더라면 더 지루했을 것이었다. 까맣고 긴 생머리에 겨우 우겨서 목까지 오는 화려한 러플 블라우스와 타이트한 샤넬 정장을 입은 혜원은 저쪽 테이블에서 아는 척을 하며 저와 별반 다를 것이 없는 옷차림의 은정이 입 모양으로 묻는 데 동그라미를 그려 보이며 자랑스럽게 대답을 하고 나서야 기분이 좀 나아졌다.

'그래서?'

그때였다. 은정이의 입 모양을 보고 뭐라 대답해야 하나 하고 있다가 은정의 눈이 토끼처럼 커진 것을 본 것은.

"어?"

"실례합니다."

남자의 근사한 저음이 들렸다.

"아, 네."

은정이의 표정을 보고 힐끗 옆에 있는 남자를 쳐다보았다. 새까만 얼굴에 곱슬기가 있는 새까만 머리카락을 한 건장한 젊은 남자가 어울리지 않게 어색한 정장을 차려입고 손에는 샴페인 잔을 든 채 서 있었다. 남자의 까맣게 탄 얼굴은 제가 말한 대로 스키장의 겨울 자외선 탓은 아닌 듯 보였다. 아무래도 계절이 반대편인 곳이라든지 사시사철 열대 햇살이 쏟아지는 곳에서 방금 온 듯 보였다. 내게 실례할 게 무어람. 머릿속이 온통 딴 남자로 가득 찬 혜원의 눈에 실례하고픈 남자의 사정 따위는 필요 없었다.

"혹, 정혜원 씨?"

"아, 네. 그런데요."

이름을 알고 있다는 사실도 기분이 나빠진 혜원은 어색한 미소를 지으면서 자리를 뜨려 했다. 그때 옆에서 익숙한 목소리가 들렸다.

"어머! 정혁 군, 오랜만이네. 호주에 있었다더니 이번에 들어온 거죠?"

"아, 네. 그렇습니다."

눈에 거슬릴 정도로 친하게 구는 제 엄마의 모습이 낯설 지경이었다. 아마 분명히 어디 잘나가는 회장님네 아들인지도 몰랐다. 꼭 저런 애들한테만 친하게 말을 거는 게 엄마의 특징이니까.

"우리 혜원이 처음 보죠?"

"네."

"학교는 거기서 다니고?"

"아니요. 뉴헤이븐에서요."

"아! 나 좀 봐. 정신 하고는. 하긴 휴가니까."

혜원은 언제나 저 대화가 끝날까 싶어 한마디 했다.

"저, 화장실 좀."

그 순간 엄마의 이마가 찡그려지는 게 느껴졌다. 대체 왜 저러는 걸까.

"또 어딜 나가? 집에 좀 있어. 아빠 들어오시면 너 찾는데 어떻게 그리 매번 없어?"

막 머리 손질을 마치고 립스틱을 바르고 있는 혜원의 방에 들어선 경숙의 목소리는 날카로웠다.

"엄마, 엄마가 시키는 대로 했잖아요. 나 약속 있단 말이야."

하루 종일 그 갑갑한 파티장에서 인형처럼 있다가 집에 와서 제일 먼저 찾은 휴대폰은 전원이 꺼져 있다는 기계음뿐이었다. 게다가 메시지 따위도 전무한 상태고. 바꿔 생각해도 화가 날 만했다. 그러니 눈을 뜨자마자 나갈 차비를 했지만 그래도 예쁘게 보이고 싶어 저하고 전혀 어울리지 않는 이 시커먼 머리카락이 덜해 보이도록 화장을 하고 있는데 갑자기 등장한 엄마의 모습이 껄끄러운 건 어쩔 수 없었다.

"집에 있으라니까! 아줌마한테 도시락도 싸 달라고 한다며? 너 공부하러 다니는 게 사실이야? 네가 방학 기간에 공부가 웬 말이야. 너 사실대로 말해. 엉뚱한 짓 하는 거 아니야?"

그녀를 잘 알고 있는 엄마의 말에 재빨리 머리를 굴려야 했다.

"엄마, 나도 이제 2학년이야. 마냥 놀 나이는 아니라는 거지."

"놀아도 돼. 아니면 학교 그만두던지."

"왜?"

적응이 안 되는, 길게 펴서 새까맣게 물들인 머리카락을 빗던 그녀가 돌아섰다. 홈드레스라고 하기엔 지나치게 화려해 보이는 밝은 실크 원피스를 입은 여자는 화장대에서 머리를 빗는 그녀의 언니라고 해도 믿을 만큼 젊어 보였다. 맵시 있는 올림머리를 하고 굵은 진주 목걸이로 포인트를 준 여자는 딸의 고운 모습에 기분이 좋아진 듯했다.

"바보야, 너 아직도 몰라? 어제 사태 파악이 안 됐어?"

"어제?"

어제의 그 어수선한 생신 파티에 대체 뭘 파악했어야 했는데. 수많은 노인네들과 아저씨들에게 우리 딸이에요, 하는 엄마의 가식적인 목소리를 들으며 얼굴이 뻣뻣해지도록 미소 지은 것하고 무슨 상관인데.

"그게 내가 학교 그만두는 거하고 무슨 상관있어?"

"어제 정혁 군 못 봤어?"

"누구? 어제 사람이 좀 많았어? 내가 인사하다 허리가 다 아플 지경이었는데. 누가 누군지 어떻게 알아."

"세진 건설 태 회장님 넷째 손자 말이야."

"그렇게 하면 내가 더 모르지."

그러면서도 그녀는 흘끗 자신의 휴대폰을 보았다. 아무런 대답도 없이 침묵만 지키는…….

"그때, 엄마랑 같이 봤던 다부진 청년 있잖아. 까무잡잡하고."

"아 그 동남아 원주민 같던 떡대?"

"얘!"

엄마가 **빽** 하고 소리를 질렀다.

"맞잖아."

입을 삐죽거리는 혜원에게 화가 난 것 같은 표정으로 경숙이 말했다.

"태 회장님네 손자야. 태 회장님네 아들인 세진 전자 태 사장님이 너 좋게 보셨다고. 정혁 군도 마음에 들어 하는 눈치던데?"

"뭐? 엄마, 내가 나이가 몇인데 무슨 그런 고리타분한 소리를 해. 진짜 웃긴다."

어이가 없어진 혜원이 비웃듯이 말했지만 경숙은 나름 진지했다.

"잔말 말고, 싸돌아다니지 마. 집에 있어. 아버지 요즘 홍천 판타지아 파크 때문에 골 아픈 일 많아. 그러니까 너 집에서 잘해."

혜원은 입만 삐죽 내밀 뿐이었다. 나랑 무슨 상관이람……. 그녀는 얼른 학교에 가는 게 더 급했다. 돌아설 때의 재현의 표정이 영 맘에 걸렸다.

갑자기 온 전화를 받고 엄마가 방을 나가자 혼자 있게 된 혜원은 더욱더 정성껏 화장을 했다. 그러면서도 문자를 보냈지만 역시나 아무런 답장이 없었다. '뭔가'가 일어났다고 달라질 남자는 아니었지만 그래도 내심 서운했다. 생각이 거기에 미치자 그녀의 입꼬리는 다시 빙긋이 올라갔다. 다시금 기억이 생생한 그의 따뜻한 가슴, 뜨거운 입술에 그녀는 마냥 행복해졌다. 그러나 그것

뿐이었다.

늘 여자가 싸다 주던 요란한 도시락이라던지 그것이 아니라면
화려한 레스토랑의 음식들에 길들여져 있어서인지 자판기 커피 한
잔으로 때운 속은 어두워지고 밤이 깊어져 자료실이 닫을 시간이
되자 쓰라림이 심해졌다. 열람실들은 아직 열었지만 자료실은 일
찍 문을 닫는 터라 그는 자리에서 일어났다. 집에 가서 허기를 좀
달랜 뒤에 내일부터 들어갈 프로젝트에 대해 넘겨받은 자료를 좀
검토해 볼 생각이었다. 그 생각을 하니 허기도 물러가는 것 같았
다. 내일이면 새 세상이 펼쳐질 테니까. 그는 얼마 전에 새로 산
가방에 책들을 넣다가 잠시 멈칫했다. 단 몇 주 만에 곳곳에 여자
의 손길이 닿지 않은 곳이 없는 듯했다.

한심한 녀석 같으니라고……

그는 애써 기어 나오려는 기억들을 책들과 함께 가방에 쑤셔 넣
었다.

온풍기 바람이 적은 복도는 썰렁했다. 열람실처럼 사람들이 많
이 드나들지 않는 곳이어서인지 아직 이른 시간에도 적막함이 있
었다. 복도의 창밖은 이미 칠흑 같은 어둠이 내려앉아 있었다. 문
득 주머니에 손을 넣었다가 배터리를 분리해 버린 휴대폰이 만져
지자 그는 무의식적으로 그것을 꺼내 들었다. 꺼진 채 있는 자그
마한 휴대폰. 여자는 분명히 자신을 버리고 간 것은 아니었다. 집
에 급한 일이 생겼어요, 하면서 그를 데려다 주려고 애쓰지 않았
던가. 게다가 유쾌한 기분일 수는 없었지만 차비까지 주머니에 넣

어 주지 않았던가. 대신 돌아오는 길의 버스 안에서 느낀 그의 처참하게 구겨진 자존심 따위는 이제 다시 생각하고 싶지 않았다. 하지만, 여자의 이 휴대폰 덕에 자신이 안 교수의 연락까지 받을 수 있었던 것 아닌가. 그는 입술을 깨물고 그것을 내려다보다가 배터리를 끼우고 전원을 켰다. 한참 만에 켜진 휴대폰에는 쉴 새 없이 편지 봉투 모양이 깜빡거리고 있었다.

〈재현 씨 도서관이 있는 거 맞죠?〉

〈나 여기 로비 앞인데……..〉

〈재현 씨 어디예요?〉

〈좀 나와 봐요.〉

〈나 때문에 화났어요?〉

〈나 나올 때까지 기다릴 거예요!〉

그는 잠시 멍하니 그것을 내려다보고 있었다. 점심시간이 좀 지난 시간부터 찍혀 있는 메시지……. 지금은 벌써 8시가 넘은 시간이었다. 사파리 점퍼 때문에 괜찮지만 드러난 얼굴에는 복도의 휑한 찬 기운이 느껴질 시간이었다. 도서관의 로비는 아마 온풍기 따위가 돌아간다 해도 한참 서 있기에도 추울 만한 날씨였다. 화가 머리끝까지 나서 가 버렸겠지. 그는 한숨을 내쉬면서 계단을 천천히 내려갔다. 여자의 잘못이란 건 없다. 잘못은 그저 제가 그차에 치인 것, 아니 그 여자의 차에 올라탄 것이었다.

이제 이쯤에서 끝내야 했다. 섹스피어의 한여름 밤의 꿈처럼, 그저 한겨울 날의 꿈일 뿐이었다. 싸늘해지는 공기에 점퍼를 추스르며 1층 로비에 갔을 때 익숙한 금갈색 머리의 여자는 보이지 않았다. 잠깐, 아주 잠시 잠깐 스쳐 간 감정은 서운함 같은 것일지도 몰랐다. 연락을 피한 건 저였다. 그러니 이런 서운함은 적반하장이었다. 그는 푹 고개를 숙인 채 검색대를 통과해 나갔다.

"재현 씨!"

그의 발길이 멎었다. 순간적으로 느껴지는 이 쓰라림은, 단순히 위산이 역류한 것임이 틀림없었다. 늘 그랬듯이 명치끝이 싸하게 쓰라렸다. 울컥하는 것 같은 느낌에 발걸음이 멎었을 뿐이었다. 고개를 들고 소리가 나는 곳을 쳐다보려는 무의식을 간신히 잡아 눌러야 했다. 막 발을 떼는데 또다시 보랏빛이 떠오르는 여자의 꽃향기가 찌르르 다가왔다.

"화난 거죠? 미안해요. 정말 미안해요. 그래서 나 하루 종일 기다렸어요…….."

여자의 울먹임은 대체 무슨 이유에서인가. 익숙하게 겨드랑이를 파고드는 가느다란 팔이 달린 여자는 새까맣고 긴 머리카락을 늘어뜨린 채 새하얀 얼굴에 눈물을 가득 담고 있었다. 대체 뭐가 미안한 거야, 잘못은 누가 했는데…….

지나가는 사람들의 눈길이 한 번씩은 전부 다 머물렀지만 그는 그 사실을 알지 못했다.

"……진짜 미안해요. 화 많이 났죠?"

그런 게 아니었다. 그러나 그는 말이 나오지 않았다. 뭔가 목구멍에 꽉 걸려서 마구 소용돌이치고 있는 생각들을 말이 되어 쏟아내지 못하게 하고 있었다. 그리고 그게 고마웠다.

여자의 하얀 얼굴이 더욱 하얗게 보였다. 그 부드러운 금갈색의 물결치는 머리카락의 감촉이 아직도 손끝에 생생한데 긴 검은 생머리를 한 여자는 마치 딴 사람 같아 보였다. 그러나 아직도 눈물이 그렁그렁한 까맣고 깊은 눈이나 오뚝한 코, 그리고 그를 마른침만 삼키게 만들어 버리는 분홍빛의 작은 입술도 변함이 없었다.

"집안에 행사가 있어서요. 제가 절대 빠질 수 없는 그런 행사였어요. 아버지 회사에 관한 일이라……. 내가 그냥 그렇게 가 버려서 화난 거죠? 연락도 없고……."

연락을 안 한 건 그였다. 아직도 코끝이 빨갛게 물들어 있는 여자를 보고 그는 한마디 하지 않을 수 없었다.

"화 안 났어."

어찌 제 주제에 화를 낼 수 있단 말인가.

속이 쓰렸다. 그는 얼른 차에서 내려 자기의 그 싸늘한 방으로 가야만 했다. 그러나 왜 자신의 이 몸뚱이는 따뜻한 히터 바람이 가득 차 있는 여자의 차 안에서 내리지 못하고 있는 것일까. 얼른 이 차에서 벗어나자. 그는 속으로 힘차게 외쳤다. 그가 막 차 문을 열려는데 차가운 손이 닿았다.

"재현 씨!"

늘 따뜻했던 여자의 손이었다. 가느다랗고 따뜻하고 보드랍고. 그런데 오늘따라 손끝이 차가웠다. 아마 내내 휑한 도서관 로비에 있어서였을 것이었다. 여자가 꼭 들고 있던 종이가방에는 아마 자기의 비루한 위장을 채워 주려고 싼 분에 넘치는 도시락이 들어 있을 것이었다. 여자의 손처럼 차갑게 식은 채.

너무 차가워서……. 안쓰럽도록 차가워서 뿌리치지 못한 것이었다. 그게 이유였다. 자기도 모르게 나간 손이 여자의 가느다란 어깨를 감싸 안았다. 갑자기 숨이 쉬기 힘들어졌다. 하루 종일 그는 차분하게 공부를 하고 있었다. 그러나 그 공부를 하던 놈은 제 진짜 속이 아니었다. 이 부글부글 끓어 넘치고 있는 속은 가질 수도 없는 여자를 가지고 싶어 미쳐 버린 것이 틀림없었다. 그래서 그놈은 아마 이 흩뿌리는 눈 속을 미친 듯이 헤매다 지금 돌아온 것일 것이다.

매끄러운 여자의 머리카락이 흘러내렸다. 그는 손을 뻗어 하얗고 창백하고 아직도 눈물기가 묻어 있는 여자의 작은 얼굴을 감싸 안았다. 내일이면, 아니 단지 30분 후면 이 열락에 미친 놈의 목을 졸라 꽝꽝 얼어붙은 한강 바닥에 처넣어야만 했다. 그러나 지금은 그러질 못했다. 이 미친놈도 자신의 일부였으니까. 그는 정말로 미친 것처럼 여자의 입술을 찾아 물었다. 하루 종일 쓰라리던 속이 금세 가라앉은 것만 같은 착각에 휩싸였다. 뜨겁고, 약간은 짠 맛이 나는 여자의 입술을 헤집으면서 미친 그놈은 행복에 겨워 웃고 있었다.

"내일부터 학교 오지 마."

"왜요?"

품에 안겨 있던 혜원이 몸을 빼면서 물었다. 매끄러운 어깨가 절로 입을 맞추고 싶을 만큼 사랑스러웠다. 나른한 온기에 몸이 녹아드는 것 같았지만, 몸을 들끓던 욕정의 열기가 빠져나가고 나니 당혹스러워진 그가 기운을 짜내 말했다.

"나, 연구실에 들어가. 가면 밤 샐지도 몰라."

"그게 무슨 소리예요?"

그의 격한 입맞춤에 거의 다 지워져 버린 화장에 얼룩진 그녀가 고개를 불쑥 들었다가 참지 못하고 다시 입술에 입을 맞추느라 그는 대답을 할 수 없었다. 어딘지 모를 낯선 호텔의 침대 위에는 다시 후끈거리는 것 같은 열기가 끓어오르고 있었다.

"나…… 하여튼 내일부터 못 나와. 그러니까 도서관에 오지 마."

"내가 싫어서 그런 건 아니죠?"

여자의 매끄러운 몸이 다시 그의 가슴 위로 올라왔다. 동그란 가슴이 그의 가슴에 겹쳐지자 기운을 잃고 있던 아래에 다시 찌르르 피가 몰리는 게 느껴졌다. 그는 대답 대신 여자의 위로 올라가 고개를 숙여 그녀의 아름다운 젖가슴을 물어 갔다. 숨이 차서 대답을 할 수가 없었다. 어찌 그녀를 싫어할 수가 있을까. 다만 제 자신이 싫을 뿐이었다.

"아…… 재현 씨."

여자의 목소리가 그의 귓가에서 반쯤 흐느끼듯 울렸다. 스스로 미친 걸 인정해야 했다. 아니 미치고 싶었다. 앞이 보이지 않더라도, 당장 내일이 없더라도 지금 이 열락의 구덩이에 빠져 죽더라도…….

*　　*　　*

　한번 진창에 빠진 발걸음은 쉬이 마른 땅에 올라서지 못 했다. 여자는 젊고, 아름답고, 그리고 남자를 열렬히 좇아다녔다. 여자가 주는 성적인 쾌락 말고도, 그녀가 가지고 다니는 호화찬란한 새빨간 스포츠카라든지, 혹은 다른 누군가를 만나고 시간을 때우는 데 드는 비용 같은 것도 걱정할 필요가 없다는 것은 제가 인정하고 싶지 않아도 제 마음을, 아니 마음이 아니더라도 몸을 제대로 단속 못하는 이유가 되고 있었다. 방학 중이라 다양하지 못한 학교 구내식당의 싸구려 백반보다야 휘황찬란한 한정식의 정갈한 너비아니가 맛나다는 것은 당연한 이치였다. 다만 여자가 유려한 흘림체의 사인을 카드 명세서에 할 때마다 겸연쩍은 표정으로 바깥을 내다보고 있어야 하는 곤란스러움이 있었지만 어쩌면 그것에도 익숙해지고 있는지도 몰랐다. 매번 이게 마지막이라고 외치는 것에조차도.

　"……아이참, 엄마도! 지금 간다니까. 나만 빠지면 애들이 삐진다고. 알았어, 알았다구!"
　전화가 끝날 때까지 아무 소리도 들리지 않을 것이 분명했지만 그는 숨소리조차 참고 있는 자신을 느끼고는 다시 자괴감에 빠져들었다. 그러나 그것을 되뇌기도 전에 여자의 입술이 다가왔다.
　"화장 했잖아!"

그가 빠르게 이야기했지만 핑크빛 립스틱이 가득 칠해진 입술은
그의 입술에 닿았고 자동적으로 그는 그녀의 쏙 내밀어진 부드러
운 혀를 빨아들이고 있었다.

"늦었어. 가."

한참 만에 그가 겨우 정신을 차리고 여자의 얼굴을 떼어 놓으려
고 애썼다.

"아이, 왜 이렇게 시간이 빨리 가!"

단정하고, 평범한 호텔의 디럭스 룸에는 후끈한 실내 열기와 함
께 묘한 향기가 떠돌고 있었다. 그리고 짙은 향수 냄새까지…….

"진짜 가기 싫다."

"가, 시간 됐어."

가기 싫다는 여자의 칭얼거림은 진짜임이 분명했다. 그러나 남
자의 목소리는 석연치 않았다.

"나……."

"뭐?"

"아니에요. 갈게요. 잘 자요!"

쾅 하는 소리와 함께 문은 닫히고 삐리릭 소리를 내면서 저절
로 잠겼다. 여자의 힐 소리가 멀어졌다. 멍하니 혼자 남은 그는
후덥지근한 방 안의 공기 덕에 러닝셔츠에 낡은 청바지만 입은
채 맨발로 돌아섰다. 티 테이블 위에 내동댕이쳐지듯 널브러진
제 책가방을 열어 그 안에서 노트와 책을 꺼냈다. 아무렇지도 안
은 듯, 그는 푹신한 소파에 앉았다. 눈길을 주지 않으려 했지만
침대 위에는 이불이 절반쯤 걸쳐진 채였고, 밑에 시트는 심하게

구겨져 있어서 굳이 설명하지 않아도 무슨 일이 있었는지는 알 만했다.

처음에는 그냥 급한 불만 끄고 호텔 방을 나섰지만, 차차 이것에 익숙해지다 보니 어차피 하루치 숙박료를 냈는데 그냥 차가운 반지하 방에 가서 자느니 이곳에서 자고 아침 일찍 학교에 가는 게 낫다고 생각해서 마치 신데렐라처럼 여자는 자정을 넘기기 전에 부랴부랴 씻고 화장을 고치고 그를 남겨 둔 채 방을 나서는 것이 일상이 되어 버렸다.

공기는 제 반지하 방과는 비교도 할 수 없이 따뜻하고 쾌적했고, 화장실에 한 번 가려면 그 추운 냉기를 뚫고 문도 없이 소변기만 덜렁 있는 바깥의 허술한 곳으로 가야 하는 것에 비하면 비데까지 달려 있는 최고급 호텔의 디럭스 룸은 분명 물질적으로는 천국일 것이었다.

'저기, 내가 미리 계산 다 했는데, 냉장고 안에 있는 거 먹으면 따로 체크아웃 때 계산해야 돼요. 알죠?'

한 글자도 눈에 들어오지 않는 노트를 내동댕이친 건 여자의 말이 문득 생각나서였을까. 적막 속에 퍽 하는 소리와 함께 노트는 바닥에 구겨져 있던 이불 더미 위에 처박혔다.

"병신 새끼."

화려한 화장대의 거울 안에는 젖은 머리카락을 하고 열락에 들떠 미친 듯이 날뛰던 놈이 뭘 그런 걸 가지고 그러냐는 듯 쳐다보고 있었다. 영화 속이나, 하다못해 유치한 드라마처럼 옆에 있는 노란색의 야한 불빛을 내뿜는 화려한 비단의 갓을 쓴 스탠드라도 던져 저 유리 속의 놈을 박살내고 싶었다. 그러나 그는 알고 있었다. 결코 그렇게 하지 못한다는 것을. 그저 또다시 욕지거리나 내뱉으면서 떨어진 노트를 들고 와 시뻘겋게 핏발 선 눈으로 들여다보면서 이 모든 것을 지울 수 있는 주문인 양 거기 쓰여진 것들을 외워 머릿속에 박아 넣을 뿐이었다.

8.

"나 진짜 안 가도 돼?"

"한 학기 쉬어. 골프도 좀 배우고, 여기저기 얼굴도 내밀고 해. 너 뭐 어차피 성적도 좋은 거 아니잖아."

"엄마는! 나 그래도 중상위권이야. 무슨 그런 말을."

그러나 그녀는 생글생글 웃고 있었다. 뉴욕에 안 가도 된다니 얼마나 다행인가.

"너 좀 살이 붙은 거 같아. 엄마 다니는 휘트니스 센터 너 꺼도 하나 끊으라고 박 비서한테 전화했어. 내일부터 수영도 하고……."

"엄마!"

휘트니스에 들어가면 기본이 서너 시간이었다. 절대 안 될 말이었다.

"아줌마, 선식 가져와요. 너 오늘부터 아침은 그것만 먹어. 어젯밤에도 군것질했다면서? 그리고 일찍 다녀."

"엄마."

일하는 아줌마가 주는 하얀 액체가 담긴 컵이 제 앞에 왔을 때였다. 갑자기 비릿한 땅콩 냄새에 속이 울렁거리는 듯 혜원은 구역질이 올라오는 것 같았다.

"우엑. 이거 뭐야, 엄마."

"그거 다이어트 선식이야. 얼마나 비싼 건데."

"엑, 나 안 먹어."

갑자기 화장실로 뛰어가는 혜원을 보고 걱정스러운 얼굴의 경숙이 뒤쫓아갔다.

"체했니? 어제 뭐 먹었어. 아줌마!"

외줄타기를 하는 기분이 이런 건가. 매번 이제 마지막이라고 이야기해야지 하지만 얼굴을 보면 다음번에……. 라고 말하고 있었다. 사흘에 한 번 나흘에 한 번, 그가 연구실에서 나오는 날은 드물었다. 그러나 그럴 때마다 어김없이 도서관 앞에는 빨간색의 포르쉐가 서 있었고 절대로 그러지 말아야지 하면서도 둘은 어느새 이름도 모르는 호텔 방에 나란히 누워 있는 사이가 돼 버렸다. 그러나 그것은 정말로 위험한 줄타기였다. 줄타기의 선수가 아닌 다음에야 그 줄에서 떨어질 수밖에 없는 게 사실이었다.

그는 막 연구실에서 나오고 있었다. 알게 모르게 특별한 취급을 받기는 했지만 나이가 어려서인지 연구원들 사이에 팽팽하게 감도는 경쟁의 구도에서는 한쪽 곁에 서 있었고 그 덕에 언제 일어날지 모르는 세포의 돌연변이 분열 같은 것을 주구장창 앉아서 기다리는 일은 그의 몫이었다. 그러나 그사이에 짬짬이 공부를 할 수 있었으므로 그로서는 큰 불만은 없었다. 따뜻하고 책장 넘기는 소음조차 없는 조용하고 적막한 연구실은 그에게 정말로 좋은 공부 장소였다. 다만 그의 불안감은 연구실을 벗어나면 시작될 뿐이었다.

그의 발걸음이 멈칫했다. 눈에 보여야 할 것이 없어서인가. 한 번도 이런 적은 없었다. 그는 지금 자신의 눈에 아무것도 보이지 않아도 이상할 것이 없다는 당위성을 스스로에게 설명하면서도 혹시나 하는 마음에 휴대폰을 꺼내 전원을 켰다. 이기적이게도 자신이 원하는 때에만 연락을 받는 것도 익숙해진 못된 버릇일지도 몰랐다.

휴대폰에도 아무런 메시지조차 남아 있지 않았다. 이건 무슨 일일까. 며칠 전에 까무룩하게 내린 눈이지만 연일 한파주의보라고 떠들어 대는 날씨 덕에 조금도 녹지 않은 얼음 조각들은 먼지를 뒤집어쓴 채 오물처럼 길거리를 점령하고 있었다. 그것들에 미끄러지지 않게 발을 디디는 데 온 신경을 쏟으려고 해도 그는 시선을 들어 주변을 둘러볼 수밖에 없었다.

늘 그 빨간 스포츠카는 그가 나오기 전에 저 주차장에 포진하고 있었었다. 적어도 오늘 아침에 오후에 끝나서 갈 수 있겠다, 하고 메시지를 보냈고 여자는 알았다고 했었다. 늘 피곤에 지쳐 나오자마자 따뜻하게 히터가 틀여져 있는 차에 올라타서일까, 오늘따라

바람이 칼날같이 옷 속을 파고드는 게 느껴졌다. 무슨 일이 있겠지라고 되뇌어 보지만 왠지 적반하장으로 가볍게 화가 나는 것만 같은 느낌은 피곤하고 속이 비어서일 것이라고 치부해 버리고 얼른 걸음을 빨리했다.

늘 차를 타고 다니는 데 익숙해졌다는 사실이 스스로에게 한심스러워졌다. 그 잘나디잘난 여자가 저 같은 게 뭐가 좋다고 그리 지극정성인데 아무렇지도 않게 여자의 호의를 받기만 했다는 사실을 얼굴을 할퀴고 지나가는 찬바람 덕에 알게 된다는 건 그로서도 당혹스러운 현실이었다.

막 그의 집으로 올라가는 언덕이 시작되는 모퉁이에 돌아섰을 때였다. 갑자기 주머니에서 윙 하고 떨림이 느껴졌다. 두 손을 주머니에 쿡 지르고 있는데도 시려움을 면하기 힘든데 그는 진동이 느껴지자마자 손을 빼내 휴대폰을 집어 들었다. 여자였다.

"……?"

쉬이 여보세요라는 말도 나오지 않았다. 한 번쯤 혜원아, 어디니 하고 다정스럽게 물어 줄 수도 있는데 그는 또다시 타이밍을 놓치고 있었다. 그런데 저쪽에서는 처음 들어 보는 소리가 났다.

〈……흑……흑.〉

분명히 우는 소리였다. 여자의 소리가 맞나 의심스러운.

"저기…… 왜 그래?"

당황한 그가 버벅거리면서 물었다.

〈나 집 나왔어요. 재현 씨 집 어떻게 가면 되는 거죠? 택시 타고 뭐라고 해야 해요?〉

"뭐? 왜?"

더 당혹스러운 그가 버럭 소리를 질렀다.

〈미안해요. 가서 말할게요. 어디라고 해야 돼요? 나 지금 택시 타고…… . 여기가 어디지…… . 하여튼 관악산 서울대 있는 데 가 자고 했어요. 어디라고 말해야 해요?〉

울음소리와 함께 겨우겨우 들리는 여자의 목소리에 그는 올 것 이 왔구나 싶어 그 찬바람 속에 한동안 멍하니 서 있었다.

그 올 것은 그가 생각한 것보다 심각했다. 보일러를 틀고 전기 장판을 끝까지 올렸지만 여자는 코트조차 벗지 못할 만큼 방 안은 냉기만 가득했다. 그는 오리털 파카를 벗어 의자에 걸쳐 놓고 마 주 앉았지만 할 말을 잃은 채였다. 화장도 하지 않은 여자의 얼굴 은 눈물로 범벅이 된 채 팅팅 부어 있었다. 그래서 더 낯설어 보였 다.

"저기…… . 그게 사실이야?"

말도 못하고 고개만 끄덕이는 여자는 서러웠을 것이다. 그러나 내색을 하지 못하고 있었다.

"미안해요…… ."

또 버릇처럼 미안하다는 말만 되뇌었다. 네 잘못이 아니야, 항 상 나의 잘못이야…… . 라고 말해 줬어야 했다. 그러나 그의 입은 딱 붙어 버린 채였고 다만 감추려고 해도 당장에 드러나는 당혹스 러운 표정으로 일관할 뿐이었다. 왜 나한테 이런 일이…… .

"엄마가…… 수술을 하라고 해서. 난 그렇게 못해. 어떻게 재현 씨와 나의 아기를 없앨 수가 있어요? 말도 안 돼. 그렇죠? 그래서 엄마랑 싸웠어요. 엄마가 나가라고 해서……. 그래서 나왔는데 갈데가 없어서……. 재현 씨, 나 무서워요. 우리 아기, 우리가 키우면 되잖아요. 그렇죠?"

아무런 준비도 없이, 아무런 방법도 없이 젊고 건강한 남녀가 관계를 갖는다면 당연한 귀결이었다. 그런데 그게 그에게는 당연할 수가 없었다. 이게 무슨 소리인가.

"너무 예쁘겠죠? 우리 아기 말이에요. 내가 책을 보니까 5개월만 지나면 막 움직인대요. 사실 병원에 가려고 했었는데……. 생리가 안 나와서 테스터기를 샀더니 두 줄이 나와서……. 그걸 그냥 욕실에 놔뒀는데 아줌마가 엄마한테 이야기를 했나 봐요. 사실은 재현 씨한테 제일 먼저 이야기하려고 했는데."

그녀가 하는 이야기를 하나도 알아들을 수 없었다. 아니, 알아듣고 싶지 않았는지도 몰랐다. 부모가 된다니……. 그 지나가다 보면 안고 다니는 아기가, 길가에 아장거리면서 걸어 다니는 아이가 저 여자의 뱃속에 있다……. 그리고 당연히 그 아이의 아버지는 자신이다…….

그는 뭔가 말을 해야 했다. 옛날 드라마에도 나오지 않는가, 새 생명이 생긴다는 것은 축복 받을 일이다. 그리고 '기쁜 일'이고 엄청난 일임에 틀림없었다. 아직은 어리고, 귀하게만 자란 여자한테 이것은 힘들고 어려운 일일 것이었다. 그런데 왜 제 얼굴은 굳어만 있는 걸까. 왜 제 목구멍은 말라붙어 버리는 걸까.

"저기…… 재현 씨……."

여자의 말꼬리가 사그라졌다. 아마 제 뻣뻣한 얼굴을 봐서 그럴 것이었다. 여자의 조바심에 찬 맨얼굴은 곱게 화장을 했을 때보다 훨씬 더 어려 보였다. 그는 바싹 마른입을 축였다.

"힘들었지?"

그의 말이 떨어지자마자 여자는 비 맞은 고양이마냥 눈치만 보고 있다가 갑자기 울음을 터뜨렸다. 으앙 하고 아기처럼 우는 여자에게 그는 어정쩡하게 두 손을 내밀었다. 여자는 무너지듯 품에 안겨 왔고 남자는 힘을 주어 꼭 안아 주었다. 그리고 품 안에 이 작고 여리기만 한 여자를 두고 잠시 잠깐 나쁜 생각을 품었던 것을 깊이 뉘우쳤다.

그러나 현실은 녹록하지만은 않았다. 여자의 꿈처럼 두 사람과 또 하나의 생명에 관한 이야기는 전혀 해피한 것만은 아니었다. 여자는 쫓겨난 것이었다. 그녀의 전지전능한 카드나 어마어마한 외제차 따위도 없었다. 모든 걸 놓고 나가라는 엄마의 말에 그녀는 옷만 입은 채로 나왔고, 당장에 택시비도 없어서 그가 있는 돈을 탈탈 털어서 낸 것이었다. 그는 당장 벌이도 없었고, 그저 안 교수의 연구실에서 눈칫밥이나 얻어먹으면서 주구장창 현미경이나 들여다보고 온도를 재고 배지를 배양하는 일만 밤새도록 해야만 하는 처지였다. 주겠다던 연구 수당도 한 달이 되어야 나오는 것이었다. 당장 배고픈 그녀에게 손에 잡히는 대로 몇 주 전에 사 놓았던 라면을 끓여 주고는 그는 마음 한구석이 베어지는 것 같은 느낌이었다.

"아, 나 매운 거 못 먹는데. 이거는 되게 맛있네. 그죠?"

팅팅 불은 라면을 그것보다 더 많은 냉수를 먹어 가며 삼키는
그녀가 웃는 게 안쓰러워 그는 말을 하지 못했다. 당장 내일 아침
에 연구실에 가야 하는데……. 여자를 이 빈집에 두고 어찌 가겠
는가.

"……네, 저기 급한 일이 생겨서……. 저기 내일……. 아, 죄송
합니다. 오후에라도 꼭 가겠습니다. 네, 네……. 정말 급한 일이
라……."

사정사정해서 그는 새벽에 나가야 할 일을 오후로 미뤘다. 당장
둘이 덮을 이불도 제대로 없는 바람이 새는 방 안이 제 혼자 있을
때는 아무렇지도 않았지만, 여자한테는 미안스러워서 그는 화가
날 지경이었다. 그에게는 다행히 통장에는 돈이 좀 있었다. 물론
대부분이 여자에게 받은 돈이었다. 그 사고의 뒤처리로 받았던 수
표에서 당장 이리저리 쓰고 남은 돈과 황당스러운 아르바이트를
하고 받은 돈들. 평소에 사는 데 그리 돈을 쓸 일 없이 살아온 덕
에 그나마 좀 남아 있던 것들이었다. 복학을 할 학비는 손 안 대고
모아 놓았지만 생활하는 데 필요한 돈은 어쩔 수 없어서 그는 생
기는 대로 잘 모아 놓았었다. 학기가 시작되면 오로지 공부만 해
도 쫓아가기 버거울 만큼 정신이 없는 곳이 의대니까. 그러나 당
장은 필요한 것이 너무 많았다. 그러나 여자는 그게 문제가 아니
었나 보다.

"재현 씨랑 있으니까 너무 좋다. 이제 밤에 집에 가려고 헐레벌

떡 샤워하고 나오지 않아도 되잖아. 방이 무지 좁은데 아늑해요. 좀 춥긴 춥네. 그건 어쩔 수 없지 뭐. 와, 맨날 이런 데서 자니까 감기 걸렸었구나."

그는 보다 못해 자신의 사파리 점퍼를 내려 여자가 덮고 있는 얇은 이불 위에 더 덮어 주었다.

"아, 재현 씨 냄새다. 나 이 냄새 너무 좋더라."

그는 옆에 바싹 붙어 누워 있는 여자를 한번 껴안아 주었다. 곧 엉겨 붙는 여자의 팔을 빼고는 엎드려 다 하지 못한 보고서에 수치를 적어 넣기 시작했다.

"집에서도 이렇게 공부만 하네."

여자의 목소리가 뾰로통했지만 그게 진심이 아닌 애교라는 것을 알 수 있었다.

"공부 아니야. 이건 보고서 쓰는 거야. 내가 하는 일."

옆으로 누워 있다가 몸을 일으켜 그가 쓰는 것을 보던 여자의 얼굴에 환하게 웃음꽃이 피었다.

"글씨 너무 잘 쓴다. 진짜 인쇄한 거 같아요."

별게 다…… 좋은, 사랑스러운 여자였다. 그러나 그의 마음은 여자가 사랑스러울수록 무거워만 졌다.

우선 아침에 눈을 뜨자 쉬이 일어나지 못하는 여자에게 휴대용 가스버너로 끓인 물을 들고 들어가 세수를 하게 한 후에 근처 학생들이 많이 가는 식당에서 김치찌개를 시켜 먹였다. 아무리 공부만 하느라 세상 물정 모르는 그에게도 여자가 임신을 하면 잘 먹어야 한다는 것쯤은 알고 있었다. 여자에게 뭐 하나 좋을 게 없는 싸구려 라면을 먹인 게 가슴이 아픈 그는 매운 김치찌개를 잘 먹지 못하는 그녀를 보고 또다시 미안해졌다. 제 딴에는 그래도 제가 제일 좋아하지만 자주 먹을 수 없는 푸짐한 음식이라고 생각했었지만, 사는 세상이 달랐던 그녀에게는 그렇지 못했다. 가득 들어 있던 수저통에서 꺼낸 숟가락과 젓가락을 영 꺼림칙해 하는 여자의 눈길을 무시하고 그는 연기가 펄펄 나는 찌개를 앞접시에 덜어 주었다. 물론 알뜰하게 고깃점도 있는 대로 찾아내 여자의 그릇에 수북하게 담아 주었다. 그러나 여자는 한 숟갈 떠먹더니 쿡쿡 찌르기만 할 뿐이었다.

"아, 되게 맵다. 음, 나 멕시코 음식 잘 먹는다고 친구들이 부러워했었는데, 한국 음식이 더 맵네. 저기, 물 넣어 먹어도 돼요?"

결국 가득 떠 놓은 찌개 접시에 물을 부어 흥건하게 만들어 놓고는 채 먹지도 않고 수저를 놓은 것을 보고, 그는 인상만 찌푸린 채 제 밥그릇의 밥을 비우는 데만 신경을 써야 했다.

그에게 주어진 시간은 얼마 되지 않아서 그는 우선 근처의 산부인과 병원부터 갔다. 새파랗게 어린 두 사람이 만삭의 임산부들 사이에 앉아 있는 것조차 당혹스러웠지만 혜원의 화장기 없는 퍼석한 얼굴에는 웃음꽃만 피어 있었다.

"와, 아기한테 필요한 거 되게 많네. 그런데 너무 예쁘다."

산부인과 대기실 옆에 있는 신생아용품 카탈로그를 보면서 여자는 끊임없이 예쁘다, 귀엽다를 연발하고 있었다. 그러나 옆에 앉아 있는 그는 그녀의 이야기에 동참할 수가 없었다. 처음 보는 가지

가지 물건들이 한 가득씩 나와 있는 카탈로그를 흘끗 들여다보며, 머릿속이 복잡해지는 건 당연한 결과였다. 과연 정말로 사과도 깎아 본 적이 없는 여자가 아기를 키울 수 있을까……. 그 아이를 저와 둘이 키울 수나 있을까.

아직은 초기라 뉴스나 티비에서 본 듯이 커다란 배에 초음파 기계를 대서 아이의 모습을 보는 것 따위는 하지 못했다. 다만 그는 진찰실 옆에서 기다리고 여자와 의사가 옆의 진찰실로 들어가 한참이나 있더니 검은색 바탕에 그려진 희끄무레한 동그라미가 보이는 종이를 들고 왔을 뿐이었다.

"지금 임신 4주째입니다. 축하드립니다. 산모 분이 체력이 약하신 거 같으니까 각별히 조심하시고 영양 섭취 많이 하시고 안정을 취하시기 바랍니다."

여자는 새로 얻은 산모라는 명칭조차 즐거운 듯 보였다. 나보고 산모래요, 하고 깔깔거리고 웃을 뿐이었다. 이리저리 검사를 하는데 여기저기서 산모님, 산모님 하고 부를 때마다 까르르 웃음을 띠었다. 그러나 피 검사다 뭐다 해서 근 십여만 원이 넘는 검사비를 내고 나온 그의 얼굴은 더욱더 굳어 있었다. 기뻐야 하는데, 이리도 행복해하는 여자의 감정에 동참해 주어야 하는데 그게 잘 되지 않고 있었다.

병원을 나와 그녀와 그는 주변의 신림동 재래시장으로 갔다. 필요한 게 많았다. 싸늘한 겨울날은 오늘따라 바람이 덜 불어 그나마 다닐 만은 했다. 그러나 시간이 얼마 없는 그는 부지런히 주변을 살펴야 했다. 어제 그리 밤을 지새우며 당장 여자에게 필요한 것들을 생각해 냈었는데 얼른얼른 그것들을 찾아야 했다. 게다가 아까 넉넉하게 찾았다고 생각했던 돈은 병원의 검사 비용으로 너무 많이 써서 제 머릿속으로 생각했던 것들을 많이 줄여야만 했다. 그는 발걸음을 빨리하려 했지만 옆에 있는 사람은 그렇지 못했다.

"아, 추워! 어머, 여기 꼭 브룩클린 벼룩시장하고 비슷해요. 어머, 저건 뭐지? 와, 연기 나는 게 따뜻할 것 같아. 이거 무슨 냄새죠? 맛있는 냄새다. 와, 이불 너무 예쁘다."

핑크색의 하트가 그려진 합성섬유로 된 싸구려 차렵이불을 들고 환하게 웃는 그녀의 구겨진 고가의 코트가 미안스러워졌다. 당장에 여자가 쓸 칫솔이니 수건이니 그런 것들도 없었다. 주변에 그가 자주 이용하는 천냥마트가 있어 거기에 들어섰다.

"와, 너무 예쁘다!"

자질구레하게 쓸모도 없는 것들 앞에서 마치 외국인인 듯 꺅꺅 소리까지 질러 대는 여자를 보면서 그는 잠시 인상이 찌푸려지기도 했지만 꾹 참았다. 칫솔과 치약이니, 제 낡은 세숫대를 대신할 플라스틱 대야 따위와 수건 등을 사고 있는데 여자는 토끼 모양의 머리핀을 들고는 이리저리 거울에 비춰 보며 웃고 있었다.

"나 이거 사 줘요! 이거 너무 예뻐요. 완전 귀여워!"

"그래."

지금까지 필요한 것 아니면 뭔가 사 본 적이 없는 그였다. 천원짜리 토끼 머리핀으로 여자가 웃을 수 있다면 다행이라 생각했다. 겨우 몇 만 원도 안 되는 계산을 하면서도 그의 두툼한 사파리 점퍼 사이에 살그머니 껴 오는 여자의 가느다란 팔을 느끼면서 그는 그동안 여자가 호텔 방의 체크인을 할 때 구석에서 시선을 돌리며 서 있어야 했던 그 비참했던 시간들을 모조리 보상 받는 것 같은 느낌이 들었다. 그건 아주 순간적인 달콤함 같았다.

어린 두 연인은, 재래시장에서 손을 호호 불어 가며 계란이나 두부 같은 반찬거리를 샀다. 날은 추웠지만 두 사람은 전혀 추위를 느끼지 못했다. 마치 처음 신혼살림을 시작하는 어린 부부 같은 묘한 설레임은 강추위도 비켜갈 만큼 달기만 했다. 이불이 든 커다란 봉지를 들고 있으면서 새빨개진 콧등을 하고선 마침 길가에 있던 호떡 냄새에 혹해 사 들고, 그것을 신기해하며 먹는 여자를 바라보면서 그는 그동안 여자에게 가지고 있던 묘한 거리감 같은 것이 확 줄어든 느낌이었다. 제가 여자한테 뭔가 해 줄 수 있다는 것이 이런 기분일까 하는 아주 당혹스러운 착각일지도 몰랐다.

하지만 곧 시간이 많이 지났다는 것을 알고 연구실로 가야 하는 발걸음은 무거워졌다. 여자가 들고 있는 호떡에서 달착지근한 설탕의 냄새가 느껴졌다. 훌쩍거리는 여자의 빨간 코끝이 제 눈 아래 있었다. 제 인생의 계획에는 전혀 없던 광경이었다. 감히 그의 인생에 여자라는 존재가 스치기라도 했던 적이 있었던가.

남자가 가 버린 방 안은 싸늘했다. 내내 웃고는 있었지만, 남자가 시야에서 사라지자 얼굴에 있던 미소는 사라졌다.

"이런 데서 어떻게 살지."

혼자 중얼거렸지만, 중얼거린다고 해서 뭔가 다른 일이 생기지는 않았다. 정말로 이런 데서도 사람이 살 수 있나? 제 방이 그리 넓다고 생각하지는 않았었다. 그냥 뭐 다들 그렇게 살지 않나. 하지만 이 방은 제 침대 하나 놓으면 틈도 없을 것만 같았다. 아니 뒹구는 걸 좋아해서 엄마가 고등학교 입학 선물로 주문제작해 준 침대는 이 방보다 넓을지도 몰랐다.

낡은 나무로 된, 그야말로 처음 보는 책상과 의자, 그리고 다 합쳐도 열 개도 되지 않아 보이는 옷걸이에 걸린 추레한 옷들과 그 옆에 누런색 테이프가 귀퉁이에 붙여진, 용도가 뭔지도 알 수가 없는 플라스틱으로 보이는 상자가 가구라는 것의 다였다. 책상 옆 바닥에는 낡은 책들이 일렬로 죽 세워져 있었다. 그리고 바람이 숭숭 새어 들어오는 알루미늄으로 된, 열기만 하면 바로 바깥인 문 옆에는 얼굴이 겨우 보일 만한 낡은 거울이 하나 붙어 있었고 거기엔 못에 걸린 낡은 플라스틱 컵에 면도기와 칫솔 치약이 담겨 있을 뿐이었다. 그나마 다행인 건 바닥에 일인용 전기장판이 있었고 그걸 덮고 있는 이불이 그다지 지저분해 보이지 않다는 사실이었다. 새로 산 이불에서는 묘한 냄새가 났다. 자동차의 배기가스 같기도 한 그런 냄새였다. 책상 위에 칫솔과 치약 컵과 수건 같은 것들이 놓여 있었지만 그것을 가지러 가기 위해 몸을 일으키기도 싫을 만큼 방 안에는 냉기가 가득했다. 이 집에 들어와서 잘 때 빼고는 벗어 본 적이 없는 그녀의 아이보리색 아르마니 코트는 이미 심하게 구겨져 엉망이 된 상태였다.

"에이, 이럴 줄 알았으면, 모피를 입고 나올 걸."

모피가 아니라 짐이라도 좀 챙겨서 나올 걸, 아니 하다못해 카

드가 든 가방이라도 들고 나올 걸 하고 후회만 하고 있는 여자였
다. 순간 갑자기 돌풍이 풀었는지 휘휙 하는 소리가 더 크게 울리
고 문이 크게 들썩거리자 벽에 붙어 있던 거울까지 휘청였다.

"어마!"

혼자 소리를 질렀지만 빈방에 공허하게 울릴 뿐이었다.

"흑, 재현 씨……."

"나 오늘은 못 가. 전기장판 너무 올리지 말고. 데일 수도 있으
니까……. 아무것도 없어서 어떻게. 심심하겠다."

〈오늘 못 와요? 나 너무 무서운데.〉

휴대폰을 잡고 있는 그의 입가가 굳어 있었다.

"오늘, 엄청나게 중요한 실험 때문에……."

〈방에 아무것도 할 것도 없구, 배고픈데……. 그리고 화장실 가
는 것도 너무 무섭단 말이에요.〉

여자의 칭얼거리는 소리가 휴대폰 밖으로 흘러나올세라 그는 손
으로 가려야 했다.

"문 잘 잠궈. 되도록이면 일찍 갈게."

지나가는 선배의 흘끗거리는 시선을 향해 꾸벅 인사를 하느라
휴대폰 속에서 나는 소리를 듣지 못했던 그가 얼른 휴대폰에 대고
말했다.

"끊어. 잘 자."

〈재현 씨!〉

휴대폰 저편에서도 덜컥거리는 바람 소리가 났다. 문풍지를 사

야 한다는 걸 깜빡 잊었다. 분명히 어젯밤에는 생각이 났었는데. 그의 방에는 그의 전공 서적뿐, 텔레비전은커녕 라디오 같은 것도 없었다. 그 적막하고 추운 방에서 대체 여자 혼자 무얼 하고 밤을 지낼지 걱정스러웠다. 그러나 오늘 중요한 세포 분열을 찾아내야 하기 때문에 밤새 휴대폰 같은 것은 꺼내지도 못할 것이 분명했다. 그는 걱정스러운 마음에 연구실로 들어가는 발걸음이 무거웠다.

"무슨 일 있냐, 학부생?"

"아, 아닙니다."

대학원생 2년차인 하늘같은 선배가 복도를 지나가면서 물었다. 물론 그도 이따 슬쩍 얼굴을 들이미는 의대 조교수들한테는 기를 못 펴지만, 이 실험실에서 있어서는 안 되는 존재인 저보다야 훨 윗자리인 것은 틀림없었다.

"정신 똑바로 차려. 오늘 고비다. 시간 정확하게 기록해. 한눈팔면 큰일 난다."

"네."

그의 단호한 대답이 마음에 안 든다는 듯 선배는 콧방귀를 뀌며 돌아섰다. 그는 이제 오로지 눈앞의 현미경에만 집중해야 했다.

제 집이라고는 할 수 없지만, 제 방에 돌아왔을 때 누군가 있다는 것은 상당히 감미로운 느낌이었다. 비록 그 사람이 아무것도 할 줄 몰라 밤새 지친 몸을 누일 새도 없이 이것저것 들어줘야 하고 챙겨 줘야 하지만 그것도 그는 참을 수 있었다. 뭔지 모르게 그동안 진 빚을 갚는 것 같은 그런 느낌이 들었다. 언제나 여자의 카드로 호화찬란한 곳들을 돌아다닐 때 그는 오히려 여자에게 미운 소리만 하고, 여자의 애탄 전화 따위를 묵살하고 다녔었다. 그러나 이제 자신만 바라보고 저가 다 챙겨 주어야 할 때가 되니 오히려 여자에 대한 애틋함이 커지는 것 같았다. 그러나 그것은 착각이었을까.

밤새 혼자 둔 게 미안스럽고, 배고프다는 말이 내내 마음에 걸렸던 그는 아침부터 슈퍼에서 혼자서는 한 번도 사 본 적이 없는 밑반찬인 멸치 볶음과 김치까지 사 와 열심히 상을 차렸다. 그나마 탄 것이 적은 밥을 골라 여자의 몫으로 뜨고 찬바람에 자꾸 꺼지는 휴대용 버너로 먹음직스러운 계란 프라이까지 한 어설프지만 그래도 정성이 가득한 밥상을 들고 좁은 방에 들어온 그는 밤새 현미경을 들여다보느라 눈이 다 뻑뻑했지만 이불을 뒤집어쓰고 있는 여자의 얼굴을 보는 것만으로도 피로가 풀리는 것 같았다.

"일어나, 밥 먹자. 배고플 거 아니야."

마지못해 이불을 들추고 일어난 여자는 입이 뿌루퉁하게 나와 있었다.

"먹자."

철야를 하고 연구실에서 밤참을 시켜 먹었지만 돌도 소화할 나이의 청년이었다. 허기진 속에 급하게 첫술을 뜨려 하는데 물을 안 떠 왔다는 걸 생각해 낸 그는 혼자 같았으면 그냥 마른밥을 넘겼겠지만 여자를 생각해서 얼른 일어나 밖에 가서 물 한 잔을 떠 왔다. 그사이 여자는 젓가락을 들었었는지 묘한 표정으로 있다가 제가 상머리에 앉자 젓가락을 놓았다.

"왜?"

"무슨 맛인지 모르겠고, 너무 딱딱하고, 김치는 맵고. 밥도 이상해. 나 프렌치토스트 먹고 싶어요. 카프리제 샐러드랑."

그는 그게 뭔지 알 수가 없었다. 밤을 꼬박 샌 그에게는 과분한 아침상이었다.

"칼슘이랑 철분, 단백질이야. 먹어."

멍한 머리가 윙윙 울리는 것 같았다. 어제 기다리던 세포 분열이 일어나지 않아서 팀이 다들 신경이 날카로워 있기 때문에 오늘은 빨리 가 봐야 했다. 시간이 다 되어 가기에 설거지도 못하고 갈 것 같다는 생각만이 머릿속에 가득 들어 있던 참이었다.

"먹기 싫다구요."

"먹어."

전기밥솥이 망가져서 밑이 타 버린 누룽지는 제 밥그릇에 잔뜩 담겨 있었다. 여자의 말 따위 무시하고 막 밥숟갈을 뜨려는데 여자가 다시 말했다.

"재현 씨, 나 이거 싫다니⋯⋯."

"먹기 싫으면 먹지 마!"

조그만 양은으로 된 밥상에 쨍 하는 소리는 제가 숟가락을 내동댕이치는 소리였다. 소리를 질러 놓고는 그는 할 말을 잊어버렸다. 여자가 움찔하고 아무 말도 못하고 있는 게⋯⋯ 더 마음이 상했다. 뭔가 따뜻한 것을 만들어 주고 싶었지만 만들 줄도 몰랐고 만들 만한 공간도 없었다.

그도 어머니가 돌아가시기 전까지는 제 손으로 밥상 한번 차려 본 적이 없는 귀한 아들이었고, 학교 다닐 때는 내내 기숙사에서 생활했었다. 제 손으로 궁색한 밥을 차려 먹은 것은 이번 겨울이 처음이었다. 그러니, 차려 놓고도 미안스러운 밥상이었다. 그래도 그는 할 만큼 했다. 오로지 여자와 아이를 먹이겠다는 일념에 그 찬물에 쌀을 씻고, 슈퍼에 가서 절대 들지 않았을 멸치 봉지와 김 치까지 사 온 것이었다. 어설프지만 상을 차렸다. 그게 다였다. 그 리고 피곤했을 뿐이었다.

"먹을게요……."

쥐구멍에라도 들어갈 것 같은 목소리로 여자가 말했다. 차라리 여자가 안 먹겠다고 우겼으면 더 나았을지도 몰랐다. 그럼 소리쳐 서 미안해하는 말을 했을지도 몰랐다. 그러나 움찔한 여자의 모습 에서 더 화가 났다.

"먹지 마."

버럭 소리를 지르고 벌떡 일어난 그가 멀뚱거니 서 있었다. 가 뜩이나 키가 큰 그가 좁은 방 안에 혼자 서 있자 여자는 그를 올 려다보느라 고개가 꺾어졌다. 여자의 눈에 보이는, 제 광포한 모습 이…… 그를 더 이상 어찌하지 못하게 만들었다.

"먹기 싫으면 먹지 마!"

그는 막 젓가락을 들려는 여자의 손에서 젓가락을 뺏고는 상을 들고 문을 박차고 나갔다. 반찬값이 얼마나 비싼 줄 알기에 상을 들어 엎어 버리는 만행을 저지르지는 못했지만 이미 마음속에서는 상이 날아가고 난 뒤였다.

"사 먹어. 서랍에 돈 있으니까. 너 먹고 싶은 거 먹어."

그건 그의 마음이었다. 가야 하니까 시간이 쫓겨서 사 줄 수 없어서 그렇게 말한 것이었다. 이런 비루한 밥상 말고, 네가 먹고 싶은 걸 먹어……. 다만 억양이 그렇지 못했을 뿐이었다. 그는 가방을 챙겨서 일어났다. 놀란 여자의 모습을 보기 싫어서. 그게 미안해서.

남자가 나간 방은 박차고 나가느라 차가운 바람이 가득 들어와 펄럭이고 있었다. 그러나 남자는 제가 추울까 봐 아귀가 잘 맞지 않는 문을 꼭 닫고 간 뒤였다. 평소에도 아침은 샐러드와 곡물 스프 같은 것으로 해결하던 그녀였다. 빵이니 스파게티니 하는 것들을 좋아했지만 그런 것만 먹다간 서양 아이들처럼 엉덩이만 커지고 처진다고 엄마가 어렸을 적부터 신선한 야채니 과일이니 하는 것을 끼니마다 챙겨 주신 게 버릇이 되어 있었다. 이런 밥과 짜고 딱딱한 반찬 따위는 한 번도 먹어 본 적이 없었다. 어제도 배가 고파서 먹었지만 저녁 내내 생각하니 그 시뻘겋던 찌개는 다음부터 싫다고 말해야겠다고 생각하고 있었다. 그런데…… 그런데 저렇게 나가 버리다니.

그가 다정한 사람은 아니라는 건 알고 있었다. 그래서 길재현이라는 남자를 사랑한 건 아니니까. 그렇지만, 이건 아닌데……. 눈앞에는 형광등마저 어두워 칙칙한 방에 어울리지 않는 새빨간 리본이 프린트된 싸구려 차렵이불밖에는 보이지 않았다. 갑자기 배가 고파 왔다. 그게 더 우울했다. 바보같이, 싸우느라 그가 세숫물도 떠다 주지 않았다. 이도 닦지 못 했는데. 그리고 저 사람은 아무것도 안 먹었을 텐데…….

그나마 다행히 그들이 기다리던 세포 분열은 빨리 일어났고 다들 얼싸안고 환호를 질렀으며 안 교수와 연구생들은 다들 갈빗집으로 몰려갔다. 그러나 그는 그 자리에서 슬그머니 빠졌다. 하루 종일 목구멍에 걸린 가시처럼 여자의 그 모습이 눈에서 떠나질 않았다. 이미 날이 어두워진 후였다. 아무것도 먹지 않은 빈속은 이미 허기의 정도를 넘어서 속이 시려 오고 있었다. 프렌치토스트라는 걸 파는 데가 없어서 그는 학교 앞 토스트 가게에서 제일 비싼 토스트 두 개를 사서 식을세라 집으로 뛰어 올라갔다. 그날따라 날은 더욱더 찼고 바람이 몰아쳤지만 그는 미안한 마음에 한달음에 언덕을 올라갈 수 있었다. 집에는 여전히 불이 켜져 있었고 따듯한 공기가 가득했다.

"왔어요? 재현 씨? 오늘 늦는다고 했잖아요……."

그녀의 목소리가 반갑긴 하지만 뭔가 껄끄러웠다. 아침에 제 탓일 거라 생각하니 미안스러워졌다. 여자가 저를 반겨 주는 게 정말로 다행이다 싶었다.

"밥 안 먹었지? 배고프겠다."

"먹었어요."

그녀가 대답하자 그는 안색이 굳어졌다. 둘러보니 아침에 그냥 치웠던 밥과 반찬이 온데간데없어지고 설거지까지 되어 있었다.

"설거지 네가 했어?"

고개를 끄덕이는 여자는 그의 얼굴을 보고 눈치를 보면서 말했다.

"손이 좀 시려웠어요."

그는 품에 안고 있던 토스트를 꺼내 놓았다. 식어 가긴 했지만 온기가 남아 있었다. 그러나 그것을 먹으라는 말보다는 두 손을 내밀어 지금은 따뜻한, 그러나 어쩐지 거칠게 느껴지는 여자의 손을 꼭 잡을 뿐이었다. 찬물에 설거지 한번 한다고 해서 손이 거칠어질 것은 아니지만 그것이 모두 제 잘못 같아서 미안하기만 한 그는 아무 말도 하지 못했다.

"일찍 와서 좋네. 하루 종일 너무 심심했어요."

그는 손을 내밀어 여자를 꼭 안았다. 품에 안기는 했지만 이제 어떻게 해야 할지 아직도 아득하기만 했다.

어떻게 해야 할지는 얼마 지나지 않아 알 수 있었다.

"누가 부르는데?"

"절요?"

그는 산더미 같은 데이터를 뒤지고 있다가 자신을 찾은 대학원생 선배의 말에 표정이 굳어져 대답했다. 누구지…… 혜원인가? 화해를 했다고 하지만 공주같이, 아니 여왕같이 살던 여자에게 누추한 움막보다 못한 그의 집은 도저히 적응할 수 없는 난공불락의 요새 같았다. 아닌 척하지만 그게 눈에 보이니까 그의 마음은 더욱더 불편해졌고 알게 모르게 그게 자꾸만 불쑥거리며 튀어나고 있었기에 혜원이 왔을 거라 생각하니 그는 갑자기 울컥하는 느낌이었다. 어찌해야 하나. 그는 밖으로 나서면서도 갑갑해졌다. 이제 그냥 너희 집으로 돌아가……라는 말이 목구멍까지 올라와 걸려 있는 느낌이었다.

그도 해야 할 일도 많았고 피곤했으며 날은 풀릴 기세가 없이 연일 최저 기록을 갱신하며 맹추위를 떨치고 있었다. 원래 남학생 들만 있는 쪽방인지라 여자가 있는 것에 대해 아침부터 옆방 학생 들이 수군거리는 소리를 듣고 나온 터에 그녀가 바깥에 나왔다고 생각하니 안쓰러우면서도 뭔지 모르게 화가 나는 두 가지 감정이 동시에 솟아오르고 있었다. 막 대학원 연구실 뒷문으로 나왔을 때 그는 눈앞의 광경에 어리둥절해서 멈춰 서야만 했다. 교수님들의 차도 대지 못하는, 연구 자재용 차량만 드나드는 공간에 새까만 외제 승용차가 포진해 있고 웬 검은색의 정장을 입은 덩치 좋은 남자가 서 있었다.

"길재현 씨?"

남자의 입에서 험악하게 제 이름이 나오자 뭔가 잘못됐다는 걸 알 수 있었다. 뭔가…….

그가 고개를 끄덕이자마자 기다렸다는 듯 차의 뒷좌석 문이 열 렸다. 덩치 좋은 남자가 문을 열려고 했었는지 고개를 숙였지만 벌컥 하는 소리와 함께 기세 좋게 문이 먼저 열리고 뭔가 희끄무 레한 옷을 입은 누군가가 용수철에 튕기듯 일어나 나오는 게 보였 다.

"누구신……."

그가 말을 채 내뱉기도 전이었다. 내려선 여자의 손바닥이 기세 좋게 뺨을 올려붙여 공터에 요란한 소리가 울린 뒤에 터진 욕설로 그는 이 아름다운 중년 여자가 누구인지 알 수 있었다.

"개새끼! 너 같은 개새끼가 감히 우리 혜원이를 넘봐?"

9.

"이봐, 학생."

터진 입술을 닦으면서 그는 오랜만에 듣지만 결코 반갑지 않은 목소리를 듣고 고개를 돌렸다.

"내가 무슨 말 하려는지 알지?"

"죄송합니다."

아래층에는 잘 내려오지 않는 주인집 할머니였다.

"우리 집은 남학생들만 있는 집이야. 이게 무슨 짓인가."

"죄송합니다. 사정이 있어서요."

"내가 자네 딱한 거 알아서 방세 밀려도 뭐라 안 했네만. 이건 아닐세."

"죄송합니다."

"다시 말하지 않게 해."

"네……."

그는 고개를 푹 숙였다. 할머니가 계단을 올라갈 때까지 찬바람이 몰아치는데 그냥 서 있을 수밖에 없었다. 돌아선 그는 맨 끝에 있는 자신의 방 앞으로 갔다. 보기에도 화려한 하얀색의 여자 구두에는 반짝거리는 보석 장식이 박혀 있었다. 얼른 구두를 들어 옆에 있는 신발장으로 쓰는 낡은 책꽂이에 넣고 쓰레받기를 위에 올려 가렸다. 덜컹거리는 그의 소리를 들었을까.

"재현 씨?"

제 이름인데도 그는 깜짝 놀라야 했다.

"아…… 나야."

잔뜩 골이 난 표정의 혜원보다는 후끈한 방 안의 열기가 더 먼저 얼굴에 닿았다. 그는 서둘러 보일러부터 내렸다.

"나 추운데요."

"공동으로 쓰는 거야."

그게 무슨 말인지 모르는 혜원은 그래도 그가 왔다는 사실이 더 좋은 듯했다.

"여기…… 화장실…… 다른 데 없어요?"

윗집에 노인 내외와 반지하 같은 아래층에 네 개의 방이 있는 구조의 전형적인 대학가 셋집이었다. 남학생들만 있는 집이니 화장실은 당연히 공동이고 남자용 변기가 노출돼 있고 옆에는 쭈그리고 앉는 수세식 변기만 달랑 있는 바깥 화장실이 다였다.

"비데도 없고……."

제 얼굴에 난 생채기 따위는 보이지 않는 걸까. 자기에게 무슨 일 있냐고 호들갑스럽게 묻는 여자에게 둘러댈 변명 따위를 생각하며 그 추운 길을 오는 내내 생각에 잠겼던 그는 허탈함에 자그맣게 한숨을 내쉬었다.

"근처에 구립 문화회관에 가 보자."

여자의 입이 뿌루퉁하게 나왔지만 어쩔 수 없었다.

내일 아침에 또 일찍 나가야 했다. 깜빡 잊은 문풍지가 더욱더 간절한 밤이었다. 그는 떨고 있는 혜원 때문에 자리에서 일어나 자신의 옛날 노트들을 찢어 문틈을 막아야 했다. 그리고 다시 옆에 누웠다. 그러나 그는 품을 파고드는 여자가 있어 오히려 좋았다. 혼자 자는 것보다 훨씬 따뜻하니까. 감지 못했다고 투덜거리는 긴 머리는 꼭 묶은 채였다. 도무지 머리를 감을 엄두가 나지 않는 날씨와 장소인 건 어쩔 수 없었다. 그는 미안하고 안쓰러운 마음에 그녀를 꼭 끌어안았다. 그러나 그런 마음과는 달리, 강철도 뚫을 것 같은 젊은 혈기에 여자를 안기만 하면 버릇처럼 솟아나오는 욕구는 어쩔 수 없었다. 그의 손이 그녀의 가슴 밑으로 파고들었다. 늘 그의 손길을 좋아하던 여자가 오늘은 그의 손을 잡았다.

"나 못 씻었어요. 만지지 마."

며칠째 옷도 갈아입지 못한 여자가 거의 미칠 지경이라는 걸 그는 알지 못했다. 여자에게 필요한 칫솔이나 컵 등을 사면서도 여자의 속옷 따위를 신경 못 쓴 남자의 무심함은 무지에서 온 것이었다.

"괜찮아."

그가 그녀의 목덜미에 입을 맞추려고 했다.

"하지 말라니까요."

"난 괜찮아."

"싫어, 더러워요."

"……."

공동으로 있는 화장실에 갈 수 없는 그녀는 며칠째 그가 데워다 떠 주는 세숫물에 세수와 양치만 했는지라 딴에는 남자의 입맞춤이 그렇게 느껴질 수도 있는 거였다. 그의 손길이 멎고 바람 소리만 적막을 요란하게 울렸다.

"화…… 났어요?"

화…… 난 게 맞았다. 그러나 무엇 때문에 화가 나는가. 이 모든 현실에 화가 났다. 제 여자 하나 어찌할 수 없는 제 자신이, 여자의 돈만 믿고 안일하게 모든 것을 아무런 생각 없이 누리기만 했다는 사실이, 그리고 그걸 이해하고 받아들이는 것같이 이야기하지만 받아들이지 못하는 여자에 대해서.

"재현 씨……."

여자가 오히려 그를 안아 왔다. 그는 뒤로 물러나야 했다. 이런 상황에서도 몸은 제멋대로 정신의 말을 듣지 않는다는 것도 화가 났기 때문이었다.

늦게 왔기 때문에, 게다가 그녀의 어머니를 만나 악담을 듣느라 마침 찬거리조차 마련하지 못한 아침이었다. 수도가 꽝꽝 얼어서 세수도 할 수 없었다. 집 안은 얼음장같이 차가웠고 연일 전기장판만 틀어 댔더니 머리가 아팠다. 혜원도 아침부터 머리가 아프다고 투덜거렸고 훌쩍거리는 콧물에, 목이 가라앉은 게 감기 초기 같았다. 망설이던 그는 마지막 비상금 3만 원을 꺼내 그녀에게 내밀었다.

"어디 따뜻한 데 가서 먹고 싶은 거 먹고 와. 나 오늘도 늦어. 미안해."

"고마워요, 재현 씨."

그다지 고마워하지 않는 듯하게 느껴진 건 제 자격지심이라 생각하고 그는 문을 나섰다.

"나오지 마. 좀 있다 해가 나면 나가. 지금은 너무 추울 테니까."

아무것도 먹지 않아서 쓰린 속을 안고 그가 말했다.

"알았어요. 잘 갔다 와요."

너무나 천진난만한 그녀의 목소리에 그는 아픈 속도 잊을 수 있었다. 막 그가 나서는데 옆방에서도 두 학생이 나섰다. 역시 그들도 서울대에 다니는 학생들이었다.

"어, 일찍 가네?"

평소에는 눈인사도 잘 안 하던 사이였다.

"예쁘던데. 재주도 좋아."

그에게 하는 말인지 아닌지 구별하긴 힘들었지만 혹 얇은 문으로 안에까지 들릴까 그는 고개만 까닥하고는 재빨리 문을 나섰다. 그러나 그들도 곧 뒤따라 나오기 시작했다. 어차피 학교에 가는 길이니 같은 길로 가는 수밖에 없었다.

"요즘 의대생은 연애할 시간도 있네."

"것도 찐하게."

그는 아무 말도 할 수 없었다. 옆방에 있는 사람들이 자주 모여서 술을 마시고 시끄럽게 할 때 몇 번 신경질적으로 시끄럽다고 한 적이 있어서였다.

"밤에 잠을 못 자겠던데."

"본인들도 못 잤을 텐데 뭐."

"으히히히."

그는 손을 들어 귀를 막을 수는 없기에 걸음걸이를 더 빨리 해야만 했다.

"좋겠다. 의대생은 좋다고 대주는 여자들이 줄을 섰나 보다."

그는 입술만 꾹 깨물 뿐이었다.

세수도 못한 채 머리만 겨우 듬성듬성 빗은 꼴은 거울에서 보기에도 짜증날 정도였다. 어떻게 이런 데서 사람이 살 수 있을까. 혜원은 한숨을 내쉬다가 코트를 걸쳤다. 아무리 깃을 올려 봐도 인간의 몰골이 아닌 듯했다. 구석에 있는 전기밥솥의 탄 자국을 흘끗 보고는 그가 꺼내 놓은 만 원짜리들을 들고 나섰다. 문을 열고 나섰는데 제 신발이 보이지 않았다. 더러운 바닥에 발바닥을 딛고 싶지는 않은데……. 아무래도 얇은 장판 위에 뭔가가 버스럭거리는 것 같아 그에게는 말을 못했지만 기분이 좋지 않았었다. 한참 만에 더러운 쓰레받기 밑에 모양도 없이 푹 찌그러진 제 신발을 보고 잠깐 화가 난 그녀는 체념한 채 신발을 신었다. 차가운 얼음덩이 속에 발을 들이민 것 같아 소름이 쫙 끼칠 정도였다. 손끝이 시리고 귀가 떨어져 나갈 것 같은 이런 날씨가 몸서리쳐졌다.

"샤워도 하고 싶다……."

혼자 중얼거리는데 누군가 내려오는 게 느껴졌다. 웬 할머니. 자신을 왜 째려보는 걸까 생각하다 그녀는 그 눈길을 무시하고 문을 나섰다.

"뭐 이런 데가 다 있어. 정말이지 사람이 살 데가 못 되네."

그 앞에서는 한마디도 할 수 없던 말을 혼자 중얼거리면서 나오는데 뒤에 할머니의 시선이 다시 느껴졌다. 그러나 그녀는 아랑곳하지 않고 추위에 종종걸음을 치며 나섰다. 버스나 지하철 따위는 타 본 적이 없었다. 택시조차도 몇 번 타 본 적이 없는 그녀였다. 아무리 길을 가도 굽이진 골목길은 끝이 보이지 않았다. 계속 길을 가도 택시가 다니는 큰길은 보이지 않고 귀는 떨어져 나갈 것 같았으며 어제저녁도 제대로 못 먹은 속은 허기로 짜증이 났다. 간신히 골목길을 나오는 택시를 타고 그녀는 말했다.

"비올레타요."

머릿속에 딱 떠오르는 고급 파스타 집이었다. 이 시간에 하려나? 그러나 택시 기사는 어이없다는 듯 되물었다.

"네? 어디 있는 거죠?"

"기사 아저씨가 알죠. 거기가 어디더라. 아, 쉘튼 호텔 근처예요."

그러나 생각해 보니 아빠 호텔 옆이라 혹 들킬지도 모른다고 생각했다. 그러나 너무나 그곳의 파스타가 먹고 싶은 그녀는 빨리

가자고 재촉했다. 힐끗 헝클어진 머리와 구겨진 옷을 본 기사는 말했다.

"좀 먼데⋯⋯. 거기 가시는 거죠?"

"가요. 빨리!"

그녀는 오랜만에 히터가 틀어져 따뜻한 택시 안의 공기에 기분이 좋아졌다. 제가 타고 다니던 아버지의 벤츠나 제 포르쉐의 좌석이 어떤지도 기억이 나지 않을 정도였다. 차장 밖을 바라보면서 지하 차고에 있을 제 박스터가 너무나 그리웠다.

'너, 집 나가 봐라. 얼마나 고생인지. 나가서 니가 살 수 있을 거 같아?'

엄마의 말이 귓가에 울렸다.

혜원은 당혹스러웠다. 택시비가 이만 원이라니⋯⋯. 한 번도 파스타의 값 따위는 생각해 본 적 없지만 적어도 이 택시비보다는 비쌀 것이 뻔했다. 달랑 만 원⋯⋯. 이걸로 돌아갈 수조차 없는 걸까. 물론 택시 기사가 아침의 러시아워에 막혀 길에 서 있는 시간이 더 많았고 길도 몰라 한참을 돌아갔다는 것 따위는 혜원이 알 수가 없었다. 이걸로 집에 돌아나 갈 수는 있을까. 찬바람이 부는 길에 서서 혜원은 자기도 모르게 흐르는 눈물이 앞을 가렸다.

"엉엉엉, 재현 씨⋯⋯."

사실은 저가 밤을 새야만 했었다. 그러나 도저히 그냥 있을 수가 없었다. 전화가 되지 않았다. 주인 할머니의 말도 걸렸고, 뭔가 잘못되지는 않았나, 혹 자신의 연구실까지 찾아온 그녀의 어머니가 그녀를 데려가 버린 게 아닐까 하는 생각으로 머릿속이 복잡했다.

'넌 강간범이야! 너 순순히 혜원이 설득해서 보내. 우리 혜원이 너 같은 놈한테 절대 어울리지 않아. 걔 세진 건설 며느리가 될 애라고! 너 제대로 안 하면 감옥에 처넣어 버릴 테니까 좋은 말 할 때 혜원이 보내. 어디 네까짓 게!'

그는 걸음걸이가 빨라졌다. 혼자 두는 게 아니었는데. 아니 혼자 두지 않는다면 어쩌란 말인가. 연구는 지금 한창 막바지였다. 이제 결과만 제대로 나온다면 세포학에 한 획을 그을 만한 중대한 가설을 입증할 수 있게 되는 것이었다. 아마 혼자 있었더라면 이런 집 따위 올 일도 없을 것이었다. 연구실 옆에 간이침대에서 쭈그리고 눈만 붙이면 되는 일이었다. 아니 눈이나 붙일 시간이 있었을까? 저보다 서열이 높았지만 다들 빈둥거리면서 어떻게 연구 결과나 나면 제 이름이나 논문 뒤에 실어 볼까 하는 속셈이 뻔한 인간들이 득시글했다. 이런 사정만 아니라면…… 좀 더 여기에 신경을 썼더라면 안 교수의 눈에 더 들 만큼의 연구 성과를 낼 수 있지 않았을까. 그러나 그에게는 여자와 아이가 있지 않은가. 제가 신경 써야 할 여자와 아이가. 미끄러운 길을 괜히 조바심에 뛰어가다 미끄러질 뻔했지만 속도를 늦출 수는 없었다.

집에 왔을 때 불이 꺼져 있었다. 심장이 내려앉는 것 같은 느낌에 그는 방 안에 뛰어 들어갔다. 온기는 있었지만 어두웠다. 그는 불부터 켰다. 그러자 구석에 혜원이 코트도 벗지 않은 채 쪼그리고 있었다. 갑자기 콱 쏟아지는 것 같은, 그의 마음 한구석에 쌓여 있던 수많은 두려움에 그는 소리부터 질렀다.

"혜원아!"

그가 튕기듯 그녀에게 다가갔다.

"무슨 일이야? 집에서 뭐라고 해?"

그는 다분히 그녀의 엄마가 한 말이 하루 종일 머릿속에 박혀 있었기 때문에 나온 말이었다.

"우리 집이 왜요? 뭐 잘못이에요?"

혜원이 팅팅 부은 눈으로 쳐다보며 말했다. 그녀의 목소리에는 전과는 다른 가시가 묻어 있었다.

"아니……. 그게 아니라."

그녀의 기세 때문에 그는 잠시 머뭇거려야 했다.

"우리 집이 잘사는 게 뭐가 문제냐고요!"

"……."

그녀의 엄마가 그의 뺨을 때리며 했던 말들이 목구멍까지 올라 왔지만 그는 차마 말을 하지 못했다. 쑥 들어가고 눈물자국이 있 는데다 헝클어진 머리카락 사이로 보이는 야윈 혜원의 눈은 전과 는 사뭇 달랐다. 그는 달리 할 말을 하지 못하고 있다가 겨우 아침 을 생각해 내고 말을 꺼냈다.

"밥은 먹었고?"

그 말이 떨어지자마자 그녀는 갑자기 울음을 터뜨렸다.

"왜?"

"몰라……. 몰라요. 엉엉엉. 몰라. 못 먹었어요."

"왜?"

그녀는 울기만 했다.

"그걸 택시비로 다 썼다고?"

돈 만 원이 아쉬울 때였다. 그도 큰맘 먹고 그녀에게 준 마지막 여윳돈이었다. 뱃속의 아기와 따뜻한 것을 먹을 만큼 먹으라고 준 돈이었다.

"비올레타의 파스타가 먹고 싶었단 말이에요. 난 가까운 줄 알았지. 택시비가 그렇게 비쌀 줄 몰랐단 말이에요. 엉엉엉. 배고파."

"근처에 가면 되잖아. 이 근처에도 많은데……."

그가 치솟는 그 무엇을 억누르며 말했다.

"거기밖에 모른단 말이에요. 나 먹고 싶은 거 먹으라고 했잖아. 택시비만 준 재현 씨도 잘못이잖아요."

"그게 어떻게 택시비냐구. 그거면 몇 끼를 먹는데!"

그는 목소리가 커졌다. 옆방에 다 들릴 거라는 걸 알았지만 이미 목소리는 나온 뒤였다.

"왜 그래요, 난 몰랐단 말이에요!"

혜원도 지지 않고 소리쳤다. 둘 다 하루 종일 아무것도 먹지 못했고 날은 추웠다. 그는 몸이 피곤했고 그녀도 중간에 택시에서 내려 걸어온 것이 분했다. 그게 다였다.

"그렇게 비싼 게 먹고 싶으면 집으로 가!"

그는 해야 할 말이 아니라는 걸 말을 하면서는 몰랐다.

"나도 가고 싶지만 어떻게 가!"

그는 잠시 멈칫했다. 그가 멈칫한 것을 보고 혜원도 제 입에서 말이 잘못 나온 것을 깨달았다. 그게 정말로 제 본심이었을지도 몰랐다.

"가! 전화해. 그 잘난 기사보고 모시러 오라고 하라고!"

그녀의 입에서 나온 말에 그는 충격을 받은 것일지도 몰랐다. 아니, 정말 그 깊은 마음속으로는 그녀의 그 말이 듣고 싶었다는 사실이, 저를 미치게 만들고 있는지도 몰랐다. 그게 당연한 건데, 어리고 이런 생활이 한없이 불편한 여자는 그렇게 생각할 수도 있는 건데……. 왜 저는 그것을 이해 못하고 제가 할 만큼 했지만 여자가, 여자가 견디지 못해서 돌아가 버린 거라고 제 스스로에게 변명하려는 게 용서가 되지 않았다.

"어…… 어떻게 나한테 그럴 수가 있어요!"

혜원이 소리쳤다. 그러나 속에 있는 마음과는 달리 입에서 나오는 말은 그렇지 못했다.

"여기 있는 게 싫잖아. 구질구질하고 씻지도 못하고 춥고 배고 프잖아. 송충이는 솔잎을 먹고 살아야 해. 난 원래 이렇게 살았어. 공주같이 여왕같이 산 너하고는 달라. 그러니까 돌아가!"

그가 소리 질렀다. 그때 벽에서 쿵쿵거리는 소리가 났다.

"거 좀 조용히 합시다. 사랑싸움은 밖에서 해."

옆방에서 나는 소리에 놀란 혜원은 눈을 동그랗게 떴다. 그는 차마 그녀를 쳐다보지 못하고 고개를 돌렸다. 그의 낡은 책상 위 유리 밑에는 검은색 종이에 하얀 동그라미가 그려져 있었다.

"우리 애기는 어쩌구……. 내가 집에 돌아가면 우리 애기는……."

옆방의 소리 때문에 큰 소리를 내지 못하는 여자가 중얼거렸다. 그는 책상을 내리쳤다. 쾅 소리가 요란했지만 유리가 깨지지는 않았다.

"나……보고 어쩌라고. 나보고."

혜원도 울기만 할 뿐 더는 아무 말도 하지 못했다. 바람은 더욱 더 심해졌다.

"안…… 가면 안 돼요?"

"안 돼."

김치와 끓인 누른 밥으로 겨우 허기를 면한 두 사람 사이에는 냉기만 흘렀다. 추운 밤 내내 두 사람은 등을 돌린 채였다. 밤에 화장실을 가겠다고 나갔다 온 후로 그녀는 밤새 울기만 했다.

"하루쯤은 나와 있어 줄 수도 있잖아요. 어제는 미안했어요. 나도 너무 힘들었다고요. 몰라서 그런 건데……."

"알아. 미안해, 나도. 하지만 오늘이 중요한 고비야. 연구실의 막내라서 이렇게 빠지면 안 되는 거야, 원래."

"그게 나랑 우리 애기보다 중요해요?"

혜원이 물었다.

중요해……. 이걸 해야 내가 돈을 벌 수 있어. 그는 그렇게 말하고 싶었다. 고작 40만 원이지만 난 그걸 벌어야 해……라고.

"오늘만……. 오늘만이야. 오늘만 참아."

"미워……."

잘 다녀와요 재현 씨, 그런 건 바라지도 않았다. 여자가 같이 있다고 해서 밥을 차려 줄 것도 아니었다. 다만 여자의 가시 박힌 말 한마디에 제대로 눈 한번 붙이지 못한 그는 점점 지쳐만 갔다.

"……."

미안하다는 말을 하고 싶었지만, 그는 이제 왜 자신이 미안해야 하는지 모를 지경까지 가 버렸다.

"능력도 좋다, 학부생."

지나가는 소리로 한마디 하는 것이 마치 날카로운 송곳으로 저의 옆구리를 쿡 쑤셔 대는 것만 같았다. 저 말은 제가 학부생으로 연구실에 들어온 것을 이야기하는 거일 수도 있었다. 그것이야말로 능력이 좋아야만 할 일이니까. 그런데 왜 그 말이 다른 뜻으로 들리는 걸까. 등 뒤로 지나가는 선배의 말을 잊으려고 애쓰고 허락을 구하는 그의 고개는 뚝 떨어져 있었다.

"너 교수님 빽 믿고 그러는 거냐?"

"아닙니다. 절대로……."

아무도 자리를 뜨는 사람이 없었다. 그러나 그는 집에 가야만 했다. 방금 온 전화…….재현 씨만 부르다 뚝 끊긴 전화……. 무슨 일이 있었다. 가야만 했다.

"너 자꾸 그러면 욕먹는다."

"알고 있습니다. 죄송합니다."

"소문……. 진짜냐?"

어디까지, 어떤 소문인지 정작 그는 알지 못했다. 그러나 할 말 없이 고개를 숙일 뿐이었다.

"처신 잘해. 너 앞으로 공부만 죽어라 해도 여기 붙어 있기 힘들다. 내가 너 아껴서 하는 말인데, 빨리 정리하는 게 좋을 거다."

뭘⋯⋯.

뭘 어떻게 정리를 하란 말인가. 그는 피가 안 통하도록 주먹을 꼭 쥐고 있을 뿐이었다.

역시나 집은 텅 비어 있었다. 보일러가 켜진 채 방문이 제대로 닫혀 있지도 않았다. 주인 할머니가 나와서 한마디 했다. 시커먼 옷 입은 남자랑 웬 여자랑 와서 끌고 갔다고, 동네가 떠나가라 난리가 났었으니 이젠 좀 방을 빼 달라고⋯⋯.

떨어진 신발만 뒹굴고 있었다. 제 발로 나가지도 못하고, 신발도 신지 못한 채 방 안에서 끌려 나갔어야만 할 만큼⋯⋯. 죄를 지은 건, 분명 자신이었다. 그렇게 악담을 퍼부으며 싸웠지만 정말로 여자가 제 집으로 이렇게 끌려갈 줄은 몰랐다. 그는 여자에게 그렇게 말한 자신을 용서할 수 없을 것만 같았다.

여자의 휴대폰조차 저 방구석에 떨어져 있는 것으로 보아 그는 이제 영영 여자에게 연락마저 할 수 없을 것만 같았다. 여자가 어디 사는지, 여자의 집이 어느 동네에 있는지도 모르고 저 어린 여자의 뱃속에 제 자식까지 만들어 놓은 뻔뻔한 놈이 바로 자신이었다. 고개를 돌리자 나무로 된 책상 유리 밑에 며칠 전 산부인과에서 가져온 검은색 바탕에 동그라미가 그려진 종이가 끼워져 있는 게 보였다.

불쌍한 녀석…….

넌 어떻게 되는 거니.

그는 갑자기 뭔가가 치밀어 올랐다. 그러나 그 뭔가가 이 일련의 사건들을 바꿀 수 있는 건 아무것도 없다는 데까지 생각이 미치자 그는 다리에 힘이 풀려 버렸다. 덜컥거리는 알루미늄 문도 닫지 않아서 내내 보일러가 돌아가던 방 안의 온기가 밖으로 새어 나가고 있었지만 그는 그것을 느끼지 못하고 있었다.

"큭……. 큭큭."

웃는 소리인지 우는 소리인지 저도 구별 못할 소리가 제 입술에서 새어 나오고 있는데 그것 또한 들리지 않았다. 여자가 보고 싶은가, 아니 그녀가 불쌍한가, 그도 아니라면 아무것도 할 수 없는 제 처지가 저주스러운 것인가……. 그의 입에서 새어 나오는 소리는 점점 더 커졌다.

사건은 거기서 끝나지 않았다.

"이번 실험의 성공에 대해서는 알게 모르게 자네의 덕을 봤다고 생각하네."

"……감사합니다."

그는 겨우 대답을 했다. 안 교수님의 연구실은 따뜻했다. 그가 늘 내주는 박하차는 따뜻하지만 목구멍을 넘기면 싸한 맛이 났다. 언젠가 저도 공부를 하고 의사가 되고 조교수가 되고 교수가 될 날이 있다면 이렇게 연구실에 박하차를 놓고 마시고 싶다고 생각할 만큼 마음에 쏙 들었던 것이다. 그러나 그 박하차를 놓고도 그는 멍하니 앉아 있을 뿐이었다.

"얼굴이 많이 상했구먼. 뭐 이놈들이 또 세도를 부리느라 자네만 고생시켰겠지. 그냥 학부 시절의 추억이라고 생각하고 넘겨야지 어쩌겠나. 음, 내가 제안을 하나 하고 싶은데."

"네?"

자꾸만 어디론가 새 나가려는 정신을 가다듬으려고 애썼다. 교수님이 자신만 직접 부른 것은 뭔가 다른 일이 있을 거라는 기대를 가지게 했다. 그의 이 구렁텅이 같은 생활에서 제정신을 차리게 해 주는 단 하나의 실마리가 바로 안 교수님의 연구와, 그의 연구실과 그의 부름이 아닌가.

"내가 이제 시작하는 학기에 듀크 의대로 가게 됐네. 우리나라 사람들은 잘 모르지만 미국 내에서는 남부의 하버드라 할 만큼 시설이 좋고 연구하기가 좋은 학교지. 그쪽 의대에서 날 초청하게 된 가장 큰 이유가 이번에 급하게 보고서를 낸 세포대사이상성에 대한 이 연구 때문이야. 그쪽의 제프리 하워드 의대 부학과장이 같이 대학원에서 공부한 동기인데 이 연구 주제에 대해서 상당히 흥미 있어 했거든. 그래서 이번에 그쪽에서 같이 연구를 하자는 거지. 본론은 말 일세. 내가 그쪽 학교에 갈 때 교환 학생을 데려 가기로 했는데 자네도 알다시피 이성호 학생이 갑자기 디스크 수술을 하게 되지 않았나. 엊그제 연락이 왔는데 좀 예후가 안 좋아서 당분간 학업을 계속하기가 힘들게 됐네."

"······."

그는 잠자코 있으려고 했다. 그런데 정황의 앞뒤가…… 그의 심장을 뛰게 하고 있었다.

"그래서 내 생각에 이번 연구에 아이디어를 낸 자넬 추천하려고 해. 그쪽 학비가 좀 비싸긴 하지만, 추천이니까 장학금으로 해결될 것 같아서. 자넨 학비는 걱정 없을 거 같아. 물론 가서 열심히 해야겠지만. 난 좀 급하게 이번 말에 출국하네. 그쪽은 9월 학기가 시작이니까 이왕 가는 거 나랑 같이 나가는 게 편할 걸세. 내 연구원들한테는 말 안 했네. 성호 대신에 순번 대기 줄이 긴 건 알고 있어. 하지만 난 가능성에 무게를 준 것이니까. 그러니 신나서 떠벌리지는 말고. 밖에 있는 우식이에게 이것저것 궁금한 거 물어보고 준비하게. 혹 가지 못할 사정이라도 있는 건 아니겠지?"

그럴 리는 없다는 걸 단언하는 교수의 말에 그는 고개를 숙일 뿐이었다.

"아…… 아닙니다. 그럴 리가요. 정말 감사합니다. 교수님, 정말로 감사합니다."

그는 자리에서 벌떡 일어나서 코가 땅에 닿을 만큼 고개를 숙였다. 말끝이 흐려질 만큼 뭔가가 울컥 또 솟아오르는 것 같았다.

"투자야. 투자. 게다가 자네의 아이디어 덕에 그런 연구를 할 수 있게 된 거니까. 그 정도 대가는 받아도 된다고 생각하네. 그러니까, 그런 줄 알게. 가 봐. 소문내지 말고."

"네, 감사합니다. 정말 감사합니다, 교수님!"

교수실을 나오면서 그는 심장이 벌컥거려서 숨을 쉬기가 힘들었다. 나에게도 기회란 게 오는구나. 듀크 대학이라니……. 그러나 그 생각도 잠시였다. 지금 자신의 상황은 어떠한가.

그가 옆에 붙은 조교실로 가자 교수실만큼이나 책이며 서류들이 가득 쌓인 책상에 앉아 있던 팍삭 늙어 버린 외모를 지니고 그에 어울리게 머리카락조차 듬성듬성 빠져 가는 남자가 벌떡 일어났다.

"조교님!"

"대단해! 축하해!"

"네. 감사합니다."

"듀크라니, 횡재야, 횡재. 여기도 물론 좋지만 그쪽에 가면 시간이 절약되는 거지. 거기 대학원은 진짜 좋다고 하더라. 거기서 잘 풀리면 존스홉킨스로 갈 수도 있다고 했어."

"아, 네……."

"대신 거기 생활비가 만만치 않아. 너 지금 해부학 2 수업하는 조우상 교수님 알지?"

"네."

"그분도 거기 출신이잖아. 뭐 거의 장학금으로 다니셨다는데 물가가 장난 아니라더라. 교수님 이번 달 말에 가시는데 내가 비행기 표 예약하려고 하거든. 어떻게, 네 것도 같이 할까?"

"아…… 그게 비용이 얼마나……."

그러나 텅 빈 방 안에 들어온 그는 방금 전까지 있었던 일에 대해서 마냥 기뻐할 수만은 없다는 것을 깨달았다. 늘 그랬듯이 싸늘한 냉기만 가득한 빈방. 그러나 문 앞에는 여자의 맵시 있는 낮은 굽의 구두가 나란히 놓여 있었고 전기장판 위에는 여자가 리본 그림이 귀엽다며 고른 빨간색의 이불이 덮여 있었다. 고개를 돌리니 핑크색 하트가 그려진 머그컵에 꽂혀 있는 두 개의 칫솔과 가운데가 푹 눌려진 치약이 있었고 그 옆에는 싸구려 스킨로션이 놓여 있었다. 그리고 집에 혼자 있으면서 보겠다고 들고 온 산부인과에서 무료로 나눠 주는 산모와 아기에 관한 책들과 팸플릿까지…….

그는 빨간색의 이불 옆에 스르르 무너지듯 앉았다. 그러나 이불 위에는 감히 손도 대지 못하고 옆에 쪼그리듯 앉을 뿐이었다. 여자가 있을 곳은 여기가 아닌 것이 분명했다. 그저 몇 년만, 몇 년만 더 지난 다음에 만났더라면, 하다못해 레지던트라도 되어 가운이라도 입고 설칠 수 있을 때였더라면, 이렇게까지 무기력하게 느껴지지는 않았을 텐데…….

그러나 당장 문제는 그게 아니었다. 교환 학생의 신분으로 유학을 갈 수 있다는 것은 정말로 엄청난 행운이었다. 게다가 저런 엄청난 명성을 지닌 교수님과 같이 간다는 것은 교환 학생으로서 크나큰 힘이 될 것이 분명했다. 이 경쟁이 치열한 서울 바닥과는 비교도 안 되는 운이 트인 것이었다.

하지만 지금의 상황은 어떤가. 제 아이를 가진 여자가 이렇게 죽을죄를 지은 것처럼 끌려갔다. 솔직히 말해서 그는 아버지가 된다는 것에 자신이 없었다. 그녀의 집안에서 반대를 하지 않는다 하더라도 그 여자와 같이 살 수 있을까. 아마 그러지는 못할 것이다. 마치 구름과 진흙 같은 그녀와의 갭을 어떻게 극복할 수 있단 말인가. 이 며칠간의 생활이 어떠했던가.

긴장이 탁 풀려 버린 그가 싸늘한 냉기가 느껴지는 빨간색의 이불에 막 몸을 눕혔다. 싸구려라 그런지 아직도 휘발유 냄새 같은 것이 나는 것만 같은 폴리에스테르 이불에는 여자의 향기 따위는 남아 있지 않았다.

차라리 잘된 걸까? 이 싸구려 이불 밑에서 그녀는 행복해 보이지 않았다. 아니, 불행해 보였다. 저 검은색 종이 속의 동그라미⋯⋯. 저 녀석도 과연 여기서 행복할 수 있을까. 저 녀석이 손발이 생기고 눈꺼풀이 생기고 태동을 할 때까지 버틸 수 있었을까. 아니, 저 여자의 몸을 열고 나와서 우린 행복할 수 있을까⋯⋯. 그는 쪼그리고 앉아 연구실에서 감아 뻐덕거리는 머리카락을 움켜쥘 뿐이었다. 그는 저도 모르게 얼굴이 축축하게 젖어 가는 게 느껴졌다.

저 검은색의 동그라미 속에 영혼이란 게 벌써 깃들어 있지 않기를⋯⋯.

그는 빌었다.

그냥 단순한 세포의 분열이 만들어 낸 큰 세포 덩어리이기를⋯⋯.

그냥 잉태되지 않은 채였기를⋯⋯.

세상의 이런 아픔을 알지 못 하기를.

*　　*　　*

여자는 어떻게 됐을까……. 알아볼 방법도 없었지만 알아볼 시간도 없었다. 어찌 인간의 탈을 쓰고 이럴 수 있냐고 누군가 손가락질을 할지도 몰랐지만 그는 방법이 없었다. 그리고 그것뿐만 아니라 그를 손가락질할 일은 또 다른 곳에도 있었다. 막 전산실에서 듀크 대와 주변에 대해, 유학 준비를 위한 것들을 인터넷으로 검색하고 연구실에 갔을 때였다.

"어이, 반반한 얼굴의 학부생!"

그는 꾸벅 인사를 함으로써 시비를 걸려는 사람에게 저는 그럴 생각이 없다는 뜻을 완곡하게 내비추었다. 그것 말고도 머리 아픈 일이 너무나 많았기 때문이었다.

"새끼가 선배가 말씀을 하시는데 무시를 해?"

"야, 참아라."

옆에서 말리는 소리도 그다지 진정이 들어 있어 보이지는 않았다.

"이번에 교환 학생 됐더라? 아주 교수님한테 찰싹 붙어 있더니만 비결이 뭐래?"

그는 침묵으로 일관했다. 아무도 모를 거라 했지만 모르는 사람이 없는 게 당연했다. 그리고 특히 비아냥거림에 앞선 사람은 몸이 아파서 유학을 갈 수 없는 사람의 바로 다음 서열이었다.

"새파란 새끼가 무슨 꼬리를 쳐서. 하긴 뭐 맨날 주차장에 서

愛
人　193

있는 삐까뻔적한 차 끌고 나니는 반반한 계집애도 끼고 있으니, 말 다 했지."

그는 입술을 깨물었다. 그러고는 천천히 책을 챙기기 시작했다.

"왜 그 여자네 집에서 찔러 주던? 걔 무지 유명한 앤데 잘도 꼬셨더라. 하긴 뭐 보통 인물이어야지."

"……."

아무도 말리는 사람이 없다는 건, 다들 말릴 생각이 없다는 뜻일 것이었다.

"무슨 호텔 사장 딸이라며? 왜 처갓집에 돈도 많을 텐데 그렇게 궁상떨고 다니면서 이런 공짜 교환 학생 자리나 노리냐구! 어린 새끼가!"

"그런 거 아닙니다!"

그가 소리쳤다. 그런 게 아니었다. 그러나 다들 그렇게 믿고 싶어 한다는 게 역력해 보였다.

"어쭈, 새끼가 어디 선배 앞에서 소릴 질러? 교수님이 총애하니까 뵈는 게 없냐?"

"야, 그만 해라."

"저 새끼는 한번 손봐 줘야 해. 어린 새끼가 뻣뻣하긴!"

"그만 하십시오!"

"이 새끼야, 조용히 해!"

멱살을 잡는 손길이 거세게 그의 숨통을 막아 줬었다.

저가 주먹을 휘두를 수는 없는 자리였다. 마침 들이닥친 조교수들 덕에 사태는 진정됐지만 이미 몇 대의 주먹이 날아든 그의 얼굴은 전에 터졌던 입술이 다시 터져 흉하게 번져 있었다. 뭐래도 좋다. 이 지긋지긋한 곳 떠나 버리면 그만이니까.

그는 화장실의 차디찬 물로 얼굴을 대충 닦았다. 겨우 간들간들 하게 비행기 표 값만 되는 수중에 있는 돈을 찾으러 은행에 가야 했다. 짐도 싸야 했고 여권도 만들어야 했다. 시간이 촉박하기에 빨리 움직여야만 했다. 그러나 머릿속에 맴도는 것은 무엇인가. 그는 세차게 머리를 흔들어 버리면 머릿속에 든 것이 떨어져 나가기라도 하는 듯 고개를 흔들고선 찬바람 사이를 뚫고 은행으로 향했다.

"교수님은 바쁘셔서 직항 타고 가실 건데……. 같이 가는 거 아니야?"

그는 당혹스럽게 서 있었다. 그가 알아본 바로는 80만 원대 항공편도 있었던 거 같은데 항공 요금이 배나 차이가 났다.

"같이 가, 옆에 붙어서 가라구. 하긴 뭐 교수님은 비즈니스 석이라 비싸겠지만 넌 이코노미라도 같은 걸 타고 가. 슬쩍 옆으로 가서 이것저것 물어볼 수도 있고."

"아, 그건 그렇지만……."

"왜 빠듯해?"

안 교수의 조교인 우식이 힐끗 쳐다보았다.

"하긴 뭐 교환 학생으로 가는 애들이 집이 널널하지 않으면 직항편 타고 가긴 힘들지. 하여튼 날짜가 29일이니까. 너도 전날에 가던지 해서 도착하는 시간 맞춰 봐. 난 그럼 교수님 꺼만 예약

한다."

"아……. 네, 그렇게 하세요. 제가 알아보고 가지요."

"짐 너무 많이 가져가지 마. 그것도 다 돈이다. 아, 그리고 거기 좀 남부라 따뜻한 건 알지? 두꺼운 옷 많이 가져갈 필요는 없다."

"네, 감사합니다."

"저기, 어찌어찌해서 애들이 알게 됐나 보더라. 특히 형진이 무지 열 받았을 거야. 원래 성호보다 걔가 더 오래됐거든. 그런데 너도 봐서 알잖나. 그놈 꼴통끼 다분한 거. 안 교수님 철저하게 아메리칸 식이시라 서열이니 순서니 하는 거 중요하게 생각하지 않는 분이니까 그런 거야. 넌 진짜 운 좋은 거다. 그러니까 뒤에서 뭐라 해도 그냥 조용히 있어. 어디 덤비지 말고. 그리고 너 해코지할지 모르니까 연구실에 가지 마."

이미 당했습니다, 하고 말할 수는 없는 그는 그냥 꾸벅 인사만 하고 나왔다. 사무실 문을 나서자 찬바람이 멎어 있었다. 대신 꾸물거리는 하늘이 뭔가 확 쏟아질 것만 같았다. 겨울이…… 너무 길고 춥게만 느껴졌다. 할 수만 있다만 이 꾸물거리는 하늘 밑을 떠나 영원히 돌아오지 말았으면 좋겠다는 생각이 들었다.

준비를 하면 할수록 그는 빠듯한 사정에 우울해졌다. 보증금도 내지 못한 월세로 녹아 없어져 방을 뺀다 해도 턱없이 모자라기만 했다. 그러면서도 그는 더 이상 연구실에 갈 필요가 없어진 지금, 한 시간 반을 걸어서 도착한 곳은 전에 차창에 지나가면서 보았던 화려한 호텔이었다. 저기에 들어가면 그녀를 찾을 수 있을까. 적어도 가기 전에 얼굴은 한번 보고 가야 하지 않을까. 그러나 그는 자신보다도 화려하고 멋들어진 문 앞의 벨보이조차 어찌 할 수 없었다. 전에 그녀와 호텔에 드나들 때는 저런, 자기 또래 사람들의 시중을 받으면서 드나들지 않았던가.

한동안 화려한 회전문이 있는 곳을 쳐다만 보고 있다가 돌아서려고 했을 때였다. 갑자기 그의 휴대폰이 울렸다. 그녀가 그렇게 간 뒤로 안 교수의 사무실 외에는 전화 오는 곳이 없었었다. 급하게 휴대폰을 꺼내 보니 낯선 번호가 찍혀 있었다.

*　　*　　*

"엄마, 나 절대 안 돼. 이 애기는 우리 애기란 말이야!"

"미쳤어? 너 지금 돈 거 아니야?"

"안 돼……. 엄마……."

아무것도 먹지도 않은 채 울기만 하는 혜원은 병원에 입원을 한 상태였다. 소문이 나면 안 되니까 경기도 변두리에 있는 병원까지 와 숨어 있어야 했다. 세진 건설의 막내며느리가 되어도 모자랄 판에 생판 모르는 대학생 녀석이랑 이런 짓이나 하다니. 경숙은 머리가 찌근거렸다. 가뜩이나 애 아빠의 일도 복잡한데 딸년의 소식을 듣고 혈압이 올라 병원에 실려 갈 뻔한 것은 차치하고라도 하루라도 날짜가 더 가기 전에 얼른 수술이라도 하고 모른 척해야 할 텐데 입에 물 한 모금 안 대고 저러고 있는 딸을 보니 속이 상해서 쓰러질 지경이었다.

愛
人　197

"그 새끼가 뭐가 좋다고 그래! 너 그렇게 구질구질하게 살 거야? 미친 거 아니냐고!"

"엉엉엉, 재현 씨……."

또다시 무릎을 세우고 울고만 있는 이 철없는 딸이 불쌍하기도 했다. 어디 그런 나쁜 놈한테 걸려서…….

"넌 잘못 없어. 네가 재수가 없어서 나쁜 놈한테 당한 거라구. 수술해. 그럼 아무도 몰라. 그리고 약혼하고 다시 공부 마저 하는 거야."

"그런 거 아니야! 그렇게 말하지 마, 엄마는 몰라!"

"정신 차려, 이 기집애야! 지금 아빠가 얼마나 힘든 줄 알아? 왜 너까지 난리냐구!"

"싫어! 싫어! 아기는 내가 키울 거야. 엉엉엉."

"정신 차려!"

울면서도 그녀는 푹신한 침대와 따뜻한 병실의 공기가 눈물 나게 좋은 건 어쩔 수 없었다. 그와 함께라면, 그런 것도 다 이길 수 있을 거라 생각했다. 엄마한테 끌려 나오면서도 따뜻한 차와 뒷좌석의 푹신한 시트가 그리웠었다. 꾸질거리게 땟국이 흐르는 혜원을 병원의 특실로 데려와 당장 씻으라고 할 때도 뜨거운 물에 머리를 감고 샤워를 하고 이를 닦으면서 정말로 눈물이 나게 행복했었다. 깨끗한 환자복조차 그토록 좋은 기분인지 처음 알았다. 게다가 아무것도 먹지 않아도 링거 줄에서는 그녀를 죽지 않을 만큼의 영양분이 들어오고 있지 않은가.

"엄마! 엄마 말 잘 들을 테니까. 나 소문 안 나게 숨어 있을 테니까. 안 되면 미국이라도 가서 숨어 있을게. 애기 내가 키우면서 살면 안 돼? 엄마!"

그녀가 원하는 건 이것이었다. 그래 엄마랑 키우지 뭐. 애가 좀 크고 나면 재현 씨도 의사 선생님이 될 거고, 그러면 엄마 앞에도 당당해 질 거야. 애기도 거기보다는 우리 집에서 크는 게 더 행복할 거야. 그런 좁고 더럽고 추운 데서 대체 애기를 어떻게 기른다고.

"미쳤어? 그 새끼가 그러래?"

엄마의 목소리는 강경했다.

"엄마!"

"이놈을 그냥! 넌 가만히 있어!"

철딱서니 없는 것. 딸의 머릿속을 알 리가 없는 경숙은 이를 갈면서 병실 밖으로 나갔다. 세진 전자 사장님이 조만간 밥이라도 같이 먹자고, 따님도 같이 보자고 웃으면서 한 말을 지켜야 했다. 딸의 뱃속에 뭔가가 있다는 건 절대 있을 수 없는 일이었다. 행여 소문이라도 돌아선 안 되는 거였다. 마침 밖엔 자신을 기다리던 박 실장이 서 있었다.

"어떻게 됐어요?"

"이리저리 알아본 결과……."

이미 작은 소리임에도 불구하고 혹시나 들릴까 귓가에 소곤거리는 소리가 났다.

"잘됐네. 좋아, 어디 해 보자고. 나쁜 새끼, 가만두나 보자."

"네, 사모님."

경숙의 이마에 미미하게 주름이 가고 있었다. 나쁜 자식, 그때 더 혼구녕을 내 놨어야 했는데……. 이를 가는 경숙이었다.

"야, 전화 받아."

입술이 말라비틀어진 채 얼굴이 누렇게 뜬 혜원이 팅팅 부은 눈을 해서 고개를 돌렸다.

"그 자식이야."

"뭐?"

겨우 입술을 달그락거리고 있는 게 이렇게 놔두면 안 될 것이 분명했다.

"그 자식이야. 그 자식이 너더러 수술하래."

"뭐? 그럴 리가 없어……. 우리 재현 씨가 그럴 리가 없어."

"거봐, 엄마가 뭐랬어. 그런 애들 다 사기꾼이야. 의대 좋아하고 자빠졌네. 너 돈 많은 거 보고 사기 치는 거라구. 엄마가 몇 푼 집어 줬더니 바로 꼴도 안 보이게 미국으로 간다더라. 넌 수술하고 유럽으로 가. 그딴 새끼하고 마주치지도 말아야지. 재수 없게 또 미국은! 전화 받아. 지 입으로 너 수술하라고 말해 준다고 했으니까."

"아니……. 아니야, 그럴 리가 없어!"

"받으래두!"

경숙이 내미는 휴대폰을 안 받으려고 했지만 휴대폰 저편에서 희미하게 들리는 소리에 그녀는 고개를 돌렸다.

〈혜원아…….〉

"재현 씨? 재현 씨 맞아요? 흑흑, 나 안 보고 싶었어요? 어디예요?"

며칠 만에 들은 목소리에 이 따뜻한 병실에 있는 저를 걱정할 그의 춥고 좁은 방이 떠올라 더 간절해졌다. 지금 와 생각해 보니 제가 한 잘못들이 자꾸만 되새김질 되듯 떠올라 철없는 그녀조차 마음에 걸렸었다.

"놀고 있네. 쳇."

경숙이 째려보자 혜원은 고개를 돌려 휴대폰을 감싸 쥐고 급하게 물었다.

"재현 씨!"

〈혜원아, 미안해. 미안한데. 수술해…….〉

"네? 뭐라고요? 잘 안 들려요. 뭐라고요?"

〈수술해. 그리고 나도 잊어.〉

"뭐……. 뭐라고요?"

물기라곤 한 방울도 없을 것만 같았지만 갑자기 두 눈에서 걷잡을 수 없이 쏟아지는 눈물과 콧물이 제대로 말을 하지 못하게 하고 있었다. 어떻게 당신이 나한테 그럴 수가 있어…….

"우리 애기를요? 뭐라고요?"

〈수술해. 그리고 나 같은 건 잊어.〉

"재현 씨……."

〈수술하라구!〉

그가 악에 받쳐 소리치고 있었다.

"재……현 씨……."

〈수술해. 그리고 나 같은 건 잊어버려!〉

"어떻게……. 어떻게 그런 말을 해? 나한테. 우리 애기한테……."

〈그 애를 니가 키울 수 있을 거라고 생각해? 천만에. 넌 그 애기 못 키워…….〉

"어떻게……. 야, 길재현! 어떻게 나한테 이렇게 말할 수가 있어! 어떻게……."

*　　*　　*

휴대폰을 들고 있는 그는 떨어지는 눈물을 닦을 기운도 없었다. 왜 눈물이 나는 거야. 이제 그 검은색의 동그라미 안에 있던 녀석을 못 볼 거라고 생각해서? 아니면 받아 버린 돈 때문에? 아니면 저가 다 들을 걸 알면서도 악담을 퍼붓는 여자의 엄마 때문에?

"욕해. 그래 난 원래 그런 놈이었어. 니가 재수가 없었어. 니 엄마 말대로. 난 이제 떠나. 다시는 이 땅에 돌아오지 않을 거야. 넌 덜머리나는 이 땅……. 다시는 돌아오지 않을 거야. 그러니까 너도 나 같은 거 잊고 잘 살아. 알았어?"

〈나……. 사랑했잖아. 안 그래요? 우리 사랑했었잖아…….〉

너무 울음이 섞인 나머지 휴대폰 저편에서 뭐라 하는지 잘 들리지 않았다. 사랑했나? 그게 사랑이었나? 그 꽃향기에 취해서 잠시 미망을 헤맸던 게 사랑인가? 이게 사랑이라면 다시는……. 다시는 사랑이란 걸 하고 싶지 않다. 다시는 이렇게 어이없이 모든 것을 잃고 싶지 않다. 가진 것이 없어서 너란 여자와 내 아이를 잃는 고통 따위 겪고 싶지 않다. 그냥 지금으로 끝내 버리자. 모든 걸 다 잊어버리자…….

"간다. 영원히. 그러니까 너도 잘 살아. 안녕."

〈재현 씨! 야! 길재현! 길재현!〉

그는 전화를 끊었다. 그리고 휴대폰을 사정없이 바닥에 내동댕이쳐 버렸다. 작디작은 휴대폰은 꽝꽝 언 보도블록 위에서 흉측하게 박살이 나고 있었다.

"됐죠? 됐습니까?"

"네. 돈은 계좌에 넣어 드리죠. 바로 확인하십시오."

검은 옷을 입은 남자는 겨울용이지만 검정색 슈트 차림이어서 길바닥에 서 있는 게 저도 괴로운 듯 들고 있던 녹음기를 끄더니 길가에 시동이 걸린 채 있던 차에 올라타 쌩하니 가 버렸다.

"참……. 돈 벌기 쉽구나."

그가 중얼거렸다. 젖은 얼굴에 맺혀 있던 눈물이 금세 차게 식어 얼굴이 얼어붙는 것만 같은 느낌이 들었다. 그는 손을 들어 눈물을 훔쳤다. 이제 은행에 가야겠지.

저에게 그 통장을 찢어 버릴 만큼의 자존심도 없음에 한없이 화가 났다.

* * *

금방 끝날 거라 했다. 그러더니 정말 금방 끝났다. 잠시 눈을 감은 거 같은데 저는 병실에 누워 있었다. 원래부터 아무런 존재 감이 없었던 아기는 제게 왔었는지도 모른 채 가 버린 것 같았다. 그리고 휴대폰 저편에는 상대방의 전원이 끊어져 있다는 여자의 목소리만 끊임없이 울리고 있었다.

아기가 없어졌는데, 아무렇지도 않았다. 아무런 흔적조차 없었 다. 그저 생리 때 하는 패드에 피가 조금 묻어 있을 뿐이었다.

밖에 눈이 내리고 있었다. 옆에서 사과를 깎던 엄마가 전화를 받더니 급하게 나가 버렸다. 혜원은 이제 눈물 같은 것도 나지 않 았다. 이게 뭐람……. 고개를 돌렸을 때, 썰다 만 사과 조각과 조 그마한 과도가 보였다.

이제 다 끝났으니까, 날 재현 씨한테 보내 줘. 그녀는 힘없이 사과에게 말했다.

"안녕……. 아가야."

"여보, 그래서 어떻게 됐어요?"

"당신은 알 거 없어."

인상을 잔뜩 찌푸린 남편이 걱정스러웠지만 그래도 경숙은 제가 할 일은 했기에 다행이다 싶었다. 수술도 잘 끝났고, 속 썩이던 놈 도 이제 치워 버렸다. 치근덕거리면서 지저분하게 들러붙지 않고 푼돈으로 끝낸 건 그나마 다행이었다. 이제 얼굴이 좀 나아지면 앞으로는 일사천리처럼 일은 잘될 것이었다. 그 집 손자가 제 딸 한테 홀딱 반했다는 소리를 들었으니까.

"여보!"

근 한 달 만에 딸의 얼굴을 보러 병실에 온 남편은 경숙에게 바깥일에 대해서는 한 마디도 하지 않는 믿음직한 남편이었다. 그러나 옷이 그답지 않게 형편없이 구겨진 것이 들리는 소문이 사실인가 싶었다.

"홍천에…… 부도 난 거 사실이에요?"

"당신은 알 거 없대도!"

평소에는 자상하기만 하던 남편의 신경질적인 기세에 움찔한 경숙은 딸의 병실을 찾아 문을 열었다.

"혜원아, 아빠 오셨어……. 악! 혜원아!"

"혜원아!"

딸은 행복한 듯 눈을 감고 자고 있는 것처럼 보였다. 그러나 그게 다가 아니었다. 하얀색의 침대 시트는 온통 붉은빛이었고 아직도 뚝뚝 떨어지는 핏방울이 바닥을 물들이고 있었다.

"혜원아! 아……. 혜……."

"여보! 여보! 혜원아! 간호사! 이봐요! 여기 좀 봐요!"

경숙의 목소리가 찢어질 듯 병실에 울리고 그 소리를 듣고 간호사들이 우르르 뛰어나오고 있었다.

10.

잔잔한 음악 소리가 깔리고 있었다. 적당한 담배 연기, 조금은 갑갑스러운 것 같은 뜨거운 난방기에서 나오는 열기, 그리고 조곤 거리는 소리가 내려앉은 사람들의 열기. 바에 어울리는, 열기에 덥 혀진 공기는 사람들이 가진 일련의 경계심을 한 꺼풀 녹여 내리는 듯했다.

"마티니 하나 더."

조금 지나지 않아 투명한 칵테일 잔에 드라이진과 베르무트가 섞였지만 무색투명한 액체에 초록색 올리브가 떠 있는 전형적인 모습으로 들이밀어졌다. 여자의 손에는 아무런 흔적이 없었다. 매 니큐어는커녕 반지도 없는 여자의 매끄러운 손이 잔을 집어 들었 다.

"한 잔 더 하지 그래요."

"내일 수술이 있어서. 게다가 차도 있고……."

그는 반쯤 비워진 술잔을 옆으로 살짝 밀어 놓았다.

"대리기사 부르면 돼요. 한국은 그런 것도 있으니까."

"대리기사?"

"차 대신 운전해 주는 거 말이죠. 아, 차가 좀 까다롭나. 맞다, 차는 마음에 들어요?"

여자의 목소리는 깨끗했다. 맑고 명료해서 마치 백색 소음처럼 깔리는 음악 소리나 잔이 부딪치는 달그랑거리는 소리, 사람들의 웅성거리는 듯한 대화 사이에도 정확히 들렸다.

"마음에 듭니다. 그런 것까지 신경 써 주시다니, 몸 둘 바를 모르겠군요."

대화 내용만 듣는다면 비꼬는 것같이 들릴 여지가 있는 말이었다. 그러나 여자는 가벼운 웃음으로 넘겼다.

"어떤 분이라고, 닥터……. 아니 그냥 제이슨이라고 불러도 되죠?"

"물론입니다."

"벤츠는 너무 칙칙하고 아우디는 너무 흔하고, 그래서 고른 거예요. 제이슨의 이미지에는 카레라 정도는 돼야 하지만. 뭐 가끔 수술하고 지치면 뒷좌석에서 편히 쉬면서 귀가하시라고 파나메라로 골랐어요. 너무 싼 티 난다고 구박하는 건 아니죠?"

"유머도 있으시군요."

희미한 미소를 보이던 남자는 손을 들어 밀어 놓았던 술잔을 입에 대었다. 이 정도 입에 댄다고 내일 수술에 지장이 있을 리는 없다는 것을 잘 알고 있어서였다.

"잘 보여야죠. 어떻게 모셔온 분인데. 뭐 기분이 좀 좋아지셨다면 본론으로 들어가 볼까요?"

남자는 대답이 없었다. 여자가 할 말들을 모르는 것은 아니지만 알고 있다고 이야기할 필요도 없었다.

"뭐 클리닉은 아침에 돌아봤다고 하셨으니까. 보셔서 아실 거예요. 아담하고, 조용하고, 또 수입도 좋고……."

그녀의 말은 전적으로 동의할 만했다.

"원장님은 주말에나 돌아오시죠. 오시면 식사 자리 한번 마련할 거예요."

남자는 여전히 술잔에만 시선이 꽂혀 있었다.

"분명히…… 포기하시는 게 많아야겠죠. 학자로서의 개인적인 열정이나 의사로서의 사명감 같은 거 말이죠. 지루할지도 몰라요. 그리고 가끔 자존심을 굽혀야 하는 경우도 생기겠죠. 여기 오는 환자들을 생각한다면 말이죠. 그러나 그것들은 그만큼의 대가를 얻게 될 거예요. 그건 장담할 수 있어요. 그리고 원장님이 원하시는 건 좀 더 의미가 깊다는 거……. 알고 계시죠?"

남자는 긍정의 의미로 살짝 고개를 끄덕일 뿐이었다.

"많이 고민하셨다고 들었어요."

여자의 목소리에는 미안함까지 포함되어 있었다. 지금까지 잠자코 있었지만 남자는 그런 미안스러움이 얼마나 무의미한 것인지 정도는 이야기할 수 있다고 생각했는지 입을 열었다.

"약간의 오해가 있군요."

"네?"

"저는 그다지 사명감이나 열정이 있는 사람이 못 됩니다. 그렇게 보였다면 그건 다분히 오해겠죠."

"솔직하시군요."

여자는 기분이 좋아졌는지 마티니를 홀짝거렸다. 그리고 가장 중요한 사실을 덧붙였다.

"거기에 저는 덤이에요."

"남자로서 마다할 이유는 없습니다."

여자가 웃었다. 웃음소리는 약간 히스테릭하게 들렸지만 그건 여자의 버릇일 뿐 그녀는 진심이 담긴 웃음 소리였다.

"보이는 이미지와는 달라요."

"사람을 외모만 보고 판단할 수는 없는 거죠. 손익계산은 제가 알아서 하겠습니다. 우선은 내일 수술에 집중하지요."

"닥터 길같이 유능한 의사가 그렇게 신경 쓸 난이도는 아닌 거 같은데요."

"환자가 스페셜 하니까. 그럼 일어나시죠."

"그래요. 우선 수술이 먼저니까."

여자가 일어서자 남자의 얼굴에는 차갑고 딱딱하지만 의례적인 미소가 흘렀다. 약간의 취기가 도는 여자의 얼굴에는 깊은 만족감이 흘렀다.

"밖에 대리기사 왔습니다."

바텐더가 정중하게 이야기하고 카드를 결제했다. 그리고 귀에 달린 이어폰 마이크에 뭐라고 지시를 내렸다.

희끗하게 눈이 날리는, 질척거리는 날씨였다. 남자가 걸쳐 주는 코트를 입은 여자는 뒤를 흘끗 보았다. 진회색의 매끈한 슈트만 입은 남자는 전혀 추위 따위 느끼지 못하는 싸늘한 표정이었다. 저절로 입꼬리가 올라갈 만했다. 계단을 내려와 후문으로 가니 발렛 파킹을 한 포르쉐 파나메라가 소리도 없이 와 앞에 서 있었다. 남자가 익숙한 듯 뒷좌석 문을 열자 여자는 우아하게 차에 올랐다. 그리고 그가 올라타고 문을 닫았다.

"삼성동 현대 아이파크."

여자의 목소리에 앞에 선 낯선 사람이 피디에이를 조작하는 소리만 적막 속에 작게 울렸다.

"Cerebral Hemorrhage(뇌경색)에 새로운 방법을 쓰실 거라고 하던데……."

"아닙니다. 그냥 하던 대로 하기로 했습니다."

경로를 검색한 차가 출발했다. 화려한 네온 등불 빛을 지나니 차창 밖으로 희끗한 것이 떨어지는 것이 보였다.

"그게 나을지도 모르겠네요. 권위적인 사람들은 낯선 것에 대해 거부감을 나타내기 마련이니까요."

그러나 그는 대답이 없었다. 잠시 잠깐의 적막이 흘렀다. 여자는 어떻게든 남자와 대화를 이어 가고 싶었다.

"올해는 눈이 많이 오네요."

약간 남자 쪽으로 몸을 기울이며 여자가 말했다. 짙은 담배 연기와 바의 퇴폐적인 향이 없어지니, 뺀다고 뺐는데도 느껴지는 새

차의 휘발성 냄새와 함께 남자의 슈트에서 풍기는 이제는 날아간 듯한 체취는, 취기를 가장해 몸을 기댈 수 있는 용기를 내게 할 만큼 유혹적이었다. 차 안의 어두운 조명과 아까의 대화가 차갑고 한 치의 어긋남 없이 제 선을 지키는 남자의 벽 하나를 허물어 버린 듯, 남자는 아무런 움직임이 없었다. 그럼 그렇지……. 이 얼마나 대단한 제안인가.

"손해 볼 것은 하나도 없잖아요. 너무 시간 끌면 매력 없어요."

남자가 가볍게 웃는 게 느껴졌다. 고개를 들어 그것을 보고 싶었지만 여자는 그냥 기대어 있는 게 좋았다. 남자의 슈트에서 나는 청량하고 깨끗한 향이 마음에 들었다.

"잠깐 올라가지 그래요?"

화려한 국내 최고가의 주상복합 아파트가 뒷배경이라면 그것은 구미가 당기는 유혹일 수도 있었다.

"돌아가겠습니다."

살짝 고개를 끄덕이면서 남자는 거절의 뜻을 표했다.

"그래요. 우선 수술 잘 끝내고 보죠. 내일 사람 보낼게요. 병원으로 옮기시는 게 좋겠죠?"

이것도 잠시 잠깐 이별이라 생각되는지 여자는 쉬이 문고리를 열 생각이 없어져 말을 덧붙였다.

"짐은 없습니다. 차도 있는데 제가 알아서 시간 맞춰 가겠습니다. 걱정하지 마십시오."

남자는 여자의 그런 생각에 대해 매정하도록 싸늘하게 대답했다.

"그래요. 그럼 내일 병원에서 뵙죠. 올라갈게요."

"네, 들어가십시오."

더 이상 차 안에 있을 이유가 없는 여자가 그제야 부드럽게 열리는 문을 열고 차가운 공기 속으로 나섰다. 안에 있어도 그만인 남자가 따라 내리는 것을 보고 여자는 용기가 났을지도 몰랐다. 아마 술김이었을 것이다. 여자는 혼잣말처럼 중얼거렸다.

"언제쯤 들어가, 희진아. 하는 말을 듣게 될까."

남자가 한쪽 입술 끝을 올린 채 삐뚜름한 미소를 지었다. 술기운이 올라와서인가 울컥하는 느낌이 들 만큼 매력적으로 보이는 건 제 속마음 탓일 것이었다. 그에 보답하듯 남자가 대답했다.

"조만간."

"기다리죠."

가벼운 목례를 하고 여전히 시동이 걸린 채 서 있는 차에 올라탔고 그 차가 대로의 수많은 차들 사이로 섞여들 때까지 그녀는 그 자리에서 서 있었다. 저답지 않게.

차가운 공기가 차 안에 섞여 들었다.

"호텔 마셀리나."

그가 짧게 말했고 앞에 어둠 속에 있는 대리기사는 열심히 피디에이에 검색을 하더니 띵똥 하는 작은 소리와 함께 좌회전 신호를 열심히 넣기 시작했다.

아까만 해도 꼿꼿하게 앉아 있던 그는 깊숙이 시트에 기대었다. 고개를 돌려 보니 휘황찬란한 빌딩들의 불야성이 휙휙 지나가고 있었다. 그리고 간간이 차가 속도를 늦출 때마다 가로등 불빛 사이로 흩날리는 눈발들……. 불야성에 눈이 부신 건지 아니면 보고 싶지 않은 건지, 남자는 눈을 감았다.

"다 왔습니다."

콱 잠긴 것 같은 여자의 목소리에 한참 만에 눈을 뜬 남자는 약간 어리둥절한 표정이었다. 호텔의 입구였고 호텔의 벨보이가 문을 열기 위해 다가왔다.

"카드뿐인데."

"주십시오."

그는 안쪽 주머니에서 카드를 꺼내 내밀었다. 깊이 모자를 눌러 쓴 누군가가 카드를 받더니 아까 내비게이션으로 쓰던 피디에이 옆을 통과시켰다.

"사인해 주십시오."

내민 플라스틱 펜과 수많은 사람이 사인을 해서인지 흠집이 잔뜩 가 있는 피디에이를 내밀자 그는 사인을 했다.

"거리 할증 때문에 4만 원입니다."

여자 대리기사라니 조금 의외다 싶었지만 몰려오는 피곤에 그는 조금 뒤에 뽑아 준 영수증을 아무렇게나 잡아 들고 이미 문이 열려 찬바람이 들어오는 차 밖으로 나갔다. 차 문이 닫히고 그가 호텔의 회전문을 향해 가려다 무심결에 뒤를 돌아보니 자그마한 체구의 모자를 푹 눌러쓰고 점퍼를 입은 사람이 운전석에서 내리고 주차를 대신하는 호텔 직원이 차를 몰고 사라지는 게 보였다. 그는 찌근거리는 관자놀이를 누르며 돌아서 호텔 안으로 향했다.

*　　*　　*

"22호 은평구 호텔 마셀리나입니다."

피디에이에 힘없이 말했다. 찬바람 사이로 눈발이 날리고 있었지만 쌓일 것 같아 보이지는 않았다.

〈아, 마침 근첩니다. 기다리세요. 한 10분?〉

저쪽에서 씩씩한 남자의 목소리가 걸걸하게 들려왔다.

"버스 정거장에서 기다릴게요."

〈오케이!〉

운전하기 거추장스럽기 때문에 부피가 큰 점퍼를 입고 나오지 않아서, 고급차 안의 따스한 온기가 가신 뒤 한기는 더욱더 심해졌다. 종종걸음으로 버스 정거장 밑으로 들어가니 날리는 눈발은 피할 수 있었지만 바람은 여전히 찼다. 이미 버스가 끊긴 시간 지나가는 택시들은 내리는 눈이나 얼은 길 같은 것은 아랑곳하지 않고 쌩쌩 소리가 나도록 달리고 있었다.

발을 동동 굴리며 서 있던 사람은 주머니에서 아직도 온기가 있는 피디에이를 꺼냈다. 터치펜으로 지난 내역을 치니 방금 전에 보았던 하얀 사인란에 유려하게 그려져 있는 사인이 보였다. 한동안 그것을 들여다보고 있더니 갑자기 무언가가 피디에이에 뚝 하고 떨어졌다. 그것에 놀란 듯 그 사람은 손으로 피디에이에 떨어진 따뜻한 물방울을 지우고는 그걸 끄고 도로 주머니에 집어 넣었다.

그때 빵빵거리는 클랙슨 소리가 울렸다. 친절대리라고 커다랗게 쓰인 회색의 낡은 프레지오 봉고가 다시 빵빵거리고 있었다. 다가가 뻑뻑한 뒷문을 힘주어 여니 차 안은 텅 비어 있었다.

"아우, 엄청 춥네. 앞으로 타요."

"아니에요."

올라타 문을 닫으니 차 안은 후끈했다. 오히려 바람 소리가 요란해진 것으로 보아 일부러 히터를 더 튼 것 같았다. 뜨거운 온기가 느껴지자 일부러 운전석의 뒤쪽에 자리를 잡았다.

"아직 시간이 일러서 콜이 없네."

"저 오늘 그만 할려구요. 어디까지 가요? 가는 데까지만 태워 줘요."

"어? 혜원 씨 어디 아파요?"

"감기 기운이 있나 봐요. 들어가려고요."

차를 출발시키며 고개를 힐끗거리는 앞좌석의 남자는 바로 뒤에 앉은 그녀가 보일 리가 없었다.

"어, 오늘 오랜만에 와 놓고는……. 하나밖에 안 했잖아요."

"괜찮을 줄 알았는데 몸이 안 좋네요."

그녀는 다시 피디에이를 꺼내 들었다.

"왜요? 아까 외제차 나가지 않았나? 뭐라 그래요? 하여튼 외제차는 차 값은 비싼데 모는 새끼들은 싸구려라."

"아니에요."

"다들 포르쉐라면 몸서리를 쳐서. 혜원 씨 없으면 그린 외제차

콜 못 받는데."

그녀는 힘없이 웃었지만 앞에 있는 사람은 보일 리가 없었다.

〈19호 상암, 상암 월드컵 경기장 앞입니다.〉

무전 소리가 났다.

"가세요. 근처네. 나 그냥 택시 타고 갈게요."

"에이씨 무슨, 금방 날라 갈 거니까 괜찮아요."

소리가 나기 무섭게 기어를 바꾸는 소리가 요란했다.

"길 미끄러운데 천천히 가요."

"베테랑 픽업맨을 뭐로 보고! 꼭 잡아요!"

집 앞까지 데려다 준다고 호언장담을 했지만 쏟아지는 콜에 픽업차 기사인 상훈은 호감이 있으나 좀 더 의미 있는 접근을 하지 못했던 혜원을 끝까지 데려다 주지는 못했다. 혜원은 더 굵어졌지만 쌓이지는 않는 눈을 헤치고 언덕을 오르려다 불빛이 환한 편의점 앞에서 잠시 걸음을 멈추었다. 그리고 거기서 나올 때는 비닐봉지에 차가운 소주 한 병이 들려 있었다. 눈이 설핏하게 깔려 있는 계단을, 밑에 놓여 있는 플라스틱 빗자루로 눈을 쓸고 올라오느라 집 안에 들어온 건 한참 후였다. 부산스럽게 점퍼를 벗고 후끈한 집 안을 둘러보다가 살그머니 방문을 열고 끝까지 올라가 있는 보일러를 다시 시간으로 맞추어 놓고는 나와서 화장실로 들어갔다. 올려놓은 보일러 덕에 뜨거운 물이 잘 나왔지만 힘에 겨운 그녀는 세수를 하고 언 발을 씻어 녹이기만 하고 나왔다. 채 한 시도 안 된 시간. 원래 세 시나 네 시쯤 들어와 자야만 했다. 그러나……

　잠시 멍하니 좁은 주방에 서 있던 그녀는 그냥 일을 더 할 걸 했다 싶었지만 이미 늦었으므로 체념한 듯 구석에 있는 접이식 화장대 앞에 앉았다. 거울을 젖히고 스킨과 로션을 뻑뻑해지는 얼굴에 발랐다. 거울 속의 여자는 다크서클이 잔뜩 내려온 창백하고 멍한 얼굴이었다. 묶었던 단발머리의 끝은 삐죽거리며 바깥으로 뻗혀 있었다. 화장대 안에 있던 낡은 고무줄로 머리를 묶은 그녀는 멍하니 거울만 바라보고 있었다. 그러다가 정신을 차린 듯 화장대 문을 닫고 일어섰다.

　좁은 이인용 식탁 위에는 전자레인지며 약봉지며 아침에 끓여 놓은 찌개 뚝배기, 주유소에서 받은 휴지뭉치, 고지서 뭉치 같은 것들이 잔뜩 쌓여 있었고 그 옆에는 아까 사 들고 온 초록색의 병이 비닐에 싸인 채 생뚱맞게 놓여 있었다. 컵 걸이에 걸려 있는 이화미용실이라는 글씨가 선명하게 들어오는 하얀색 머그컵을 들고 그녀는 식탁에 앉았다. 어디선가 바람에 푸드덕거리는 비닐 소리가 났다. 아마 주인아저씨의 운동 기구들을 덮어 놓은 비닐이 또 빠져나와 바람에 몸서리치고 있는 것이리라.

　손만 대도 차가울 듯 보이는 소주병에는 따뜻한 집 안의 열기 덕에 송골거리며 물방울이 맺혀 있었다. 그녀는 손을 들어 병을 땄다. 그리고 머그컵에 깨끗하고 무색투명한 액체를 따랐다. 마치 커피를 마시듯 반쯤 찬 머그컵을 꼭 감아쥐었지만 손에는 냉기만 가득 흘러나왔다. 한 모금 들이킨 액체의 맛이 이제는 달큰하게 느껴졌다. 혹 먹을까 하고 아침에 먹던, 마트에서 산 김을 곱게 잘

라 차곡차곡 넣어 둔 플라스틱 통을 꺼내 놓았지만 뚜껑을 열지는
않았다.

"소주가 다네."

혼자 중얼거리다가 적막함에 입을 다물었다.

One Dozen.

십 년하고도 이 년이었다. 강산이 한 번 바뀌고도 조금 더 지난
시간이었다. 그동안 무슨 일이 있었지.

대체 무슨 일이 있었던 거야…….

그녀는 다시 머그컵에 투명한 액체를 따랐다. 세상이 변하면 모
든 것이 다 변해야 하는 거 아닐까.

그런데 왜 변하지 않는 것이 있는가.

아니 그 사람도 변했다.

변한 모습이 좋아 보여 다행이었다.

십 년하고도 이 년이 더 지난 것도 다행이었다.

지난 10년간은 당신을 미워만 했으니까. 이제 그 미워만 한 시
간이 지나니까 이렇게 또 마주치게 되는 건가.

"오늘만, 오늘만이야……."

그녀가 마저 머그컵을 홀짝거렸다. 이제는 쓴 뒷맛이 느껴졌다.

11.

"수술 끝난 지 세 시간밖에 지나지 않았습니다. 담당 간호사와 중환자실 전문 간호사 분도 숙직을 서니까 그다지 할 일은 없을 겁니다만, 각별히 주의하시길 바랍니다."

"네, 정 팀장님."

팀장이 좋아하는 결연한 대답을 한 혜원은 인사를 하고 파일들을 들고 나왔다. 이 병원에는 중환자실이 따로 없었다. 각자의 병실에 중환자실용 방이 따로 다 마련되어 있었고, 필요에 따라서 각각 중환자 전용 간호사들이 옆에서 숙직을 섰기 때문이었다. 환자의 위중에 따라서는 담당 의사조차도 그 방에서 숙직을 하는 경우도 있었다. 여전히 나이트 근무기 때문에 교대 시간은 9시지만 일찍 나와서 팀장의 이야기를 듣고 있었다.

"환자 분 가족 분들도 많이 오시니까 그쪽에 대한 서비스도 철저하기 바랍니다."

"네."

정 팀장이 이 시간까지 남아 교대자까지 체크하는 경우는 매우 드물었다. 기세를 보니 자정까지는 같이 있을 분위기였다. 간병인이긴 하지만 이런 경우에 대부분 그녀가 해야 할 일은 환자에 대한 것보다 환자 보호자에 대해서 하는 것들이 더 많았다. 중요한 수술이 있거나 하는 경우에는 지인들이 얼굴 도장을 찍으러 찾아오는 경우가 많았다. 물론 병원 자체가 폐쇄적이기 때문에 가까운 친척이나 친지인 경우가 대부분이었다. 그러나 그 친척 친지라는 관계 또한 이런 세계에서는 이익 관계가 동반된 경우가 대부분이어서 격식이나 접대 같은 의미가 컸다. 그러니 그런 사람들에게 차를 내가거나 하는 병실의 개인 메이드와 같은 일도 대부분 이곳의 간병인들이 맡게 되었다.

병실의 환자실은 외부인의 출입이 금지되어 있었으나 접견실이라 할 수 있는 다이닝 룸은 사람들이 많이 드나든 흔적이 역력했다. 특히 이런 저명한 노회장의 수술이었으니 데이 근무자인 미숙이 얼마나 힘이 들었을지는 안 보고도 뻔했다. 특히 저 로봇같이 변함없는 마스크의 팀장조차 얼굴에 피곤한 기가 보이는 것을 보면 아마 평소에 몰려드는 사람들과는 달랐음을 짐작할 수 있었다.

혜원은 교대자인 미숙이 탕비실에서 열심히 달그락거리면서 과일을 깎고 있는 것을 보고는 재빨리 옆으로 가 싱크대에 쌓여 있는 커피 잔과 과일 접시 등을 씻었다.

"많이 오셨었나 봐요."

"네."

"그것만 해요. 제가 하죠."

"아니에요. 시간 될 때까지 기다리지 그랬어요."

그러나 그녀들의 대화는 멈춰졌다.

"박 이사, 이 늦은 시간에 웬일인가."

"소식을 너무 늦게 들었습니다. 경과는 좋으시다 들었는
데……."

미숙은 재빨리 손을 닦고 옷을 살핀 뒤에 탕비실 밖으로 나갔
다. 웅성거리는 소리가 들리는 동안 혜원은 열심히 찻잔과 앞접시
들을 씻어 옆에 있는 일회용 타월로 물기를 닦았다. 그리고 깎다
만 과일들을 조금씩 보기 좋게 담았다. 바쁘게 들어온 미숙이 인
원수대로 차를 준비하는 동안 과일 껍질들을 쓰레기봉투에 담고
바쁘게 움직였다.

"고마워요."

"얼른 나가 보세요."

교대 시간인 9시가 넘어 미숙이 가고 나자 혜원은 보호자들에
게 가서 제가 야간 담당임을 알리고 병실에 가서 간호사들에게 환
자의 상태를 물었다. 환자가 있는 특별 병실 안에 혜원이 들어갈
일은 없었다. 안에는 간호사가 두 명이나 있었기에 혜원은 밖에서
간호사들에게 시킬 일을 물어보고 다시 접견실로 돌아왔다. 노회
장의 아들 중 하나인 중년의 남자와 옆에 꽃처럼 앉아 있던 중년
부인이 기지개를 켰다.

"이제 올 사람도 다 왔을 거 같으니 들어가세요."

"그래야겠어. 내일 아침에는 성준이가 와 있을 거니까."

"둘째 아주버님이요? 별일이네. 전 여기 있다가 정혁이 오는 거보고 갈게요. 공항에 도착했다고 전화 왔었어요."

"그냥 집으로 가라 하지 그랬어. 내일 와도 되는데 말이지."

"오늘 여기 왔다는 사실이 중요한 거죠. 들어가세요."

재주껏 대화를 듣고 있던 그녀는 보호자들이 갈 채비를 하는 게 느껴졌다. 혜원은 나가서 지정된 자리에 단정하게 서 있었지만 아무도 그녀의 존재 같은 걸 신경 쓰는 사람은 없었다. 노회장의 아들과 그의 비서, 수행원 등이 나가고 나자 중년의 여인은 인상을 찌푸렸다.

"박 비서, 나 잠깐 누워 있을 테니까. 밑에서 누가 올라온다고 연락 오면 말해."

"네."

보호자용 일반 침실이 두 개나 딸린 넓은 병실은 금세 조용한 적막이 흘렀다. 내내 서 있던 사모님의 비서인 젊은 여자가 그제 야 한쪽 의자에 앉을 수 있었다.

"뭐 마실 것 좀 드릴까요?"

눈치껏 혜원이 다가가 물었다.

"블랙커피 한 잔하고, 당직 선생님 회진 시간이 언제 언제지?"

저가 모시고 있는 사람이 사라지자 당장에 목소리부터 바뀌었다.

"열두 시, 네 시지만 수술 후에는 두 시간마다 오십니다. 이따열 시에 오실 거예요."

"알았어요. 일 봐요."

"주변 정리를 좀 해도 되겠습니까? 손님이 많이 오셨어서."

"관장님 쉬시니까 조용히 소리 안 나게 해요."

관장님이라……. 아마 재벌들의 안주인들이 그렇듯이 저 사모
님도 미술관 하나쯤은 가지고 있는 듯했다. 전에 엄마도 그 '관장'
이란 걸 한번 해 본다고 이리저리 알아보지 않았었나. 혜원은 혼
자 실소를 내뱉고는 비가 오는 덕에 고급스러운 대리석으로 마무
리된 바닥을 일일이 걸레로 닦기 시작했다. 비서는 오히려 푹신한
소파에 깊숙이 앉아 휴대폰을 뒤적거리며 느긋하게 향기 좋은 고
급 커피를 마시고 자신만의 시간을 갖고 있었다. 저쪽 격리 병실
에서는 이따금 간호사들이 오가는 소리가 들릴 뿐 한동안 붐비던
병실은 고요를 되찾고 있었다. 넓은 바닥의 얼룩을 꼼꼼히 닦아
내고, 다른 물걸레로 탁자나 소파 등을 닦기 시작했다.

"커피 잔 좀 치워요."

느긋하지만 누군가 올 수도 있었다. 비서는 한겨울이지만 여전
히 살색의 스타킹에 검은색의 타이트한 정장과 블라우스 재킷 차
림이었다. 활동하기 좋게 굽이 두꺼운 펌프스를 신었지만 다리가
당기는지 이따금 종아리를 만지작거리며 여전히 휴대폰 삼매경에
빠져 있었다. 혜원은 커피 잔을 씻고 음료와 차 등을 확인했다. 냉
장고 안에 있는 과일들이 모자라지 않나 살펴보고 아래층 주방에
재고량을 묻기도 했다. 어수선하게 시간을 보내다 언뜻 시계를 보
니 어느새 열 시가 돼 가고 있었다.

열 시…….

담당 의사가 회진을 돌 시간이었다. 이 단 한 건의 수술을 위해 17시간을 날아온 의사이니, 당연히 경과를 보러 집도의가 올라올 것이었다. 집도의의 이름은 Dr. Jason Gill……. 그 피디에이에 사인된 머리글자와 같다. 왜 갑자기, 마치 인쇄한 궁서체같이 단정했던 '그'의 노트 필기가 생각나는 것일까. 아닐 거라 외쳐도, 아무리 모르는 사람이라 해도……. 그건 제 생각에 불과한 거였다.

멍하니 탕비실에 서 있었던 게 몇 분일까.

"오셨습니까!"

다이닝 룸의 비서가 놀라서 소리치는 것에 정신을 차린 그녀는 입술을 깨물었다. 나가 봐야 하는 걸까……. 그러나 그녀의 그런 번민을 잠재워 주는 목소리가 들렸다.

"할아버지는 괜찮으신 거죠?"

낯선 목소리였다.

"네."

"어디죠?"

"간병인!"

저를 부르는 소리였다. 그녀는 재빨리 정신을 차리고 짧은 시간이지만 작은 거울에 있는 제 모습을 흘낏 살피고 탕비실을 나섰다. 검은 옷의 비서는 사모님을 깨우러 가야 했다. 다이닝 룸의 옆은 베이지 색 소파들이 줄지어 있는 곳에 웬 남자가 서 있었다. 밖에서 왔는지 남자의 어깨가 약간 젖어 있었다. 또 눈이 오나…….

"회장님께 안내해 드려요."

회장님은 오늘 수술을 받은 중환자였다. 그런 회장님께 안내를 하라는 것은 저 키 큰 남자가 회장님의 가까운 가족이라는 증거였다. 짙은 베이지 색의 블레이저를 입은 남자는 멋스럽게 둘러져 있던 체크무늬의 캐시미어 목도리를 풀어 내리고 있었다. 굽이치는 머리카락은 약간의 곱슬기가 있고 어깨가 딱 벌어져 마치 운동선수처럼 다부진 체격이었다. 아주 키가 큰 편은 아니었지만 넓은 어깨가 탄탄해 보여 훨씬 덩치가 커 보였다.

"태 이사님, 들어가시죠."

"도련님보다는 훨씬 듣기 좋으니까 재미없는 이사 그만두지 말아야겠네."

"원…… 이사님도…….."

한 번도 굳은 미간을 푼 것을 본 적이 없는 검은 옷의 비서가 피식 웃음을 지었다. 남자의 목소리는 묘하게 울리는 깊은 미성이었다. 비서는 웃음을 머금은 채 사모님을 깨우러 반대쪽의 침실로 들어가 버렸다. 그새 혼자가 된 남자는 재킷을 벗더니 두리번거리다가 그녀를 향해 손을 내밀었다. 혜원은 얼른 가서 옷을 받아 들었다.

남자의 키는 180이 될까 말까. 작은 키는 아니었다. 게다가 균형 잡힌 운동선수 같은 몸 덕에 훨씬 체구가 있어 보이는 체형이었다. 블레이저 안에는 베이지 색의 고급스러운 브이넥 니트만 걸친 듯했고 얇은 니트는 남자의 다부지고 탄탄한 윗몸을 타고 내려 균형 있게 근육 잡힌 몸매를 보여 주고 있었다. 혜원은 재빨리 구석에 있는 옷걸이에 고가임이 분명한 블레이저를 모양이 잡히게 걸었다. 비록 이름은 간병인이었지만 이런 일들도 그녀에게 주어진 일들이었다.

"이쪽입니다."

"정혜원?"

그새 제 가슴에 달려 있는 신분증의 이름을 보았나. 곱슬거리는 머리카락 밑에 깊은 쌍꺼풀이 진 굵직굵직한 선을 지닌 남성미가 물씬 풍기는 남자의 각진 입술에서 제 이름이 새 나오자 혜원은 약간의 난처함까지 들었다. 그러나 그녀는 뒤를 돌아 중환자실로 향할 뿐이었다.

"그냥, 내 첫사랑이랑 이름이 같아서 그런 겁니다."

웃음기가 섞인 목소리가 뒤통수에서 울렸다. 넉넉한 집안에서 태어나 근심 걱정 없이 윤택한 삶을 누리는 전형적인 재벌 3세다운 관용미 넘치는 성격의 사람일 것이었다. 아마 한두 가지 남들이 이해 못하는 것들을 수집하는 버릇이 있을 거고, 자유로운 삶이 좋아서 경영 일선에 눈이 시뻘게져 뛰어들지도 않을 것이었고, 그저 여기저기 그룹에서 벌여 놓은 일에 후계자라는 이름으로 이사니 하는 그런 직분이나 명함에 박아 넣고 널찍하고 근사한 인테리어가 된 사무실과 할 일 없는 비서를 거느리고 있을 터였다. 매너도 좋지만 얽매이길 싫어해서 집안에서 정해 주는 결혼 따위 거들떠도 보지 않을 것이고 아마 비서니 아니면 제가 드나드는 골프장의 여직원이니 하는 여자와 연애를 해서 집안에서 골 아프게 생각하겠지…… 중환자실까지는 채 십여 미터가 되지 않는 거리였다. 일반 병실이 있고 그 안쪽에 있으니까. 그 짧은 거리를 걸어가면서 그녀는 한 편의 소설을 완성했다.

"여깁니다. 잠시만 기다리세요."

남자는 의외로 말을 잘 듣고 있었다. 중환자실은 처음인지 그보다 훨씬 키가 작은 널스화를 신은 혜원의 어깨 너머로 유리창 안쪽을 들여다보는 듯했다.

"가족 분 면회 오셨습니다."

벨을 누르고 인터폰으로 이야기하자 안쪽에 앉아 있던 간호사가 나오는 게 보였다.

〈주치의 선생님 회진 오실 시간입니다. 감염의 위험 때문에 선생님 오시면 면회 여부를 확인 받으세요.〉

혜원의 얼굴에 약간의 당황한 기색이 서렸다. 통상 수술 당일은 면회가 금지되는 게 당연했다. 게다가 뇌경색으로 인한 뇌수술이면 개두술을 했을 것이다. 아까 자신의 근무 전에는 직계 가족의 면회가 가능했었나? 그것을 확인하지 않고 교대를 하다니.

"면회 안 된답니까?"

"담당 주치의 선생님 오실 때까지 기다리시라는데요. 열 시니까 시간 다 되셨습니다."

"정혁이 왔구나!"

뒤에서 중년의 여자가 반가운 목소리로 반기는 게 느껴졌다.

"볼 때마다 젊어지시니 다음에는 그냥 영숙 씨하고 불러야겠네요."

"원, 애도!"

그러나 그 농담이 싫지만은 않은지 다가가 포옹을 하는 모자의 모습을 지켜보기만 하던 혜원은 밖에서 들리는 문소리와 웅성거리는 소리를 듣고는 갑자기 머리 뒤꼭지가 찌릿 하는 것 같은 느낌이었다. 10시 정각 회진 시간……. 눈앞에 흰 가운을 입은 의사둘과 당직 수간호사 둘이 걸어 들어오는 게 보였다.

"아, 선생님!"

예의를 벗어나지는 않지만 약간은 거만한 듯 보이게 목례로 답하는 맨 앞에 선 의사는 의사 가운이 부자연스러울 만큼 훤칠하고눈에 확 띄는 외모였다. 금테 안경 밑의 싸늘한 외모는 섣불리 말을 꺼내기 힘들 정도였다. 중년의 여인 옆에 선 남자는 듬직한 덩치에도 불구하고 훤칠한 의사의 큰 키에는 못 미쳤다.

"수술은 잘 됐습니다만, 조금 살펴보고 올 테니 여기서 기다리십시오."

싸늘한 목소리는 명료하게 울렸다. 그와 의사 간호사들은 자동문을 열고 안으로 들어갔다.

"ICP(Increased intracranial Pressure 뇌압상승)는 없었고?"

"네. 다만……."

시선을 자동문에 붙어 있는 인터폰에만 고정하고 있었다. 그 의사들이나 간호사들, 혹은 지금 서 있는 보호자들과 언제 들어왔는지 뒤에 있는 비서까지 그 어느 누구도 연베이지 색의 간병인 유니폼을 입은 혜원의 존재를 의식하지 않고 있었다. 옆에 있는 화사하지만 거의 향기가 나지 않는 이름 모를 화려한 꽃들보다 더 존재감이 없는…… 그녀는 병실에 딸려 있는 간병인일 뿐이었다.

얼마의 시간이 흘렀는지도 가늠되지 않았다. 그녀의 심장은 그녀의 자율신경에 의해 아랑곳없이 뛰고 있었겠지만 그녀는 제 심장의 고동도 느껴지지 않았다. 완벽한 진공 속에 유리 저 너머에서 들리는 윙윙거리는 목소리를 찾고 있었다. 왜 그 목소리를 찾아야 하는지 그 이유도 모른 채.

위잉 하는 소리와 함께 자동문 밖으로 다시 우르르 몰려나오는 소리가 들렸다.

"회장님의 상태는 양호하시고 걱정하던 뇌부종이나 뇌압상승은 없으십니다. 다만 연세가 많으신 관계로 회복이 더딜 수 있으니 내일까지도 출입은 금해 주시기 바랍니다. 면역력이 낮으므로 되도록이면 이쪽 병실에도 사람의 출입을 금지하겠으니 그런 줄 아시기 바랍니다."

"네, 감사합니다. 하지만 만에 하나의 사태에도 대비해 주시길 바랍니다."

여느 환자 보호자하고는 달랐다. 중대한 수술을 한 주치의에 대해 무조건적인 복종과 믿음은 보기 힘들었다. 찬찬하고 또박또박한 목소리의 중년 부인은 담당 주치의의 밑에 있지 않았다.

"네. 그럼."

그러나 집도의 또한 당당한 세력가의 사모님의 세도에 전혀 굴하지 않았다. 역시 간단하게 목례를 하더니 돌아섰다. 뒤에 있던 의사와 간호사만 깊숙이 사모님에 대해 인사를 할 뿐이었다. 발소리도 당당하게 병실을 나서자 휘익 하는 휘파람 소리가 났다.

"대단한 의사라더니 정말 거만하네. 이름값을 한다 이거지."

"워! 보기 좋은데요 뭐. 대단하네. 저렇게 젊은데."

"주 원장님이 얼마나 칭찬을 하는지……. 젊은데도 소문은 짜하더라. 네 둘째 고모가 그렇게 보는 사람마다 이야기하지 않았더라면, 아버지는 반대하셨을 거야. 뭐 경과가 좋다니 다행이긴 하지만. 나가자."

대화를 나누며 다이닝 룸으로 향하는 모자를 따라 비서가 움직이자 병실이 텅 비었다. 유리문 저 안에는 삑삑거리는 전자기기의 소리가 마치 물속에서 나는 듯 간헐적으로 울리고 있었다. 수많은 사람들이 제 할 일을 마치고 썰물처럼 빠져나가 버렸다. 그러나 커다란 화분 옆, 유리 문 뒤쪽에 그저 쿵쿵거리는 심장을 품은 채 그녀는 서 있기만 했다.

이런 기분인가……. 아니, 지금 제 기분은 어떤가. 이 쿵쿵거림은 고통인가. 목 뒷덜미가 왜 뻣뻣한지 이해를 할 수가 없었다.

"이봐. 간병인 뭐 해?"

비서의 딱딱한 목소리가 아니었다면 그녀는 계속 거기 서 있었을지도 몰랐다.

"아, 네……."

뜨거운 물을 식히기 위해 주전자에 담아 두세 번 돌리고 나서 사기 주전자에 담았다. 세작이 가장 적당하게 우러나는 온도인 70에서 80도가 될 듯하자 보송하게 잘 마른 고급 세작 엽을 넣고 우러나기를 기다렸다. 뚜껑을 열고 맑은 초록의 물이 우러나자 그녀는 찻잔과 주전자가 담긴 쟁반을 들고 나섰다.

"이제 좀 나돌아 다니지 마라. 아버지도 연세가 있으시잖니."

"뭐 옆에서 있으라면 있겠지만 저보고 일을 하라고는 하지 마세요. 저 머리 나쁜 거 아시잖습니다."

"예일을 수석으로 나온 놈이 머리가 나쁘면, 어떤 놈이 똑똑한 건데."

핀잔이지만 자랑스러움이 녹아나는 여자의 말을 가로지르며 녹차 잔을 올려놓는 혜원의 손길은 조심스러웠다.

"그 머리하고 사업하는 머리하고는 다르죠. 요즘 누가 집안 대대로 경영을 해요. 김정은네 집안도 아니구만. 사주는 돈이나 세는 겁니다. 경영은 다 전문가를 시키는 법이죠."

"그럼 들어와서 돈이나 세."

"팔푼이라 돈도 다 흘려요!"

찻잔을 따르는 동안 웃음바다가 되는 걸 뒤로하고 혜원은 겨우 걸어서 탕비실로 왔다.

정말로 많은 시간이 흘렀다. 벽에 붙어 있는 작은 거울 속의 여자는 서른을 한참 전에 넘긴 피곤에 찌든, 화장도 잘 먹지 않아 허옇게 뜬 간병인일 뿐이었다. 그런데 저 하얀 가운을 입은 남자는 이런 어마어마한 사람들에게 한 점 굴함이 없는 당당한 의사가 되어 돌아왔다. 마치…… 저가 그렇게 된 듯 뿌듯하고 벅찬 감격마저 올라오는 것 같았다. 짧은 반팔 밑으로 드러난 볼품없는 가느다란 팔뚝. 그녀는 손목에 이제는 희미하게 주름같이 남아 있는 선을 쓰다듬었다.

죽을 생각 따위는 없었을 것이다……. 아주 오래전이라 기억도 나지 않았지만, 적어도 그가, 휴대폰 너머의 그가 자신에게 윽박지를 때만 해도, 수술대 위에서 잠들어 멀쩡하게 깨어났을 때도 제가 이렇게 앙탈을 하면 나의 부모가, 지금 저 밖에서 제 듬직한 아들을 자랑스러워하는 사모님처럼 제 이쁜 딸을 걱정해 저들이, 모욕 준 그에게 저를 돌려줄 줄 알았다. 무섭긴 했었지만 그 정도는 할 수 있었다. 사랑한다는 말 한마디 그 순간에도 하지 못하고, 그런 전화를 하는 그가 미웠기에 그 하얀 팔뚝은 제 것이 아니라 그의 것이라 생각할 수 있었고, 그가 미국으로 떠난다면 저도 미국으로 그를 따라 보내 달라는, 조금 심하고 위험한 투정을 했을 뿐이었다.

그런데 그 투정의 끝은 벼랑 끝이었다. 아버지가 충격에 뇌출혈로 쓰러지고 홍천의 대규모 테마파크의 부도는 연쇄적으로 일어나 그 호텔들을 삼켰고 아버지는 끝끝내 일어나지 못하고 돌아가시게 되었다. 세상물정 모르는 저는 그를 찾으려는 시도도 못한 채 영안실에 쓰려져 울다 깨나 보니 마치 12시가 지나 맨바닥에 누더기를 입고 주저앉은 재투성이처럼 되어 있었다. 그저 제가 할 줄 아는 것이라고는 숟가락질을 하여 밥을 먹는 것밖에 모르는 듯 그녀는 세상을 새로 배워야 했다. 춥고 힘들고 배고픈 그의 방에서 지낸 며칠이 그냥 추억 속의 사랑놀이가 아니라 그녀의 생활이 되어 버렸다. 거의 히스테리와 충격에 빠져 허우적거리는 그녀의 엄마는 정신병원 신세를 져야만 했고 그녀는 제 몸 하나 누일 방 한 칸이 없는 그런 삶을 맞닥뜨려야 했다.

졸업장이 없기에 영어 보습학원의 파트타임 보조강사부터 별별 일을 다 하면서 그녀는 세상을 알아 갔다. 그녀의 용모와 씀씀이가 쉽게 큰돈을 벌 수 있는 곳으로 유혹한 적도 몇 번이었다. 그러나 용케 적응을 했고 아는 지인의 도움으로 간병인 생활을 시작한 뒤에 작지만 셋방도 장만하고 그녀의 엄마도 병원에서 데려와 같이 살 수 있게 된 것이었다. 물론 지금도 불안정하긴 했지만.

돌아볼 사이가 없었다. 그러나 가끔씩 저가 좋다고 호감을 나타내는 이성을 만날 때마다 그녀는 그녀의 기억 속에 접혀 있는 그를 기억해 냈다. 그가 자신한테 잘 해 준 적이 있었나? 그 컴컴하고 좁은 방에 머물렀을 때, 그 엄동설한에 가스 불에 데운 미적지근한 물을 떠 세수를 하게 해 주던 그게 다였나? 제가 아무리 아양을 떨고 코맹맹이 시늉을 하더라도 그는 제대로 웃는 얼굴 한 번 보여 준 적이 없었었다. 제대로 제 전화 한번 정겹게 받아 준 적도 없었다. 그런데 왜 그가 그토록 좋았을까…….

"나 들어가마."

"네, 그러세요."

밖에서 들리는 소리가 그녀의 상념을 깼다. 정신을 차리고 나섰다. 그녀가 치워야 할 그릇들이 보이고 어느새 들고 나온 모피 코트를 입는 사모님께 그녀는 반듯하게 허리 굽혀 인사를 했지만 아무런 반응을 보이지 않는 사람들은 저들끼리 떠들며 병실을 나설 뿐이었다. 그녀는 재빨리 찻잔들을 치우고 탁자를 닦고 값비싼 찻잔들을 닦았다. 머릿속에 밀려드는 상념을 버리기 위해서는 일을 해야만 했다. 오늘 병실에는 아무도 없는 건가.

"아, 바깥은 더럽게 춥네."

남자의 목소리가 들렸다.

"블랙커피 한 잔 부탁드릴까요?"

저 남자가 오늘 여기 있을 것인가. 혼자서? 그녀는 대답 대신 얼른 탕비실로 들어가 커피 머신을 켰다. 원두 가루를 꺼내고 여과지를 꺼내고 생수를 붓고……. 금방 갸르릉거리는 소리와 함께 커피 향이 퍼졌다. 제게도 커피 향이 유혹적이긴 했지만 그럴 처지는 아님을 잘 알고 있는 그녀는 매끄럽고 투명한 머그잔에 막 내린 짙은 향의 커피를 쟁반에 담아 내갔다.

"오늘은 제가 숙직입니다."

싱긋 웃음까지 섞어 남자가 하는 말에 알고 싶지 않습니다. 라고 대답하고 싶었다. 그러나 말없이 그녀는 고개를 까닥 숙인 채 쟁반을 들고 탕비실로 가려고 했다. 그런데 갑자기 삐익 하는 소리와 함께 병실 쪽에서 간호사가 나왔다.

"정혜원 씨."

"네!"

자리를 뜰 수 없는 병실 간호사의 부탁을 받고 이리저리 비품을 챙겨 들고 복도를 걷는 혜원은 저도 모르게 데스크를 쳐다보았다. 그러나 거기엔 일에 열중한 간호사들뿐 '그'의 모습은 보이지 않았다. 새삼스레 신경을 쓰는 저가 우스워졌다. 그가 자신을 알아보기나 할까, 아니 알아본다 한들 뭔가 달라지는 게 있을까, 10년 내

내 널 잊지 않고 있었다고 말해 주길 기다리는 건가……. 제 입에
서조차 피식 헛웃음이 새 나왔다. 그런 로맨스는 필요 없었다. 그
저 책 속에서나 영화 속에서나 아름다운 것이지 현실은 그렇지 못
하다는 걸……. 몸소 체험해 보지 않았던가. 그녀는 병실에 필요
한 물품을 건네주고 다이닝 룸으로 돌아왔다. 제가 이제 내내 있
어야 할 곳은 탕비실 구석이었다. 다이닝 룸에는 떡하니 주인이
버티고 있으니까.

똑똑.

막 좁은 접이식 의자에 앉았을 때였다. 화들짝 놀라 일어난 혜
원 앞에 약간 미안스러운 표정의 남자가 칸막이 옆에 서 있었다.

"놀라게 할 생각은 없었는데……. 커피 남은 거 있어요?"

남자는 하얀 이를 가지런하게 드러내면서 웃고 있었다. 아까 이
름이 뭐랬더라……. 왠지 낯익은 이름.

"저쪽에서 부르시지……."

당황한 혜원은 커피 머신의 전원을 켜면서 말했다. 한 잔이 안
될 듯 남은 커피를 재빨리 옆에 있는 아무런 컵에 담았다.

"그것도 괜찮은데……."

"아닙니다. 조금만 기다리세요. 자리에 가 계시면 가져다 드리
겠습니다."

혜원이 딱딱한 목소리로 대답했다.

"여기서 기다려도 되는데."

뭐라 대답하기 뭣한 그녀는 그저 물이 끓기만을 기다릴 뿐이었
다. 넓디넓은 다이닝 룸에 비해 턱없이 좁은, 찻잔이 든 그릇장과

냉장고와 간이 싱크대가 있는 작은 공간에 몸을 들이민 건장한 남
자는 갑갑함만을 더할 뿐이었다.

"커피 싫어합니까?"

뭐라 대답을 해야 할까. 막 밑으로 떨어져 내리는 증기와 함께
좁은 탕비실에 커피의 향긋한 향이 가득 찼다. 갖다 놓는 커피는
고급 자메이카 블루마운틴이었다. 싫어할 사람이 있을까.

"아니오."

뒤에 좋아합니다를 붙이기에는 부자연스러워 보였다. 커피가 다
내려오자 그녀는 재빨리 컵에 따랐다. 제발 커피를 들고 제자리로
가 버리길 바라면서.

"아예 한 잔 더 줘 봐요. 더 있겠네."

"예?"

그녀는 물을 넉넉히 따르긴 했지만 한 잔 더 빼기에는 약간 모
자란 듯해서 당황했다. 아예 두 잔을 들고 가다니, 아까도 한 잔
했는데 커피로 배를 채울 셈인가.

"한 잔은 가져다 줘요."

그는 잔을 손에 들고 사라졌다. 건장한 체구의 남자가 사라지자
그녀는 좀 얼굴을 폈지만 양이 모자랄 것만 같아서 아까 뽑았던
커피를 살짝 기계 위에 부었다. 그러자 얼추 양이 맞춰져 나왔고
잔에 따라 쟁반에 받쳐 들고 나섰다. 설마 알지는 못할 거야……

마치 그림같이 펼쳐진 커다란 통창 밖의 새카만 어둠을 배경으
로 베이지 색 니트 차림의 남자의 뒷모습은 아이보리빛 실내와 함

께 퍼지는 커피 향처럼 느긋했다. 그녀에게는 어울리지 않는 여유라는 단어가 딱 어울릴 만큼.

"커피 가져왔는데요."

혜원은 제 목소리가 남자가 즐기고 있는 느긋함을 깨울 거라 생각했지만 커피가 식는 것이 제 잘못인 듯 말을 내뱉을 수밖에 없었다.

"여기 경치 좋네요."

그건 밖을 내다볼 여유가 있을 때 이야기죠, 라고 생각했지만 입 밖에 나오지는 않았다.

"커피도 좋네요. 커피 이리로."

남자가 고개를 돌리면서 손짓했다. 혜원은 기계적으로 쟁반을 들고 갔다. 남자가 제 커피를 창틀에 올려놓더니 혜원이 내미는 커피를 받아 들었다. 그러고는 당황스럽게 그녀의 쟁반까지 빼앗았다.

"……?"

입 밖에 말이 나오지는 않았지만 놀란 혜원에게 남자는 커피를 내밀었다.

"마셔요. 난 두 잔째라 더 마시면 속이 쓰릴 거 같으니까."

"저……."

"같이 마시면 더 맛이 좋을 거 같은데요. 바쁜 일 없잖아요? 아까 의사 선생님 회진도 12시라고 했고, 이 시간에 눈도장 찍으러 오는 사람도 없을 거니까."

혜원은 갑자기 체내의 카페인 수치가 확 오르는 것 같았다. 그녀는 마실 수 없는 다이닝 룸의 커피는 가격도 어마어마한 최고급 품이니까. 그녀가 어렸을 때는 이런 블랙커피의 맛을 잘 몰랐었고, 커피의 맛을 알 나이가 돼서는 물만 부으면 되는 가루 커피에 무언가 사은품이라도 붙은 걸 찾아 헤매야 했다.

"네. 그럼 잘 마시겠습니다."

남자가 동정에 차 커피를 사 준 것 같은 느낌을 지울 수 없었지만, 그녀는 체념을 가장한 채 커피 잔의 따뜻한 온기를 느끼며 커피의 맛을 음미했다. 적당히 쓰고 신맛이 딱 어울리는 고급스러운 맛이었다.

"같이 마시니까 더 낫잖아요."

마치 바리톤 가수 같은 깊은 목소리가 그녀를 미망에서 깨어나게 해 주었다. 나란히 서 있을 수 없어 한 발짝 뒤로 물러섰을 때 남자가 말했다.

"정혜원 씨."

"……."

"어딘지, 제 첫사랑하고 닮았어요. 못 본 지 10년도 더 지난."

남자는 다시 커피를 마셨다. 간병인이니까, 집에 있는 메이드와 똑같은, 제복을 입고 병실에서 시중을 드는 그런 사람이니까. 그리고 아직 나이도 그다지 많지 않고 얼굴도 그리 빠지지 않으니까. 그래서 아마 심심해서 저러는 것일 것이다. 커피가 식어 한 손으로 들어도 될 만큼 미지근해졌을 때 그녀는 창틀에 놓인 쟁반을 집으면서 문득 생각해 냈다.

12년 전, 제가 그 라이트 브라운의 머리카락을 블루블랙으로 염색까지 하고 갔던, 태 회장님의 칠순 잔치에서 인사를 나눈 떡 벌어진 체구의 청년이 해맑게 웃고 있었던 것을. 그리고 그 청년의 이름이 정혁이었다는 것을.

웃겨라⋯⋯. 그녀는 다 마시지 못한 커피와 쟁반을 들고 돌아섰다. 탕비실에 가서 좀 웃어야겠다.

"이 나이 되도록 노총각 신세를 못 면하게 하고 매정하게 떠난 내 첫사랑하고 진짜 닮았어요. 수작 거는 건 아닙니다."

12.

우스운데, 웃음이 나오지는 않았다.

밤새 환자는 미세한 뇌부종과 호흡 곤란으로 잠깐의 응급 상황을 맞았다. 정혁은 유리문 밖에서 걱정스럽게 지켜보았지만 혜원은 탕비실 밖을 나서지 못했다. 그가 내내 그 유리문 안의 병실에 있었으므로……. 새벽 네 시쯤. 의사의 무더기들은 사라졌고 정혁도 다이닝 룸 저편의 침실로 사라져 완벽한 창밖의 어둠과 적막이 텅 빈 널따란 공간에 가득 찼을 때, 혜원은 탕비실 밖으로 나올 수 있었다. 그동안 모든 그릇을 다시 닦고, 예쁘게 정리하고, 커피 봉지를 잘 닫아 놓고, 급하게 더느라 흘린 녹차 엽을 치우고 커피 머신을 닦았다. 아무도 그녀가 그 좁은 공간에서 그런 것을 하는지 알지 못했다. 길고 긴 겨울밤은 숫자상으로는 새벽이 되어 가는데도 밝아질 기미가 보이지 않았다. 그녀가 걸레를 들고 정혁이 커피를 놓아두었던 창틀을 닦는 동안 등 뒤에서 또다시 발소리들이 들렸다.

"이상은?"

"없습니다."

"호흡하고 바이탈 체크한 것 주시죠."

명료하고 깨끗한, 마치 겨울 계곡의 얼음장 밑으로 흐르는 차갑고 맑은 물 같은 목소리가 적막의 저 끝에서 작게 들렸다. 그러나 제 몸이 다 귀가 된 것인 양 그 소리가 똑똑히 들렸다. 한참을 별의별 것을 다 체크하던 그가 다시 돌아서서 나서는 소리가 들렸다. 이미 다 닦은 창틀을 다시 닦고 있는 그녀의 등 뒤로 발소리가 지나쳐 멀어져 갔다. 그녀는 돌아보지 않았다. 왜 그러는지 스스로에게 물었다.

이런 꼴이 된 게…… 창피해?

그 물음에 대답했다.

그냥 예쁘고 화려하고 아름다웠지만 철없던 옛 여자 정혜원으로 기억에 남았으면 해. 딱 그렇게만…….

*　　*　　*

아침 여섯 시……. 그녀의 교대자가 왔다. 저쪽 침실에서 자는 사람 말고도 새벽에 회장님의 다른 아들인 거만한 사장님이 보호자로 왔고 한 켠의 식당에서 병원의 호텔식 조식을 먹었다. 유난히 조찬을 즐기는 재벌가에서는 다른 이들보다 이른 아침을 시작했다. 그런 방문객들은 병원 안에서도 얼마든지 특급 호텔에서 나오는 퀄리티의 식사 정도는 할 수 있었다. 그녀는 그것을 치우는 것을 돕고 아침 회진이 오기 전에 교대자와 교대를 했다. 옷을 갈아입으면서도 마음 한편이 멍한 기분이 들었다. 그 사람이 절 못 알아본 것에 대한 안도감과 반대로 서운함이 교차하기도 했고 또 저 할 일 없는 재벌 3세께서 걸어 주는 정중한 수작도 이제는 완전히 잊어버린 자신의 어린 시절을 자꾸 떠올리게 했기 때문이었다. 혜원은 나이트 근무 후에 앞으로 만 하루 반이 지나야 다시 병원에 올 것이었다. 통상적으로 이렇게 초청 받은 의사들은 오래 머무는 경우가 없었다. 일주일에서 열흘 정도, 그러나 태 회장님의 경우 워낙에 중요한 환자니까 조금 더 길어질 수도 있었다. 제가 담당이긴 하지만 의료진이 미국인이 아닌 것으로 보아 저는 다른 환자에 배치될 수도 있었다.

그러니까……. 그냥 이대로 영영 모르는 채로 지나갈 수도 있었다.

그게 낫겠지…….

날이 좀 풀린다고 했지만 아침 공기는 쌀쌀하기 그지없었다. 서울의 외곽이지만 진입로가 하나밖에 없는 병원의 앞 대로에는 차가 가득 차 있었다. 버스를 기다리는 발끝이 조금씩 얼어 가고 있는 느낌이었다. 엄마의 문자가 가득 든 휴대폰을 들고만 있었다.

이따 버스에 올라타면 그때 봐야지……. 흰머리가 생겼다고 염색을 해야 한다고 미용실에 가겠다는 걸 제가 해 드린다고 해서 말리긴 했는데 오늘 그게 통할지 걱정이었다. 내가 무슨 할머니냐, 니가 그런 싸구려 약으로 염색하게 두게, 하고 투덜거리는 것을 못 들은 척해야 했다. 알고 있긴 했다. 미용실은 핑계거리라는 걸. 요 며칠 너무 추워서 밖에 나오질 못했으니 어딘가 바람이라도 쐬러 나오셔야겠지. 차라리 미용실이 나을까. 그녀는 쉴 새 없이 머릿속으로 다른 생각을 해야만 했다.

*　　*　　*

"어떠세요?"

"뭐가 말입니까?"

"그냥 여기 생활이 말이에요."

컴퓨터에 잔뜩 쌓여 있는 이메일을 확인하던 그의 손길이 멎었다.

"무료합니다."

그는 딱딱하고 간단하게 대답했다. 그러나 여자는 오히려 화사하게 웃음을 띠었다.

"그러시겠죠. 닥터 길에게 진료를 받으려면 적어도 3개월 전에 예약을 해야 한다던데."

그건 맞는 말이었다. 전문의라고 하지만 근무 시간에는 편히 앉아 있기는 힘들었다. 물론 이쪽의 열악한 전문의와는 천지 차이였지만.

"그래도 시간당 페이는 괜찮을 텐데요."

"이렇게 앉아서 시간 죽이는 것치고는."

"저녁에 데이트 신청 좀 하고 싶은데요."

하얀 가운 안으로 목에 옆으로 실크 리본이 달린 블라우스와 검은색의 타이트한 스커트를 입은 세련된 여자는 의사라기보다는 의학 드라마에 나오는 배우 같은 분위기였다. 물론 상대편의 남자 또한 그에 못지않았다.

"고비도 다 지났고, 이만큼 하셨으면 하루쯤은 괜찮을 것 같은데요."

"고비는 지났지만, 비싼 페이를 지불하시는 만큼 아직까지는 반경 50미터 안에 있는 게 예의죠. 호텔에 있는 짐이나 가지러 잠깐 나갔다 올 예정입니다. 데이트는 나중으로 미루죠."

그가 훑어보던 메일을 닫으면서 말했다.

"그 나중에는 먼저 신청해 주시길 바랍니다. 나도 왕년에는 신청만 받았지 신청해 본 적은 없거든요."

"그렇게 하지요."

"그런데 호텔에서 완전히 체크아웃하신 거 아니셨어요?"

"이곳의 숙소가 이리 완벽할 줄은 몰랐기 때문이겠죠."

남자의 가벼운 말은 칭찬임이 분명했다. 마치 제가 칭찬을 받은 듯 얼굴에 환하게 미소를 띠며 그의 진료실을 나서는 여자는 발걸음이 가벼워 보였다.

의사 선생님의 진료실이라기보다는 중역의 사무실 같은 느낌의 완벽한 인테리어의 넓은 방은 고가의 응접실 세트가 포진해 있었고 환자가 앉는 의자도 검은색의 동그란 등받이 없는 의자가 아니라 완전히 기대어 누울 수 있는 고급 가죽 재질의 커다란 의자였다. 최고 사양의 컴퓨터, 얼마 되지 않는 환자들을 위한 세세한 파일들……. 돈만 있다면 아픈 것도 느긋함을 즐길 수 있는 기회 같은 곳이었다. 그러나 여자가 나가자마자 그는 신경질적으로 그의 단 하나뿐인 환자의 차트를 클릭했다. 수많은 기록이 무서운 속도로 떠 커다란 화면을 채웠지만 그는 이미 그것들을 다 외워 버릴 지경이었다. 금테 안경 밑의 싸늘한 눈빛은 환자의 세세한 기록이나 병명이나 검사 결과 같은 데 있지 않았다.

그의 시선이 고정된 곳은 태명현이라는 이름 석 자였다.

*　　*　　*

"엄마!"

언 눈길이지만, 버스 정거장에서 한참이나 언덕배기에 있는 집까지 오는 길에 쌓인 눈 덕에 발끝이 젖어 있었다. 혜원은 코디는 되지만 보온 따위는 전혀 되지 않는 값싼 앵클부츠를 서서 벗는 걸 포기하고 털썩 소리가 나도록 좁은 현관에 주저앉아 두 손으로 부츠를 벗었다. 팅팅 부은 발은 역시나 젖어 있었다. 부츠를 구석에 세우고 몸을 일으키면서 다시 불렀다.

"엄마!"

"엄마 귀 안 먹었어!"

툴툴거리는 소리가 저쪽 안방에서 터지듯 나오자 오히려 굳었던
얼굴이 펴졌다.

"일이 힘들었단 말이에요."

"……."

깔깔거리는 티비 오락프로의 소리만 울렸다.

"점심 안 먹었지? 뭐 해 먹을까. 엄마 좋아하는……."

냉장고가 텅 비어 있을 거라는 걸 알고 있었다. 마트라도, 하다
못해 밑에 슈퍼라도 들렀어야 했는데 너무 피곤해서 그냥 집에 와
버린 걸 지금에야 후회했다. 코트를 벗고 칭칭 감았던 목도리를
풀면서 말했다.

"먹고 싶은 거 말해 봐요. 응? 엄마."

애교를 떨 기운 같은 건 없었지만, 제가 봐도 컴컴한 굴속 같은
집 안은 갑갑하기 그지없었다. 매번 집에 들어올 때마다 저도 오
늘 하루 피곤했어, 배고파, 힘들어 하는 투정을 하면서 이층까지
계단을 올라오지만, 문을 열고 답답하고 꽉 막힌 10평 남짓한 공
간에 있는 싱크대와 2인용 식탁과 뭔지 모를 것들이 들이찬 방과
좁은 욕실이 다인 이 공간에 하루 종일 있어야 하는 엄마를 위로
해야 한다는 것을 늘 깨닫곤 했다.

"내일 날 풀린대."

두꺼운 터틀넥을 벗으면서 그녀는 운을 띄웠다.

"그래?"

그제야 안방에서는 소리가 들렸다. 혜원은 슬쩍 다가가 여전히
꼭대기까지 돌려져 있는 보일러의 스위치를 돌렸다. 분명히 봤을

텐데 엄마가 가만히 있는 건 제가 한 말의 뜻을 알고 있어서였다.

"눈 안 오면, 좀 나갔다 와요. 진짜 머리 해야겠다."

"그렇지? 해야겠지? 내일 눈 온다는 거 같던데. 뉴스 봐야겠다."

벌떡 일어나서 리모컨을 돌리는 엄마를 보고는 그녀는 제 트레이닝복을 챙겨 화장실로 가면서 말했다.

"점심 뭐 먹을까."

잠시 눈을 붙였어야 했다. 그러나 늘 머리를 붙이기만 하면 피곤에 겨워 정신을 잃다시피 했었는데 그게 잘 되지 않았다. 이층임에도 불구하고 베란다에 쌓아 놓은 짐들과 주인집 아저씨의 운동 기구들이 가득 쌓여 어둡기만 한 안방은 대낮에도 불규칙한 근무 시간을 피해 잠들기 딱 알맞을 만큼 어두침침했다. 그러나 오늘은 기분이 좋아진 엄마가 따뜻한 온수 매트 안쪽의 자리를 양보했음에도 불구하고 쉬이 머릿속의 불이 꺼지지 않고 있었다. 무엇 때문일까, 밤새 날 선 중환자 때문에 모두들 동동거리고 있어서였나? 아니면 눈이 와서 기어오다시피 한 길고 지리한 퇴근길 때문인가. 그거야 늘상 이 계절이면 있는 일 아닌가. 그럼…… 대체 뭐란 말인가. 누군가 제 마음을 들여다보기라도 하듯 혜원은 옆으로 모로 누워 이불을 뒤집어썼다. 그냥, 그냥 아주 오랜 시간이 지나면 어린 시절의 감정 따위 기억도 안 날 것이라고 생각했다.

아니 기억이 안 날 수는 없을 것이다. '그 일' 때문에 너무나 많은 것이 변했으므로. 그래도, 아니 적어도, 이렇게 스스로 난 슬픈 영화 같은 거 봐도 아무렇지도 않아요, 눈물이 왜 나는지 이해를 못하겠어, 라고 지난주에 같이 일하는 간병인들끼리 보러 간 최루성 영화를 보고도 그 '절절한 사랑의 지리함'에 아무렇지도 않았던 바싹 말라붙은 심장은 회상 같은 것에 움쩍거릴 마음의 여유조차 없을 거라고 단언했었다. 그러나 그런 자신감을 뒤로하고 왜 명치끝이 답답해지는 건가. 오랜만에 괜한 죄책감으로 호기롭게 시킨 제대로 된 상표의 피자를 허기 끝에 세 조각이나 먹은 탓이 아닐까.

이것은 가벼운 체기라고, 그 어느 누구도 묻지 않는데 혼자서 대답하느라 지친 머릿속은 쉬이 잠들지 못하고 있었다.

"얼굴 보기 힘드네요."

그녀는 말소리가 들리니 기계적으로 고개를 돌렸다. 눈부신 와이셔츠에 짙은 청색의 넥타이를 단정하게 매고 광택이 나는 진회색 빛의 슈트를 멋들어지게 차려입은 남자는 정혁이었다. 그녀는 기계적으로 고개를 숙여 인사를 했다.

"안녕하십니까."

"우리 커피도 같이 마신 사이인데 꼭 그렇게 딱딱하게 인사를 하셔야 합니까?"

"……."

바빴다. 그리고 피곤했다. 저런 부류들의 질척거림이 짜증으로 돌아올 만한 날이었다. 오늘은 일요일이었고 어제는 주말이어서 대리를 무려 7건이나 뛰었다. 대부분이 고가의 외제차였고, 여자인 자신에 대해서 다들 못 미더운지 한마디씩 하는 것도 춥고 힘들 때는 피곤한 일이었다. 내려갈 대로 내려간 기온에 반질반질한 빙판이 된 새벽길을 고가의 차를 끌고 다니는 일은 보통 신경이 쓰이는 일이 아니었다. 그리고 아침에는 내내 찌뿌둥한 날씨 덕에 나갈 수 없게 된 엄마의 히스테리가 심해져 자야 할 시간에 잠을 제대로 잘 수가 없었다.

그리고 결정적으로 그녀는 나이트 근무인데 갑자기 담당자가 일이 생겨 데이 근무로 바뀐 게 치명적이었다. 자야 할 시간인 지금 그녀는 몇 시간째, 의식을 회복한 태 회장님께 눈도장을 찍으러 오는 친지들의 방문에 허덕거리고 있었다. 정 팀장까지 가세한 자리라 그녀는 잠시 틈이 나도 쉴 수가 없었다. 막 탕비실에서 나오는 쓰레기를 버리고 오는 참이었다. 청결 제일주의인 정 팀장이 제 자리에 있는 중이라 빨리 돌아가야 했다.

"바빠서요."

"피곤해 보이네요."

피곤합니다……. 겨우 서 있는 것 같았다. 그러나 다행인 건 엄마의 히스테리를 피해 나올 수 있었다는 것인지도 몰랐다.

"언제 끝납니까? 아, 낮에 있었으니까……. 8시? 9시?"

같은 엘리베이터에 탄 게 잘못이었다. 직원용인데 저를 보고 반갑다고 좇아온 그가 올라탄 것이니까. 남자한테는 싸한 스킨 향이 퍼졌다. 저녁 6시가 다 돼 가는 시간인데 방금 일어나 옷을 차려입은 듯했다. 저 태만스러운 싱싱함이…… 부러워졌다. 저는 아침 7시 반에 나와 만원 버스에 시달리며—일요일이어서 그나마 다행이었을 것이다—9시부터 내내 몰려드는 손님들에게 차를 내가고 식사 시중을 들지 않았던가. 그러나 다들 시간 약속을 하고 번갈아 오는 듯 한꺼번에 몰리지는 않아도 비는 시간이 없을 만큼 내내 사람들이 오가고 있었다.

"끝나면 약속 있습니까?"

선의의 추근덕거림이라 해도 그녀는 대답할 기운도 없었다.

"호의는 고맙지만, 그만 해 주십시오."

땡 하는 소리가 나면서 문이 열리기 직전 그녀는 재빠르게 말했다. 그러고는 그보다 더 빨리 걸어 나갔다. 등 뒤에 어이없다는 표정의 시선이 느껴지는 것만 같았다.

막 다이닝 룸으로 들어서는데 그녀의 발길이 멈칫했다. 정장 차림의 중년인 두어 명과 역시 화려한 차림의 여자들이 서 있고 그 앞에…… 그가 서 있었다. 설명을 하고 있는 것인지 서로 대화를 하고 있는 게 보였다. 여전히 눈부시게 하얀 가운은 마치 화려한 예복이라도 된 듯 그 남자를 더욱더 빛나게 하고 있었다. 혜원은 절대 아무런 이유가 없었지만 급하게 탕비실로 들어갔다. 그런데 탕비실 앞에 웬일로 정 팀장이 흐뭇한 표정으로 서 있었다.

"다녀왔습니다."

그녀는 먼지 한 점, 물 한 방울 없는 완벽하게 깨끗한 탕비실에서도 뭔가 해야 할 것을 찾느라 허둥거리고 있었다.

"혜원 씨."

"네?"

"태 회장님 담당 집도의 선생님……."

"……?"

"아, 아니에요."

약간의 홍조가 들어 보이는 건 착각일까. 그러나 그것은 당연한 일이었다. 이미 병원 전체에 파다했다. 간호사나 스텝들은 물론이거니와 하다못해 식당에서 일하는 사람들까지도 태 회장님의 담당의가 정말로 보기 드물게 젊고 핸섬하다는 것에 대해서는 모두 같은 의견이었으니까. 노처녀인 정 팀장이 그녀답지 않게 저리 넋 놓고 보고 있는 것도 이해할 수 있었다.

저처럼…… 눈이 멀지 않는 게 이상할 정도니까.

온몸이 물먹은 것같이 처지는 퇴근 시간이었다. 빨리 이 시간이 되기만을 기다렸지만 옷을 갈아입으러 로커룸에 들어와서는 궂은 날씨 덕에 하루 종일 집 안에만 있었을 엄마를 생각하니 철제 로커의 손잡이를 잡고 있는 손은 쉬이 움직이지 않고 있었다. 그래도 하루 종일 갑갑한 곳에서 제 얼굴이라도 보려고 기다릴 엄마를 생각하며 철제문을 연 혜원에게서 갑자기 피식 어이없는 웃음이 새 나왔다. 옷걸이에 걸려 있는 눈부시게 하얀 알파카 코트와 풍성하게 드리워진 카멜 빛의 천연 폭스 퍼라니. 왜 하필 이 코트를 입고 온 걸까. 그녀의 월급으로는 가능한 옷이었는지도 몰랐다. 그러나 그녀의 월급에 비해 턱없이 들어가는 돈이 많은 그녀의 가계부에는 한참이나 어울리지 않는 코트였다. 아직도 할부가 까마득하게 남은 백화점표 코트는……. 그녀의 엄마가 산 것이었다.

벌써 십 년도 더 지났건만, 그녀의 엄마는 아직도 꿈에서 깨어

나지 못하고 있었다. 매번 잠이 들 때마다 이것이 지긋지긋한 악몽이어서 꿈에 깨어나면 평창동, 그 대저택의 비싼 이탈리아산 침대 위에서 일하는 아줌마가 갖다 주는 생과일주스로 아침을 맞이하고 싶어 했다. 넌 꼭 이게 어울린다면서 사야 한다고 우긴 눈처럼 하얀 알파카 코트에는 윤기가 가득한 폭스 퍼가 정말로 풍성하게 트리밍 되어 있었다. 위에서만 본다면 마치 고가의 모피 코트 같이 보일 만큼. 그녀의 엄마 입장에서 보면 이 코트도 그다지 성에 차지 않았을 것이었다. 그러나 지금은 그때가 아니지 않은가.

그런데…… . 왜 이 코트를 입고 나온 걸까. 이걸 입고 만원 버스를 탄다는 게 말이나 된다고 생각하는가. 혹, 그가 저를 보더라도, 제복을 입지 않은 저를 보더라도 이 코트 덕에 아직도 잘살고 있다고 말하고 싶었던 건가.

솔직해지자. 그동안 자존심 따위 생각지도 않고 살았었다. 환자들이 내뱉는 폭언과, 보호자들의 멸시와 하다못해 저보다 나이 어린 간호사들의 하대에도 그녀는 고개를 숙여 왔다. 배설물과 토사물을 치우고 먹다 남은 음식을 쓸어 담으면서도 자기는 정당한 보수를 받고 일을 하는 사람이라고 생각하고 당당해지려 애썼다.

아무도 환자의 환의를 갈아입히느라 나쁜 소리를 들어 가며 애쓰는 저가 지금 침대에 누워 있는 자기들과 같은 부류였음을, 아니 그 부류에서도 작은 여왕이라 불릴 만큼 화려한 과거를 가졌음을 모르고 있을 것이었다. 그리고…… . 정말 다행스럽게도 '그 사람'도 모르고 있었다. 그러나 이 좁은 공간에서 언제 어떻게 마주칠지 모르는 조마조마함을 가지고, 그녀는 제 눈 가리고 아웅하듯

이 좁은 로커룸에서 머리를 빗고 있음이었다.

핀 자국이 남은 머리를 정성껏 빗었다. 그리고 피곤에 찌든 얼굴을 가리기 위해서 병실에서 쓰던 핑크빛 색깔도 없는 립글로스 대신 붉은빛이 선명한 립스틱을 발랐다. 입술만 동동 떠 보였지만 그것을 다시 지우기도 그런 혜원은 캐비닛에서 가방을 꺼내 들었다. 남들은 다 알 만한, 그러나 진품엔 택도 없는 일명 짝퉁 명품 가방. 거울 속의 제 꼴이 더 우스웠지만 그녀는 애써 모른 척하고 나섰다.

"어머, 오늘 혜원 씨 약속이라도 있나 봐."

지나가던 김 간호사가 웃으면서 하는 말이었지만 혜원은 왠지 그것이 조롱같이 느껴졌다.

"……네. 들어가겠습니다."

그러나 꾸벅 인사를 하고 잰걸음으로 나섬으로써 제 속을 남에게 보이지 않고 엘리베이터로 향했다. 지하 주차장으로 나오면서 그녀는 흘낏 선이 그어진 안쪽의 주차장에 주차된 검은색 포르쉐 파나메라를 흘낏 쳐다보았다. 병원에 이미 호텔만큼 훌륭한 의사들의 숙소가 있으니 오늘도 '그'는 주치의로서 병원에 있겠지……. 혜원은 얼른 시선을 돌린 채 찬바람이 쏟아져 들어오는 입구로 향했다.

땡 하는 소리와 함께 엘리베이터가 멈췄다. 엘리베이터에 탄 사람은 짜증이 확 일었다. 시간이 없는데, 방금 전에 나갔다는 여자를 찾으려면 빨리 내려가야 했다. 엘리베이터의 문이 열리자 문

앞에는 차가운 인상의 금테 안경이 반짝거리는 남자가 검은색의 매끄럽게 흘러내리는 고급 슈트를 입은 채 서 있다가 들어섰다.

"아, 안녕하십니까!"

정혁은 고개를 까딱하면서 알은체를 했다. 몇 번이나 봐 왔던, 남자로서도 감탄할 만한 외모를 지닌 조부님의 주치의였다. 상대는 자신을 아는지 모르는지 역시 미미하게 고개를 끄덕이는 것으로 대신했다. 미국에서는 의사도 외모순으로 뽑는가 싶을 만큼 금속으로 된 거울 같은 엘리베이터 내부에 비치는 이 멋들어진 의사 선생의 외모는 같은 남자로서도 끌릴 만큼 대단해 보였다. 게다가 키도 한 뼘 정도 크지 않은가. 다만 저 찌푸린 것 같은 차가운 인상 덕에 싸늘한 기운이 가득하긴 했지만.

"덕분에 조부님께서 고비를 넘기셔서 다행입니다."

지하까지 가야 하는 적막이 답답해진 그가 한마디 했다.

"과찬이십니다."

그러나 그 목소리에는 당연한 것 아닙니까 하는 뜻이 배어 있는 게 보일 듯했다. 머쓱해진 그가 더 이상 말을 하지 않아도 되는 것은 빠른 엘리베이터의 속도 탓일 것이었다. 다행이었다.

"그럼."

땡 하는 경쾌한 소리와 함께 부드럽게 열린 문 사이로 키도 크고 그만큼 다리도 길 듯한 의사가 먼저 고개를 까딱이며 나가자 그는 옅게 풍기는 향수 냄새마저 기분이 나빠질 듯했다. 물론 병원에서는 절대 맡을 수 없었던 향기. 곧은 뒷모습과 당당한 걸음걸이마저 시선을 휘어잡을 듯한 저 잘난 의사의 뒷모습을 보고 있다가 그는 이런 하고 한마디를 하고 차로 뛰듯이 달려갔다. 그 여자가 방금 병원을 빠져나간 걸 잠시 잊고 있었다. 가장 입구에 주차되어 있던 그의 차가 지하 주차장을 나서면서 요란한 경고음이 차가 나가는 것을 알리는데 미끈한 검은 차가 뒤따르는 게 언뜻 백미러로 비치고 있었다.

얼어붙은 길바닥, 차가운 공기……. 진입로가 하나인데다 커다란 교차로가 앞에 있어 긴 신호대기 시간이 있는 탓에 차들은 길가에 가득 서 있었다. 그러나 9시가 넘은 시간이라 길가에 지나는 사람은 없었다. 얼른 걸음을 재촉해 간 버스 정거장에만 서너 명이 발을 동동 구르며 버스를 기다릴 뿐이었다.

하얀색의 알파카 코트는 보이는 만큼 따뜻하지 못했다. 차가운 바람이 부드럽고 고급스러운 직조 사이로 그대로 통과하는 느낌이었다. 차라리 두터운 패딩 점퍼를 입었더라면 하는 생각을 하며 폭스 트리밍 사이로 고개를 숙이고 있는 그녀의 발끝도 식어 그들과 동동거릴 때였다. 일요일이라 배차 간격이 넓어진 버스는 쉬이 오지 않고 있었다. 다만 검은색의 둔중한 차 한 대가 늦은 시간임에도 진입로가 하나뿐이라 신호대기에 걸려 길게 늘어선 차들 사이로 버스가 다니는 차선에 슬슬 다가오고 있는 게 보였다. 검은색의 신형 에쿠스 한 대가 버스 정거장 쪽 차선으로 들어섰다. 그러나 혜원은 그 차보다는 저 멀리서 보이는 버스의 번호를 확인하느라 여념이 없었다. 그사이에 버스 정거장에 눈치도 없는 에쿠스 승용차는 비상등을 켜면서 와 섰다. 그러고는 검은색의 유리창이

스르르 내려갔다.

"혜원 씨!"

제 이름이었지만 혜원은 그것도 모른 채 까치발까지 하고는 버스를 보고 있었다. 빵빵거리는 클랙슨 소리가 울렸다.

"혜원 씨!"

"……?"

그제야 고개를 돌린 혜원은 차 안쪽에서 부르는 제 이름에 당황했다.

"타요."

"괜찮습니다."

또 그 사람이었다. 피곤한 몸을 누이고 싶을 뿐이었다. 얼른 이 거추장스러운 코트를 벗고 싶었다.

"타요."

"괜찮데도요."

이곳은 병원 밖이었다. 밖에서 저 사람은 길 가는 사람이고, 저는 길에 선 여자일 뿐이었다. 그게 짜증스럽게 거절할 수 있는 용기를 주고 있었다.

버스가 다가오고 있었다. 버스가 서야 할 곳을 점령한 차에 대해 거친 클랙슨 소리를 내고 있었다.

"타요, 뒤에 버스 옵니다."

사람들이 짜증스럽게 쳐다보는 게 느껴졌다. 버스의 빵빵거리는 소리는 귀청이 찢어질 듯했다.

"타세요."

그러나 남자의 목소리는 오히려 여유로웠다. 사람들의 시선과 뒤에 선 버스의 요란한 소리 때문이었다. 단지 그 때문이었다. 혜원이 막 그 새카만 에쿠스의 옆으로 올라탈 때 바로 옆에는 검은색의 외제차가 신호에 걸려 서 있는 차들 뒤로 서 있었다. 그러나 그걸 볼 사이는 없었다.

"거봐요. 길 막지 말고 타셨어야죠."

혜원에게 느긋하게 말을 붙이며 남자가 미안함을 뜻하는 비상등을 켜고 우측으로 차를 빼려다 뒤에 있는 차를 못 보고 끼익하고 급하게 브레이크를 밟았다. 앞으로 가려던 옆 차에서도 요란한 소리가 났다.

"어멋!"

"아이쿠!"

두 사람이 동시에 소리를 칠 만했다. 얼른 창문을 내리고 손을 흔들어 죄송하다는 표시를 하는 정혁을 혜원은 난처한 눈으로 보고 있을 뿐이었다. 따뜻한 차 안의 공기 덕에 무례한 이 남자의 행동이 조금 용서가 될 듯한 혜원이 가방을 챙기고 급하게 들어와 앉느라 구겨진 엉덩이 부분의 코트를 정리할 때 차는 뒷차의 양보 덕에 차선을 탈 수 있었다.

"혜원 씨 얼굴 보느라 큰일 날 뻔했네요."

본인은 농담이라 생각하겠지만 혜원에게는 그러하지 못했다.

"다시는 이러지 마세요."

운전대를 잡은 손에 파란 힘줄이 솟아 있었다. 바로 앞에 선 둔

중한 차의 뒤쪽에는 빨간 브레이크 등이 켜져 있었다. 그리고 그 너머 유리 안, 열선이 보이는 차창 안쪽의 두 사람의 실루엣이 어렴풋이 보였다. 툭 튀어나온 차에서 넉살 좋게 차창을 내리고 손을 흔들던 녀석은 아까 엘리베이터에서 마주친 제 환자의 가족이었다. 아마 손자뻘쯤 되겠지. 노친네가 혼수상태에서 깨어나 손을 맞잡을 정도면 손자들 중 아끼는 녀석임이 틀림없었다.

그리고…….

여자가…… 그 여자가 거기 있었다. 그 여자와 가장 잘 어울리는 모피 코트에 싸인 창백한 그 여자가.

병실에 왔었던가? 여자를 본 기억은 없었다. 저 남자는 몇 번 봤지만. 사람을 한 번 보면 잊어버리지 않을 저가 병실의 그 무수히 많은 있는 것들 사이에 여자를 본 기억은 없었다. 아까 분명히 남자 혼자 엘리베이터를 탔었는데……. 오랜 시간이 지났다. 여자가 아닐 수도 있었다. 제가 변했듯이 여자도 변했을 것이다. 그러나, 그러나 왜, 이렇게 보자마자 한 번에 알아볼 수가 있는 건가.

그, 여자의 엄마라는 아직도 기억이 생생한, 제 뺨을 올려붙이던 느낌까지도 마치 어제 일처럼 생생한 그 여자가 악다구니 치지 않았던가.

'너 같은 건 쳐다볼 생각도 말아! 우리 혜원이는 세진 건설의 며느리가 될 거란 말이야! 강간범 주제에! 예쁘고 돈 많은 집 딸이나 꼬셔서 팔자나 고치려는 파렴치한 새끼! 너 같은 것들은 다 잡아다 감옥에 처넣어야 해!'

그 세진이 바로 SJ그룹이 됐단 말이지. 저기 있는, 웃음이라곤 찾아보기 힘든 거만하게 찌푸린 인상의 그 여자를 보려고 여기까지 와 이러고 있는 거냐?

13.

"내일은 몇 시에 옵니까?"

제가 운전을 하지 않아도 되는 따뜻하고 안락한 차 안의 푹신한 시트에 앉아 본 게 얼마 만일까. 택시하고는 격이 다른 중형차는 시동이 걸렸는지도 모를 만큼 조용하고 따뜻했다.

"혜원 씨?"

"내일 안 가는데요."

돈 많고, 저에게 호감이 있는, 게다가 잘난 이성에게 경계의 끈을 잠시 늦추는 것은 너무 피곤하고 힘든 하루를 지낸 마무리가 몸을 노곤하게 했기 때문이었다. 태워다 주셔서 감사합니다만 여기서 내려 주십시오, 하는 말을 하기엔 중간에 내려서 타야 하는 버스나 택시의 번잡스러움조차 감당 못할 만큼 피곤했다.

"저녁 먹었습니까?"

잠시 짬을 내서 뭔가 먹긴 먹은 것 같은데 기억이 없었다. 그리고 지금은 뭔가 넘어갈 것 같지도 않았다.

"먹었습니다."

"피곤하신가 봐요?"

남자의 싱싱한 목소리가 대꾸할 힘조차 없게 만들었다.

"오늘은 더 이상 추근덕거리면 안 될 것같이 느껴지는데…….
내일 예약 좀 해도 될까요?"

안 될 소리였다.

*   *   *

"……그건 사람으로서 할 말이 아니지 않습니까!"

눈앞의 여자도 자식을 가진 부모가 아닌가, 어찌 인간의 탈을
쓰고 그런 말을 할 수가…….

"니가 한 짓은 인간이 할 짓이냐?"

저가…… 한 일이 인간이 할 짓이 아니었나. 그는 입술을 꾹 깨
물었다. 찝찔한 피의 맛이 느껴졌다.

"이따, 내가 연락하면 전화해서 말해. 수술하라고."

"저는 못 합니다."

"말해!"

"저는 못 합니다!"

그의 목소리가 커졌다.

"어디서 이런!"

손바닥이 날아오는 것을 보았지만 그는 막으려고 하지 않았다. 아니, 막을 수 없었다. 저보다 한참 키가 작은 여자는 제가 분한 만큼 힘껏 또다시 그의 얼굴에 시뻘건 손자국을 남겼다.

"너 같은 게, 가당키나 해? 우리 혜원이 세진 전자 며느리가 될 아이야, 그런 순진무구한 애를 꼬셔서 일을 이따위로 만들어 놓고 뭐라고?"

고개를 숙이고 있던 그가 차가운 땅에 털썩 무릎을 꿇었다.

"제가 잘못했습니다. 그러니까……. 저는 그런 말 못 합니다. 저 열심히 공부해서 혜원이한테 어울리는 사람이 되겠습니다. 그러니까……."

"닥쳐! 넌 다시 태어나도 안 돼!"

다시…… 태어나도 안 되는 건가. 아버지가 돌아가셨을 때도 절망을 맛보았었다. 제 늙은 어미가 누렇게 뜬 얼굴을 한 채 미안하다는 말을 하고 눈을 감을 때도 세상의 절벽 끝에 서 있었다. 그러나 이제는 그 절벽으로 떨어져 다시 태어나도 안 되는 건가. 자신은 왜 이러고 있는 건가, 왜 이 엄동설한에 얼음이 낀 차가운 아스팔트 바닥에 무릎을 꿇은 채 서서히 자신을 마비시키는 것 같은 냉기 속에 이러고 있는 건가.

"너, 좋은 말 할 때 혜원이한테 전화하고 떠나. 내가 시키는 대로 하지 않으면, 여기서 모두 끝장 날 줄 알아. 미국? 거긴 아무나 가는 줄 알아? 대사관에 있는 혜원이 작은 아버지한테 연락 넣어서 너 비자 같은 거 발급도 못 받게 하는 거, 일도 아니야. 서울대 의대 부학장이 누군 줄 알아? 혜원이 할아버지 외조카라고. 교환 학생 같은 거 학장이 허가 안 내면 못 가는 거 몰랐지? 한국에서 그 어디도 발도 못 붙인 채 살아가게 해 줄까? 아, 또 뭐 있더라. 그래. 너 병원에 빚도 있던데? 내가 모를 줄 알았지? 몇 푼 안 되지만 그거 떼먹고 미국으로 뜨면 넌 범죄자가 되는 거야. 알기나 해?"

그의 얼굴이 굳어졌다.

"쥐도 새도 모르게 매장당하고 싶어? 니가 전화를 하든 안 하든 그건 상관없어. 어차피 일은 일대로 다 될 거니까. 하지만. 난 우리 애 저런 꼴 못 봐. 니까짓 것 때문에 물 한 모금 안 넘기고 저런 꼴을 못 본다고! 그러니까 전화해! 그럼 니 소원대로 미국이든 어디든 보내 줄 테니까. 그리고 다시는 나타나지 마. 니가 아무리 날고뛰어 봐도 우리 발바닥의 때만도 못한 놈이니까!"

분명히 찬물이 쏟아져 내리고 있는데도 그는 차가움을 느끼지 못했다. 그러나 어느새 덜덜 떨리며 부딪치는 것 같은 잇소리에 그는 물을 잠갔다. 커다란 욕실에서 나오자 화려한 포인트 벽지가 있는 곳에 걸려 있는 대형 벽걸이 티브이와 푹신한 최고급 소파가 보였다. 그러나 그에게는 아무 감흥이 없을 뿐이었다. 시퍼런 입술을 하고 그는 뚝뚝 물이 떨어져 내리는 머리카락을 닦았다. 대충 걸치고 여민 푹신한 샤워 가운마저 최고급품이 분명했다. 그는 머리에 남은 물기를 털어 내면서 거실 옆에 있는 방으로 갔다. 거기에는 커다란 책상과 푹신한 의자, 그리고 커다란 컴퓨터와 책장에 책들이 나란하게 꽂혀 있었다. 그냥 고급 호텔과는 다른 이 방. 이곳은 오성급 호텔이 아니라 병원의 직원용 숙소였다. 다만 그 직원용 숙소 중에서도 가장 시설이 좋은 곳이 바로 이 방이었다. 그의 입술이 한쪽 끝이 삐죽하게 올라갔다. 켜져 있는 컴퓨터의 마우스를 딸깍거리자 바로 환자의 병실에 설치된 CCTV와 그 옆에 연결된 바이탈 체크를 위한 각종 기기들의 지표가 가득 떴다. 그가 있던 곳에도 없던 시설이었다. 매끄럽고 푹신한 의자에 앉자 온몸이 푹 감기는 것 같은 느낌이었다.

이런 곳의 책임자가 된다는 것……. 괜찮은 기분이었다.

*　　*　　*

거울 속의 여자는 누구일까.

묻고 싶지 않다. 세팅기로 말아서 웨이브 진 머리카락을 솜씨 있게 만져 올림머리를 만드는 손길이 정말로 능숙해 보였다. 예전에 저가 다니던 헤어숍의 디자이너 선생이 문득 생각났다. 제 얼굴을 그리 칭찬하던 그 사람은 지금 어디 있을까. 한 올 한 올 심어 붙여 주는 속눈썹이 눈을 또렷이 보이게 하고 있었다. 솜씨도 좋고 속도도 빠른 것이 마음에 들었다. 부드럽게 잘 발려지는 크림 파운데이션은 피곤에 찌든 자신의 얼굴을 물기 가득하고 싱그럽게 만들어 주었다. 그리고 몇 번의 드라마틱한 솔질로 창백한 얼굴에 금방 생기를 주고 있었다. 나쁘지 않다. 아니 오히려 괜찮은 기분이었다.

"피부 관리를 좀 받으셔야겠어요. 조금만 받으시면 정말 좋아질 거예요."

알고는 있다. 그러나 고개를 끄덕이지는 않았다. 한 번쯤의 기분 전환일 뿐이니까.

'그냥…… 기분 전환입니다. 혜원 씨를 모욕하거나 얕봐서 그런 거 아닙니다. 거 뭐, 요즘 케이블에서 시시껄렁하게 하는 프로들 있지 않습니까, 메이크 오버라고 하나……. 그냥 잠시 시간을 내 주시면 됩니다. 화장 좀 하고 옷 좀 갈아입고 그냥 딴사람이 돼서 하루쯤 편히 즐기자는 거죠. 저도 딱히 재미있어 할 자리는 아닌데, 얼굴은 내밀어야 하고 혼자 가면 시선을 너무 끌 것 같고 누군가 같이 가기엔 부담스럽고……. 점심부터 저녁까지 풀로 대접하겠습니다. 저도 보는 눈이 있습니다. 메이크 오버가 안 될 사람이라면 말씀도 안 드리지요. 혜원 씨는 기본적인 미모가 있으시니까. 깊은 의미 같은 거 없습니다. 그 뒤로 질척거리지도 않겠습니다. 여자들은 기분이 우울할 때 머리스타일 하나만 바꿔도 풀린다고 하던데……. 그냥 그런 의미로 생각하십시오. 물론 제가 환호성은 질러 드리겠습니다. 비용도 대지요. 뭐 더 원하시는 거 있으시면 그것도…….'

어쩌자고 이런 의자에 앉아 있는 걸까. 기절한 듯이 자고 일어나니 바뀐 엄마의 머리 모양이 보였다. 염색을 한 듯 앞에 살짝 난 흰머리들이 가렸고, 그냥 옅은 웨이브가 있는 드라이 펌 같아 보였다. 추워서 밖에 나가지도 않는 사람에게는 하등의 쓸모가 없어 보이는……. 그러니 휴대폰에 찍힌 카드 사용 확인란에 쓰여 있는 25만 원이라는 금액은 그녀를 화나게 하는 것이 당연했다. 밤새 대리기사를 뛰어도 그것의 반도 벌 수 없는 딸의 불평 정도는 참아 줘야 했던 거 아닐까. 또다시 지리한 신세타령과 히스테리가 시작되었고 그 갑갑스럽고 어두운 집에 홀로 놔두면 안 된다는 것을 알면서도 혜원은 어떻게 알았는지 제 번호로 걸려 온 전화를 받고 나오고 말았던 것이다.

엄마도 이런 기분이었을 것이었다. 무릎걸음으로 가져다주는 고급스러운 아메리카노를 마시면서 손끝에 정성스럽게 에센스를 바르고 살짝 삐져나온 네일 컬러를 아세톤으로 지우면서 마치 죽을 죄를 지은 것처럼 곰살맞게 죄송합니다를 연발하는 젊은 여자의 매끄러운 손길을 받으며 우아하게 괜찮다고 말할 수 있는 이 기분……. 그냥 십여 년 만에 맛보는 이런 나른한 부유함에 대한 향수는 깨나고 싶지 않은 달콤한 꿈 같았다.

재계 2순위인 SJ그룹 명예 회장의 손자였다. 그러니 이런 명품관에서 가격표 따위 신경 쓰지 않고 옷을 고른다고 해서 저 남자가 제게 헛기침을 하며 신호를 줄 리 없었다. 그저 VVIP용 의자에 앉아 차를 마시면서 매끄러운 종이의 잡지를 보는 척 자신에 대한 관대함을 보여 주고 있을 뿐이었다. 아마 이따가 유려한 손짓으로 한도 따위는 없는 플래티넘 카드의 명세서에 사인을 하고는 영수증 따위는 받지도 않을 것이었다.

손에 감기는 매끄러운 실크의 감촉이 명치끝이 아리도록 부드러웠다.

"보는 눈이 있으시네요. 사모님의 체형에 잘 어울리시죠."

사모님이라는 말이 나올 만큼 나이를 먹은 것을 빼면. 직원이
저를 뭐라 불러도 상관없을 만큼 괜찮은 기분이었다. 피팅룸에까
지 따라오는 직원을 거절한 건, 안에 입은 속옷 탓일 것이다. 좀
더 천천히 골라도 되는데 처음에 눈에 띈 것을 들고 피팅룸으로
들어간 건, 아무래도 상대에 맞춰 골라 입은 옷이지만 이 매장과
는 어울릴 수 없는 제 옷 때문이기도 했다. 미디길이의 스커트와
그냥 입기엔 좀 과하지만 단출하고 매끄러운 블라우스를 입어 마
치 한 벌 같은 느낌을 주는 매끄러운 투피스를 입고 지퍼를 채우
면서 문득 그녀는 '그'를 생각했다. 저의 전지전능한 카드로 그에
게 지금도 생생한 블루블랙의 날렵한 슈트를 사서 입혔을 때, 그
도 그 피팅룸에서 옷을 입으면서 이런 생각을 했을까. 아니…….
그렇지 않을 것이다. 저는 지금 그냥 단순한 기분 전환일 뿐이었
다. 돈에 팔려 가는 그런 심정을 느끼지는 않았다.

그는…… 어떤 기분이었을까.

"제 눈이 틀리지 않았습니다. 그런데 좀 더 밝은 옷으로 하시지
그랬어요."

호들갑스럽게 브라보를 외치지 않는 남자의 태도도 마음에 들었
다. 남자는 저를 배려해서인지 약간의 찬사와 제 의견을 덧붙일
뿐이었다.

"그냥 이게 마음에 들었어요."

가격표에 대해서만큼은 가시 돋친 말을 할 수 없는 입장이 되어 버린 혜원이 조심스럽게 말했다.

"뭐, 괜찮습니다. 마음에만 드신다면. 지금 보니까 괜찮아 보입니다. 보는 눈이 있으시군요. 자, 이제 뭐가 더 필요하나⋯⋯. 거기 어울리는 보석이 필요하겠네요."

보석이라⋯⋯. 그녀의 얼굴에 떠오르는 난처한 빛을 보더니 그가 쾌활하게 웃으면서 말했다.

"렌탈해야죠. 제가 보석까지 선사할 만큼 일을 하고 있지는 않아서요. 가시죠. 여기 위층에 가면 우리 누이들 단골 샵이 있습니다. 보험료만 내고 렌탈하죠."

익숙한 광경이었다. 물론 인테리어도 바뀌었고, 진열된 물건들도 최신 트렌드였지만, 들어오는 동선이나 방법 따위는 비슷했다. 크리스마스나 엄마의 생일이 되면 그녀의 아빠는 막 사춘기를 지난 그녀를 데리고 엄마에게 할 깜짝 선물을 고르려 왔었고, 혜원은 실크 장갑을 낀 직원들이 이것저것 늘어놓는 온갖 화려한 장신구들에 대해 하나하나 품평하기를 즐겼었다. 마치 전생의 일처럼 명확하게 생각이 나면서도 비현실적인 기억은 그녀를 묘한 감정에 빠지게 했다.

"안녕하십니까!"

마치 무슨 과일가게나 동네 슈퍼에 온 듯한 남자의 소탈한 인사에 기계적인 미소로 화답하는, 얼굴마저 고고해 보이는 명품관 주얼리 숍의 직원들의 모습에서 남자는 적어도 몇 번은 이곳에 드나

들었겠다 싶었다.

"안녕하세요, 이사님. 귀국하셨다는 소리는 들었는데요."

"한가하시나 보네요. 요즘 경기 안 좋습니까?"

남자는 모든 걸 제쳐 두고라도 사람을 기분 좋게 만드는 목소리를 가진 건 틀림없었다. 듬직한 체구에서 나오는 굵고 낮은 목소리는 근사한 바리톤의 음색 같았다. 얇은 실크 투피스가 딱 어울리는 쾌적한 공기, 고급 방향제의 은은한 향기가 떠다니는 특별한 사람들만의 공간, 낮게 틀어 놓은 라디오의 소리처럼 남자의 굵은 목소리와 청아한 숍 매니저의 실없는 농담이 낮게 깔리는 이 럭셔리한 공간을 천천히 돌아보는 그녀의 시선은 예전처럼 느긋했지만, 묘한 감회에 살짝 흔들리고 있었다. 다시 이런 공간에 들어올수 있을 거라 생각이나 했었을까.

"이건 어떻습니까?"

이게 좋다 저게 좋다 고를 주제나 되는 걸까. 어색하게 웃어야 하는 건가, 아니면 그건 좀 아닌데요라고 말을 했어야 하나. 혜원은 뻣뻣하게 굳은 얼굴을 풀기 위해 애썼다. 적어도 이 남자 때문에 이런 잠깐의 꿈이라도 꿀 수 있는 거니까.

매끄러운 드레스같이 흘러내리는 투피스에 새빨간 루비로 된 펜던트와 이어링은 마치 강렬한 꽃을 꽂은 것처럼 빛났다. 과하지 않은 올림머리, 자연스러운 화장, 일할 때보다 훨씬 높은 구두, 그다지 비싸지는 않지만 잘 어울리는 클러치 백…… . 거울 속의 여자는 12년 전 그 철부지 노랑머리의 정혜원이 수순대로 이 남자의 아내가 되었다면 이런 모습이었을 거라는 걸 보여 줄 만했다. 아니, 그것보다는 조금 초라하긴 했다. 괜한 자격지심에 골라 든 옷은, 한도 없는 카드로 긋는 사람에겐 아무렇지 않다 해도 그것을 받는 사람은 하등의 이유가 없기에 그녀는 그나마 분수에 맞는 걸 고르려고 애썼는지도 몰랐다. 강산이 한 번 바뀔 만한 시간이 만든 여자의 현실성일지도. 그러나 그걸 아는지 모르는지 듬직한 남자는 자연스럽게 그녀의 팔을 끌어다 자신의 팔에 걸치면서 말했다.

"첫사랑 이야기는…… 조금 사기를 쳐 본 겁니다."

"……."

"이름은 똑같아요. 왜냐하면 제게 스카이다이빙을 가르친 선생님하고 이름이 같아서 기억하고 있었거든요. 그 아가씨와 선을 볼 생각이었나 봐요. 뭐 조부님 칠순 때 잠깐 보긴 했지만. 전형적인 재벌가의 공주님 같은 아가씨였죠. 솔직하게 사랑을 느낄 시간은 없었습니다. 그러나 혹시 그 아가씨와 만났더라면 사랑에 빠졌을지도 모르지요. 혜원이라는 이름은 그런 마력을 가진 것 같거든요. 그런데 그쪽 집 사업이 뭔가 잘못되더니 그 아가씨 외국으로 나가 버렸다고 하더라구요. 그렇지 않더라도 뭐 연결되지는 못했겠죠. 이쪽에서는 결혼도 비즈니스라. 덕분에 저는 그 나이에 족쇄 안 차고 잘 돌아다니다 이런 신세가 돼 버렸습니다. 이제는 뭐 잘 팔리지도 않을 나이가 돼 버려서……. 후회는 없습니다. 이렇게 아름다운 혜원 씨도 만날 수 있는 기회가 생겼으니까요."

가볍게 웃어 줬어야 하는데 웃음이 나지 않는 이야기였다.

그 정혜원이는 외국으로 가 버렸구나…….

*　　*　　*

점잖은 자리였다. 그가 말하는 것처럼 아무나 끌고 가서 차려진 뷔페음식이나 먹다 올 만한 곳은 아니었다. 제 딴엔 좀 과하지 않을까 했던 옷도 여기서는 옆에서 와인 잔을 들고 지나가는 종업원들같이 보일 만큼 수수했다. 다만 렌탈한 붉은색의 캐럿이 좀 과한 루비 펜던트 덕에 그들과 차이가 나 보일 뿐이었다.

남자는 대단한 조부 덕인지 그다지 차려입지도 않았고 나서지도 않았지만 은근히 사람이 모이는 곳에 중심이 되는 듯했다. 그의 곁에는 그와 같은 재벌 3세들인지 다들 얼굴이 훤하고 미끈한 축들이 모여서 아무렇지도 않은 농담에도 웃음꽃이 피곤했다. 그녀는 십여 년 만에 맛보는 최고급 샴페인을 홀짝거리면서 그냥 이 기분에 취해 있을 뿐이었다. 누군가 말을 거는 사람도 없었다. 누군가의 출판 기념회 비슷한 자리였는데 그다지 중요해 보이지 않는 그런 시집 같은 것이었던 거 같았다. 식순이 다 지난 다음에 들어와서 이리저리 돌아다니는 사람들은 열심히 연주하는 클래식 음악 밑으로 저들끼리 아무것도 아닌 일에 웃음을 날리면서 얼굴 도장을 찍고 있을 뿐이었다. 그가 말한 대로 그녀를 데리고 인사를 하러 다니거나 하지도 않았다.

낮은 음악, 화려하게 꽂혀 있는 꽃들에게서 풍기는 싱그러운 향기, 보기에는 화려하지만 별 맛은 없어 보이는 음식들, 가식에 찬 낮고 교양 있는 웃음소리들……. 그냥 이런 것이 그녀에게 안도를 주고 있었다. 마치 꿈을 꾸듯……. 오감이 생생한 꿈을 꾸는 그런 기분이었다. 갑갑한 방 안에서 넌더리나는 끝도 없는 말싸움을 피해 나온 것치고는 상당히 괜찮은 기분이었다. 잠깐, 티비를 보며 한숨이나 쉬고 있을 엄마도 이곳에 왔었더라면 한 달쯤은 기분이 좋아지지 않을까 하는 정말 쓰잘데기 없는 생각까지 날 지경이었다. 제 한심스러움에 저도 모르게 입꼬리가 올라갔다.

"정혁이하고 오셨죠?"

정신을 차려 보니 누군가 저에게 말을 걸고 있었다. 네라고 대답했던가.

"내가 저 녀석을 아는데……."

범인이 입기에는 난해할 듯한 묘하게 날렵하여 왜소하게까지 보이는 슈트, 가느다란 넥타이, 얼굴에는 탐욕이 덕지덕지 붙은 그런 얼굴……. 왠지 혜원은 저 남자가 자기에게 할 이야기가 보이는 것만 같았다.

"그쪽이 마음에 드는데. 나랑 나가는 건 어때?"

갑자기 뭔가가 머릿속을 확 비집고 기어 나오는 듯한 느낌이었다. 데자뷰라는 게 바로 이런 걸까. 아주 오래전이라 기억조차 모호했던 시간이 생생하게 떠올랐다. '그'도 이런 기분이었을까. 왜 웃음만 나는 걸까. 혜원의 웃음에 대한 의미를 모르는 채 상대는 그녀의 허락을 받은 것 같은 표정이 되었다.

"출구로 나와."

뭔가 말을 해야만 했다. 이미 오케이 사인 난 줄 안 상대에게 정확한 대답을 해야 했다. 그러나 그것은 옆에서 먼저 나왔다.

"나도?"

바리톤 같은 목소리가 정색을 하면서 대답하자 저쪽에서 당황한 눈치였다.

"그…… 쳇!"

뭐라 말을 하려다 혀만 차고 황망하게 돌아가는 것을 보고 혜원은 쓴웃음을 지을 수밖에 없었다. 이런 기분이었겠구나……. 그럼에도 불구하고 그는 잘 참아 주었구나……. 남자가 뭐라 말을 하는데 그녀는 병실에 있을 하얀 가운을 입은 그를 생각해 내고 있었다. 이제는 다시는 다가갈 수도 없는, 쳐다보아도 안 되는 그 어느 곳에 가 버린 그를…….

"나가죠."

그가 자신의 어깨를 감싸 안고 떠밀 듯 걷는 것을 보고 그녀는 미망에서 벗어났다. 어쩜 이리 그때와 똑같을 수가 있단 말이냐…….

어딘가, 어딘가가 불편했다. 그러나 그걸 꼭 꼬집어 말을 할 수가 없었다.

"이런 자리에는 저런 녀석들이 꼭 있기 마련입니다. 우리끼리 한잔하러 갈까요."

어찌 저리…… 제가 한 말과 똑같은 말을 할 수 있을까. 혜원은 이제 웃음도 나지 않았다. 갑자기 피곤이 몰려왔다. 아무것도 하지 않은 날인데도 피곤했다. 오늘도 대리를 나가야 하는데, 술이라니.

"집에 가고 싶네요."

그나마 청량한 호텔의 휑한 로비에 나오니 숨통이 트이는 것 같았다. 뭔가 불편했던 것을 찾아 고개를 숙이는데 가슴에서 반짝거리는 새빨간 것이 보였다.

"이…… 펜던트 도로 갖다 주러 가야 하잖아요."

"뭐 할 수 없죠. 질척거리지 않기로 했으니까. 아쉬운 대로 백화점으로 돌아가는 길을 2차 삼아야겠네요. 가서 뭐 요기나 좀 하고 가죠. 그 정도는 괜찮죠?"

"네……."

제 상황이 거절하는 말을 끝까지 할 자격이 없음을 잘 알고 있었다. 그러니 이쯤에서는 이 사람의 말을 들어 주는 게 예의 같았다. 옷값만큼은 웃어 주는 게 예의일 테니까. 허기와는 상관없는 장식품 같은 음식들 외에는 아무것도 먹지 않은 빈속은 염치도 없게 고개를 끄덕이게 하는 데 일조를 하고 있었다.

"아……."

"왜 그러시죠?"

아까부터 불편했던 게 어딘지 알 수 있었다. 요즘의 유행에 맞춘 턱없이 높은 구두. 그 오픈 토 구두의 화려한 장식 귀퉁이가 어디에 걸리는 것 같았다. 발가락 끝인가. 그녀가 허리를 숙이자 남자는 재빨리 무릎을 굽히더니 그녀의 발 앞에 허리를 숙였다.

"아, 저기 안 그러셔도……."

"아, 여기 끼었네. 이거 싼 건 아닐 텐데. 가서 뭐라 한마디 해야겠네요. 그냥 계십시오. 제가 빼 드릴게요."

갑자기 가슴 한 귀퉁이가 쩡한 느낌이다. 운동화 끈을 매어 주는 착한 소년을 애인으로 가진 것 같은 그런 감미로운 느낌이었다. 그런데 누가 볼까 미안스러워진 그녀가 고개를 든 순간이었다. 갑자기 숨이 턱하니 막혀 왔다.

* * *

"희진이한테 들었습니다."

"……."

그는 대답 없이 앞에 놓인 화려한 색조의 닭가슴살 냉채를 집어 들었다.

"종합병원의 바쁜 일상하고는 거리가 멀지요."

눈앞에 놓인 사시미에서 커다란 도미의 머리가 꿈틀거리는 게 신경 쓰였다. 제 살이 발라져 올려 있는 생선의 말간 눈알을 피해 고개를 돌렸다.

"하지만 나름대로 우리 클리닉도…… 속된 말로 하자면 스릴이 넘친다고나 할까요. 그렇지 않습니까?"

"네……."

"참! 아버지도."

가벼운 농담에도 자리는 그다지 가벼워지지 않았다. 과한 한정식 상이 떡하니 벌어져 있었지만 다들 음식에는 그리 손댄 자국조차 없어 보였다. 상 저편에 있는, 한눈에 보아도 원장님이라 불릴 수 있을 만큼 근엄한 표정과 근엄한 목소리를 지닌 사람이 너털웃음을 지으며 말했다.

"김 박사가 두 번째 클리닉을 디트로이트에 열고선 그쪽에 전력을 다하는 바람에……. 나름 생각해 봤는데. 솔직히 말하자면 닥터 길이 너무 젊다는 게 걸리는 건 사실입니다."

아직도 말을 놓지 않고 있는 것 보면 걸린다는 게 그리 작은 일만은 아님이 분명했다. 그러나 싸한 분위기 탓인지 말을 돌리려는 듯 웃음을 띠며 말했다.

"한 번 직접 와 보니까……. 어떻습디까?"

"기대 이상입니다. 그러나 제가 보기엔 의료인보다는 경영인이 필요할 듯 보이는데요."

그의 대답은 싸늘했다.

"잘 보셨습니다. 그렇죠. 정말로 솔직히 말하자면, 우리는 닥터 길의 명성을 사려는 것입니다. 존스홉킨스는 무시 못 할 명성이죠. 게다가 닥터 길의 화려한 이력도 그러하고."

그는 말없이 앞에 놓인 술잔을 들었지만 입술만 대고 다시 내려놓았다.

"기로에 놓인 것 알고 있습니다. 학자의 길을 갈 것인가 아니면 명성과 부를 선택할 것인가."

학자라……. 그는 피식 웃음이 새어 나오는 것이 느껴졌다. 자신이 학자의 길을 간 적이 있던가.

"단도직입적으로 말하지요. 제가 제시하는 것은 클리닉의 부원장 자리입니다. 아마 진료보다는 다른 일들이 많겠죠. 그에 대한 대가는 제가 전에 제시한 연봉 외에 클리닉의 지분 4.25%에다 해

마다 0.5%씩의 누적 지분입니다."

그 정도면 저 풋내기는 넙죽 절을 해야 할 것이었다. 그러나 여전히 들고 있던 술잔을 내려다보고 있었다. 계속되는 침묵이 거슬렸다.

"글쎄요."

그가 고개를 들었다. 그리고 천천히 말했다.

"생각해 보겠습니다."

"허…… 너무 길지 않길 바랍니다."

원장은 불편한 심기를 감추지 않았다. 화기애애하던 분위기가 약간 어색해지는 것이 느껴졌다. 옆에 앉아 있던 화사한 모습의 여자조차 약간 고개를 갸웃거리면서 젓가락을 놓고 말았다. 모두 다 수저를 내려놓게 된 건 우연이 아닐지도 몰랐다. 곧 옆에서 시중을 들던 종업원이 자리를 치울까요, 하자 혈색 좋은 원장은 일어날 채비를 했다.

"애가 자꾸 눈치를 주는군요. 제가 할 말은 이제 끝났으니 젊은 사람들끼리 좋은 시간 보내길 바랍니다."

이 정도의 조건이 마음에 들지 않는다면 네가 한번 해 봐라 라는 듯 그는 자신의 딸에게 눈짓을 하고 일어섰다. 덕분에 남자도, 원장의 딸도 자리에서 일어났다. 눈치가 빠른 종업원들은 그들의 인사가 끝나길 조신하게 옆에서 기다렸다.

"가세요. 아버지."

"살펴 가십시오."

그가 예의를 갖춰 목례를 했다. 훤칠한 키에 늘씬한 자태는, 싸늘한 기운이 흠이라 할 수 있겠지만 외모만큼은 흠잡을 데가 없다고 느낄 만했다. 뭐가 문제일까, 그다지 야심이 있어 보이는 사람은 아니라 생각했는데…… 원장은 고개를 갸웃거리면서 인사를 받았다.

"그럼 먼저 갑니다."

원장이 나가고 나자 상이 치워지고 있는 것을 본 여자는 화사하게 웃었다.

"조금만 기다렸다가, 우리도 나가요. 나 여기 음식 별로라서. 닥터 길도 그렇지 않아요?"

아직도 음식을 치우는 손이 분분한데 별로라고 대놓고 이야기하는 여자는 아무렇지도 않게 웃고 있었다.

"괜찮았습니다."

특급 호텔의 한정식 식당인데다 조용한 곳을 찾느라 방을 예약한 탓에 높은 힐이 없이 맨발로 서 있으니 남자의 훤칠한 키는 고개가 꺾일 정도였다. 볼티모어에서 처음 그를 보았을 때부터 그녀의 마음속에는 이 순간을 기다리고 있었는지도 몰랐다. 그 어디에도 속하고 싶어 하지 않는 그런 사람의 곁에 있게 되었다는 건 정말로 꿈만 같은 일이었다. 이 남자가 저리 대단한 사람이어서 저의 이 대단한 아버지가 이리 높게 보는 것, 그것마저도 행운인 것 같았다.

"나가요. 정말로 좋은 데 가고 싶어요."

이목구비가 시원스런 여자의 눈이 빛나는 것 같았다. 그는 고개를 끄덕여 긍정의 뜻을 나타내고는 일어섰다. 조용한 대금 연주가 은은하게 울리는 한정식 식당을 나서며 고급스러운 계량 한복을 잘 차려입은 종사자들의 정성스런 인사를 뒤로하고 그는 손을 내밀어 여자의 코트를 입혀 주었다. 가식적인 매너인 게 분명했지만 여자의 얼굴에는 미소가 더해졌다.

"고마워요. 제이슨."

퍼스트 네임을 부르는 그녀의 얼굴은 그와 가까워졌다는 만족감이 보이는 것 같았다. 그러나 그의 얼굴은 딱딱한 미소만 성의 없이 맺혀 있었다.

"안경을 안 쓰는 게 나은 거 같아요. 라식 같은 걸 하지 그래요."

"부작용에 대해서 너무 많이 봐 와서인지 영 꺼려지네요."

그가 길게 대답하는 게 좋았다. 딱딱하지만 명료하고 차가운 목소리는 언제 들어도 설레게 할 만했지만 불행하게도 그는 일에 관하지 않는 한 길게 말하는 법이 없었다.

"뭘 하고 싶으세요. 시간이 넉넉하다면야, 공연 같은 걸 보러 가고 싶은데……. 병원에 다시 들어가야 하잖아요."

"네."

태 회장의 경과는 좋아졌지만 그는 지금 이 시간조차도 페이에 포함되는 시간이었다.

"근사한 데 가서 차 한 잔 하고 그러고 들어가요."

"그러죠."

두 사람이 대화를 하면서 호텔의 로비를 가로질러 가고 있을 때였다.

그는 여자의 과한 시선이 부담스러워 고개를 돌렸다. 시선의 저쪽에는 검은 색조와 회색의 대리석이 모던한 분위기를 연출하는 넓은 홀 같은 호텔의 로비에 시선을 끄는 사람들이 있었다. 검은 드레스를 입은 여자, 그리고 여자의 신발 끈이라도 묶어 주려는 듯 한쪽 무릎을 꿇고 여자의 발끝에 손이 가 있는 남자.

"어머…… 로맨틱해라."

여자가 보기엔 그랬을지 몰라도 남자가 보기엔 할 짓 없는 한량들이나 여자를 꼬시기 위해 하는 짓으로 보일 만했다. 그는 시선을 돌리려고 했다.

그러나…….

그럴 수 없었다.

14.

이…… 기분은 대체 무엇을 뜻하는가.

"괜찮아요?"

저 사람은 왜 저를 향해 저리 묻는 걸까. 안 괜찮을 게 뭐가 있나. 아, 빨갛게 부은 발끝에 대해 묻는 건가. 차창에 비친 저 여자는 대체 누구란 말이냐……. 검은색의 짙은 선팅 밖으로 명멸하는 도시의 불빛들이 가득한 까만 창에는 낯선 여자가 멍하니 저를 바라보고 있었다.

"아, 벌써 폐장 시간이 지났네. 주얼리는 내일 갔다 줘야겠네요."

옆을 힐끗 보았지만 여자는 창밖에 시선을 둔 채였다. 호텔의 혼잡한 교통 체증이 살짝 맘에 들었었는데 상대의 반응을 보니 그도 그다지 좋은 건 아닌 듯 보였다.

"옷…… 갈아입고 싶어요."

이 꼴로…… 집에 들어갈 수는 없었다. 아까는 괜찮았던 거 같은데. 덕지덕지 바른 화장과 시커멓게 붙인 속눈썹, 과장되게 올린 머리…….

참 딱하다. 정혜원…….

그녀는 자신도 모르게 손톱을 입술로 가져갔다. 막 매끈하고 길쭉한 손톱에 정성껏 칠해진 네일 컬러가 보였다. 그래서 겨우 내려놓을 수 있었다.

"어디 불편합니까?"

"일하러 가야 해요."

제정신이 아니었으니까 이런 말이 나왔을지도 모르겠다 싶었다.

"네? 이 시간에요?"

놀란 남자가 시계를 흘끗거리면서 말했다. 이미 시간이 지났다. 차 안에 있는 시계는 9시 10분을 가리키고 있었다. 대리는 9시부터 가야 하니까.

"제가 너무…… 무리한 부탁을 했던가요."

길에서 허비한 시간이 많았던 탓에 미안해진 남자가 말했다. 그러나 혜원은 여전히 창밖만 내다볼 뿐이었다. 일하러 가긴 늦었구나. 어제 엄마가 무리한 지출을 했는데, 이번 달에는 기름 값도 많이 나올 텐데, 대출금 이자도 올랐던데, 아, 게다가 새로 산 전기장판까지 하루 종일 켜 놓았다면 전기요금도 만만치 않을 텐데…….

"혜원 씨?"

남자가 되물었다. 차는 어딘가에 서 있었다. 워낙 조용하니까 서 있는지 가고 있는지도 몰랐다. 어디서라도 옷을 갈아입어야 하는데…….

"제가 오늘 무리한 부탁을 한 거죠? 어디가 안 좋으신 거죠?"

눈앞의 진한 쌍꺼풀이 확 들어오는 남자의 근심스러운 표정은…… 불행하게도 저의 몫이 아니었다. 저 운전석 자리에 앉은 저는 어땠었던가, 그 십여 년 전에…….

저 남자가 단순한 메이크오버를 시켜 주고 싶었다고 해도 이렇게 넙죽 따라온 제가 바보였다.

"오늘 고마웠습니다. 정말 단순한 기분 전환이라고만 생각하겠습니다. 내일 혹 일하다 마주치더라도……."

바보 같으니라고. 이게 가당키나 한 건가. 이마를 찌푸리는 제 대답을 마저 들으려는 듯 눈썹 끝을 올리며 자신을 보고 있는 그에게 뭐라 말을 해야 하는가.

"저는 태 회장님의 간병인이지 이사님의 첫사랑이라는 그 여자분은 아니니 더 이상은…….'

"바보 아닙니다. 불편하게 해 드리는 일 없을 것입니다. 간병인이라는 직업이 있는지도 몰랐지만 그것 가지고 직업의 귀천을 따질 생각은 없습니다. 저야 금 숟가락을 물고 태어났을 뿐이지 저 개인으로 잘난 건 없으니까요. 일하는데 추근덕거리는 짓은 안 합니다. 다만 일 외에서 제 개인적인 호감은 물리치지 말아 주십시오."

정말…… 듣기 좋은 소리였다. 그러나, 그래서? 드라마에서 나오듯 저 이사님의 모친 되시는 분께서 찾아와 돈 봉투라도 던지면서 사라지라는 소리까지 해야 끝나는 건가. 아, 사모님이 직접 오시지는 않으실 것이다. 그 비서가 대신 와서 내밀겠구나.

"남녀 간의 일이란 게 서로 호감이 있어야 이루어지는 거겠죠. 솔직히 전 이사님 돈밖에는 호감이 없습니다. 오늘 메이크오버 재미있었어요. 하지만 이런 건 한 번으로 끝내야겠네요. 감사했어요. 들어가겠습니다."

여기가 어딘지도 몰랐다. 그러나 그녀는 잠금장치를 풀고 문을 열었다. 드라마나 영화에서 나오듯 문이 안 열려서 못 나가는 일은 없었다. 운전석에서 잠그지 않는 한 잠금장치는 다 열리는 법이었다.

"혜원 씨!"

남자가 따라 내리는 게 보였다. 번화가 한가운데, 날은 추웠지만 어깨를 잔뜩 오그린 채 걷는 사람은 많았다. 그리고 어깨를 편 사람들은 제 체온을 의지할 누군가가 바로 옆에 바싹 붙어 있는 축들이겠지. 얇은 실크 투피스 위에 덧입은 우스운 코트가 지금의 제 꼴 같았다. 아마 어두운 조명 밑에서는 비싼 올림머리만 둥둥 떠 보일 것이었다.

'저…… 그만 내버려 둬 주실래요. 오늘…….'

애써 외면하고 싶었던 일이 떠올랐다.

그 눈…….

그 차가운 눈…….

얇은 투피스 위의 보기만 따뜻해 보이는 퍼 코트는 추위를 제대로 막아 주지 않았다. 게다가 턱없이 높은 오픈 토의 구두라니.

"혜원 씨! 뭔가 제가 잘못했다면……."

"네, 잘못하셨어요. 이런 놀음은 그쪽 세계에나 어울리는 거예요. 그냥 제가 여기서 가게 내버려 두세요."

그녀는 손을 흔들어 지나가던 택시를 잡았다. 뭘 잘못했는지 아직도 모르겠다는 어리둥절한 남자의 표정이 택시의 백미러로 보였다. 그녀는 생각할 시간이 필요했다.

간절히…….

*　　*　　*

"……제이슨?"

"아, 네."

"피곤해요?"

선명한 아이라인과 또렷한 립스틱이 만들어 낸 이목구비가 시원스러운 여자의 얼굴이 걱정스럽다는 듯 저를 보고 있었다.

"병원에 들어가 봐야 할 것 같습니다."

"연락이 온 것 같지 않은데요."

나올 때부터 기분이 상한 것 같은 표정이었다. 그녀가 생각하기에도 지분의 4.5%는 대단한 금액이었다. 그게 문제인가. 이 남자는 자신의 명성에 부족하다고 여기는 걸까. 아무리 생각해도 저 남자의 굳은 얼굴에 대한 대답을 찾을 수 없는 여자는 다시 되물었다.

"아까 원장님 말씀 때문에 그러신 건 아니죠."

"아닙니다. 체크해야 할 사항이 갑자기 떠올라서……."

오붓한 시간을 갖고 조금 사적인 이야기를 하고 싶었었다. 그를 처음 본, 볼티모어의 신경학 컨퍼런스 때의 감회라든지, 혹은 다시 만나기 위해 그녀가 그토록 애를 쓴 이야기라든지…….

그가 자리에서 일어났다. 덩달아 그녀도 일어날 수밖에 없었다. 듀크나 존스홉킨스에는 비할 바가 못 되지만 그녀의 학벌도 그리 녹록하지는 않았었다. 게다가 알게 모르게 유명한 아버지의 후광을 입어서 웬만한 남자들은 안하무인으로 보았던 그녀 아니었던가. 그러나 이미 계산서를 들고 가 유려하게 사인을 하고 있는 저 남자는…… 왜 자신을 이렇게 작게만 만드는지 이유를 알 수 없었다. 대단한 배경이 문제인가, 아니면 저 남자에게서 흘러내리는 저 고압적이고 그 누구에게도 굽히지 않을 듯 빳빳한 태도 때문인가.

"가시죠."

그게 무엇인지는 모르겠지만 희진은 남자의 말에 거역할 수 없는 힘이 깃들어 있다는 것만은 분명하게 알 수 있었다.

하마터면, 신호를 놓칠 뻔했다. 거대한 지하 차고에 주차를 하고 명멸하는 불빛과 함께 잠금 버튼을 누르고도 그는 한참을 휑하고 싸늘한 지하 공간에 서 있었다. 야간 근무자의 차가 들어오지 않았더라면 아마 한동안 더 그 자리에 서 있었을 것이었다. 볼티모어에서의 그의 생활은 이제 흠잡을 데 없었다. 다만, 반년 전 소아과 레지던트인 레오노라의 말만 아니었다면…….

'결혼을 하자고는 안 할게. 당신이 원하지 않는 거 아니까. 하지만 난 아기를 갖고 싶어. 당신의 아이 말이야. 나 혼자 키울 수 있어. 그걸 가지고 당신에게 짐이 되지는 않을 거야. 하지만 난 꼭 당신의 아이를 갖고 싶어…….'

소아 뇌종양에 대한 연구를 같이 하다 만난 사이였다.

10여 년을 마치 미친놈마냥 앞만 보고 뛰었었다. 그렇지 않았다면 그는 살 수가 없었을 것이었다. 미국행 비행기가 이륙을 위해 힘차게 추진력을 올리고 바퀴를 굴려 하늘로 도약하는 순간, 그는 자신이 살아온 20여 년의 세월을 완전히 지워 버려야 했다. 아니 지우고 싶었던 건 바로 그 전 3개월이었을지도 몰랐다. 제 삶에 가장 비참하고 인간 같지 못했던 그 3개월을 잊기 위해 그는 정말로 이를 악물고 공부를 해야만 했다. 공부를 하고 새로운 것을 배우고 하루하루 배움에 지쳐 쓰러져 잠들지 않았다면 그는 아마 살수 없었을 것이었다.

'넌 다시 태어나도 안 돼!'

정말 그런 걸까……. 피곤에 지쳐 기절하지 않을 만큼 몸이 수월한 날이면 그는 한결같이 악몽에 시달렸다. 여자의 뱃속에 있던 제 핏덩어리 하나 지키지 못한 나약한 삶을 증오한 나머지 그는 매번 식은땀에 젖어 몸서리를 치며 몸을 일으켜야만 했다.

그러나 세월은 지나갔고 죽어도 잊혀지지 못할 날들은 잊혀졌다. 그는 뛰어난 머리를 가졌고 죽을 만큼 노력했다. 그 누구도 자신을 얕보지 않을 만큼 그는 죽어라 앞만 보고 뛰었다. 그리고 어느 날 돌아보니 저만큼 앞서 있었다. 저를 기다리는 새 목숨을 얻은 환자들과, 고급 중국산 박하차가 있는 개인 연구실과 존스홉킨스의 의사들이 주로 사는 평수는 작지만 고급스러운 아파트를 갖게 되었고, 제 이름이 박힌 몇 편의 논문과 임상 실험에 대한 세미나 발표를 위한 고급스러운 슈트 컬렉션을 가질 만큼의 시간이 지났다.

그러다 알게 된 레오노라. 주근깨가 가득하고 심한 뻐드렁니를 가진, 뻗친 머리를 하나로 묶는 것밖에는 재주가 없는 백변증의 코카서스였지만 가장 진실한 프로젝트 파트너였고, 환자인 아이들을 사랑하고 그 누구보다도 돈독한 우정으로 치열한 경쟁으로 지친 서로를 위로하던 사이였다.

아. 이. 라니…….

그때 바로 한국에서 초청장이 왔었다. 한국의 대 재벌그룹 노회장의 수술을 할 집도의를 구한다고.

얼마나 웃기는 일인가. 그가 수술하고 돌봐야 할 환자들이 6개월씩 자신을 기다리고 있는데 돈이 썩어 문드러지는 노인네가 이년 이상의 연봉을 단 한 달에 지급할 테니 와서 겨우 Cerebral Hemorrhage(뇌출혈 수술)를 해 달라는 게. 돈이면 뭐든지 할 수 있다는 그 오만하고 더러운 생각에 그는 치를 떨지 않았던가. 그런데…… 이름이 낯익었다.

SJ그룹의 태명현 명예 회장.

대체 무엇을 하러 여기까지 와서 이러고 있는 것인가.

그는 화려하게 장식된 번쩍이는 엘리베이터 안에서 되물었다. 세월이 비껴가지는 않았는지 창백하고 표정 없는 여자가 어설프게 웃으면서 화려한 치장을 한 채 그 꼴로 서 자신을 어이없다는 듯 쳐다보는 걸 보려고?

너희들이 그렇게 발바닥의 때만도 못하게 여긴 내가 이렇게 대단한 사람이 되었으니 한 번 보고 놀라 달라고?

그 노랑머리의 철없는 여자를 좋아한 적이나 있었나?

여자가 사 주던 비싸고 따뜻한 밥 한 끼, 그들의 무료에 지친 돈지랄들을 보고 죽고 싶을 만큼 부러웠던 게 아니고?

예쁘고 잘난 여자가 저 좋다고 온몸으로 덤비는데 그걸 마다할 정신 나간 놈이 어디 있단 말인가.

그, 새까만 종이 위에 동그라미가 자궁 속의 종양이었을지도 모르는 일 아닌가.

땡 하는 경쾌한 소리와 함께 아늑하고 쾌적한 복도가 드러났다. 지나가던 하얀 옷을 입은 간호사와 낯선 의사가 깍듯이 그에게 고개를 숙였다. 그는 미미하게 끄덕이며 그들의 인사를 보았다 표시하고는 데스크로 갔다. 눈부시게 하얀 대리석 데스크에는 미미한 향기를 풍기는 고급스럽고 싱싱한 백장미가 가득 꽂힌 커다란 화병이 장식되어 있었다.

"특이 사항은?"

"특별한 상황은 없습니다. 선생님."

"차트 봅시다."

분노였든, 당혹스러움이었든 혹은 그 이상의 어떤 감정이었든 간에 하얀 종이에 쓰인 복잡한 글자들을 보면서 그는 심호흡을 하듯 가쁘게 출렁거리던 정신을 추슬렀다.

*   *   *

"어머…… 혜원아!"

그녀는 반사적으로 이마를 찡그렸다. 그랬다. 집에만 들어오면 그렇게 됐다. 술 취한 취객들의 욕설을 들으면서 낯선 거리를 찾아 차를 주차하고 추위에 떨며 픽업차를 기다릴 때가 더 나았다.

"이게 다 뭐니!"

옷을 갈아입을 곳이 없었다. 급한 대로 보석만 떼 차에 놓고 온 그녀는 빌라 이층에 있는 두 칸짜리 셋집에 들어오기엔 너무 과한 차림이었다. 얇은 스타킹과 때아닌 오픈 토 슈즈 덕에 발이 얼어버린 것 같았다. 혜원은 엄마의 눈에 띄기 전에 그 고가의 구두를 아귀가 제대로 맞지 않는 신발장 안에 쑤셔 넣었다.

"어디 갔다 왔어? 이게 다 뭐야!"

아무 대답 없이 들어와 코트를 벗는 혜원을 따라 들어온 경숙은 앞뒤 경황 같은 건 둘째 치고 화려한 블라우스와 실크 스커트를 보고 눈이 휘둥그레졌다.

"거……봐. 너도 기분 전환 하면 좋잖아."

그녀는 여전히 우아하게 넘긴 머리를 한 채 어디 나갈 것도 아닌데 집에서 입기 우스운 가을 정장 스커트에 블라우스를 입은 엄마를 흘끗 보고는 옷을 벗기 시작했다.

"어머, 이거 엘레스트로이잖아. 이거 진짜니?"

벗은 블라우스를 보고 숨이 넘어갈 듯한 경숙에게 그녀는 말했다.

"아는 사람 모델 해 주고 받은 거예요. 엄마 입어요."

대충 말도 안 되는 핑계거리를 대고 더 묻지 못하게 그녀는 치마도 벗어 건네주고는 늘 입던 트레이닝복으로 갈아입고는 여전히 올라가 있는 보일러를 내리고 얼른 화장실로 들어갔다. 며칠 피곤해서 하지 못한 화장실 청소 덕에 세면기에는 물때가 가득 끼어 있었다. 세면기 밑에 빨랫비누 통에 푹 젖어 있던 수세미를 꺼내 그녀는 물컹한 빨랫비누 덕에 생긴 비눗물을 칠해 문지르기 시작했다.

"어머, 이거 너어무 이쁘구나. 이거 얼마니. 비싸지? 너 산 거 아니야?"

치마에 블라우스를 입은 경숙이 좁은 거울 앞에서 앞뒤를 돌아보느라 부산하게 물었다. 아무 대답이 없었지만 아무리 봐도 이런 쓸잘데기 없는 걸 딸이 샀을 리가 없다는 것을 알고 있기에 혼자 목소리를 높여 말했다.

"거봐. 너도 한 번쯤 이렇게 기분 전환 해 봐. 엄마가 우울증에 걸려 죽는 꼴 보고 싶어? 헤어숍에서 그거 20%나 디시해 준 거라니까. 그리고 염색은 약이 좋아야 해. 에센스 몇 가지 섞었더니 가격이 좀 올라간 거지. 애, 그게 뭐 값이니? 예전에는……."

신경질적으로 쾅 소리가 나도록 화장실 문을 닫아 버린 혜원은 열심히 청소를 하기 시작했다. 바닥을 닦고 벽에 낀 물때도 지우고 정신없이 화장실 청소를 하기 시작했다. 더운물을 마구 뿌려 뿌옇게 흐려진 화장실에서 막 땀이 나는 듯해서 고개를 돌린 순간, 화장실의 거울에는 업스타일의 수십만 원짜리 머리를 한 채, 막 땀에 얼룩진 화장을 하고 바래 가는 보라색의 트레이닝복을 입은 어처구니없는 여자가 놀란 표정을 짓고 있었다. 저 어울리지 않는 우스꽝스러운 모습…… 눈물이 날 만큼 웃긴 꼴이었다.

그게 너야.

일을 나갔어야 했다. 두어 건이라도 하고 들어왔어야 했다. 물론 내일 아침 데이 근무라 일찍 나가야 했지만. 그녀는 슬그머니 자리에서 일어났다. 보일러를 내린 덕에 창 쪽에서 부는 외풍에 등이 서늘했다. 대체 이런 기분은 어떤 기분인지 아무나 붙잡고 묻고 싶었다. 이 목구멍이 탁탁 막히는 갑갑스러움의 이유가 대체 뭔지…….

그리움인가? 10년 동안 그를 그리워했다고 말할 수 있나? 아니, 그럴 시간도 없었다. 하루 벌어 하루 산다는 게 딱 맞을 만큼 하루하루 살기도 너무 바빴으니까.

증오인가? 그가 뭘 잘못했다고 그를 미워할 수 있단 말인가. 그가 그런 전화를 했다고? 그럴 수도 있지 않은가. 엄마가 두 번이나 만났다고 했었다. 어떻게든 태진그룹의 며느리로 들여보내고 싶어 했으니까. 무슨 소리를 했을지 보지 않아도 뻔했다. 그랬다면 뭔가 달라졌을까…….

그를 사랑했었나? 그게 사랑이었을까. 그가 좋았다. 그냥 멋있었다. 차가운 표정을 하고서도 끝내 거절 못하는 그가 재밌었다.

저를 보고 아무렇지도 않은 듯해서 자존심이 상했지만 결국 그도 제 쪽으로 돌아섰다. 그건 성취감 아니었나? 그 좁은 그의 골방에서 며칠만 더 있었다면, 굳이 엄마가 보낸 사람들이 들이닥치지 않았더라도 저는 제 발로 그 집에서 나와 엄마에게 제발 집에가겠다고 했을지도 모른다.

다행인가? 제복을 입고 간호사들의 뒤치다꺼리를 하고 차나 타내가는 간병인이라는 걸 모른 채 그나마 번드레한 옷을 입고 온갖폼을 재고 있을 때 만난 건? 하늘이 도와준 건가? 그렇지 않고서야 어떻게 그렇게 우연처럼 그런 곳에서 그런 옷차림을 했을 때그 사람을 만난 걸까.

그나마 자존심을 차릴 수 있어서 그에게 호들갑스럽게 달려가그동안 잘 지냈어요, 잘 돼 보이네요, 내 소식 안 궁금했어요, 라고 묻지 않을 수 있었던 거 아닌가.

코를 훌쩍거렸다. 손으로 문질렀지만 물기는 턱을 타고 내려 뚝뚝 떨어져 내렸다.

뭘 잘했다고 우는 건데.

어제 무슨 일이 있었던 간에 해는 뜨고, 변하지 않는 일상은 반복되고 있었다. 그러나 그것에 불만이 있을 리 없었다. 자신이 하는 이 일자리가 얼마나 대단한 곳인지 복도를 지나가는 간호원들이나 옷차림조차 거만한 환자의 보호자들은 그녀만큼 잘 알지 못할 것이었다. 세상이 바뀌고 나서 그녀는 몇 개의 일자리를 거쳐 갔는지 모른다. 조금씩 다음 일자리들이 좋아지긴 했지만 이제 이것보다 더 나은 일이 있으리라고는 생각하지 못할 정도였다. 그러니 최선을 다해야만 했다. 까다롭고 서슬마저 시퍼런 담당 환자의 무의식적인 작은 움직임도, 제 피곤함을 저보다 하찮은 사람에게 풀고 싶어 하는 저보다 어린 간호사의 히스테리도, 휘황하게 잘 차려입은 다이닝 룸의 손님들이 대부분 손도 안 대는 과일 접시조차도 그녀에게는 하나하나 절대 소홀할 수 없는 그녀의 '일'이었다.

저를 스쳐 지나간 십여 년 전의 여자와 동명이인인, 흥미로운 여자로 생각하는 할 일 없는 재벌 2세나 혹은 십여 년 전 인연이 있었던 여자를 기억 따위도 하지 않을 것 같은 제 환자의 주치의 선생님 같은 사람과는 하등의 상관없이 제가 있어야 할 자리에 그림자처럼 서 있고, 제가 나가야 할 자리에 소리도 없이 나가는 게 제 일이었다. 그런 것쯤은 살기 위해 무슨 일이든 해야 했던 여자에게 굳이 스스로에게 설명하지 않아도 다 아는 이치이고 사실이었다. 그러니 어제 무슨 일이 있었더라도, 오늘은 오늘일 뿐이었다.

시간 맞춰 병실을 방문하기 위해 무수한 의사와 간호사를 대동한 '그 사람'이 지나가는 것도 그녀에게는 돌아서 제 공간에 들어가 있으면 되는 그런 일상일 뿐이었다. 아니 설사, 그 재벌집의 유복한 남자가 그 과거의 피앙세가 뒤에서 설거지나 하는 간병인임을 안다 하더라도, 혹은 저 대단한 의사 선생님이 과거의 그 여자가 간호사에게도 쩔쩔매는 간병인이라는 걸 안다 해도 대체 뭐가 바뀔 것인가?

그렇지만, 회진 시간에 스적거리는 새 가운이 스치는 소리를 내며 다이닝 룸을 가로지르는 의사와 간호사의 행진을 피해 혹시나 제 머리카락 하나 보일까 꼭꼭 감추고 파티션 뒤에 숨는 건, 저 스스로도 눈치채지 못한 썩어 문드러질 미련이었는지도 모를 일이었다.

"어제 괜찮았습니까?"

"아, 네."

손에 잔뜩 든 패드 덕에 그녀는 다가온 정혁을 못 본 게 사실이었다.

"바쁘십니까?"

"네."

옆에는 병실 간호사도 있었다. 그녀의 호기심에 찬 눈길이 쏟아지고 있는 게 보였다. 아무렇지도 않은 듯 제 일을 하고 있지만 두 사람의 대화가 안 들릴 리 없었다. 혜원은 고개를 까닥하고 가져간 새 패드를 간호사에게 넘기고 병실을 나왔다. 제발 남자가 따라 나오지 않길 원했지만, 그건 제 마음이지 상대는 전혀 거리낄 것이 없는 사람이 아닌가.

"혜원 씨!"

그녀는 항의의 표시로 발걸음을 더 빨리했다. 뒤에 따라오는 남자는 그다지 머리가 나쁜 남자는 아닌 듯했다. 그녀가 그녀의 은 신처인 탕비실로 들어가기 직전까지 잠자코 따라오더니 아무렇지 도 않은 듯 말했다.

"커피 한 잔 부탁드립니다."

사람이 많이 드나드는 대낮이라 두 잔을 청하지 않는 걸 다행으 로 여기면서 부산스럽게 그녀는 커피를 내렸다.

짙은 커피의 향이 좁은 탕비실에 가득 찼다. 오후가 되어 가물 거리는 제 정신도 카페인이 필요하다고 외치고 있었기에 한 잔 더 부탁합니다, 라는 말이 염치없이 기다려지기까지 할 정도였다. 그 러나 그녀는 하얀색의 머그컵에 담긴 한 잔의 커피를 쟁반에 담았 다. 막 뜨거운 커피가 식을까 파티션 밖으로 나서려는데 그녀의 발길은 멎고 말았다.

"안녕하십니까."

"네."

너무나 익숙한 명료한 목소리. 침대 시트를 갈고, 간단하게 환 자가 처음으로 자리에 일어났던 게 큰일이라 아침부터 담당 간호 사와 저까지 바쁘게 돌아가느라 어느덧 회진 시간이 되었다는 것 도 모르고 있었다. 재빨리 몸을 돌려 제 공간으로 들어가 버린 혜 원의 손에 들린 커피가 담긴 쟁반은 바르르 떨리고 있었다.

이건 죄지은 게 아니야.

아무리 제 속으로 외쳐 보아도, 제 손 끝은 죄를 지어 떨고 있 을 뿐이었다. 대리석 바닥을 울리는 수많은 일행들의 발소리가 이 미 가로질러 병실로 갔음에도 불구하고 혜원의 유니폼 밑에 들어 있는 심장은 과도하게 쿵쾅거리는 게 눈으로 보일 지경이었다. 커피가 식기 전에, 얼른 이것을 원하는 사람에게 주고 와야 했다. 병실까지 가서 환자의 병세를 살피고 오기 전에. 혜원은 숨을 들이쉬고 막 탕비실을 나섰다.

"앗!"

그러나 막 식어 가는 커피를 쏟을 뻔한 혜원이 작게 소리쳤다.

"괜찮아요?"

바로 탕비실 앞에 서 있는 남자에게 부딪치는 걸 간신히 면하긴 했지만 그녀의 커피 쟁반은 이미 반쯤 내용물을 쏟은 뒤였다.

"안 다쳤어요?"

"죄송합니다. 다시 내오겠습니다."

하얀 대리석 바닥에 쏟아진 커피를 보고 그녀는 누가 볼세라 재빨리 대답하고 몸을 돌렸다. 그러나 제 팔을 잡는 남자의 손길에 더욱 화들짝 놀랐다.

"괜찮냐구요!"

"괜찮습니다. 그러니 놓아 주시겠습니까?"

그녀의 딱딱하고 사무적인 목소리가 남자의 머뭇거리는 손을 놓게 만들었다. 막 저벅거리는 발자국 소리들이 울리기 시작했다. 그 때문은 절대 아니었다. 커피가 쏟아졌으니까, 저 대단하신 회장님의 총애 받는 손자 분에게 커피를 다시 내가야 하니까, 그러니까 놀란 달팽이가 제 집으로 쏙 들어가 버린 것처럼 탕비실로 뛰어들어가 버린 것이었다. 그 때문이었다……

커피는 아무런 맛도 나지 않았다. 그는 실제로 커피를 좋아하지 않았다. 덩치에 안 맞게 카페인에 민감해서, 그의 사무실에 구색 맞춰 있는 것도 전부 디카페인이었고, 오히려 커피보다 아이들처럼 핫초코 따위를 좋아한다고 그의 모친이 놀리기도 했었다. 여자가 커피를 좋아할 거라고 지레짐작을 한 것을, 옆에서 그 깊은 밤에 마치 감로수를 마시는 듯 달게 짙은 커피를 마시는 여자를 보고 흐뭇하게 여긴 뒤로 커피에 취미를 붙이려고 애쓰고 있을 뿐이었다.

넌 입 매무새가 떠 있어서 아무한테나 맘 없는 친절을 베풀면 오해를 사기 쉽다고, 늘 그의 모친이 잔소리를 한 것처럼, 의도하지 않은 제 매너 덕에 의외의 원망을 산 적이 많았지만 그 버릇을 쉬이 고치지 못한 것은 어쩔 수 없는 노릇이었다. 그냥 단순히 정말로 제 말처럼, 문득 피곤해 보이는 간병인의 이름이 아주 오래전 제가 선을 보려던 으리으리한 기업가의 무남독녀 외동딸과 비슷했다는 것은 우연일지도 몰랐다. 그리고 잘 기억도 나지 않는 그 여자는 지금 뭘 하고 있을까 잠시 생각했던 것도.

저한테는 그냥 쉽게 청할 수 있는 커피 한 잔일 수도 있었지만 여자는 깊은 밤, 진한 커피를 음미하면서 천천히 달게 마셨다. 그 모습이, 까만색의 깊은 밤이 그려진 창을 배경으로, 얇고 하얀색의 유니폼을 입은 매끈한 검은 머리의 피곤에 지친 여자가 커피를 마시는 모습이 왜 제 맘에 그렇게 각인되듯 기억되어졌는지는 영문을 알 수 가 없었다.

평소 실없는 짓을 잘 하는 저를 잘 알고 있었다. 늘 하듯 제 주변에 있는 여자들에 대한 뻔한 친절이었을지도 몰랐는데 왜 저 여자를 거기까지 데려갔을까 싶었다. 그리고 의외로 너무나 완벽한 여자의 자태는, 뭔가 저 야리한 단색의 유니폼 밑에 있는 여자가 다른 존재가 아닌가 싶은 묘한 기대감까지 느끼게 만들고 있었다. 서른셋 먹도록, 연애 한 번 못 해 본 것은 아니었지만 태정혁이 무릎을 꿇고 여자의 구두 끝을 봐 주고 싶게 만든 여잔 저 여자가 처음이었으니까.

"잘 들어갔습니까? 뭐 그랬으니까 이렇게 멀쩡하게 출근하셨겠죠. 뭐 언짢은 일이라도 있었습니까? 신데렐라도 아닌데 종도 땡치기 전에 갑자기 사라지셔서 말이죠."

비꼬는 말이라고 해도 할 말은 없었다. 제 어이없는 이유는 누구에게 말하기도 당혹스럽지만 저 남자의 당황스러운 기분은 이해하니까.

"죄송했습니다. 잘 들어갔습니다. 그날 일은 감사드리고 죄송하게 생각합니다."

"감사하게 생각하신다는 말씀, 그러면 됐네요. 괜히 밤새 뒤척이며 결례를 한 게 아닌가 고민했었거든요."

"네?"

"커피 잘 마셨습니다."

여자의 약간 피곤한 얼굴에 떠오르는 놀란 모습을 보는 걸로 한 발 후퇴하기로 했다. 나이는 헛먹은 게 아니니까. 밀어붙이기만 하는 게 능사라는 걸 잘 알고 있는 그였다. 대답 없이 하얀색의 머그

잔을 조심스럽게 쟁반에 올려 담고 돌아서는 단아한 여자의 모습을 보면서 그는 잠시 제 휑한 오피스텔에서 저 여자가 타다 주는 뜨거운 핫초코를 먹는다면 어떤 기분일까 궁금해졌다.

아직도 온기가 남아 있는 하얀색의 머그잔을 씻으면서 혜원은 그냥 아무것도 아니라고 스스로에게 이야기하고 있었다. 이런 기분 따위, 고약한 느낌이었다. 마치 두 개의 맛난 사탕을 들고 뛰다가 엎어져 모래 속에 뒹굴어 엉망이 된 비싼 두 개의 사탕을 보는 그 슬픔처럼. 이제는 제가 다시는 넘볼 수 없는 사탕 같은 두 남자가 왜 제 앞에 다시 나타났는지, 그리고 왜 동시에 같은 공간에 있는 건지.

지난 10여 년 열심히 살려고 노력했는데 왜 이런 일이 일어난 걸까. 그러나 씻어 엎어 건조대에 넣은 하얀 머그컵에 이걸 마신 다른 사람의 흔적 따위 느껴지지 않듯이, 저도 이 공간을 빠져나가면 저 '사탕'들은 저와 무관한 그들만의 세계에서 저의 존재 따위 생각지도 않을 것이란 걸 잘 알고 있었다.

*   *   *

"실례해도 될까요?"

예의 바름을 가장한 친근함의 표시였지만 그걸 듣는 사람은 전혀 이해를 하지 못하고 있었다. 아니, 이해하려고 하질 않고 있었다.

"들어오십시오."

하얀색의 대리석으로 된 세련된 책상 위는 이미 컴퓨터 출력물로 점령된 상태였다.

"음……."

뭔가 불만을 이야기하고 싶지만, 그게 그리 큰 불만은 아닌 여자는 복잡스러운 출력물에만 시선이 가 있는 남자를 내려다보는 게 내심 마음에 들었다.

"어제 일은 죄송하게 됐습니다."

여전히 잔뜩 출력된 빽빽한 글씨들에 형광펜까지 칠해 각양각색인 종이들을 들여다보고 있는 그가 시선을 종이들에만 집중한 채 말했다.

"뭐요? 근사한 데서 차 한 잔 안 사 주신 거요?"

그제야 남자는 고개를 들었다. 그리고 손에 들고 있던 종이들을 내려놓았다. 이 별것 아닌 동작에도 여자는 기분이 좋아졌다.

"좋아하는 쪽이 손해인 거죠. 차는 여기서 마시죠. 뭐 좋아하시죠?"

"박하차 있습니까?"

남자가 물었다. 하얀색의 눈부신 가운은 의사의 가운이라기보다는 잘 맞춰진 맞춤복처럼 매끈하게 선이 떨어졌다. 단정한 에이치 라인의 짙은 감색 스커트가 무릎 위를 살짝 덮고 있었고, 은빛이 도는 그레이의 블라우스 또한 단정하고도 세련된 디자인이어서 지적인 분위기를 물씬 내고 있었다. 아름답게 디자인 되어 값비싼 자제들로 마무리 된 우아한 병원과 가장 잘 어울리는 우아한 의사의 표본 같은 모습이었다. 게다가 큼직한 이목구비가 시원스러운 외모를 지닌 여자는 화사한 표정을 감출 수가 없을 만큼 기분이 좋아 보였다. 그게 그것을 보고 있는 남자의 마음 한편에 걸림돌이 되는 것도 모른 채.

"박하차라, 처음 들어 보지만 있을 거예요. 없다면 만들어서라도 가져오겠죠."

"농담입니다. 커피 한 잔 부탁드리지요."

여자가 막 제 휴대폰으로 식음료 팀에 직통 번호를 누르는데 그가 재빨리 말을 이었다. 안 그랬다면 정말로 식음료 팀은 박하차를 찾아 백화점으로 뛰어야 할지도 모를 일이었다.

"6층 R 실로 커피 두 잔 부탁해요. 르왁 있죠? 네, 그거로."

"남의 Digestive Organ(소화기관)을 타고 나온 건 사절입니다."

그가 일어나 투명한 파일에 서류들을 끼워 넣으면서 말했다.

"가격이 비싸면 무조건 좋다고 맹신하는 사람들이 가장 귀하게 대접하고 싶을 때 부리는 허영이랍니다. 잠깐 눈감아 주세요. 이런 오후에는 그렇게 톡 쏘는 카페인도 나름 분위기 있어요."

남자의 결벽이 여자한테는 아무 문제가 되지 않는 듯했다.

"한가하죠? 새로 준비하시는 논문인가요?"

"죄송합니다. 제가 해야 할 일은 다 살피고 있습니다."

그가 여기 있는 이유는 12층의 특별 환자 때문이었다. 그 외의 일은 사실 하면 안 되는 것이 이치에 맞다는 것을 그도 알고 있었다.

"아니에요. 닥터 길이 그 무엇보다도 맡으신 책임에 대해서 철저하신 거 잘 알고 있어요. 그냥 앞으로 이렇게 시간을 이용하시라고 말씀드리려고 왔는데 이미 잘 사용하고 계시니까 무안해서 그런 거예요."

여자의 눈에 보이는 호의는 매우 익숙했다. 저 스스로 그리 재미있는 인간이라 생각지는 않았지만, 항상 운 좋게도 이런 류의 호감에 대해서는 그 이유를 알 수 없지만, 나름 잘 이용을 하고 있는 편이었다. 아주 오래전의 불유쾌한 기억 빼고는 대부분 그래왔었다.

"준비하던 논문 정리 중이었습니다."

"그래요, 좋아요. 그렇게 하시면 됩니다. 이용할 수 있는 한, 시간을 잘 이용하신다면 이곳의 무료함은 다른 이득이 될 수도 있을 거예요."

주희진의 말은 그가 이 R 실이 아닌 옆의 P 실을 이용하는 것에 대해 이야기하고 있었다. 이 방은 어디까지나 초청 의료인, 다시 말하면 뜨내기를 위한 최고급 사무실이니까.

그때 두 사람 사이에 흐른 가벼운 정적을 깬 노크 소리가 들렸다. 이곳이 병원 같은 곳이 아니라 정말로 오성급 호텔인 양, 호텔식의 제복까지 입은 사람이 프레스와 그 밖의 휘황한 도구들을 실은 트레이를 끌고 들어왔다. 단순히 머그컵이나 혹은 플라스틱 뚜껑이 달린 톨 사이즈의 종이컵에 담긴 커피를 생각하고 있었던 것에 비하면 의외였다. 옆에서 로스팅을 하지 않는 게 이상스러울 정도로 갖가지 도구를 가지고 커피를 드랍 하고 있는 걸 조용히 보고만 있던 그는, 흥미진진한 얼굴로 그것을 보고 있는 여자를 관찰하는 것으로 제 머릿속을 비집고 들어오려는 다른 생각들을 몰아내려 했다. 단 한 순간이라도 복잡한 임상과 예후, 그리고 그것들이 얻어 내는 결론이 적힌 종이라든지 혹은 단순한 바이탈이 그려지는 그래프 화면이라도 들여다보지 않는다면 그의 머릿속은 타 버릴지도 모를 지경이었다.

한동안 부산스럽게 커피가 잔에 옮겨지자 그것을 들고 왔던 사람은 분위기를 파악한 듯 조용히 문을 나섰다. 생각에 잠긴 남자의 머릿속에 폭풍이 치는 것을 아는지 모르는지 향이 짙은 커피는 하얀색의 두꺼운 살을 가진 뭉툭한 컵에 담겨 그에게 내밀어졌다.

"드셔 보세요. 전 나름대로 취미에 맞아요. 뭐 갓 가져온 몰골을 보면 눈살이 찌푸려지긴 하지만, 그래도 그 정도는 감수하고 마실 수 있을 만큼 매력은 있어요."

원래부터 커피란 것에 대해 취미를 붙이려고 생각해 본 적 따윈 없었다. 볼티모어에서의 커피란 건 피곤을 몰아내기 위한 카페인 성분이 든 따뜻하기만 하고 맛대가리 없는 음료 정도이지 그 이상의 의미 따윈 없었다. 한 잔에 350불이나 하는 커피라고 해서 감흥이 있을 리 없었다. 다만 그 값어치는 널찍하고 깨끗하며 저에게 호감을 가지고 있는 이 여자의 한가함에 대한 가치 정도일 뿐일 것이었다.

"르왁에다 남의 Digestive Organ(소화기관)을 붙이니까 참 재밌네요."

"사실이니까요."

"그래요, 어떤가요? 그래서 특별한 건데."

"외람되지만, 잘 모르겠습니다."

희진의 얼굴에 가득 미소가 떠올랐다. 별게 다 우스운가.

"한국 사람들보다는 더 커피에 조예가 깊으실 줄 알았어요. 많이 드시잖아요."

"의미나 조예를 둘 만큼 천천히 마셔 본 적이 없어서요."

여자의 웃음이 더 깊어졌다.

"제가 눈이 멀었나 봐요."

여자의 말은 의미심장했다. 막 여자가 뭔가를 덧붙이려는데 어디선가 진동이 울리는 소리가 가늘게 들렸다. 커피 잔을 내려놓고 주머니에서 휴대폰을 꺼내 드는 여자의 이마가 찡그려지는 게 보였다.

"여긴 병원이 맞죠. 카페가 아니라."

호출이란 게 있는 병원이란 건 여자의 옷차림에서 알 수 있는 것이었다.

"가 보십시오. 커피 잘 마셨습니다."

"다음엔, 그 박하차라는 거 마셔 보고 싶네요. 그럼."

원료야 어쨌든 간에 하얀 공간을 고급스러움으로 가득 채운 커피 향 사이로 여자는 하얀 가운을 휘릭 날리면서 방을 나갔다. 그는 두꺼운 살 덕에 아직도 온기가 남아 있는 하얀색의 빈 커피 잔을 트레이 위에 올려놓았다.

수술을 끝내고, 컨퍼런스를 하면서, 밤을 새 환자를 돌보고, 응급 상황에 숨이 턱이 차오르게 뛰고 난 뒤에 항상 복도마다 가득 가득 놓여 있는 저 밍밍한 액체를 마시면서 그는 대체 뭘 느꼈었나. 언젠간 제 이름이 박힌 방 안에 끓고 있을 박하차를 꿈꾸게 했던 이 액체를 그는 경멸했다.

*　　*　　*

"오늘 대리 안 나가?"

한참 텔레비전 드라마를 보다 화장대 앞에 멍하니 앉아 있는 저를 보고 생각난 듯 말을 하는 엄마. 아침 여섯 시 반에 길을 나서 여덟 시부터 여섯 시까지 데이 근무를 하고 퇴근을 하고, 여덟 시에 들어와 저녁을 차리고 설거지한 딸에게 무심하게 생각난 듯 묻는 말에 쉬이 대답이 나오지 않았다. 악착같이 차리고 나서는 딸에게 만류 따위 해 봤자라는 것을 알고 있어서일 것이다라고 생각해 보지만, 창밖에 덜컥거리는, 버스에서 내려 언덕배기를 오를 때 둘둘 감은 목도리 사이로 스며드는 찬바람을 기억하며 뛰어 들어온 혜원은 마치 엄마가 제 등을 떼미는 것 같은 느낌이었는지도 몰랐다.

"엄마는, 이 추운데 딸이 나가려는 거 말려야 되는 거 아니야?"

그녀의 말에 가시가 돋힌 걸 알아챘는지, 저녁을 먹고 나른하게 누워 있던 경숙이 몸을 일으켰다.

"아니, 안 나가냐고 물어본 거지 누가 가래니?"

간간이 흩날린 진눈깨비 덕에 문밖에 한 번 나서지도 못했던 경숙이 오히려 거세게 되받아쳤다. 한 번도 딸의 심정 따위 헤아려 준 적이 없는 사람 아니던가. 혜원은 그래 추우니까 하루쯤 쉬어 이리 와, 라는 말 따위를 바란 것은 아니었다. 어쩌면 아무렇지도 않았을지도 모를 일이었다. 늘 예민한 엄마니까, 하루 종일 이 갑갑한 집에서 텔레비전 리모컨만 들고 있어야 할 테니까, 그러니까……

결코 여닫게 된 앉은뱅이 화장대 속의 영양크림 따위가 바닥을 드러냈다고 해서 말이 엇나가는 것은 아니었다. 메이크 오버라고 단순하게 생각하시라면서 안내한 명품관의 뷰티 숍의 나른한 공기가 그립다거나, 가격표 따위를 보지 않고 출근할 때 입지도 못할 화려한 옷을 고르는 것 같은, 아주 오래전이라 완전히 잊어버렸다고 생각했던 일들이 아직도 현실에는 존재한다는 것에 대한 어설픈 속쓰림일지도 몰랐다. 혹은 제가 너무도 큰 대가를 치른 그 철 없는 사랑이라는 것의 대상이 우연처럼 제 눈앞에 나타났지만 옛 기억 따위를 저버린 채, 우연처럼이라도 안부조차 물을 수 없게 된 제 추레한 민낯이 거울 속에 떠 있는 게 우울해서였는지도 모를 일이었다.

하루 종일, 밖에도 나가지 않고 이 갑갑한 방 안에서 텔레비전 리모컨만 붙들고 있는데도 또 설핏 잠이 들어 있는 엄마가 부럽기까지 했다. 텔레비전을 껐으면 좋으련만, 리모컨에 손만 대면 안 잔다고 뭐라 하는 통에 혜원은 뒤척거리기만 할 뿐이었다. 덜컹거리는 요란한 바람 소리, 아까 대리 회사에 날이 추워 사람이 없다고 나오면 안 되겠냐고 연락이 왔을 때 나갈 껄 하다가도, 저 바람

소리에 한 데서 떨었을 생각을 하니 따뜻한 방바닥의 기운이 다행스럽게 느껴지기도 했다. 얼른 잠이 들어야 할 텐데. 그래야 또 내일 일을 할 텐데. 아무리 되뇌어도 한겨울 얼음장 같은 머릿속의 불은 꺼지지 않았다.

12시인데…… 회진을 돌까.

제 머릿속을 들키기라도 한 듯 혜원은 이불을 뒤집어쓰고는 엄마에게 등을 돌렸다.

＊　　＊　　＊

와장창 소리가 요란했다. 파삭하고 요란한 소리와 함께 대리석 바닥에 떨어져 내렸다.

"정혜원 씨!"

하필, 왜 이럴 때. 그녀를 곱게 보지 않는 12층 박 간호사 앞이었다. 아마 그 여자 앞이라서 더했을 것이다. 안 그러면 멀쩡한 손이 미끄러질 리가 없지. 가벼운 현기증은 밤새 잠을 못 자고 서성인 탓일 것이었다. 잠을 잤어야 했는데…….

"지금 뭐 하는 겁니까."

"죄송합니다."

코끝이 빨갛게 변하는 것 같았다. 한 번도 이런 실수를 해 본 적이 없었다. 꼴사납게 바닥에 떨어진 깨진 그릇 속의 환자가 남긴 죽은 비싼 카펫에 얼룩을 만들어 내고 있었다.

"죄송합니다."

"카펫 바닥에 이게 뭡니까!"

안쪽 병실의 문이 닫힌 것을 확인하더니 박 간호사의 목소리가 더 커졌다. 쟁반에 깨진 그릇 조각들을 담았다. 그 소리를 듣고 다가온 박 간호사보다 서열이 낮은 어린 간호사가 얼른 물티슈와 휴지를 들고 와 주었다.

"감사합니다."

급한 대로 무릎을 꿇고는 카펫에 얼룩이 지지 않도록 남은 죽을 닦아 내고 있었다.

"빨리 치우세요."

"네."

얼룩이 쉬이 지지 않았다. 아이보리색의 파일이 있는 고급 카펫에는 작지만 흉하게 얼룩이 졌다. 게다가 죽을 닦은 휴지에 붉은 것이 묻어났다. 사기 조각을 줍다가 어딘가 베인 듯했다. 아픈 것도 느끼지 못했다. 혜원은 얼른 손가락을 휴지로 감았다. 카펫에 핏자국까지 떨어지면 큰일이니까. 얼른 물걸레로 닦은 후 말리면 좀 괜찮아질까 싶은 그녀는 재빨리 휴지 뭉치를 알루미늄 쟁반에 담고 몸을 일으켰다. 손에 감은 휴지가 붉게 물드는 게 보였다. 그러나 그게 중요한 것은 아니었다. 청소 팀에게 물어봐야 하나. 그녀가 막 일어섰을 때 눈앞에 무엇인가가 있었다.

"아, 선생님. 죄송합니다. 실수를 해서……."

옆에 선 박 간호사가 고개를 숙이고 있었다. 혜원은 다시 떨어질 뻔한 쟁반을 꼭 잡느라 손끝이 아릿한 게 느껴졌다.

아…….

싸늘한 눈이 자신을 보고 있었다. 하얀색의 티 하나 없는 가운, 그리고 더 하얀 티 하나 없는 창백한 얼굴, 싸늘한 금테 안경 밑의 눈이 자신을 쳐다보고 있었다.

제발…….

제발 이게 꿈이기를.

밤새 시달린 악몽의 뒤끝이기를…….

"병원에서 자원봉사라도 하시는 겁니까?"

15.

"많이 다치지는 않으셨습니까?"

회진 시간이었다. 그래서 서둘러 나오다가 이렇게 됐는지도 모른다. 딱딱하고 아무런 감정이 없는 목소리가 마치 자신의 담당 환자인 노회장에게 어지럽지 않습니까, 하고 묻는 것과 똑같은 억양이었다.

"저것 좀 받아 드시죠."

박 간호사는 혜원의 손에서 알루미늄 쟁반을 받아 들어야 했다. 그 위에는 수북한 휴지 뭉치와 깨진 그릇이 있었지만 감히 12층에서 이 담당 주치의 선생의 말을 허투루 들을 수 있는 사람은 아무도 없었다.

"저…… 저는 괜찮습니다."

박 간호사의 당황스런 얼굴은 둘째 치고 혜원은 얼른 이 자리를 벗어나고 싶었다. 빨리 저것들을 들고 탕비실로 가야만 했다.

"따라오십시오."

그러나 억양조차 없는 하얀 가운 속의 '선생님'의 말씀은 그 누구도 거역할 수 없었다. 설사 혜원조차도…….

데스크 옆의 처치실에서 그는 여자가 떨어진 것들을 치우느라 급하게 둘둘 감아 놓은 휴지 조각을 뜯어냈다. 왼손 검지 옆에는 칭칭 두서없이 감아 놓은 휴지 덕에 불완전하게 지혈이 돼 있던 꽤 큼지막한 상처가 보였다. 이런 손가락의 상처쯤이야 간호사들이 해야 했지만 그는 아무 말 없이 그녀의 손가락에 소독약을 부어 상처를 씻어 내고 포장된 소독약이 묻힌 면봉을 뜯어 정성껏 닦은 다음에 고가의 하이드로 밴드를 꼼꼼하게 붙였다.

마치, 태 회장의 손자며느리에게 하듯.

등 뒤에 처치실 밖에는 그의 뒤를 따라다니는 클리닉 소속의 의사와 간호사들이 아무 말 없이 서 그를 기다리고 있었다. 혜원은 바늘 하나가 떨어져도 들릴 것 같은 적막 속에서 굳어 버린 듯 왼손의 손목을 가리려고 애쓴 채 서 있을 뿐이었다. 지금은 희미하지만 누구에게도 보이기 싫은 상처가 있기에…….

남자의 하얀 손이 마치 물속에 있는 듯 느릿느릿, 그러나 꼼꼼하게 상처를 소독하고 있었다. 저 손으로…… 그녀도 보았듯, 노회장의 머리에 남아 있는 그 상처로 그의 머리를 열고 그 안에 뭉친 핏덩이를 긁어냈을 것이다. 저 손…… 저 사람은 저 손으로 힘을 주어 그 싸구려 노트에 볼펜을 꾹꾹 눌러 머리뼈의 이름을 기록하고 혈관의 위치를 그려 넣으며 그 모진 겨울 내내 공부를 했었지. 저 손으로 그 먹기 싫었던 초라한 아침상을 차려 미안한 듯 내밀었었지. 저 손으로 내 얼굴을 쓰다듬으면서 나에게 입을 맞추었었지…….

"다 됐습니다. 상처에 물이 들어가지 않도록 하십시오. 큰 상처는 아니지만 흉터는 상당 시간 남을 것입니다. 상처가 작으니까 굳이 항생제 주사까지는 필요 없을 듯합니다."

그의 명료한 목소리가 혜원을 미망에서 깨나게 했다.

"가…… 감사합니다. 선생님."

간호사들의 수군거리는 소리가 났다. 그녀는 꾸벅 인사를 하고 뒤를 돌아 그들 사이를 뚫고 당황스러운 듯한 박 간호사의 손에 들린 제 물건들을 받아 들고 재빨리 탕비실로 뛰듯이 사라졌다.

"제가 하겠습니다. 선생님."

뚜껑이 열린 소독약 키트들이 흩어진 처치실에 수간호사가 들어서면서 말하자 그는 정신을 차릴 수 있었다. 그를 미치게 했던…… 그 빼흘레의 단백나무 향기 따위는 없었다. 지금은 기억도 나지 않았지만 그 금갈색의 몽글거리는 머리카락을 가진 여자에게서 나던 그 향기……. 우연히 면세점에서 780불이나 하던 동그란 크리스털 오팔 볼에 늘어뜨린 검은 술에 박힌 흰색의 스팽글을 보고 그는 십여 년 만에 문득 여자를 기억해 내지 않았던가.

Caregiver Hyewon Jeong.

여자의 가슴에 달려 있던, 검은 머리의 뻣뻣이 굳어 있는 낯선 얼굴이 박혀 있는 신분증에 쓰여 있던 글자. 혼란으로 인해 그는 잠시 침묵을 지켰다.

"선생님, 회진 시간 다 됐는데요."

실은 올라올 때부터 회진 시간이었다.

"갑시다."

아무렇지도 않은 듯 병실을 향해 급한 발걸음을 옮겼다.

탕비실 벽에 기대서 있던 혜원은 다리의 힘이 풀려 바닥에 쪼그리고 앉아야만 했다. 같은 공간에서 열흘째 서로가 일을 하고 있었다. 마주치지 않았던 게 더 이상한 일이었다. 아니, 이런 식이라면 저 사람이 미국으로 돌아갈 때까지 마주치지 않을 수도 있다고 생각했었다. 그리고 그러길 바랐다. 호텔 로비에서 본…… 그냥 그 모습으로만 기억하길 차라리 원했었다. 그 싸늘하게 굳은 표정으로 자신을 쳐다보던 그때에서 멈췄어야 했다.

발작이 심해져 신세타령의 극에 다다르면 혜원의 엄마는 끝내 그에게 퍼부은 악담을 마치 그가 앞에 있듯이 하곤 했었다. 정말 엄마는 그에게 저런 말을 했을까. 생각만 해도 끔찍했다. 그러나 어제의 그 표정을 보면 정말로 그녀의 엄마는 그에게 그런 소리를 했구나 하는 걸 알 수 있었다. 그만큼…… 그의 눈은 차갑고, 경멸에 가득 차 있었다…….

그런데 이게 뭔가…….

그녀는 천천히 힘을 주어 몸을 일으켰다.

창피한가? 아니, 개뿔도 없으면서 클라이언트의 가족에게 그런 분수에도 맞지 않는 옷이나 덥석 받아 입고서 시시덕거리는 게 더 창피한 것이다. 가난하고 있는 집에 멸시를 당하던 그가 최고의 의료인이 되어 이 자리에 있는 게 당연한 것처럼, 제 운이 다한 집 안의 철없는 딸이 십여 년의 세월 만에 제대로 된 일자리를 얻어 열심히 일을 하고 있는 것도 현실이었다. 4대 보험이 되고, 그 대단하다는 스튜어디스만큼 보수가 두둑한, 티오조차 잘 나지 않는 정말로 든든한 직장 아닌가. 혜원은 쭈그려 앉느라 구겨진 치마바지의 주름을 폈다. 그러곤 아무렇지도 않은 듯, 아무 일도 없었다는 듯, 냉장고 안의 과일이라든지 혹은 커피나 차 등의 양을 살폈다. 아까 우르르 몰려가던 회진을 위한 인원들이 나가면 카펫부터 어떻게 해야 할 것이었다. 벽에 걸린 인터폰으로 내선 번호를 눌렀다.

"네. 여기 12층인데요. 환경 미화 팀이시죠. 여쭤 볼 것이 있어서요……."

그러나 그녀의 눈은 틈도 없이 잘 밀착되어 붙어 있는 검지의 하이드로 밴드에 가 있었다.

차트에 기록을 하고 담당의란에 사인을 하면서도 그는 미간을 펼 수가 없었다. 이건 무슨 조화인가.

"조 선생님, 클리닉에 Caregiver가 있습니까?"

옆에서 보조적인 지시를 따르는 클리닉에 상주하고 있는 젊은 전문의에게 물었다.

"네. 병원 소속은 아니고 병원에서 계약을 맺은 외주업체 소속의 전문 간병인이 있습니다. 뭐 그렇지만 대부분 간호사들이 개인적으로 배치되니까. 간병인이라고 해 봤자 병실의 개인 메이드 역할이나 하는 걸로 알고 있습니다. 그런데 병원이니까 간병인 자격증이 있는 사람들을 쓰는 것이죠. 그래도 타 병원하고는 격이 다르겠죠 뭐. 큰 대학병원들의 VIP실에도 파견 나가는 듯한데 대부분 저희 병원에서 활동하는 것 같은데요. 아까 그 간병인 때문에 그러십니까?"

"아닙니다. 그냥 궁금해서 물어본 겁니다."

딱딱하게 경어를 쓰는 그가 부담스러운지 조 선생님이라 불린 남자는 머뭇거리다가 다시 차트에 시선을 돌렸다.

뭔가…… 착오가 있는 것 같다.

그가 막 자리에서 일어서려고 했을 때, 똑똑 하는 노크 소리가 들렸다. 문은 열려 있었으므로 그것은 단순한 인기척임에 분명했다.

"바쁘신가요?"

"그럴 리가요."

그가 다시 자리에 앉았다. 검은색의 레이스로 된 블라우스와 진회색 타이트스커트를 하얀 가운 밑에 맵시 있게 받쳐 입은 희진이었다.

"뭣 좀 여쭤 보려고요. 닥터 길은 12층 전담의이시지만, 이 CT 좀 봐 주시겠어요?"

"그러지요……."

"우측 측두엽 낭종은 단순한 형태학적 진단명입니다. 간혹 그런 식으로 오판하는 경우도 있습니다. 그러나 이번 경우에는 그렇게 확대 해석하지 않으셔도 됩니다."

벽에 걸린 커다란 50인치의 터치스크린에 확대되어 있던 두개골 CT영상을 손으로 밀어 축소시키면서 말했다.

"말씀을 듣고 보니 그렇군요. 선생님 안 계셨으면 어쨌을 뻔했나."

"많은 임상 현장에서 관찰을 하게 된다면 누구나 생각해 볼 수 있는 점입니다. 다만 놓치기 쉬운 부분이죠."

"정말 고마워요."

"별말씀을."

화면을 끄는 그는 전혀 아무런 낌새조차 없이 평온하고 평상시와 똑같았다. 그것을 보고 있던 희진이 주먹을 꼭 쥐더니 결심한 듯 말했다.

"제이슨."

닥터라는 명칭이 사라졌다. 그러나 그는 아무런 동요가 없이 자신의 데스크로 갔다. 지금까지는 공적인 자리였다. 그녀는 어제 가졌던 티타임의 여운을 깊게 즐기고 싶었다.

"날짜가 다 되어 가요. 심사숙고할 이유는 얼마든지 있다는 거 알고 있지만, 그래도 제3자가 보기엔 너무 시간을 들이시는 거 같아서요."

그는 아무 말이 없었다.

"조건이…… 문제가 되는 건가요? 좀 더 유리한 조건을 원하시나요?"

그녀는 아무리 생각을 해도 이보다 좋은 조건은 없다고 생각하고 있었다. 직접 회계장부나 그 밖의 것들을 다루고 있지는 않지만 그래도 아버지의 병원의 대략적인 수입에 대해서는 세간에 알려진 것보다 더 잘 알고 있었고, 어제 아버지가 제시한 금액은 아무리 존스홉킨스 외과 팀의 대우가 좋다 하더라도 비교조차 할 수 없을 정도였다.

"그렇게 계산적인 사람은 못 됩니다."

그가 천천히 대답했다. 아니 변명같이 들릴 정도였다. 그럼 뭐가 문제인가.

"거기에 딸린 조건이 문제인가요?"

"……."

남자는 대답을 하지 않았다. 채근을 하고 싶은 건 아니었다. 결론이 뻔한 이야기를 너무 질질 끄는 것에 대해서, 짜증이 나야만 할 타이밍이었다. 그러나 그렇지 못했다. 왜 조바심만 더 심해지는 걸까.

"얼마나 더 기다려야 하는 거죠?"

하얀색의 가운이 완벽하게 어울리는, 금테 안경 밑의 날카로운 눈은 깊은 생각에 잠겨 있었다. 채근하고 싶지는 않았다. 조급하게 보이고 싶은 것은 더더욱 아니었다. 그러나 저 아무런 감정이 없어 보이는 창백하고 날카로운 얼굴만 보면……. 그녀답지 않은 조급함으로 침착성 따위를 잃어버리게 되었다. 다시 침착해지고 싶었다. 저 남자가 자신의 것이라는 확신을 가진다면 그게 가능하겠지.

"……오늘 저녁에 시간이 납니다."

그가 천천히 대답했다.

"기다리죠."

기다리던 대답이 오랜만에 희진이 화사하게 웃음꽃을 피우게 했다. 그녀가 나가자 R 실에는 적막이 흘렀다. 계획대로라면 오늘 저녁의 시간은 의미심장한 시간이 될 것이었다. 그러나 남자의 굳은 입가는 여전히 경직되어 있었다.

"정혜원 씨, 이것 좀 데스크에 갖다 주세요."

"네?"

이제 정기적인 운동을 시작한 회장님이 침대를 벗어난 시간 재빨리 침대를 정리하고 시트를 갈고 구석구석 먼지도 없지만, 호텔식으로 꾸며진 협탁 위며 주변을 미화 팀과 같이 닦으면서 분주하던 그녀에게 병실 간호사인 장 선생이 말했다. 간병인인 혜원에게 이런 심부름을 시키지는 않았다. 그녀는 병실에 붙어 있어야 하는 사람이지 간호사의 부탁을 받아 자리를 떠야 하는 사람은 아니었다. 의아한 표정에도 아랑곳하지 않고 처음 보는 불투명한 파일을 내미는 얼굴을 보고는 혜원은 고개를 끄덕이며 받아 들 수밖에 없었다.

안에 뭐가 들어 있는지는 알 바 아니었지만 다행히 물리치료사와 보조 간호사, 병실 담당 의사까지 동행한 대단한 회장님의 회복 운동 시간은 아직 한참이나 남아 있었다. 혜원은 빈틈없이 붙여져 있는 왼손 검지의 하이드로 밴드를 얼핏 보다가 차트를 들고 데스크 쪽으로 향했다. 병실이 넓었기에 병실에서 다이닝 룸을 거쳐 입구로 나와 다시 긴 복도를 지나 데스크까지 가는 데는 꽤 시간이 걸렸다. 병실을 나와 막 모퉁이를 도는데 누군가 확 자신의 팔을 잡아당기는 게 느껴졌다.

"아!"

그러나 더 이상의 말소리는 들리지 않았다. 눈앞에 하얀색의 가운이 보였고, 그리고……. 싸늘한 눈동자가 자신을 바라보고 있었기 때문이었다.

"잠시 대화 좀 합시다."

이 클리닉에서는 정말로 정기적으로 청소하는 사람을 빼고는 절대 다니는 일이 없는 곳이 비상계단이었다. 대화를 하자고 하지 않았던가. 그런데 왜 말이 없는 거지. 혜원은 고개를 떨구지 않으려고 애썼다. 아까 저 선생님이 잡아당긴 팔 한쪽 끝이 타는 것 같은 느낌이 이제야 가셨다. 하루 종일 거의 서 있어야 했기에 통굽이지만 그다지 높지 않은 하얀 간호사용 널스화 덕에 남자의 어깨까지밖에 보이지 않았다. 그러나 그의 어깨를 보고 있지는 않았다. 불투명한 차트를 들고 미세한 화강암 결정이 박혀 있는 하얀 벽을 바라보던 그녀가 입을 열었다.

"하실 말씀이라도 있으십니까, 선생님. 저는 지금 근무 시간입니다."

대화를 하자고 했던 사람은 말이 없었다. 고개를 들어 표정이라도 보고 싶었지만 그녀의 목은 딱 고정된 상태였다.

"하실 말씀 안 계시면 가 보겠습니다."

"왜 여기 있는 거지?"

"……."

그는 나지막한 소리로 물었을 뿐이었다. 그러나 혜원은 마치 벼락을 맞은 것 같았다. 알게 모르게 그가 자신의 등 뒤쪽을 지나가면 온몸이 귀가 된 듯 그의 일거수일투족을 모두 듣고만 있었다. 그는 병원 안의 그 누구에게도, 심지어 환경 미화 팀의 제복을 입고 청소도구를 들고 가는 아줌마들에게도 철저하게 경어를 썼었다. 그래서 다들 뒤에서 이야기를 할 때도 외국에서 오랫동안 있던 사람이라 그런지 정말로 예의가 깍듯한 대단한 사람이라 숙덕여 왔었다. 그런데 그가…… 묻는다. 왜 너는 여기 있느냐고.

"엠제이 헬스케어 서비스 소속의 정식 Caregiver입니다. 물론 자격증도 있습니다."

그가…… 묻고 싶어 하는 게 이것이 아니라는 것을 잘 알고 있었다. 그러나 이제 와서 저 사람이 묻는 걸 대답한다고 해서 뭐가 달라질 것인가. 병원에 파다하게 퍼진 소문처럼 클리닉 원장의 딸인 주 선생과 약혼한 사이이고, 이 클리닉을 맡기 위해서 미국에서 왔다는 저 사람에게 뭐가 중요하단 말인가. 아, 혹시 이 일자리를 잃을 수도 있는 거였나.

"지금 근무 중입니다. 근무 시간 중에는 항상 환자 곁에 있어야 하는 게 간병인의 본분입니다. 뭐 더 시키실 일 없으시면 가 보겠습니다."

It' s over……

모든 것은 끝났다.

16.

혜원은 도무지 무슨 표정인지 알 일이 없는 싸늘한 얼굴을 가진 선생님께 꾸벅 인사를 하고 뒤로 돌아 문을 열고 비상계단을 벗어 났다. 뒤에 선 남자는 어떤 말도, 어떤 행동도 하지 않았다. 근 열흘간의 숨바꼭질은 여기서 끝났다. 갑자기 뭔가가 탁 하고 끊어져 두 다리가 허공을 짚는 것 같았다. 그러나 그녀의 잰 걸음걸이는 바뀌지 않았다. 재빨리 데스크에 가서 이거 전해 드리라고 하던데요 하고 말하곤 파일을 넘겨주고 다시 잰걸음으로 비상계단으로 통하는 문 앞을 지나 자신이 있어야 할 병실로 향했다. 차라리…… 이제 편안해졌다.

이제, 저가 가지고 있던 마지막 무엇인가를 바닥에 던져 버린 것처럼 발걸음이 가벼웠다.

어떻게 남아 있는 시간들이 흐른 것일까. 그녀는 교대자에게 인수인계를 하고 옷을 갈아입고 퇴근 준비를 했다. 물론 그 중간에 회진이 있었지만 그녀를 막아 주는 탕비실은 그녀에게 아늑한 가림막을 제공했다. 병원 안은 따뜻하고 쾌적했지만 직원용 엘리베이터에서 내리자마자 열린 뒷문으로 내려간 주차장은 바깥의 날씨를 미리 말해 주는 것 같았다. 커다랗고 휑한 공간에는 입구 쪽에서 찬바람이 몰아쳐 들어오고 있었다. 늘 다른 간호사들과 퇴근 시간이 겹쳐 혼자 타고 내려온 적이 없었는데 11층에 큰 수술을 받은 환자 덕분인지 병원은 혼잡스러웠고 다들 바쁘게 돌아갔다. 그러나 혜원은 자신의 환자가 평온하므로 혼자, 그 누구의 방해도 받지 않고 내려올 수 있었다.

"아, 춥다."

아무도 듣는 이 없는데 혼자 중얼거려 보았다. 그러나 곧 가볍게 후회를 하고 발걸음을 재촉했다. 거추장스러운 코트 대신 두툼한 내피가 든 사파리 점퍼를 입고 나온 게 탁월한 선택이었다. 이런 날씨에 코트라니. 제 어리석음에 웃음이 나올 지경이었다. 혜원은 따뜻한 점퍼를 꼭 여미고 입구 쪽으로 잰걸음을 옮겼다. 오늘은 버스가 빨리 와야 할 텐데…….

"혜원 씨."

그녀의 이맛살이 찌푸려졌다. 검은색의 최신형 에쿠스의 야한 후미등이 빨갛게 빛을 내면서 입구 쪽에서 있었다. 입구와 가까운 쪽이 VVIP용 주차장이니 저 차가 저기 서 있다는 게 이상한 일은 아니었다. 아마 회장님 것이 분명한, 며칠째 움직임이 없는 마이바

흐 옆에 서 있던 차에서 내린 사람이 다가왔다. 또다시 뭔가가 툭 하고 부딪치는 느낌이었다. 그……도 이런 느낌이었겠구나.

나쁜 사람이 아님은 알고 있지만 제발 곁에 다가와 자신에게 상처를 내지 말았으면 하는 그런 느낌.

"전화했었는데……."

물론 전화는 찍혀 있었지만 근무 시간엔 받을 수 없었다. 그렇다고 나오면서 왜 전화하셨냐고 묻고 싶은 생각도 없었다. 몸이 힘들지 않은 날이었지만 오늘은…… 마음이 힘들다.

"엄청나게 춥네요. 타요."

춥다. 저 사람의 최신형 에쿠스는 히터 바람조차도 고급스러웠다. 그리고 엉덩이와 등짝이 따뜻해지는 푹 파묻힐 것 같은 온열 시트도 최고급이었다. 그러나 이제 더 이상 그런 안락함에 마음 졸이면서 당혹스러울 미래 따위를 초초하게 카운트하고 싶지 않았다.

"저는 이사님 싫습니다. 그러니 이렇게 시간 낭비하지 마세요."

제발 당신의 비서나 혹은 당신의 캐디백을 들고 다닐 캐디에게나 호의를 베푸십시오…….

"진심이 아닌 거 알고 있습니다."

나름대로 직구를 던진 거 같은데 맞은 사람은 아무렇지도 않은 표정이었다.

"진심이 아닌 걸 어떻게 아시나요? 여자에게 옷 좀 사 줬다고 그 여자가 자신에게 호의를 가질 거란 생각은 마십시오. 설사 그 옷이 호의를 불러일으켰다고 해도 저는 제 주제를 알 만큼의 머리는 있습니다."

그녀의 말에 그가 약간은 기분이 상한 것 같았다.

"주제라뇨. 혜원 씨와 제가 뭐가 그렇게 다릅니까?"

다르다. 그걸 어떻게 설명해야 할까. 자신도 저 자리에 서 봤으니까, 그렇게 느꼈었다. '그'와 자신이 뭐가 다른지. 이제 그걸 제 입으로 뱉어야 하는 이 현실이 싫었다. 이 지하주차장이 추웠다. 당신 어머니께 물어보세요, 병실 간병인과 당신의 아들이 뭐가 다른지……

"유니폼을 벗은 혜원 씨는 그냥 정혜원 씨일 뿐입니다."

남자의 말이 틀린 것은 아니었다. 너무 앞서 간 것인가. 그럴 수도 있다. 그냥 호감일 수도, 자신의 머릿속에 있는 돈 봉투를 내밀며 인간적인 멸시를 당하는 건 그 단계를 넘어야 등장하는 장면이다. 저 남자가 간병인이 좋다고 집안 식구들 앞에 무릎을 꿇고 허락해 주십시오, 하는 것 따위는 한참이나 진도를 나가야 하는 것이다. 그냥 단지 저녁에 할 일이 없으니까 생각난 김에 예쁘장한 간병인과 저녁 한 끼 먹고 즐거울 수도 있는 거였다. 떡 줄 사람은 생각도 않는데 김칫국을 먹다 토하는 걸까.

"단순히 남자가 여자에게 가지는 호감일 뿐입니다. 그걸 왜 그렇게 뒷걸음질 치시는 겁니까. 지금 추워요. 추우니까 제가 태워다 드린다는 거 아닙니다."

그게 얼마나 사람에게 위험한 호감이지 저 인상 좋은 남자는 죽었다 깨나도 모를 것이다. 아니, 저처럼 모든 걸 잃어 보면 알겠지.

"이사님, 그냥 장난으로 던진 돌에 개구리는 맞아 죽습니다……"

제가 던진 돌에도 맞아 죽은 개구리가 있어서요……. 그녀는 고개를 숙여 인사를 하고 돌아섰다.

"정혜원 씨, 그 개구리가 공주가 되어 돌아올 수도 있는 겁니다. 우선 타요. 타서 공주든 개구리든 이야기해 봅시다."

급한 마음에 돌아서는 여자의 팔뚝을 잡았다. 잔뜩 솜이 들어 있는지 푹신한 점퍼의 감촉 너머로 가느다란 여자의 팔뚝이 느껴졌다.

"놓으세요."

"무슨 일 있으십니까."

두 사람이 동시에 Pause 버튼을 누른 것처럼 멎어 버린 건 차가운 바람이 몰아쳐 들어오는 지하 주차장보다 더 차갑고 명료한 목소리 때문이었다. 목소리가 들린 쪽에 새카만 블랙 슈트와 청회색의 넥타이를 단정하게 맨 싸늘한 얼굴의 남자가 서서 두 사람의 실랑이를 쳐다보고 있었기 때문이었다. 실랑이를 벌이느라 누군가 이렇게 다가온 것도 몰랐었나 보다.

"아, 주치의 선생님."

정혁의 목소리에는 어딘지 모르게 비아냥거림이 섞여 있는 듯했다.

"아무 일도 없습니다."

"그럼 그 손 놓으시죠."

싸늘하고 침착한 목소리는 할아버지의 주치의 따위가 이 주차장에서 제 연애사에 왜 관여를 하는데 하는, 어이없는 기가 막힘을 뒤로하고 저도 모르게 잡았던 여자의 팔을 놓게 만들었다. 그런데 돌아선 여자가 이상했다.

"혜원 씨……?"

숨이 막혀서……. 아무 말이 나오지 않는 것인가. 뒤로 돌아볼 수가 없다. 저도 모르게 남자에게 잡혀 있지 못한 손이 입가로 갔다. 그런다고 제 얼굴이 가려지는 걸까. 왜, 왜 항상 저 남자하고 있을 때에 그가 나타나는 것인지……. 아니, 자신은 왜 이러는 걸까. 이미 깨질 것은 다 깨져 버렸다. 숨바꼭질도 끝났고 자신은 우아한 신데렐라가 아니라는 것도 이 두 남자가 다 알고 있다. 더 비참해질 이유도 없는 자신은 이 클리닉에 파견된 정식 간병인이고, 한 명은 제 클라이언트의 가족이었고 또 한 사람은 클라이언트의 주치의일 뿐이었다. 대체 무슨 관계가 있단 말인가. 저들이 자신에게 무슨 감정을 가지고 있든 간에 저는 아무런 상관이 없지 않은가.

"선생님, 그게……."

혜원은 돌아서서 말을 하려 했다. 무슨 말이든……. 그냥 관계없으니 지나가십시오…… 그런 비슷한 말을. 그러나 그녀의 말은 더 이상 나오지 못하고 파삭하고 말라 부스러져 찬 공기 중에 흩어져 버렸다.

커다랗고, 그리고 비현실적일 만큼 따뜻한 손이 제 차가운 손을 감싸 쥐었기 때문이었다.

"가지."

남자의 이 돌발적인 행동에 두 사람 다 당황스러운 표정이 되어 버렸다. 특히, 여자와 실랑이를 벌이고 있던 정혁의 얼굴은 놀람을 넘어 당혹스러움까지 나타났다.

"혜원 씨……."

"……."

그녀를 쳐다보며 이것을 설명하라는 듯한 눈길이 여실했지만 혜원은 아무런 말을 할 수가 없었다. 아니 그녀의 머릿속은 멎어 버린 것 같았다.

이……건 대체 뭔가. 어디선가 아주 익숙한 향이 나는 것만 같았다. 환한 불빛이 가득하지만 고무로 코팅이 된 지하 주차장의 텁텁한 공기 사이로 미세한 캐시미어 우드와 머스크가 미묘하게 조합이 된 것 같은 향. 앙크르? 그녀가 고개를 든 순간 그가 그녀의 손을 잡아 제 쪽으로 끌어당기고 있다는 것도 모른 채였다.

"두…… 분 아시는 사이입니까?"

정혁의 얼굴에 이제는 어이없다는 웃음기가 서리려고 했다.

"그렇습니다. 살펴 가시기 바랍니다."

여전히 맘에 들지 않는 거만함이 섞인 까딱하는 목례와 함께 저 마음에 들지 않는 새까만 슈트의 사내는 두툼하고 둔탁하기까지 한 점퍼를 입은 여자를 끌고 가고 있었다.

"혜원 씨."

그가 여자의 이름을 불렀지만 이미 두 사람은 들리지 않는 듯했다.

삐리릭 소리와 함께 가운데 방패 모양의 노란 로고에 날뛰는 야
생마가 그려진 검은색의 매끈한 차는 헤드라이트를 깜빡이더니 잠
금장치가 풀리는 소리를 냈다. 그가 유려한 몸짓으로 익숙하게 조
수석의 문을 열고 그녀를 안으로 밀어 넣듯 하더니 문을 닫고 빙
돌아 운전석으로 올라탔다. 차 안은 싸늘했다. 그가 키를 키 박스
에 넣고 돌리자 약간의 진동과 함께 차는 살아났다. 손을 이리저
리 놀리더니 금방 등 뒤에 온기가 느껴졌다. 그리고 싸늘한 차 안
은 온기가 느껴지는 공기가 살살 휘돌고 있었다. 그제야, 그제야
혜원은 정신을 차릴 수 있었다.

"선생님……!"

"그새 내 이름도 잊어버렸나."

"……"

알고 있지만……. 차마 입 밖에 낼 수 없었다. 저 사람 이름
을……. 말끝마다 부르던 때가 과연 있기는 있었던가.

"설명해 봐. 무슨 일이 있었던 건지."

정말, 이 사람은 그게 알고 싶은 걸까. 그래, 숨길 것도 없지 않
은가. 설명하라면 설명을 해야겠지. 숨을 들이마시고, 천천히 그리
고 또박또박, 마치 어제 본 드라마를 설명하듯 혜원은 '설명'을
했다.

"그때, 그러니까 그때, 전화를 했을 때. 수술을 하고 나서. 아버
지가 건강이 안 좋아지셨어요. 물론 철없는 저 때문이었죠. 아버지
가 뇌출혈로 쓰러지셨는데 회복하지 못하고 한 달 정도 있다 돌아
가셨어요. 그사이에 아버지가 새로 추진하던 워터 파크 사업이 자

금 조달 문제로 어려움을 겪다가 연쇄 부도가 나서 호텔이 넘어가고…… 뭐 그렇게 된 거죠. 드라마에 흔히 나오듯 말이죠. 오래된 일이에요. 이젠 기억도 잘 안 나는. 지금은 괜찮아요. 번듯한 직장에서 잘 적응해서 잘 살고 있습니다."

앙크르의 향이 없었다면 그녀는 더 똑똑히 말할 수 있을 것이었다. 이건 우연일까. 그래 성공한 사람들이 쓸 수 있는…… 흔하지는 않지만 좋은 향이잖아. 이 세련된 의사 선생님의 고급스러운 이미지와 잘 어울리는…….

그때였다. 갑자기 윙 하는 소리가 울리기 시작했다. 남자의 침묵이 당혹스럽게 깨지고 있었다. 혜원의 전화는 아니었다. 스륵 하는 옷자락을 들추는 소리가 나더니 그가 슈트 안쪽에서 휴대폰을 꺼내 들었다. 남자와 잘 어울리는 얇고 매끈한 휴대폰.

"여보세요."

좁은 공간을 울리고 있는 남자의 목소리가, 정말로 근사했다. 머릿속에서 뭔가 아련한 기억들이 흘러나오려고 했지만 그러지 못했다.

〈어디예요? 나가셨다던데. 볼일 있어요? 약속 장소 안 잡았잖아요.〉

맑고 청랑한 여자의 목소리가 스피커 저 너머에서 작게 들렸지만 불행하게도 차 안은 너무나 조용했다.

"……오늘 약속은……."

달칵 하는 소리에 그가 고개를 돌렸다. 혜원은 차 문을 열었다. 그가 알고 싶은 것을 이야기했으니 이제 여기에 더 이상 있을 필요는 없지 않은가. 그녀가 열린 문 사이로 들어오는 찬바람 속으로 몸을 내밀었을 때 또다시 그가 그녀의 손을 잡았다.

"오늘은 제가 갑자기 일이 좀 생겼습니다. 죄송합니다. 다음으로 미뤘으면 합니다."

〈제이슨!〉

여자의 목소리가 감정적으로 들렸다.

"제가 다시 전화 드리지요. 그럼 이만."

그가 전화를 끊었다. 열린 문으로 찬바람이 흘러 들어오고 있었지만 잡혀 있는 손이…… 그녀를 멈추어 버렸다.

"저…… 가야 합니다."

혜원이 용기를 내서 말했다. 이 차 안에, 이 따뜻한 포르쉐 안에 있으면 안 될 것 같았다. 이 남자는 대체 무슨 생각으로 제 손을 잡고 있는 걸까.

"문 닫아. 데려다 줄 테니."

"아닙니다. 가겠습니다."

그녀의 딱딱한 목소리가 그의 손에 들어갔던 힘을 뺀 듯했다. 그녀는 따뜻한 온기가 묻어 있는 커다란 손에서 자신의 거칠어진 손을 빼냈다. 그리고 몸을 내밀어 차에서 내릴 수 있었다.

"그냥 계세요."

그가 막 운전석 문을 열고 일어나려 하는 것을 보고 그녀가 소리치듯 말했다. 열린 문 틈 사이로 바람 소리와 함께 어디선가 차의 시동을 거는 소리가 났다.

"저는 이 일자리를 잃어서는 안 됩니다."

그리고 문을 닫았다. 그녀의 한마디가 더할 수 없이 강력한 힘이 되어 그를 묶어 놓고 있었다. 아직은 병원의 지하 주차장이었다. 마침 덜컥 소리를 나더니 하얀색의 BMW 해치백 컨버터블이 고무바닥에 요란한 타이어 소리를 내면서 모퉁이에서 돌아 나오고 있었다. 저 차가 원장의 딸인 주 선생의 차인 것은 병원에 있는 그 누구도 다 알고 있는 사실이었다. 그리고 또다시 덜컥거리면서 구형 에쿠스 승용차와 다른 준중형 차들이 나오기 시작했다. 간호사들의 교대 시간이었다. 혜원은 점퍼의 옷깃을 여미고는 재빨리 입구 쪽으로 걸음을 옮기기 시작했다. 아직도 느껴지는 손안의 체온을 잊으려는 듯 걸음을 재촉했다.

안쪽에 있던 포르쉐 속의 남자는 입구로 사라지는 여자의 뒷모습을 보고만 있을 뿐이었다. 조금 후에 차에서는 헤드라이트 빛이 켜지고 소리도 없이 한 무더기의 차들이 빠져나간 입구로 사라졌다. 그 차가 사라지고 난 후에 VVIP 주차장에 주차되어 있던 에쿠스 승용차도 천천히 움직여 주차장을 빠져나갔다.

17.

"혜원 씨, 할 말이 있습니다."

그녀가 돌아섰다. 새벽바람은 정말로 이루 형용할 수 없을 만큼 찼다. 콜이 뚝 끊겨 다들 모여 문을 닫고 싶어 하는 포장마차로 몰려가서 남은 어묵들을 떨이한 뒤, 빈속에 바닥이 드러날 만큼 어묵 국물 들이켜고 행복해하면서 각자의 집으로 가려는 참이었다.

"바쁜 일 있으심 먼저 가세요. 안 데려다 주셔도 돼요."

아까부터 뭔가 머뭇거리는 상대에게 혜원은 빠르게 대답했다. 늘 자기 집과 정반대인 혜원을 집까지 데려다주는 픽업맨 상훈이 쭈뼛거리면서 자신을 불러 세웠을 때는 뭔가 딴 일이 있어 저를 데려다 주지 못해서일 거라고 생각했을 뿐이었다.

"그럴 리가요. 그게 아닙니다. 우선 차에 좀 타시죠."

"의수 씨는요."

지입 학원차 기사인 의수 씨는 오후부터 일을 하기 때문에 밤에 투잡으로 대리까지 하는 40대 노총각으로 혜원의 집과 같은 방향이라 혜원을 태워다 주는 상훈은 같이 태워다 주곤 했었다.

"일이 있다고 먼저 갔습니다."

투덜거리는 의수 씨를 한 번만 봐 달라며 택시비까지 쥐 보냈으면서 그는 태연하게 말했다. 혜원은 그 말을 별다르게 의심하거나 하지 않았다. 늘 자신을 제일 먼저 픽업하러 오는 건 딱 둘 있는 여자 대리기사 중에서 그래도 저가 나이가 어리니까 호의로 그런다고 생각하고 있었다. 남자들도 하기 벅찬 일을 하는 젊은 여자가 딱하고 안 돼 보이는 건 당연한 일이었다. 혜원은 아무 생각 없이 그의 프레지오 봉고로 갔다.

날이 너무 추웠다. 그리고 운전대를 잡으면 오로지 길만 찾으려 애써야 했고, 주차를 할 때는 늘 늦은 시간이라 자리가 없어서 좋은 자리에 주차하려고 애쓰느라 딴 생각 할 시간이 없었다. 그러나 날이 추운데다 평일이라 지루하게 콜을 기다리며 대기하는 시간은…… 너무 힘겨웠다. 추위에 너무 떠느라 오금을 펼 수가 없어서 온몸이 얼얼한 것이, 집에 가 따뜻한 전기장판 위에 누우면 복잡한 머릿속과는 달리 쓰러져 잠들 수 있을 것만 같았다.

"타세요."

매번 의수 씨가 앞에 타고 혜원은 뒤에 탔었기에 옆 조수석의 문을 열어 주자 잠깐 의아해했지만 히터는 앞이 기본이고 뒤까지 데우려면 따로 틀어야 하니까 낭비라 생각하고 높은 봉고차의 조수석에 올랐다. 미리 시동을 걸어 놨었는지 차 안은 따뜻했다.

"혜원 씨."

차는 출발시키지 않고 상훈이 뜸을 들이며 말했다.

"네."

혜원은 대답은 하긴 해야 했지만 달리 뭐라 할 말이 없는지라 말꼬리가 푹 내려가 있었다. 잠시 잠깐이라도 몸을 놀리지 않아도 되는 시간이 돌아오면 그녀의 머릿속은 온통 딱 한 사람의 모습이 떠올랐기 때문이었다. 이왕이면 예전에 자신에게 따뜻하게 대해 주던 때였으면 좋으련만. 너무 오래되어 기억이 없었다. 가끔 너무 힘들 때면 왜 난 그 사람의 사진 한 장도 가지지 못한 걸까 하고 후회를 했었다.

"저 이번에 친구랑 카센터 하나 오픈합니다."

"축하해요."

깔끔한 상훈인지라 사람들이 늘 타고 내리는 픽업차임에도 불구하고 먼지 하나 없는 대시보드를 물끄러미 보던 혜원은 기계적으로 대답했다. 시계가 2시 50분을 가리키고 있는 걸 보니 갑자기 피곤이 몰려왔다. 이 차의 주인이 정비공장에서 일하고 밤에는 픽업차를 몰고 잠은 짬짬이 잔다는 정말 주변에서 보기 드물게 착실한 청년이라는 것도 잘 알고 있었다. 지나가다 볼 수 있는 건실하고 사람 좋게 생긴 그런 남자……

"혜원 씨. 저랑 진지하게 사귀어 주실래요?"

"……네?"

미망에서 깨어난 듯 혜원은 고개를 돌렸다. 늘 웃음이 고여 있는 청년의 새카만 얼굴에 오늘은 웃음기가 걷혀 있었다.

"길목이 좋은 데다 친구도 그렇고 저도 그렇고 아는 사람이 많아서 잘될 것 같습니다. 내내 말을 하고 싶었는데 혜원 씨같이 열심히 사시는 데다 경제력도 좋은 간호사한테 내밀 주제가 못 돼서 말을 못했습니다."

간호사라……. 월급은 웬만한 병원 간호사보다 많다. 그러나 엄연히 간호사는 아니었다. 병원에서 일해요, 했을 뿐이었다. 늘 저를 먼저 태워다 주고 더울 때는 시원한 음료수를 들이밀고 새벽길에는 가락국수를 사 주기도 했었다. 한 달 전쯤이라면……. 피식 웃음으로라도 대답할 수 있었을 것 같았다.

"혜원 씨 처음 본 순간부터 정말 이 말 하고 싶었어요. 그런데 제가 주제가 안 되니까. 정말 작년 한 해 열심히 일했습니다. 혜원 씨 하나만 바라보고……."

"저."

"결혼을 전제로 진지하게 사귀고 싶어요."

제 말뜻을 못 알아들은 것같이 보이는지 상훈이 말 한마디 한마디에 힘을 주어 말했다. 혜원은 갑자기 명치끝이 쓰라렸다. 왜일까. 이 착한 남자한테 이러면 안 되는데.

"네?"

얼굴에 기대가 가득 차 넘쳤다. 저 사람한테 뭐라 저의 처지를 말해야 할까 뭔가 말을 해야겠는데 적당한 말이 떠오르지가 않았다.

"저기 혜원 씨……."

"저, 사랑하는 사람 있어요."

말을 내뱉고 나서 차 안에는 적막이 흘렀다. 시끄러운 봉고차의 시동이 걸린 채였지만 두 사람의 귀에는 다 들리지 않는 듯했다.

자신이 그렇게 싫은 걸까. 일 년 이상 그토록 집요하게 관찰을 했건만 저 여자 정말 누구도 없는 거 같았는데…… 상훈의 얼굴이 굳어졌다.

난 왜 이런 말을 하는 걸까. 대체 내가 사랑하는 사람 따위가 어디 있단 말인가. 당혹스러운 혜원이 힘없이 대답했다.

"저 갈게요."

"아닙니다. 태워 드릴게요."

차 안에는 어색한 공기가 어정쩡하게 흐르고 있었다. 창밖을 내다보니 바깥은 얼어붙은 채 어둠 속에 가라앉아 있는 게 보였다. 사랑하는 사람이라…… 대체 누군데, 누구를 사랑하고 있는데, 12년 전 내 차에 치였던, 그 가난한 의대생? 나를 버리고 가 버린 그 남자? 그랬었나? 그 오랜 시간 내내 사랑했었나? 아닌데…… 그건 정말로 아닌데.

"제가 마음에 차지 않을 거란 거 알고 있어요."

그렇진 않아요. 상훈 씨는 과분한 사람이죠. 그러나 입 밖에 아무런 말이 나오지 않았다.

"생각할 시간을 가지세요. 그동안도 저 정말 열심히 살고 있겠습니다."

"……고맙습니다."

인사라도 꾸벅 하고 싶은 심정이었다.

몸은 차게 얼어붙은 거 같은데 잰 걸음걸이가 나오지 않았다. 그가 포르쉐를 타고 고급스러운 디자이너 슈트를 입은 존스홉킨스의 신경외과 의사가 아니었다면 자신은 그런 말이 나왔을까. 착실한 상훈 씨가 제 가게를 열고 옆에서 저를 떠받들어 주면서 사는 평범한 삶을 산다면 외제차와 펑펑거리던 저 산 너머, 아니 저 주상복합 빌딩들 너머의 그런 삶들을 완전히 잊어버릴 수 있을까. 제 입에서 튀어나온 저 말들은 혹 그 남자가, 아까 그 차 안에서 제 지난날을 묻던 남자의 그 온기 있는 손길이 저를 다시 한 번 간택해 줄 거라 생각하고 있는 걸까.

"미친 거 아니니, 정혜원……."

집으로 올라가는 가파른 계단 앞에 서서 또다시 중얼거렸다.

불이 켜져 있었다.

"엄마? 또 안 자?"

긴긴 겨울밤이었다. 날이 추워서 차도 없이 밖으로 나다닐 수도 없는 날들이었다. 일주일에 두 번 그림을 배운다고 구청에 가는 게 외출의 전부인 엄마였다. 그러니 밤이라고 잠이 올 리가 있나.

"그냥, 머리가 아파서. 그나저나 너 안 추워?"

"춥지."

"얼른 씻고 들어와."

엄마답지 않은 말들이지만, 듣고 있는 그녀는 갑자기 밖에서 있었던 일들이나, 혹은 계단을 올라오면서 했던 생각들을 금방 잊게 만들었다. 혜원은 슬그머니 보일러를 내리고 화장실에 가서 세수를 하고 내내 얼어 있던 손발을 씻었다.

"저녁은 뭐 먹었어?"

"입맛이 있을 리가 있니."

사다 놓은 케이크가 창가에 고대로 있었다.

"좀 먹어. 그렇게 안 먹으면 감기 걸려도 안 나아. 케이크 맛이 없었어?"

좋아하는 시폰 케이크였지만 하루만 밖에 놔둬도 뻣뻣해지는 건 어쩔 수 없었다. 예쁜 접시를 꺼내고 케이크를 잘라 올리고 포크를 놓고, 물 컵을 꺼내 놓았다. 그러나 엄마의 표정은 케이크에 가 있지 않았다.

"아빠랑 파리에 갔을 때 먹었던 마카롱 진짜 맛있었는데."

쓸쓸한 엄마의 목소리에 혜원도 새록새록 기억이 떠올랐다. 그 달디달고 파삭거리던 형용색색의 마카롱들…….

"너무 보고 싶어. 니네 아빠 말이야."

"나도 그래……."

엄마의 눈에 눈물이 고이는 게 보였다. 혼자 청승맞게 바람이 덜컹거리는 이 좁은 방 안에 있으면……. 그리울 것이다. 이렇게 추운 계절이면 계절이 반대인 남국으로 날아가 골프를 치고 해변에서 느긋이 비치 체어에 엎드려 등을 태우던 그런 날들이…….

"지긋지긋해……."

혜원을 껴안은 엄마가 중얼거렸다. 나도…… 나도 이런 삶이 지긋지긋해. 이렇게 살지 않았더라면, 그러면 뭔가 달라졌을까. 엄마, 그 사람을 만났어. 그 사람이 날 알아봤어. 이제 어쩌지…….

"엄마도 참, 내일은 나 나이트인데 날 풀린대, 점심 먹으러 가자. 엄마 좋아하는 온면 먹으러 가자. 그리고 또 뭐 하지? 영화 재밌는 게 있나."

대답 없이 흐느끼는 엄마를 안았다. 히스테리를 부리고 짜증을 내고, 보일러를 펑펑 틀어도, 결국은 다 제가 잘못한 거였다. 미안해, 엄마, 나만 아니었으면 아빠 그렇게 되지는 않으셨을 거야. 내가 잘할게. 내가……

그러나 어떻게 잘해야 하는지는 저도 잘 알 수 없었다.

* * *

갈 곳이 없었다.

이 끝도 없이 넓고, 불야성이 요란한 도시에, 막상 나왔지만 갈 곳이 없었다. 자신이 유일하게 알고 있는 곳의 지명을 내비게이션에 넣은 그는 기계적으로 운전을 하기 시작했다. 세상은 엄청나게 변했다. 그러나 10여 년 전의 서울도 복잡하고 커다란 괴물 같은 도시였다. 바뀐 것이라고는 그 옛날에는 이 괴물이 나를 괴롭히고 나를 쫓아와 숨통을 죄어 왔다면 이제는 고급 외제차 안에서 그 괴물의 윤기가 좌르르 하는 털을 감탄할 여유란 게 있게 된 점이었다.

한참이나 후에 익숙한 도형이 보였다. 삼각형과 직선의 거대한 조형물. 서울대 가자고 하면서 서울대 정문에 오는 건 바보짓이라고 했던가. 전과는 달리 학교 정문 앞은 거대한 교차로가 되어 있었다. 저가 살던 곳은 어떻게 됐을까…….

언덕을 넘자 곧 휘황찬란한 번화가가 나타났다. 잠시 멍해진 그는 비상등을 켜고 늘어선 길가의 차들 사이에 차를 댔다. 연일 계속된 한파 덕에 오는 길가에는 사람이 적었지만 이곳은 대학가여서인지 학생으로 보이는 젊은 사람들이 길가에 북적였다. 차에서 내리니 찬바람이 한 겹만 입은 슈트의 틈새로 스며들었지만 그는 별로 추위 따위가 느껴지지 않았다. 처음 서울에 도착했을 때는 도시는 하얀 눈에 한 겹 쌓여 있었다. 그래서 조금 덜 사나워 보였는지도 몰랐다. 그러나 지금은 바싹 마른 찬바람만 길가에 흉포하게 뒹굴고 있을 뿐이었다. 바닥에 옹색하게 시커먼 먼지를 뒤집어쓴 저 얼음덩이들이 아마 그 눈들이었을 것이었다.

얼어붙은 길거리에는 요란한 정체불명의 유행가들이 쏟아져 나오고 있었다. 국적 불명의 외국어들이 난무하는 기계음들이 요란했지만 지나가는 학생들의 얼굴은 다들 천진난만하게 보였다.

왜…….

대체 어쩌다가…….

그 여왕 같은 여자는 그런 모습으로 제 앞에 나타난 것일까. 그 여자가 거만하게 드레스를 입은 채 태 회장 손자를 무릎 꿇게 만든 모습을 봤을 때의 기분은 어땠던가.

그는 찬바람 속에 서서 머릿속의 혼란을 정리하려 했다. 그러나 그게 잘 되지 않았다. 제가 살던 곳으로 가 보려고 했었지만 번화가의 화려하고 커다란 건물 사이로 난 골목에는 차들이 가득 서 있었고 그 안쪽도 역시 요란한 네온이 번쩍이고 있었다. 도저히 비집고 들어가 볼 엄두가 나지 않았다. 그는 다시 차에 올랐다. 그리고 기계적으로 내비게이션에 출발지를 눌렀다.

호텔에서 그 여자를 봤을 때 느낀 감정은 뭐였을까. 병신 같은 놈, 고작 저걸 보려고 그 수많은 환자와 연구과제와 박하차가 있는 제 연구실을 뒤로하고 여기까지 와서 이런 돈 놀음에 놀아나 한가하게 흥정이나 하고 있나 하는 후회였다. 그리고 저를 그리 밟아 내치고도 너무나 태연한 여자에게 화가 났다. 막 회복해 가는 자신의 담당 환자의 혈관에 치사량의 클로로포름이라도 주사하고 싶은 광기까지 서렸었다. 단지, 그 여자와 관련되어 있다는 이유 하나로…….

그런데, 그런데 이건 무슨 어이없는 경우인가. 그 포르쉐를 타고 손끝까지도 반짝거리던 여왕 같은 여자는 왜 병원의 바닥에서 제 손이 베여 피가 나는 것도 모른 채 카펫 바닥을 닦고 있는 처지가 된 것인가. 여자의 말이 맞는다면 그 녀석은 대체 뭔가…….

액셀러레이터를 밟았는지 차는 으르렁거리는 굉음을 토하면서 모든 것을 얼려 버릴 듯 시린 찬 공기를 뚫고 미친 듯이 달리고 있었다.

*　　*　　*

"여기 별로다."

"음, 그러네. 좀 짜다. 전체적으로."

근래 들어 입맛에 맞는 음식이 있었던가 싶었다.

"그래도 인테리어는 예뻐. 안 그래?"

"싸구려 티가 확 나는데 뭐."

혜원은 그냥 피식 웃고 넘겼다. 쾌적한 패밀리 레스토랑에는 대낮에도 사람이 북적였다.

"그냥 온면 먹을 걸 그랬나?"

"그럴 걸 그랬다."

비싼 립과 스테이크를 절반도 먹지 않은 엄마는 또다시 창밖만 내다보고 있었다. 배가 불렀지만 혜원은 열심히 칼질을 했다.

"갈 때는 택시 타야겠어. 시간이 좀 늦은 거 같아."

"쇼핑할 시간 없어?"

"없어."

"스킨 다 썼는데."

"인터넷으로 주문할게."

썬 고기를 부지런히 씹으면서 말했다.

"싫어. 매장에 가서 사야지. 그런 거 안에 뭘 넣어 파는지 어떻게 알아?"

"매장에서 파는 거 괜히 직원 인건비랑 그런 거 때문에 더 비싼 거야. 내가 주문할게."

실망한 표정의 경숙이 다시 바깥을 내다보고 있었지만 혜원은 아랑곳없이 먹기에만 바빴다. 뭐라도 하지 않으면, 잘게잘게 칼질이라도 하지 않으면, 실없이 떠들지라도 않으면 머릿속에 있는 둑이 확 무너져 내릴 것만 같았다.

"엄마, 그거 안 먹을 거면 내가 먹을까?"

"그냥 남겨. 무식하게 뭘 이것까지 먹으려고 그래?"

"뭘 남겨, 아깝게. 배부르긴 하다. 싸 달라고 해야지."

"얘는 창피하게."

경숙이 얼굴까지 붉히면서 말했다.

"남기면 음식물 쓰레기야. 저녁에 먹어요. 데우기만 하면 될걸."

"싫어."

엄마의 어깨 너머로 해가 기울어지고 있었다. 어둠이 내려앉으면 병원에 가야 했다. 늘상 있는 출근인데 왜 오늘은 이리 가기 싫어지는 걸까. 혜원은 머릿속에 또다시 뭔가 기어들 것만 같아서 옆에 있는 식은 감자튀김을 부지런히 먹기 시작했다.

*　　*　　*

"어! 저기……."

"이름이 생각이 안 나지? 얼굴은 본 기억이 있는데 말이지."

남자의 미성이 울렸다. 진하게 진 쌍꺼풀이 웃음으로 휘어지자 여자가 반가운 듯 말했다.

"정혁이! 태정혁!"

"역시 똑똑한 사람은 달라. 닥터 선생님이 됐을 거라 생각은 했는데. 여기서 보네."

매끈한 하얀색에 검은색 칼라가 포인트인 원피스는 솔직히 하얀 가운과 어울리지 않았다. 그리고 좀 변한 듯 보이는 큼직하고 시원한 이목구비조차도.

"나, 여기서 일해. 넌……. 아, 이런, 이런! 너 태 회장님하고 무슨 관계야?"

"할아버지시지 뭐."

"아, 그랬구나. 내가 왜 생각을 못했지."

"내가 한량이라 그런 거지. 우리 집안에 나처럼 노는 놈이 없으니까. 태씨 하면 다들 일 중독자인 걸 다 아니까. 안 그래?"

남자는 또다시 진한 쌍꺼풀이 짙어지도록 웃음을 지었다.

"그건 그렇다. 회장님 곧 퇴원하실 텐데. 지금 얼굴 내민 거야?"

여느 호텔의 로비 같은 보호자 휴게실에 앉아서 내다보는 통유리 밖의 풍경은 실내처럼 따뜻해 보였다. 비록 앙상한 나뭇가지지만 나무도 보였고 큰 대로 너머의 인공 호수도 유리의 갈색 덕분에 마치 빛바랜 흑백 영화처럼 운치 있게 보였다. 그 바깥을 배경으로 전에 아이비리그를 다니는 한국의 재벌 2, 3세들의 모임인 청록회에서 본 정혁은 여름에 카리브 해에서 요트를 배우면서 꽤 친하게 지냈던 사이였다. 물론 그 뒤로는 연락조차 없었지만. 그러나 그 모임에 속한 이들은 다들 알고 있었다. 자신들이 학교를 졸업하고 사회생활을 하게 되면 알게 모르게 다들 만나게 될 거라는 것을.

"많이 예뻐졌네."

"과학의 힘이지 뭐. 그런 너는 운동 꽤나 했나 봐. 그땐 비썩 말라비틀어질 것 같더니."

"좀 했지."

"안 올라가 봐?"

"내내 있었어."

"효자네. 아니, 효심 가득한 손자?"

"염불에는 관심도 없고 잿밥에만 관심이 있는 불효자야."

뭐 그 속뜻을 알 바 없는 희진은 화사하게 웃을 뿐이었다.

"결혼은 안 했어?"

정혁은 단지 지나가는 투로 물었을 뿐이었다.

"안 했지만 곧 할 거야. 아, 너도 봤지? 태 회장님 주치의 선생님."

"닥터 길?"

정혁의 얼굴에서 순식간에 웃음기가 가신 걸 희진은 느끼지 못했다.

"그 사람 정말 존스홉킨스에서 유명한 사람이거든. 너한테만 말하는데, 정말로 내 사심 아니었음 태 회장님 그분한테 수술 못 받았다. 알았지?"

"정말……이야?"

"그럼!"

*　　*　　*

옷을 갈아입으면서 혜원은 시계를 확인했다. 회장님은 내일이면 퇴원이었다. 그래서 더더욱 손님이 많았다고 했다. 그러나 근무 교대 시간인 9시에는 손님은 없을 것이었다. 내일이 퇴원이니 밤 회진도 없지 않을까……. 엄마와 함께 했던 점심은 맛이 형편없어서였는지 아니면 너무 추운데 택시가 잡히지 않아서인지 둘 다 피곤함만을 가득 채운 채 별로 기분 전환도 못하고 끝나 버렸다.

집에 들어가자마자 다시 옷만 갈아입고 나온 혜원은 왜 자신의 담당 환자가 다른 환자로 바뀌지 않았을까 의아해하면서 옷매무새를 살폈다. 로커룸 나서니 혜원은 지금까지 자신을 괴롭혔던 수많은 생각들이 조용하고 가라앉은 복도의 공기처럼 차분하게 가라앉는 것 같았다.

이제 얼추 집 때문에 얻은 대출도 다 갚아 간다. 그 많던 친척, 친지 들이 모조리 어마어마한 빚에 등을 돌린 뒤에 이제 겨우 반전셋집을 마련하고 엄마의 병원비 등으로 휘청거렸던 생활이 나아지고 있었다. 대출만 다 갚으면 대리기사 생활도 그만둘 것이었다. 이제 날이 좀 따뜻해지면, 그녀의 생활도 안정될 것이었다. 웃으면서 메이크 오버를 외치던 사람이나 제 담당 환자의 주치의 선생님 같은 사람들이 없더라도 충분히 힘내서 살 수 있는 삶이다. 혜원은 잘 움직이지 않는 얼굴 근육을 움직여 미소를 지었다. 반대편에서 오는 피곤이 가득한 얼굴의 간호사에게 밝은 미소로 인사를 했다. 이렇게 살면 되는 것을…….

그러나 항상 의외의 일은 있었다.

"혜원 씨. 커피 한 잔 주겠어요?"

아무렇지도 않은 듯한 목소리로 회장님의 병실에서 나온 정혁이 말했다.

"네······."

혜원은 방금 다녀간 서너 명의 계열사 사장급 인원들에게 대접한 찻잔을 쟁반에 담고 있었다. 게다가 바깥에는 그 사장님들을 보좌하는 비서진들에게도 차를 내갔었다. 그의 커피가 먼저일까 생각해 봤지만 우선 너저분한 컵은 좀 치워야 할 것 같았다. 그녀가 재빠르게 찻잔들을 치우는 것을 창틀에 앉아 물끄러미 보고만 있던 그가 뭔가 다른 말을 할까 봐 혜원은 조마조마한 기분이었다. 그러나 그는 그녀가 찻잔을 다 치우고 탕비실에 들어간 뒤에도 아무런 말이 없었다.

찻잔을 씻는 건 나중에 하고 우선 커피부터 커피 머신에 넣었고 커피를 담을 잔을 찾아 쟁반에 올렸다. 물기가 튀자 그녀는 얼른 행주를 다시 빨아 물기를 닦았고 그새 커피는 또다시 고혹적인 향을 뿜으며 내려오기 시작했다. 커피를 담고 쟁반을 든 순간 그녀는 자신의 왼손 검지에 붙어 있던 하이드로 밴드의 안이 하얗게 변한 걸 보았다. 조 간호사가 3일쯤 후에 떼면 상처가 없어져 있을 거라고 했는데 막 물이 들어간 것인지 아니면 다 나아서 그런 건지 눈에 거슬렸다. 하지만 그녀는 얼른 종종걸음으로 커피를 들고 나갔다. 막 정혁에게 다가가서 말을 꺼내려는 순간이었다.

수런거리면서 또다시 한 떼의 사람들이 들어왔다. 아마 오늘 마지막 회진일 듯했다. 여전히 맨 앞에 가장 당당한 걸음걸이로 들어서는 것은, 싸늘한 표정의······ 그였다.

혜원에게 커피를 건네받은 남자는 그를 쏘아보고 있었지만 그는 전혀 아무렇지도 않은 무표정이었다. 커피 쟁반을 든 혜원이 그들

앞을 가로지를 수 없으니 그들이 지나가길 기다리고 있을 때였다.

"정혜원 씨, 이리 와 보시죠."

갑자기 숨이 덜컥 막히는 것 같았다. 한 번도…… 그렇게 불려 본 적 없는 것 같은 그런 저 정체불명의 이름은 누구의 것이란 말인가.

"……네?"

정혁의 얼굴에 흥미롭다는 표정이 슬며시 지나갔다. 담당 주치의 선생님의 뒤에 서 있던 클리닉의 의사들이나 박 간호사조차 인상이 굳어졌다.

"무슨 일이신지……."

"다친 상처. 좀 봅시다."

머뭇거리고 서 있는 그녀에게 그가 오히려 다가왔다. 그리고 아무렇지도 않은 듯 그녀의 왼손을 잡더니 상처가 있는 곳을 살폈다. 방수가 잘 되는 고가의 하이드로 밴드지만, 그녀가 하는 일은 항상 물에 손을 담가야 하는 일이었다. 그는 손을 내밀어 헐거워진 하이드로 밴드를 확 떼어 냈다. 안에 있던 베인 상처가 하얗게 부풀어 있었다.

"물 묻히지 말라고 했는데."

그러나 지금도 그녀의 손은 차갑게 젖어 있었다. 혜원이 아무 말도 못하고 마치 얼음처럼 굳어 있을 때 그는 뒤에 있는 간호사를 불렀다.

"박 간호사."

"네."

딱딱한 목소리로 대답하는 게 혜원의 신경을 건드렸다.

"라텍스 글러브 하나 갖다 주십시오."

그러고는 그는 다시 몸을 돌려 환자가 있는 병실로 향했다. 박 간호사는 대답을 하고 여전히 그의 뒤를 따랐으며, 그녀의 뒤에 있던 간호사가 바삐 지시를 따르러 몸을 돌려 나갔다. 그걸 보고 있던 혜원은 애꿎은 입술을 깨물 뿐이었다.

그때 곁에 있던 정혁이 그 적막을 깼다.

"어? 희진아, 너도 회진 같이 도는 거냐?"

18.

혜원의 나이트 근무가 끝날 무렵, 회장님의 정해진 기간이 다 차지 않은 수술과 입원 생활이 끝났다. 사실 더 기간이 길게 잡혀 져 있었지만 수술이 생각보다 더 성공적으로 끝난 데다 회복도 빨랐고 SJ그룹 산하 여러 문제들이 산재해서 며칠 일찍 퇴원 스케줄을 잡게 되었다.

퇴원을 준비하게 되자 병실과 병원 내부 모두 눈코 뜰 새 없이 바빠졌다. 퇴원이 확정적으로 결정된 것은 주치의가 10시에 회진을 돌고 나서였다. 물론 다음 날 병원을 나서게 될 회장님이나 그 가족들이야 바쁠 일이 없었다. 하지만 병실 간병인인 혜원이나 병실 소속의 간호사들은 그야말로 전쟁터가 따로 없었다.

"회장님 나가실 동선 확인하세요. 그리고 관리 프로그램 확인됐나 보시구요. 네네."

정 팀장이 한밤중에 부랴부랴 와서 진두지휘를 해야만 했다.

"혜원 씨, 조 간호사님한테 가 보세요. 회장님 대사량 측정한 시트 어디 있는지 찾아 달라고 하세요. 케어 팀에서 회복식 식단 짜는데 마지막 3일치 자료가 없다고 난리예요."

"어, 분명히 있었는데……."

혜원은 부리나케 뛰어야 했다.

"그동안 감사했소……."

아직 어눌한 말투이지만 입원 전에 제대로 말을 하지 못했던 것에 비하면 장족의 발전이라 할 수 있었다.

"별말씀을요. 회장님께서 잘 이겨 내신 덕분입니다."

휠체어에 앉아 있지만 노회장은 대그룹의 총수답게 뭐라 형용할 수 없는 기운을 풍기고 있었다. 뒤에 선 혜원도 늘 환자복만 입고 있던 것과는 달리 부드럽고 고급스러운 외출복을 입은 노회장의 숨길 수 없는 포스에 감탄하고 있을 뿐이었다.

"주치의 선생 고맙소."

"네. 앞으로 생활하시는 데 주의하십시오."

클리닉의 원장마저도 두 손으로 노회장의 손을 맞잡고 고개를 숙였지만 유독 키가 큰 그의 주치의만은 고개를 까닥일 뿐이었다.

"거, 주 원장 말로는 이리로 들어온다면서."

"그럴 계획입니다."

"그럼 내 주치의 자리를 맡아 주게. 이 박사와도 상의했는데, 이 박사도 나이도 있고 하니 이제 젊은 사람한테 자리를 물려줘야 한다고 했어."

이 박사는 아마도 뒤에 서 있는 정장을 잘 **빼입은** 노신사임에 틀림없었다. 명확하게 대답이 없는 그를 흘끗 보고 원장이 말했다.

"그건 뭐 차차 상의하기로 하시죠. 가시지요. 회장님."

노회장은 제 말에 번쩍 하고 대답을 하지 않는 젊은 의사를 힐끗 보더니 더 이상 말을 하지는 않았다. 그러고는 손짓을 하자 그의 휠체어를 잡고 있던 정혁이 천천히 휠체어를 밀었다. 그 넓은 다이닝 룸이 꽉 차 있던 사람들이 모두 같이 **빠져나가기** 시작했다.

지하 주차장까지의 환송이 끝나고 주차장에 가득 주차되어 있던 시커먼 승용차들이 거의 **빠져나가자** 원장은 그에게 다가가 치하를 했다.

"정말 잘하셨습니다. 잠시 내 방으로 올라갑시다."

"네."

"뭐가 문제인지 알고 싶습니다만."

주 원장은 손수 차를 우려내고 있었다. 넓디넓은 접대용 집무실과는 달리 개인적인 공간은 그리 넓지는 않았다. 다만 고급스럽고 그가 좋아하는 취향이 가득 묻어나 있는 개인 연구실은 정말로 편하게 앉을 수 있는 고급 소파가 가장 큰 인테리어 소품인 듯했다.

"조건이 문제가 되는 겁니까?"

아무렇지도 않게 묻고 있지만 내심 불쾌한 기분이 섞인 것은 사실이었다. 몸값을 올리고자 저리 시간을 끌 만큼 그렇게 야망이 있는 사람으로 보이지는 않았었다. 오히려 순수한 학자에 가까운 사람이라 걱정했던 점이 더 컸다.

"주 원장님. 제가 쉽사리 결정 내리지 못하는 점에 대해서는 죄송스럽게 생각합니다."

주 원장은 찻잔을 그 앞에 내려놓았다. 고급스러운 녹차에서 나는 싱그럽고도 구수한 향이 퍼져 올랐다.

"저는 지금 솔직히 말해서 한국에 전혀 연고가 없습니다. 제가 십여 년간 이루어 놓은 것들은 모두 볼티모어에 있습니다. 그걸 하루아침에 뒤로한다는 것에 대해서 주저하는 것은 당연한 일 아니겠습니까?"

"그렇지만 우리는 시간이 별로 없습니다. 이 공백을 닥터 길이 막아 줬으면 하는 게 바람이지만, 그렇지 못하다면 차선책을 선택할 수밖에요."

회유가 안 된다면 협박할 수밖에.

"저는…… 그동안 정말 바쁘게 살았습니다. 그리고 원장님의 제안에 흥미를 느낀 것도 사실입니다. 그런데 생각한 것과 실제로 겪어 보는 것이 많이 다르더군요. 아, 물론 병원에 대해서는 상상 이상입니다. 하지만 갑자기 이렇게 주어진 시간들을 주체할 수가 없더군요."

그가 우아한 몸짓으로 찻잔을 들어 향을 음미하더니 맛을 보았다. 그것을 지켜보는 주 원장은 금지옥엽인 희진의 마음이 이해될 정도였다. 그러나 외모가 다인 건 절대 아니라는 것쯤은 잘 알고 있었다.

"바쁘게만 살기엔 인생이 그리 생각처럼 길진 않아요."

과연 그럴까. 그는 찻잔만을 내려다보고 있을 뿐이었다. 대충 속마음을 들었으니 한발 물러나기로 했다.

"태 회장님의 경과가 좋아서 다행입니다. 미국에는 다음 주에 들어가기로 했으니 이번 주는 시간이 좀 비겠군요."

말을 돌렸다. 회유가 안 되니 다른 수를 쓸 수밖에.

"네. 조만간 확답을 드리겠습니다. 저도 놓치고 싶지 않은 기회라는 건 잘 알고 있습니다. 하지만 저 나름대로도 인생의 갈림길에 선 것 아니겠습니까? 이해해 주시기 바랍니다."

빈틈이 보이지 않는 놈임이 확실했다.

"병원에 머무셔도 되는데요."

희진이 이미 열려 있는 그의 방문을 똑똑 두드리면서 말했다. 옷장에 든 슈트를 케이스에 넣고 있던 그가 돌아보았다.

"그냥 기분 전환 겸입니다."

"사람을 시키셔도 되는데요."

그가 옷들이 구겨지지 않게 넣느라 애쓰는 것을 보면서 말했다.

"몇 가지 되지도 않습니다."

"음……. 저도 담당 환자 하루 이틀이면 퇴원하는데……. 같이 여행이라도 가는 건 어떨까요? 돌아가시는 건 다음 주잖아요."

"주말입니다."

"계획은 일주일 더 아니었나요?"

주희진의 얼굴에 의아함이 떠올랐다.

"계획은 그랬지만 아무래도 그쪽이 바쁘니까요. 일주일 동안이나 할 일도 없고. 뭐 그렇습니다."

"그럼 주말까지는 시간 있으시겠네요. 그런데 굳이 나가신다는 거 보니 다른 계획이라도 있으신가 봐요?"

"글쎄요."

"혹여 뭐 다른 사람이라도……."

그의 손길이 잠시 멎은 것을 지켜보던 희진은 그의 방을 가로질러 갔다. 그의 손길은 다시 와이셔츠를 옷걸이에서 꺼내는 데 집중하였다.

"아, 이거군요. 제이슨한테서만 느낄 수 있었던 그 체취. 세상사에 무관한 듯한데 의외예요. 앙크르 느와르?"

거울 앞에 놓여 있던 작고 네모난 블랙 크리스털 위에 달린 오크 뚜껑을 열더니 향기를 맡았다. 그는 시선도 돌리지 않은 채 대답했다.

"지극히 개인적인 취향일 뿐입니다."

그가 삐져나오는 옷들의 귀퉁이를 밀어 넣으며 슈트케이스의 지퍼를 닫으면서 말했다. 칙 하는 소리가 나더니 향이 짙어졌다.

"정말 마음에 드는데요. 탑 노트 정말 좋네요."

"일 끝나신 겁니까?"

그가 묻는 요지는 병실에 향수 냄새를 풍기면 안 되지 않느냐는 뜻이었다.

"이 김에 끝내죠. 오늘 저녁 같이해요. 그리고 2차도. 저 엄청나게 기다렸어요."

"그러지요. 숙소 잡으면 연락드리겠습니다."

"저번처럼 퇴짜 놓으시면 신상에 좋지 않을 거예요."

희진이 하얗고 가지런한 이를 드러내며 웃었다. 그러나 남자의 얼굴에는 웃음기가 없었다.

"미국에서 태어나신 건 아니잖아요."

근사한 곳에서의 근사한 저녁, 그리고 분위기를 위한 근사한 곳에서의 칵테일 한 잔. 좋은 기분이었다. 전에 앉았던 바텐더가 있는 긴 바에 나란히 앉은 것만 빼고는 다 괜찮았다. 마주 보고 있었으면 좋으련만, 옆모습을 보고 있어야 한다는 게 불만이 될 정도로 여자는 남자를 제 마음속에 완전히 채워 놓고 싶었다.

"서울대 의대 2학년 휴학 중에 미국으로 건너갔습니다."

"아, 정말요? 난 정말로 제이슨이 볼티모어 출신인 줄 알았다니까요. 그럼 가족들은 다 여기 있는 거예요? 의대 2학년이었으면 연고가 이쪽에 있는 거잖아요."

희진이 마티니를 홀짝거리다가 놀랍다는 듯한 눈으로 그를 쳐다보았다.

"가족은 없습니다. 그해 혼자 계시던 어머니가 돌아가셨습니다."

"어머…… . 미안해요."

다분히 미국식 어법이 분명했다.

"괜찮습니다. 그 전에는 공부만 했기 때문에 오히려 제 고향은 볼티모어가 맞다고 할 수 있죠."

"그래서 주저하시는 건가요? 거기서 얼마나 힘든 길을 걸어 오셨는지 잘 알아요. 여기도 개인 연구라면 얼마든지 할 수 있답니다. 경영도 전문 경영인을 둘 거예요. 지금까지 살아온 시간들은 지금 이 자리라는 언덕을 오르기 위한 거친 오르막이었다면 이제는 정상에서 산 밑을 내려다보면서 세상의 아름다움을 즐길 때라고 생각해요. 그리고 그 자리에 동참하고 싶어요. 제이슨."

여자의 목소리는 맑고 청량했다. 그리고 또한 노골적이었다. 역시 그녀와 같은 마티니 잔을 든 남자는 침묵이었다.

"뭔가…… 다른 이유가 있나요? 제 제안을 받아들이기 힘든."

그녀의 눈빛은 날카롭게 잔만을 쳐다보고 있는 그를 관찰하고 있었다.

"아, 이봐. 또 파울을 하고 있네. 조르지 않기로 해 놓고. 생각할 시간을 드리라고 아버지가 그렇게 말씀하셨는데 말이죠. 미안해요. 제이슨. 난 솔직히 좀 불안한가 봐요. 당신이 홀연히 볼티모어로 돌아가 버릴까 봐 그래요. 당신에게 푹 빠졌나 봐요. 요즘 들어 당신의 새로운 면을 보는 게 너무 즐겁거든요."

"새로운 면이라니요."

그가 고개를 돌렸다.

푸르스름한 바의 조명에 비친 남자는 차가운 면이 사그라 들어서인지 숨이 막히게 아름다운 윤곽만 보이는 것 같았다.

"사람의 목숨을 다루는 직업을 가지셨지만, 환자 아닌 사람들에게는 찬바람이 부는 것처럼 냉정하신 줄 알았는데, 저희 하청업체 간병인이 손 베인 걸 직접 치료해 주셨다면서요?"

남자의 얼굴이 약간 굳어지는 게 보였다.

"그런 사람들한테까지 신경을 써 주시다니, 의외예요. 난 제이
슨의 칼 같은 냉정함에 반했는데. 그런 모습을 보니 가슴이 다 두
근거려요."

그가 시선을 돌려 다시 마티니 잔을 응시했다.

"오늘은…… 당신을 놓치기 싫네요."

＊　　＊　　＊

"오늘 저녁에는 안 나가니?"

"네. 오늘은 쉬려구."

오후 내내 잠을 잤기 때문에 실은 대리기사 일을 나가야만 했
다. 그러나 그제 상훈의 말이 걸려서인지 오늘은 나가기가 주저됐
다. 매번 제일 먼저 저를 픽업하러 오는 그 착한 눈동자를 볼 용기
가 없었다.

"우리 심야 영화라도 보러 갈까?"

"그래? 그럴까. 오늘 춥지 않나. 뭐 추워도 든든하게 입고 나가
지 뭐. 요즘 뭐 나오지?"

금방 기분이 좋아져서 목소리 끝이 올라가는 엄마를 보고 웃음
이 날 것 같았다. 정말 아기가 돼 버렸나. 그녀가 다니는 간병인
업체는 들어가기 힘들어서 그렇지 들어가기만 하면 적지만 기본급
을 주었고, 일을 맡으면 일 할로 계산한 페이가 나오고 나이트 근

무는 수당이 늘어나는 구조였다. 이번에 제일 어려운 일을 했으니 페이는 상당히 두둑할 것이고 그것은 내일 일괄 계산되어서 통장에 들어올 것이었다. 그러니 조금 사치를 부려서 택시도 불러 타고 나가 영화도 보고 맛난 밤참도 먹고 들어오면 괜찮을 것 같았다.

어제도 과하게 지출을 하긴 했지만, 기분이라는 게 있는 거였다. 그리고 내내 우울하기만 했던 엄마의 얼굴이 펴지는 것도 나름 보람 있는 일이었다. 무엇보다 멍하니 혼자 있는 시간을 없애야 한다는 게 중요한 것일지도 몰랐다. 게다가 내일은 9층에 대신건설 사장님이 치질로 입원을 했는데 그쪽으로 배당 받게 되었기 때문에 오늘 하루쯤은 신나게 놀아도 될 것 같았다.

"옷 입어, 엄마. 내가 영화 찾아볼게."

컴퓨터를 켜고 있는데 경숙이 그녀를 힐끗 보더니 말했다.

"저기 조 변호사한테는 연락 없니?"

"엄마!"

혜원의 목소리가 커졌다.

"아니, 애가 왜 그래."

"그 사람 이야기는 하지 말랬잖아. 왜 갑자기 그 사람 이야기를 꺼내요!"

"아니, 문득 생각나서 그런 거지……."

"헤어진 지가 언젠데! 다시는 꺼내지도 마!"

혜원이 움찔하는 엄마를 보고 미안해져서 소리를 낮춰서 이야기하고 고개를 돌렸다. 그녀의 기세가 사그라진 것을 보고는 얼른 경숙은 옆에 다가앉았다.

"애, 말 난 김에 이야기 좀 해 봐. 대체 무슨 일이 있었는데? 너 그냥 결혼했으면 좋았잖아. 조 변호사가……."

"그만 하라고! 헤어진 지 몇 년째인데. 아직도 그 이야기를 해!"

"애, 조 변호사가 얼마나 싹싹하고 사람이 좋았는데, 게다가 조 변호사가 엄마한테 한 거 봐라."

"나갈 거면 옷이나 갈아입어. 계속 그 사람 이야기하면 안 나가!"

딸의 기세에 혹 영화를 보러 가지 못할까 봐 얼른 일어나 손사래를 치면서 말했다.

"아우, 알았어. 그냥 궁금해서 그런 거지……."

혜원은 눈물이 날 것만 같았다. 갑자기 저 이야기는 왜 꺼내 가지고…….

유명한 법무법인의 변호사이라면서 접근한 남자였다. 혜원의 집안이 풍비박산이 나고 모든 것이 날아가 버렸을 때, 혜원은 어렸지만 그 많은 친척들과 친지들이 어떻게 그렇게 한꺼번에 등을 돌릴 수 있었는지 이해가 가지 않았었다. 그녀의 아버지가 모든 사람들이 말리는 테마파크에 손을 대면서 주변 사람들의 충고 따위는 다 무시하고 독불장군처럼 군데다 그나마 그 말을 들어준 사람들은 다들 무리할 정도로 빚을 졌기 때문이었다고 했다. 그렇게 하루아침에 거리로 나앉게 된 그녀는 아직 어렸고, 아름다운 외모를 가졌었다. 세상 물정도 몰랐고 하고 싶은 것은 많으나 할 수 있는 것은 없었다.

그때 접근해 온 사람이 바로 조 변호사였다. 법적으로 다 넘어가 버린 아버지의 재산을 일부라도 찾아 주겠노라며 접근한 말끔하고 지적으로 보이는 그에게 두 모녀는 기대에 차 의지했던 건 당연한 일이었다. 그녀가 하고 싶은 걸 하게 해 주었고, 그녀의 엄마에게 싹싹하게 굴었으며 나중에는 혜원과 결혼까지 할 뻔했었다. 그런데 알고 보니 나이도 그녀에게 이야기한 것보다 훨씬 많았고, 제 소유라던 법무법인도 사실 그 사람의 소유가 아니라 거기의 일개 객원 변호사였다가 사기 혐의로 면허까지 취소된 상태였다. 게다가 처와 아이까지 딸린 남자였다.

그 남자 때문에 오히려 혜원은 지금까지 나쁜 길로 빠지지 않고 독하게 살았을 수도 있었다. 그때의 그 심정을 이루 다 말로 할 수 없었지만, 그래서 오늘날의 강하고 꿋꿋한 정혜원을 만들어 준 것 아닌가.

영화를 검색하고 막 일어서려는데 전화벨이 울렸다. 엠제이 헬스케어……. 발신자가 그녀의 회사였다.

무슨 일이지…….

"여보세요, 강 팀장님? 무슨 일이신가요."

혜원이 전화를 받는데 저쪽에서 엄마가 하얀색 코트와 검은색 코트 두 개를 들고서 가리키는 게 보였다. 손가락으로 검은 쪽을 가리키는데 전화기 저편에서 목소리가 들렸다.

〈정혜원 씨, 늦게 전화해서 미안합니다만.〉

"네? 무슨 일이신데요."

어쩐지 약간 곤란한 듯하게 들리는 건 제 착각이라 생각했다.

하얀 코트를 흔드는 엄마에게 고개를 저으면서 전화기 속의 목소리에 집중했다.

〈내일, 클리닉으로 오지 마세요.〉

"네? 변학수 환자 차트 오미희 씨한테 받았는데요."

혜원이 당황해서 물었다.

〈클리닉에서 혜원 씨하고 계약을 파기했습니다. 무슨 실수한 거 있습니까? 클리닉에 아무리 물어봐도 이유가 없다는데…….〉

"네?"

혜원의 목소리가 커졌다.

〈내가 물어봤는데 병원 측에서 혜원 씨만 **빼** 달라고 해서 말이에요……. 성모 병원 쪽하고 아인스 클리닉에는 티오가 없는 거 알지요? K&J 측에서 계약 파기를 하면 자리가 잘 안 나오잖습니까. 하여튼 그렇다고. 내일 오후쯤에 사무실로 와 보세요. 내가 지금 바빠서. 하여튼 내일 아침에 여기로 오지 말고, 혜원 씨 로커에 짐 있습니까?〉

"아……. 저기 제복하고 신발 있는데요."

〈보조키로 열고 모레쯤 사무실에 갖다 놓을 테니, 그건 뭐 중요한 거 아니고. 내일 이야기 좀 합시다. 그럼 이만 끊겠습니다.〉

"네……."

망연자실하다는 게 딱 맞는 말이었다. 이건 대체 어찌 된 것일까. 태 이사와 주차장에서 실랑이하는 것을 누가 보았나. 환자나 환자 가족과 뭔가 관계가 있다는 게 밝혀지면 절대 안 되는 일이었다. 다들 고위층이고 상류층이니 이런 부류하고 말썽이 생기면 안 된다고 생각하는 축이었다. 특히 그 사모님들의 경계는 끔찍스러울 정도였다. 태 회장님 측에서 그 장면을 봤다면 얼마든지 클레임을 걸 수 있는 상황이었다.

이게…… 이게 어찌 된 것일까.

"뭐래? 그런데 흰 코트가 더 예쁘잖니!"

"엄마……. 나 일 가야겠어."

혜원이 힘없이 중얼거렸다.

*   *   *

"저 화났어요."

"죄송합니다."

입술에 립스틱이 묻은 남자의 목소리치고는 너무나 싸늘했다. 일방적이긴 했지만 이 상황에서 제 입술을 피할 수는 없었을 것이었다.

"제이슨!"

"취하셨습니다. 차 가져오셨죠? 카운터에 연락하겠습니다."

그가 돌아서면서 손을 드는 게 보였다. 아마 제 입술에 묻은 립스틱 자국을 지우기 위해서였을 것이었다. 그 소문은 진짜일까? 희진은 돌아서는 남자의 뒷모습을 싸늘한 눈으로 쳐다보았다.

후회하게 될 걸…….

그는 여자의 싸늘한 모습을 보면서 잠깐 후회를 했다. 여자의 아파트로 갈 걸 그랬나 싶은.

그러나 가슴에 앙금처럼 남아 있는 그 어떤 것 때문에 그는 선뜻 아무것도 결정할 수 없었다. 수순에 의했다면, 그는 저 여자를 받아들이고 계약서에도 순순히 사인을 했을 것이었다. 여기에 왔던 것은 아주, 단순한 이유였다. 그런데 의외의 제의를 받은 건 오히려 행운이라 할 수도 있었다. 이곳에서, 클리닉에서의 생활은 그가 볼티모어에서 쌓은 의사로서의 생활과는 전혀 다른 엄청난 이익으로 다가올 것이었다. 그가 악에 받쳐 살아왔던 이유는…….

그 죽어서도, 다시 태어나도 넘을 수 없다는 벽을 넘기 위해서 아니었던가.

"다른 이유가 있는 거예요?"

그녀의 차가 주차장에 다가왔다. 그는 남을 속이는 것에 익숙지 않았다. 그렇지 않더라도 충분히 지금까지 생활하는 데 지장이 없었으니까.

"정리하지 못한 것들이 있습니다."

그가 차가운 바람 속에서 차 문을 열면서 말했다.

"다른 사람인 거예요?"

그는 잠시 생각을 했다. 그랬던가.

"닥터 주에게 누를 끼치고 싶지 않습니다. 그것뿐입니다. 오늘은 그만 가시죠."

"이 정도면 모욕이에요."

"제가 그런 맘이 없었으니 당신은 모욕당한 것이 아닙니다."

"인생에 기회가 자주 오지 않는다는 걸 명심하세요."

그녀는 문을 닫고 고개를 돌렸다. 그리고 그녀의 차가 출발했다. 마음이 단단히 상해 버린 것은 알았지만, 그는 남의 마음속까지 살필 여유가 없었다. 머릿속을 꽉 누르는 것 같은 그런 생각들이…….

"손님, 차 가져올까요?"

"아닙니다. 올라가서 한잔 더 할 겁니다."

추위에 덜덜 떨고 있는 주차 요원을 보다 그도 찬바람을 느끼고는 서둘러 다시 바로 올라갔다.

〈콜 왔습니다. 청담동 78-1 미드나잇 익스프레스. 차종 포르쉐랍니다.〉

"으익! 요즘은 외제차가 너무 많아. 벤츠나 BMW까지는 내가 책임지겠는데 그 위에 있는 놈은 싫다. 혜원 씨!"

"네, 가요."

옹기종기 앉아 다들 전열 난로 불을 쬐면서 휴대폰 삼매경에 빠져 있던 사람들 중에서 혜원이 일어났다. 이럴 때는 일을 하는 게 최고였다. 머릿속이 터져 버릴 것 같은 혜원은 뛰듯이 사람들 사이를 헤치고 나왔다.

"타세요."

픽업맨 상훈의 말에 그녀는 고개만 끄덕일 뿐이었다. 대신 눌러 쓴 모자를 더 깊이 눌러썼다. 제발 다른 누군가도 좀 타기를…….
그러나 불행하게도 아무도 차를 타는 사람은 없었다. 아직은 이른 시간이었다. 옆 좌석이 아닌 뒷좌석에 올라탄 혜원은 묵묵히 바깥만 내다볼 뿐이었다.

"추운데 조심해서 다니세요. 가시면 바로 전화하시구요."

"네……."

마음이 무거워졌다. 두꺼운 패딩 점퍼 주머니 안의 낡은 휴대폰만 만지작거릴 뿐이었다. 이번 달은 어찌 되겠는데……. 다음 달에는 어쩌지. 머릿속에 그 생각만 가득 차 있을 뿐이었다.

썩 마셔 본 적이 없는 술은 잘 받지 않았다. 혼자 술을 마신다는 것도 우스웠지만 이렇게 남아도는 시간에 대해 그는 적응하기 힘들었다. 왜 그 잘난 여자의 유혹을 받아들이지 못하는 걸까. 설마, 아직도 잊지 못했다고 엄살을 피우는 건가……. 그는 자리에서 일어났다.

"계산서."

짧게 외쳤다. 계산서에는 터무니없는 숫자들이 찍혀 있었지만 그는 아무렇지도 않게 안주머니에서 카드를 꺼내 내밀었다. 참…… 좋은 세상이었다. 가볍게 취기가 느껴졌다. 사인을 하자 바텐더가 말했다.

"조금 있다 내려가십시오. 차 준비되면 연락드리겠습니다."

그는 천천히 걸어 문 쪽으로 나갔다. 침침한 바 안에서 유일하게 창이 있는 곳이었다. 푸르스름한 유리창 너머로 휘황찬란한 불빛들이 요란하게 명멸하고 있었다.

도대체…… 왜 여기 이러고 있는 거냐.

스스로에게 물었지만 뭐라 딱히 대답할 말이 없었다.

혜원은 차에서 내린 순간 설마 하는 소리를 내뱉었다. 청담동에 있는 여러 바들의 콜을 받기 위해 대리의 사장이 얼마나 바텐더들과 종업원들에게 돈을 뿌리는지 잘 알고 있었다. 이쪽 일대 서너 군데를 파 놓았기 때문에 외제차와 고급승용차가 즐비한 미드나잇 익스프레스의 콜을 받는 것은 이상한 일이 아니었다. 그렇지만 포르쉐 파나메라는 흔한 차가 아니었다. 카레나나 박스터도 아닌 파나메라……. 혹시, 그녀는 입술을 질끈 깨물었다. 아니, 그 많은 차들 중에서 같은 차를 두 번이나 몬다는 건 정말 흔한 일이 아니었다. 저를 지명해서 콜 하는 한량들도 몇몇 있었지만……. 이번에는 지명비가 붙은 게 아니었다. 그냥 포르쉐니까. 다들 타기 싫어하는 차니까.

혜원은 불어오는 바람을 맞으며 고개를 휘휘 젓고는 재빨리 주차 요원이 있는 곳으로 뛰어갔다. 저를 보고 나와서 기다리는 사람이 얼마나 추울까 생각하면 이렇게 헛생각으로 남을 밖에 세워 놓는 짓이 바보 같다는 걸 알기 때문이었다. 디테일이 기억나지는 않았다. 다만 새 차였다. 그리고 그녀가 받은 키로 들어가 시동을 걸고 입구로 몰고 가는 이 차도 새 차였다.

혹시…….

계단 위에서 누군가 내려왔다. 그녀는 앞만 보려고 애썼다. 달칵 문이 열리더니 시커먼 옷을 입은 사람은 바로 옆으로 올라탔다. 확 끼치는 위스키 향 사이로, 미미한 앙크르의 머스크 향이 섞여들었다.

그녀는 반사적으로 핸들을 쥔 손에 힘을 주었다.

19.

내비게이션이 잘 보이지 않았다.

목이 뻣뻣하게 굳어 버려서 어깨가 아플 지경이었다. 잠깐 교차로에 섰을 때 혜원은 옆에 앉은 사람이 의자를 뒤로 젖히고 누워서 눈을 감고 있는 것을 겨우 백미러로 힐끗 보고는 마치 죽을죄를 지은 것 같은 느낌으로 고개를 더욱더 숙였다. 신호가 바뀌자 맨 앞에 서 있던 혜원은 저답지 않게 급출발을 해 차가 덜컹거리자 혹 옆에 있는 사람이 깰까 온몸이 다 쭈뼛했다.

자신이 운전하는 포르쉐…….

옆 좌석에 앉아 있는 그…….

그리고 성별은 바꿨지만 미세하게 흐르는 라리끄……. 기억이 잘 나지는 않지만 옆에 바싹 긴장한 남자가 앉아 있다는 사실만으로도 뱃속 저 아래부터 간질거리는 웃음이 날 만큼 행복했다.

그 추운 도서관 로비에서 볼썽사나운 도시락을 들고도 얼마든지 기다릴 수 있었다. 쭈뼛거리면서도 허겁지겁 도시락을 먹는 남자의 입술에 묻은 음식을 닦아 주려고 선물 받은 값비싼 손수건을 꼭꼭 클러치 백에 넣어 가지고 다니지 않았던가.

10여 년 전과 달라진 게 있다면 저 남자가 그때는 긴장한 채 빳빳이 앉아 손잡이를 꼭 잡고 있었지만, 이젠 두 팔에 팔짱을 낀 채 좌석을 뒤로 빼고 편안한 듯 두 눈을 감고 있다는 사실일까.

그가 행선지로 내뱉었던 호텔이 저쪽 교차로 너머에 보였다. 신호가 바뀌면, 그녀가 잠시 꿈꿨던 달디달았던 어린 시절로의 타임슬립은 끝나 버린다. 혜원은 마지막으로 용기를 내서 그를 힐끗 돌아보았다. 여전히 꼭 감긴 눈, 꾹 다문 입술. 왜 세상은 변하지 않는 걸까. 저 사람을 내게서 빼앗어 갔다면 영원히 보여 주지나 말고 꼭꼭 숨겨 놓지…….

왜…….

보고 싶었던 거야…….
그냥 단지 네가 보고 싶었을 뿐이야.

이젠 그 자리에 없다는 걸 너무나 잘 알고 있지만,
네가 있어야 할 곳이 이곳이 아니라는 걸 알고 있지만.

그냥 네가 있는 곳을
네 뒷모습을,

네 그림자를

단지
보고 싶었던 거야.

왜 문득 지나간 유행가 가사가 생각나는 걸까. 좋아하는 가수
따위도 없는데, 상훈 씨의 그 프레지오 봉고 안에서 들었었나. 심
야 방송에서 나온 옛 노래. 노래 따위 잘 기억하지도 못하는데 두
어 번 나왔던 저 노래는 왜 그렇게 머릿속에 저절로 박혀 버린 건
지. 마치 그 어린 시절의 터질 것 같은, 그 뭐라 말할 수 없는 심
정을 저 노래의 전주가 대신 설명해 주는 것 같은 착각까지 느꼈
었다.

단지…… 딱 한 번만 보고 싶었다. 아마 아버지가 그리 허망하
게 돌아가시지 않고, 예전의 공주 같은 생활을 하면서 그 노회장
님의 며느리가 되어 미술관을 순례하고, 버킨 백을 모으는 것밖에
취미가 없는 생활을 하고 있더라도.

그래도 이 사람을 보고 싶어 했을 것이다.

신호가 바뀌었다. 저 유행가의 후렴구를 되뇌기도 전에…….

〈콜 받으세요. 서초동 올리브 유학원 앞…….〉

그녀의 피디에이에서 콜이 울렸다. 깜짝 놀란 혜원은 얼른 피디
에이를 움켜쥐고 옆을 보았다. 여전히 미동도 없는 남자를 보고는
깊이 숨을 들이쉬었다. 자신은 지금 일을 하고 있는 것이다. 그때,
대리 운전을 했던 그때도 몰랐으니 지금도 모를 것이다. 그녀는

조용히 피디에이를 들었다.

"22호 서초구 팔레스 호텔 다 왔습니다. 픽업 가능하면……."

"꺼."

낮은 소리였지만, 그녀는 천둥소리같이 들렸다.

〈22호. 22호 어디라고요?〉

잘못 들은 건가. 심호흡을 했다. 저 사람은 고객일 뿐이다. 옆에서 제가 필요한 말을 할 수도 있는 거 아닌가.

"죄송합니다. 손님. 22호 서초구 팔레스……."

"꺼."

잠시 멈칫한 사이에 뒤에서 요란한 경적 소리가 울렸다. 놀란 혜원은 우측 방향지시등을 켜고 호텔 진입로로 들어가면서도 감히 옆을 쳐다보지 못했다. 지금 뭐라 하는 건가. 위잉 하는 전동음과 함께 뒤로 젖혀져 있던 좌석이 세워졌다.

"이젠 다른 일도 하나."

뭐라 대답할 새도 없이 차는 호텔 정문에 닿았고 차가 서자 긴 롱코트를 멋지게 차려입었지만 추운 날씨 덕에 얼굴이 새파랗게 얼어 있는 어린 얼굴을 한 벨보이가 다가와 그가 있는 쪽 문을 열었다.

"어서 오십시오."

"내려."

"……."

벨보이의 경쾌한 목소리 끝에 침묵이 서렸다. 열린 문 사이로 찬바람이 새어 들었다.

"내려."

"저 일하는 중이에요."

그가 차에서 내렸다. 혜원은 어차피 이곳은 발렛 파킹을 하는 곳이니 차 키는 꽂아 둔 채 피디에이를 들고 내렸다. 결제는 해야 하니까……. 벨보이가 기다렸다는 듯 운전석에 올랐다.

"저기……."

"따라와. 결제할 테니까."

그가 뚜벅뚜벅 걸어 회전문 사이로 미끄러지듯 들어가 버리자 혜원은 어쩔 수 없이 종종걸음으로 따라 들어가야 했다. 결제를 하러 따라 들어가야 하다니…….

그냥 가 버릴까. 회전문을 밀면서도 혜원의 머릿속은 온갖 생각 들로 가득 찼다. 이게 무슨 꼴인가.

"아!"

앞도 볼 사이 없이 문을 밀고 들어간 그녀는 갑자기 버티고 선 그의 가슴에 부딪힐 뻔했다. 그녀가 들어오게 안쪽의 문을 잡고 그가 기다리고 있었던 것이었다. 콧속으로 확 끼치는 독한 위스키 냄새 때문인지 아니면 후끈한 호텔 안쪽의 열기 때문인지 그녀는 눌러쓴 모자 밑의 얼굴이 달아오르는 것같이 느껴졌다.

〈22호 수신하세요. 22호.〉

자신을 호명하는 호출 소리가 났다. 하지만 가려진 모자챙으로 도 느낄 수 있는 남자의 시선 때문에 그녀는 선뜻 호출에 응하지 못하고 있었다. 음소거 버튼을 누르고 있는데, 남자가 휙 몸을 돌 려 호텔의 프런트로 성큼성큼 걸어가기 시작했다.

단지…… 자신이 받아야 하는 돈을 받기 위해…….

남자의 뒤를 쫓아가야만 했다. 하얀색과 아이보리색의 매끄러운 대리석으로 된 광활하게 넓지는 않지만 깔끔한 호텔의 내부, 로코코 식의 화려한 샹들리에를 둥근 막으로 감싸 고전적이면서도 현대적인 면을 살린 조명, 거친 듯한 대리석으로 마감한 벽체…….
현대적이면서도 고급스러운 호텔이었다. 그곳을 가로질러 가는, 매끈하게 떨어지는 옷맵시를 자랑하는 듯한 훤칠한 키의 남자. 그리고 그 남자의 뒤를 쭈뼛거리면서 따라가는 패딩 점퍼를 입은 자신…….

남자가 프런트에서 카드 키를 받고 있는 게 보였다. 이 얼마나 아이러니한가. 십여 년 전에 그 오렌지 브라운의 셋팅퍼머를 한 어리디어린 정혜원은 한도조차 없는 카드로 호텔의 방을 결제했었고 청바지에 단 한 번도 다른 옷을 본 적이 없는 우중충한 회색의 사파리 점퍼를 입은 그는 쭈뼛거리면서 지나가는 사람의 시선을 감당 못해 허공을 쳐다보며 멀찌감치 서 있기만 하지 않았던가.

아직도 선명하게 떠오르는 그녀가 프레스티지 백화점의 명품관에서 샀던 남자의 정장은 블루블랙의 톰포드 슈트였다. 아마 그 당시에는 헐렁한 박스형의 넉넉한 라인이 유행이었지. 키가 커서 밑단 정리를 그다지 많이 하지는 않았었다. 넥타이는 어디 것이었더라……. 아, 자잘한 에이치 자가 들어 있었다. 진보라색의 에르메스였구나. 정말로 깔끔하고 멋지게 어울렸었지…….

손에 만지작거리는 피디에이는 왼쪽 귀퉁이가 무지러져 있었다. 자신이 저번에 봉고차에서 내리면서 심하게 떨어뜨려서 하마터면 액정이 깨질 뻔했었다. 그것 때문에 가끔 화면이 하얗게 되어 버리곤 해서 사장한테 혼났었는데. 결제를 하고 사인을 받고 다음 일을 하러 가야 하는데……. 피디에이에서 쉴 새 없이 문자가 뜨고 있었다. 아까 남자의 목소리에 놀라 음소거 버튼을 눌러서 소리는 나지 않았다. 귀에는 잔잔한 음악 소리와 함께 발소리만……. 대리석 바닥에 울리는 구둣발 소리만 들렸다.

"저기……."

목구멍에 딱 걸린 것처럼 말이 나오다 말고 있었다. 얼른 결제를 하고 나가야 하는데……. 그러나 당혹스럽게도 목소리는 더욱더 들어가 버렸다. 자신이, 호텔의 키를 들고 사뿐거리는 걸음걸이로 다가와 멍하니 딴 곳을 보는 척하는 겸연쩍은 표정인 그의 푹신한 오리털 파카 사이의 팔에 제 팔을 밀어 넣어 팔짱을 끼고 엘리베이터를 찾았듯, 남자는 똑바른 걸음걸이로 다가와 한 손에 카드 키를 든 채 패딩 점퍼를 입어 호텔 로비의 열기가 부담스러운 여자의 손을 잡았다.

몇 번째인가…….

유명한 외과 의사 선생님의 매끄러운 긴 손은 오래전 기억처럼 거칠고, 볼펜 자국으로 움푹 팼던 흔적 따위는 없는 것같이 느껴질 만큼 따뜻하고 부드러웠다. 오히려 찬 겨울 운전대를 잡고 있어 정전기가 일 만큼 바싹 마른 제 손이 여자의 손이라는 게 믿기지 않을 만큼.

결제를 받고 저 차가운 겨울바람 속으로 헤치고 나가 언 발을 동동거리면서 픽업차를 기다려야만 했다. 그게 저가 할 일이었다. 목요일 밤도 은근히 콜이 많은 날인데……. 그러나 제 몸뚱이는 제 것이 아닌 양 때마침 경쾌한 소리를 내고 다가와 눈이 부시게 화려한 속을 드러낸 엘리베이터 속으로 빨려 들어가고 있었다. 화려한 엘리베이터 안은 거울은 없었지만 반질거리는 금속으로 되어 있어 키가 크고 말쑥한 남자의 모습과, 운동화를 신고 청바지에 짙은 베이지 색의 패딩 점퍼를 입고 검은색 야구 모자를 눌러쓴 자신이 어울리지 않는 기괴한 초현실주의 화가의 그림처럼 사방에 비춰지고 있었다.

엘리베이터는 금방 멈춰 섰다. 남자가 유려하게 베이지 색 대리석과 나무로 된 모던한 분위기가 물씬 풍기는 복도를 천천히 걸어갔다. 그 옛날 아버지의 호텔이나 고학생 시절의 그와 주춤주춤 걷던 빨간 융단이 깔리고 벽에 죽 늘어선 간접 조명들이 묘하게 비웃는 듯한 복도와는 확연하게 다른 정말로 21세기식의 경쾌하고 깔끔한 복도를, 슬림하게 라인이 들어가 매끈한 선을 드러내는 슈트를 입은 남자가 천천히 앞장서 걷고 있었다. 자신은 그 4만 원을 받으러 저 남자의 뒤를 이렇게 텅 빈 머리로 따라 걸어가고 있는 건가. 그냥 돌아서서 가 버리면 되는데……. 그러지 못하고 있는 건 무엇 때문인가.

그녀가 망설이면서도 그의 뒤를 따라 마치 끈에 묶인 것마냥 뒤를 따라 걷고 있는데 그가 멈춰 섰다. 문에 쓰인 숫자를 보고 카드를 꽂자 소리도 없이 문이 열렸다. 그리고 그가 문 안으로 들어갔다. 이제 짧은 기회가 왔다. 그냥 가 버릴 수 있는 기회, 남자는 아까처럼 제 손을 잡아끌지도 않았다. 그러고 보니 그가 언제 자기 손을 놓았는지도 모르고 있었다. 대체 무슨 정신으로 여기까지 와 서 있는 것인가.

"들어와."

그녀의 망설임은 어이없이 끝나 버렸다. 제 다리가 분명한테도 머릿속으로 명령하지 않아도 폐와 위장이 알아서 숨을 쉬고 소화를 시키듯이, 제 의사 따위와는 상관도 없이 그녀의 몸은 그 옅은 오크의 문 안으로 들어가고 있었다.

눈부시게 하얀 실내가 드러났다. 벽이나 가구도 모두 광택이 있는 하얀색의 하이그로시로 된 처음 보는 방이었다. 바닥조차 눈부시게 흰 대리석이었다. 흰색과 어울리는 회색의 커튼과 오크로 된 유려한 팔걸이를 드러낸 회색의 가죽으로 된 부드러운 곡선으로 된 소파가 역시 곡선으로 된 오크의 탁자 주위에 둘려져, 온통 하얀 방 안에 포인트를 주고 있었다. 저쪽에는 하얀색 대리석 바닥 위에 유려한 곡선으로 된 층이 한 층 더 있었고 그 위에는 눈부시게 하얀 침대가 있었으며 침대 위에는 흰색의 쿠션과 포인트를 주는 회색빛의 쿠션이 몇 개 놓여 있었다. 실내는 눈부시게 하얗지만 등에 땀이 날 만큼 따뜻했다. 그는 검정색의 슈트 상의를 벗어 소파 위에 던졌다. 그리고 잘 어울리던 짙은 감색의 넥타이도 풀어 던졌다.

"안 더워?"

이 엄동설한에 어울리지 않는 말이었지만 그는 그녀를 돌아보면서 한마디 했다.

등에서 땀이 흐르는 것 같았다. 새벽에 이 차에 올랐다 저 차에 올랐다, 길에서 픽업차를 기다렸다를 반복하면 몸에 든 한기가 새벽에 전기장판 위에 올라앉아 이불을 덮어쓰고 있어도 가시지 않았다. 그래서 저번 주에는 발열내의라는 것도 사서 입었다. 비싸기만 할 뿐 별 효과도 없는. 거기에 두꺼운 폴라 티, 그 위에 패딩 점퍼를 입고 모자까지 눌러 썼다. 그래도…… 그녀는 손 하나 까딱할 수 없었다. 소매 단에 달린 조그마한 와이셔츠 단추를 풀면서 그가 다가왔다. 독한 위스키 냄새가 나긴 했지만 창백한 낯빛은 전혀 전작을 알 수 없을 만큼 하얗다.

그 차가운 날, 자신의 박스터에 부딪쳐 쓰러진 뒤에 일어났을 때 그녀는 남자의 마치 그린 것처럼 완벽한 입술만을 바라보고 있었다. 그리고 처음 제 손으로 운전해 그 무시무시한 한계령을 넘어 정말 후졌던 설악산의 스위트 룸에서 끝내 참지 못하고 저 입술을 훔쳤다. 다가와 자신의 이 보여 주고 싶지 않은 못난 꼴을 보는 남자는 미간을 찌푸린 채였지만 저 완벽한 입술은 그때와 단한 점도 변함이 없었다. 남자의 손이 푹 눌러쓴 제 야구 모자를 낚아챘다. 그러나 그 덕에 그의 저 싸늘한 얼굴을 자세히 볼 수 있어 다행이라고만 느꼈을 뿐이었다. 그가 다시 손을 놀려 목까지 올린 자신의 패딩 점퍼의 지퍼에 손을 대고 있는데도 그녀는 똑바로 남자의 얼굴을 쳐다보고 있었다.

저 눈은 저렇게 생겼었지. 맞아, 왼쪽 눈썹 끝에 상처가 있었어.

아주 어렸을 때 생겼던 거 같은데, 가끔 젊은 혈기에 과도하게 열정을 쏟고 난 다음에 기절한 듯 잠들었을 때 저 눈썹 끝을 만져 보고 싶었지만 한 번도 그럴 수가 없었어. 혹시 두 눈을 부릅뜨고 놀라 자신을 사납게 쳐다볼까 봐. 잠든 얼굴이 너무…… 아름다웠 었어.

남자의 손이 지퍼를 끝까지 내렸다. 그리고 후끈하게 열기가 오른 겨드랑이에서 그녀의 두꺼운 폴라 티를 입은 팔을 빼기 시작했 다.

정말로 반듯한 콧대였어. 이제 보니 저렇게 생겼었구나. 가끔 정말로 사진이라도 한 장 있었으면 했을 때가 있었어. 그건 아마 최근이었을 거야. 매일 내일을 또 어떻게 살아야 하나, 엄마의 병 원비는 댈 수 있을까 하는 고민을 덜하게 될 때쯤, 환자가 잠든 뒤 에 창밖을 내다볼 여유가 있는 밤이면……. 가끔 내가 그렇게 미 치듯 뒤쫓던 남자는 어떻게 생겼었지 하고 스스로에게 물을 여유 가 있었어.

그가 뜨끈뜨끈해진 등판에서 옷을 돌려 여자의 다른 쪽 팔을 뺐 다.

꾹 다문 입술……. 잠이 안 오는 밤에 키아누 리브스가 나오는 영화가 재방송이라도 되면 수십 번을 봐서 다 외우는 것 같은데도 그 얼굴만 보느라 다음 날 새벽에 출근해야 하는데도 끝까지 봤어. 늘 똑같다고 생각했었는데 이제 보니 다르네. 살짝 끝이 올라가서 그래서 더 건방져 보이는구나. 밤이라서 그런가 턱 밑이 까끌거릴 것 같아…….

그녀의 연베이지 색 패딩 점퍼는 그녀의 검정색 야구 모자와 같이 하얀 대리석 바닥에 아무렇게나 버려졌지만 그녀는 그것을 모르고 있었다. 눈동자의 깜빡임도 없이 그를 보고 있었다. 탕비실에 서서 수많은 사람들과 흰 가운을 입은 채 뭉쳐져 지나갈 때도 그녀는 돌아보지 않으려고 애써야만 했었다. 보고 싶은 그 마음을 꾹꾹 억누른 채.

그러나 지금은 아무도 없다. 단지 이 공간에 두 사람만 있을 뿐이었다. 그래서 그녀는 눈 깜빡이는 시간조차 아까우리 만큼 저 얼굴을 쳐다보고 있는 것이었다. 얼굴이 다가왔다. 왜 그런지 갑자기 눈물이 핑 돌 것 같았다. 왜 서러운 걸까. 망해 버린 집 때문에? 이 남자가 자신을 버리고 떠나서? 마치 동화에라도 나오듯 이 눈부시게 아름다운 남자는 신데렐라의 마법의 드레스보다 더 아름다운 슈트를 입고 눈앞에 나타났는데 저는 재투성이가 되어서? 이유를 알 수 없었다. 다만 따뜻하고 커다란 두 손이 제 달아오른 얼굴을 감싸고 제 눈에서 떨어지는 무엇인가를 손가락으로 밀어내고 있는 남자의 찡그린 얼굴만 보일 뿐이었다.

제발 정신을 차려 다오…….. 마지막 남은 이성이 소리 지르고 있었다. 그 마지막 한 조각 이성의 힘으로 지금의 사태를 파악한 혜원이 고개를 돌리려는 순간이었다. 가볍게 제 볼을 감싸고 있던 손에 힘이 들어갔다. 그리고 그녀를 내려다보던 그의 얼굴이 떨어졌다. 독한 위스키와 찝찔한 눈물이 섞여 있는 매끄럽고 뜨거운 입술이 내려앉았다. 왜, 왜 이 순간에 정신을 차리는 것이냐, 왜 결제를 하고 차가운 바람 속으로 사라져야 하는 제 알리바이가 지금에야 떠오르는 것이냐……

그녀가 그의 가슴을 밀어내려 손을 올렸을 때, 그녀의 메마른 입술을 가르고 뜨거운 그가 밀려 들어왔다. 얼굴을 감싸고 있던 손이 두꺼운 폴라 티 안에 삐죽하게 삐져나온 여자의 어깨뼈를 감싸 안고 숙여지려는 턱을 치켜 올렸다. 쓰디쓴 위스키의 냄새가 퍼졌지만, 치열을 더듬고 제 혀를 빨아들이는 남자의 입술은 너무 달아서 숨이 차오를 것만 같았다.

〈2권에서 계속〉

愛人 그를 사랑하다

초판 1쇄 찍음 2013년 1월 11일
초판 1쇄 펴냄 2013년 1월 18일

지은이 | 언재호야
펴낸이 | 정 필
펴낸곳 | 도서출판 뿔미디어

편집장 | 이재권
기획 · 편집 | 손수화
편집디자인 | 이진선
관리 · 영업 | 김기환, 임순옥

출판등록 | 2002년 9월 11일 (제1081-1-132호)
주소 | 부천시 원미구 상3동 533-3 아트프라자 503호 (우)420-861
전화 | 032)651-6513 / 팩스 | 032)651-6094
E-mail | dahyangs@naver.com
카페 | http://cafe.daum.net/dahyangs

값 9,000원
ISBN 978-89-6775-115-9 04810
ISBN 978-89-6775-114-2 04810 (세트)

다
향

사랑, 그 설렘에 취하고 향기에 물들다.

향

사랑, 그 설렘에 취하고 향기에 물들다.